W0325035

Oliver Carzon

Fric frac à Bletterans

Collection « Énigmes historiques »
1 - Le mystère des Origines, Une mort de trop – Tome 1
2 - Le mystère des Origines, Une mort de trop – Tome 2
3 - Le mystère des Origines, Le navire du néant – Tome 3
4 - Le mystère des Origines, Le navire du néant – Tome 4
5 - Le mystère des Origines, Le secret de l'univers – Tome 5
6 - Le mystère des Origines, Le secret de l'univers – Tome 6
7 - Le mystère des Origines, Le dernier combat – Tome 7
8 - Le mystère des Origines, Le dernier combat – Tome 8
9 - Sur la piste de Fawcett – Tome 1

À paraître :
10 - L'impossible secret de Fawcett – Tome 2

Collection : « Mystères et phénomènes inexpliqués »
1 - 20 heures pour sauver la Terre !
2 - Crash à Seyssel
3 - L'impossible survivant
4 - Le monstre de Bellegarde

Collection : « Police/Suspense/Thriller »
1 - Morts au Salève
2 - Folie, douce folie… meurtrière !
3 - Les démons du Vuache
4 - Choc en retour, naissance d'une vengeance – Tome 1
5 - Choc en retour, unis à tout jamais – Tome 2
6 - La disparue du Mont des Princes
7 - Bellegarde-sur-Meurtres
8 - Le mort de la Semine
9 - La route de Tcherkassy
10 - La voix de l'assassin
11 - Triple meurtres à Clermont-en-Genevois
12 - Arnaque à Genève
13 - Alerte à Seyssel !
14 - Terreur à Aix-les-Bains
15 - Rififi à Annecy
16 - Le lac maudit de Bletterans
17 - La loge des corrupteurs
18 - Le noyé de la Seille
19 - Crimes à Cluses
20 - Enquête mortelle à Bellegarde
21 - Fric Frac à Bletterans

À paraître :
22 - Cluses : l'affaire Prewitz
23 - Tombe d'asphalte

Collection : « Aventure/Action »
1 - La dernière plage, Machinations – Tome 1
2 - La dernière plage, Le dernier Condottiere – Tome 2

Un grand merci au docteur Natacha Regard-Jacobez de la Maison Médicale de Bletterans (39) pour son aide précieuse.

Un merci appuyé à tout le personnel de « *ABM Graphic* » de Lons-le-Saunier (39) et, en particulier, Marc Seulin, technico-commercial, pour leur participation enthousiaste à la création de ce roman.

Un grand coucou à Sonia, la talentueuse restauratrice de la Brasserie du « *Jura* », de Bletterans.

Un grand merci à Élisabeth.

Un grand merci aussi à Hervé Rodot, agriculteur à Mouthier-en-Bresse (71), pour ses renseignements.

Tout est drogue à qui choisit pour vivre l'autre côté
(Henri Michaux).

Les chanceux sont ceux qui arrivent à tout... Les
malchanceux sont ceux à qui tout arrive
(Eugène Labiche).

L'amour, ça naît de rien et ça meurt de tout
(Alphonse Karr).

Photo et couverture par :
ABM GRAPHIC
ZI – 255 Rue Victor Puiseux
39000 – LONS-LE-SAUNIER

Toute l'actualité d'Oliver Carzon
sur www.olivercarzon.com

UNE SOIRÉE EXCEPTIONNELLE ! ...

Saône et Loire, Pierre de Bresse,
Écomusée de la Bresse,
au Château,
samedi 8 juin,
22 h 17

— La carte que vous avez tirée est... le Roi de Cœur !

L'expression du spectateur se passe de tout commentaire.

Incrédule, il dévisage ses amis assis à côté de lui.

— C'est fou ! C'est exactement ça ! Mais comment diable avez-vous fait pour deviner ?

Alors que les applaudissements redoublent d'intensité devant la prouesse du magicien, le spectateur n'en revient toujours pas, et prend à témoin tout l'auditoire chauffé à blanc et totalement conquis.

Le prestidigitateur s'approche, large sourire aux lèvres. Il s'immobilise devant l'homme encore tout surpris, et lui répond :

— Magie, tout simplement !

Un tonnerre de rires couvert par une salve d'applaudissements conclut l'explication.

— Charles ! Vous êtes un magicien exceptionnel.

L'homme sourit en faisant de discrètes courbettes. Il recule pour rejoindre le centre de la grande salle d'apparat pour être bien vu de tout le monde.

Il est grand, élancé. Son allure et sa prestance sont indubitables. La classe ! Un visage aux traits fins, une petite moustache noire souligne légèrement son nez et accentue le charme de ses yeux bleus. Contraste saisissant. Ses cheveux noirs ondulés sont visiblement parfaitement entretenus. Quand il sourit, sa dentition d'une blancheur à faire pâlir les dentistes, fait la joie des femmes qui ont la chance d'être au premier rang et à voir leurs mimiques, il est clair qu'elles en pincent toutes.

À l'évidence, l'homme est dans son élément.

Des ovations éclatent ici et là. Des paris fusent. Des exclamations retentissent.

— Charles ! Pour l'amour du ciel, faites-nous encore quelques-uns de vos tours !

Le magicien marque une pause pour faire monter la pression. Une ravissante blonde aux cheveux courts s'approche doucement de lui.

— Vas-y, mon amour, fais-les rêver ! murmure-t-elle rapidement avant de retourner s'assoir.

L'homme la gratifie d'un très large sourire. Ses yeux pétillent.

— Eh bien d'accord !

Le silence se fait petit à petit. Le magicien en profite pour faire monter la pression en multipliant les gestes.

— Bien, bien, bien ! Qu'avons-nous donc là ? fait-il en glissant théâtralement sa main à l'intérieur de sa redingote noire.

Il s'immobilise. Dévisage longuement l'auditoire les yeux fixés sur lui.

La tension monte.

Soudain, le magicien commence à retirer doucement sa main en disant :

— Je crois que j'ai besoin de mon mouchoir.

Sa main se relève et tout le monde peut voir qu'elle tient effectivement un mouchoir.

La réaction ne se fait pas. On sent les spectateurs déçus, ou plutôt perplexes.

— Aurais-je oublié quelque chose ? fait tout à coup le magicien, front plissé.

L'auditoire se reprend à espérer.

Charles replonge sa main à l'intérieur de son habit de scène pour la retirer avec prestance et rapidité mais, cette fois, son mouchoir est accroché à une foultitude d'autres de toutes les couleurs.

Un tonnerre d'applaudissements couvre ses paroles. Des convives se lèvent et acclament l'homme, stupéfaits par autant d'adresse.

— Tu as vu ? C'est vraiment une manie qu'il a, dit un serveur à son collègue qui tient un plateau chargé de coupes de champagne.

— Ouais ! Et les gens en demandent toujours plus à chaque fois qu'il s'exhibe. Il est très fort. J'ai rien vu du tout. Je voudrais bien connaître son truc, moi.

— En tout cas, grâce à ses soirées, il engrange du fric pour l'Écomusée qui en a bien besoin.

— Il ne s'oublie pas au passage, rassure-toi.

Le serveur décoche un sourire entendu à son collègue.

— Et nous non plus.

— C'est qui ? demande timidement un jeune extra qui vient de surgir à leurs côtés.

— Tu ne le connais pas ?

— Ben non. J'suis arrivé en renfort de Lyon hier…

— Charles Letestud. « Letêtu » pour les médisants. Un grand viticulteur du coin. Il possède des tas de vignes autour d'Arbois. Il est le champion du vin Jaune et du vin de Paille.

— Ouais, mais ça, c'est pour la façade, corrige le premier serveur. Il a délégué le boulot à plusieurs vignerons et à un régisseur. Y en a même qui se posent la question de savoir quand il est venu dans ses vignes pour la dernière fois. A priori, ça fait un sacré bail.

— Ben alors, y fait quoi ? demande bêtement le Lyonnais.

Les deux serveurs ricanent.

— Il vit de sa passion.

— La magie ! Comme le grand David Copperfield ? ([1]).

— Oh non ! Même s'il est aussi doué, si ce n'est plus, que ton illusionniste Américain, Sylvain Mirouf, Gérard Majax, Garcimore ou encore Éric Antoine ([2]), tous réunis, et qu'il palpe pas mal, Môssieur fait dans les antiquités de luxe. On dit même qu'il serait limite question transparence sur l'origine de ses pièces toutes, bien entendu... uniques.

— Oooh !

— Allez, jeunot ! Vas bosser ! Y a du monde qui a soif, là-bas. Grouille !

---

[1] David Copperfield (*David Seth Kotkin de son vrai nom*) est un prestidigitateur américain né le 16 septembre 1956 à Metuchen, au New Jersey. C'est le magicien qui a connu le plus grand succès commercial de tous les temps. Ses émissions télévisuelles ont remporté 21 *Emmy Awards* sur un total de 38 nominations. Il a également remporté 11 *Guinness World Records* et une étoile sur le *Hollywood Walk of Fame*. Il a reçu la distinction de chevalier des Arts et des Lettres par le gouvernement français. Depuis 2003, il propose le spectacle « *David Copperfield: An Intimate Evening Of Grand Illusion* » qui se déroule au MGM Grand Las Vegas.

[2] Sylvain Mirouf est né le 13 juillet 1970 à Collioure (Pyrénées-Orientales). C'est un illusionniste et animateur de télévision français. Gérard Majax, né Maurice Faier, le 28 avril 1943 à Nice, est un prestidigitateur français. José García Moreno, dit Garcimore est né le 16 novembre 1940 à Albacete (Castille, Espagne). C'est est un musicien, illusionniste et humoriste franco-espagnol, bien connu pour avoir partagé l'écran avec Denise Fabre en 1970 et en 1980. Garcimore utilisait l'humour pour mettre en valeur ses talents de prestidigitateur et de musicien Il est mort le 18 avril 2000 au Gué-de-Longroi (Eure-et-Loir). Éric Antoine est né le 23 septembre 1976 à Enghien-les-Bains (Val-d'Oise). C'est un magicien-humoriste qui se définit lui-même comme « humourillusioniste ».

AUTRE RÉJOUISSANCE ! ...

Jura, départementale 5,
avant Château-Chalon,
ruisseau de « *La Fontaine Chambon* »,
samedi 8 juin,
22 h 58

Quatre voitures de police bloquent la départementale au niveau d'un dangereux virage en épingle à cheveu. Les gyrophares peignent de curieux sillons sur les vignes qui s'étalent en pentes plus ou moins douces vers le ruisseau de la Fontaine Chambon.

La trouée laissée par la voiture dont on aperçoit vaguement les feux arrière dans les bosquets qui abritent le ruisseau, est large et bien distincte.

— Il n'a même pas freiné, le type, déclare un des gendarmes, mains sur les hanches, en regardant la tranchée laissée par la voiture au beau milieu des vignes.

— Encore un qui devait certainement rouler lentement, ajoute tristement son collègue.

— Ouais. C'est le Capitaine Lebreton qui va être content.

— Tu parles, il s'en serait bien passé. Avec cette recrudescence du trafic de dope dans le coin en ce moment, on n'avait pas besoin de ça en plus.

— Ouais, d'autant plus que c'est le huitième en six ou sept mois.

Un autre gendarme arrive en petites foulées.

— Eh, vous autres ! Veillez bien à ce qu'aucune voiture ne passe, la grue qui vient chercher l'épave sera là d'ici quelques minutes.

— Au fait, demande le premier gendarme, on sait qui c'est ?

— Oui, les gars du SAMU viennent de remonter le corps. Il s'agit d'un certain Gérald Lippert.

— Connais pas. Ce n'est pas un nom d'ici, ça.

— On verra bien. L'enquête le déterminera.

Le gendarme regarde de nouveau du côté de l'épave. Quelques projecteurs éclairent la zone de l'accident d'une lueur crue, rendant encore plus lugubre le ruisseau.

Les policiers de la scientifique, avec leurs tenues blanches, ressemblent à des fantômes, courant de partout, a priori sans raisons apparentes.

— Pauvre type.

— En tout cas, on peut dire qu'il se l'est bien cherché. En pleine gauche et aucune trace de freinage. Il lui était impossible de négocier ce sacré virage.

— Ça ne pardonne pas. Et pour défoncer le petit parapet de pierre, il devait rouler comme un dingue.

— C'est le Gaston qui va être content. Tu as vu la gueule de ses vignes ? L'autre a foncé dedans comme un troupeau de buffles affolés. Y a plus un pied debout. Y a tout à refaire.

— Oh, les gars ! Gaffe ! Voilà le Capitaine.

Avec sa gueule des mauvais jours, Lebreton arrive, flanqué de l'Adjudant-Chef Petit, son inséparable adjoint.

— Qu'est-ce que nous avons ?

— Un type qui roulait beaucoup trop vite. Il a raté le virage et s'est crashé dans le ruisseau, en bas des vignes, là.

Lebreton regarde dans la direction indiquée.

— C'est peut-être un suicide, on n'a trouvé aucune trace de freinage.

— Possible, laisse tomber le militaire.

En même temps, un gendarme tend les papiers du mort à son supérieur qui les saisit tout en continuant de regarder le ruisseau en faisant la moue.

— Voyons voir... Gérald Lippert... Né à Tanger le 26 août 1948. Nationalité française...

— Quel nom avez-vous dit ? s'étonne soudainement Petit.

Interrogateur, Lebreton se tourne vers son adjoint.

— Lippert. Gérald Lippert. Ça vous dit quelque chose ?

Petit fronce les sourcils mais, déçu, finit par laisser tomber.

— Non ! ... Et pourtant...

— Ce n'est pas grave, on finira bien par trouver. Il était industriel, domicilié Route de la Brosse, à Chevreuse. En région parisienne.

— Qu'est-ce qu'un parisien pouvait bien faire ici, dans le Jura ?

— Vacances ? Affaires ? On le découvrira bien.

— En attendant, il faut prévenir nos collègues là-bas. Qu'ils se rendent au domicile de ce Lippert. Il faut avertir sa famille et...

— Il n'en a pas, corrige le Capitaine. Selon ses papiers, il est célibataire. Bon, qu'avons-nous encore dans ce portefeuille ? ... Tiens !

Étonné, Lebreton tire un vieil article de journal bien plié de l'une des poches du portefeuille élimé. À la couleur jaune, il devine qu'il se trouve là depuis des années.

— Regardez-moi ça ! Un bout de journal... hollandais ! Diable, que peut bien faire ce genre de papier dans les affaires de cet automobiliste ?

— Ce n'est pas banal, en effet.

— Je ne vous le fais pas dire. De quoi parle-t-il ?

Lebreton fronce les sourcils et essaie de déchiffrer le texte.

— Kogel... kogel vrij ! Nom de Dieu, qu'est-ce que ça peut bien vouloir dire ? Ce doit être important pour que ce type ait gardé cet article sur lui depuis tant de temps.

— Ça doit sûrement le concerner.

— Tiens ! Il y a d'autres noms. Deux pour être plus précis.

— Lesquels, mon Capitaine ?

— Nees et... Nicki !

Lebreton dévisage en même temps son subordonné, comme s'il espérait que ces deux noms, indubitablement étrangers, lui diraient quelque chose.

La vie est parfois faite de petits miracles.

Petit se frappe soudainement le menton.

— J'ai déjà entendu ces noms ! Ou lu quelque chose à leur propos quelque part.

— Ce serait incroyable. Où ? Tâchez de vous rappeler.

Petit se tambourine le menton à toute vitesse en s'évertuant à rassembler ses souvenirs.

— Je crois que oui. Dans l'un des dossiers sur lesquels nous travaillons en ce moment, il me semble bien avoir vu passer ces noms... au moins un.

Front plissé, n'en croyant pas ses oreilles, le Capitaine s'approche.

— Sur les dossiers de racket, ou ceux sur le jeu clandestin ?

— Ni l'un ni l'autre. Je crois bien que c'est sur une affaire liée au narcotrafic.

— La came du Tout-Paris ?

— Non ! En Hollande... oui, c'est ça. Ses noms sont apparus dans un dossier dans lequel sont impliqués Francis le Belge ([3]) et, surtout, Gaëtan Zampa ([4]).

---

[3] Francis Vanverberghe, dit « *Francis le Belge* » est né le 3 mars 1946 à Marseille. C'était le « parrain » du milieu marseillais dans les années 1970. En 1968, à 22 ans, il est fiché au grand banditisme. Il est assassiné par des tueurs en moto le 27 septembre 2000, à Paris. Boualem Talata, le garde du corps de Jamel Debbouze aurait été impliqué dans ce meurtre. Relâché faute de preuve, il sera retrouvé assassiné à Dreux le 19 novembre 2000.

[4] Gaetano Zampa dit Tony Zampa ou Gaëtan Zampa est né le 1er avril 1933 à Marseille (France). C'est un criminel français connu pour la fameuse « *French Connection* ». Il est surnommé

— Mais ils sont morts depuis des années, ces deux-là !

— C'est bien pour ça que je m'en souviens.

Lebreton plisse le front en se frottant longuement le menton.

Visiblement, cette nouvelle ne l'enchante guère. Qu'est-ce que son accidenté de la route peut bien avoir à faire avec deux ex caïds Marseillais ? … Et la Hollande ? … Et, surtout, le Jura ?

— Capitaine, il y a tellement de notes, de sous-dossiers, de pages… faut que je vérifie quand même.

— Ok ! Vous vous en occupez tout de suite en rentrant, et on fait le point demain matin, première heure. S'il s'avère que vous ne vous êtes pas trompé, alors on pourra raisonnablement imaginer que ce regrettable… accident de la route, n'en est pas vraiment un… et débrouillez-vous pour me trouver la signification exacte de « Kogel vrij ».

— Entendu.

Et aux autres gendarmes qui attendent.

— Ratissez-moi tout le périmètre, depuis le village jusqu'au lieu de l'accident. Vous ramassez tout. Je dis bien, absolument tout.

Tandis que les militaires s'activent, Petit s'approche.

— À quoi vous pensez ?

— Aucune trace de freinage n'a été relevée. Ça, ce que nous venons de découvrir sur cet homme, et le

---

« *L'Empereur de la nuit* » ou « *Le grand* » du fait de sa taille (1,91 m). C'est l'un des derniers parrains du milieu marseillais des années 1970. Le 29 novembre 1983, il est arrêté et incarcéré aux Baumettes. Il décède le 16 août 1984, à 51 ans, après plusieurs jours de coma, à l'hôpital Salvator de Marseille où il avait été transféré après un « curieux » suicide par pendaison. Le mystère plane encore de nos jours sur la mort de Zampa. Que s'est-il passé durant la demi-heure entre la réintégration de sa cellule et l'alerte donnée par Schandeler, son codétenu ? On peut se demander ce que faisait une corde à sauter dans la cellule d'un détenu suicidaire. Est-ce-que Schandeler l'a laissé se suicider ? Schandeler est abattu, peu de temps après sa remise en liberté, le 21 décembre 1989, à Montpellier.

fait que c'est notre huitième accident de la route mortel en sept mois, ne m'incite pas à privilégier la thèse de l'accident.

UN CITOYEN AU-DESSUS DE TOUT SOUPÇON ? ...

Pierre de Bresse,
Écomusée de la Bresse,
dimanche 9 juin,
01 h 21

Les musiciens entament leurs derniers morceaux avec un professionnalisme sans faille. Beaucoup de monde se presse encore sur la piste de danse, alors que le buffet disparaît sous l'attroupement des habituels pique-assiettes. Les discussions vont bon train malgré l'amorce de quelques départs. Les spectateurs sont ravis et, à voir leurs sourires, on devine qu'ils ont particulièrement apprécié leur soirée.

Charles Letestud, aux anges, s'approche du hall d'entrée où déjà quelques couples attendent leurs habits autour du vestiaire.

Un homme s'approche du magicien et le prend chaleureusement par l'épaule.

— Charles ! Charles ! Charles ! Quand tu es là, les fêtes de l'Écomusée ([5]) sont toujours aussi magnifiques. Elles drainent de plus en plus de visiteurs.

---

[5] L'Écomusée de la Bresse bourguignonne est un écomusée de l'histoire de la Bresse bourguignonne, fondé en 1981 au Château de Pierre-de-Bresse, en Saône-et-Loire (71), région Bourgogne-Franche-Comté. Le Château a été construit en 1680 par le comte

— Le château y est en grande partie pour quelque chose, ne l'oublie pas. Tout ne repose pas uniquement sur ma seule présence. Le décor ajoute à la féerie du moment.

La jeune femme blonde s'accroche amoureusement au bras du magicien. Elle irradie de bonheur.

Les deux hommes continuent de discuter entre de nombreux éclats de rire.

Un jeune garçon habillé en valet s'approche du prestidigitateur.

— Excusez-moi, monsieur...

— Oui, qu'y a-t-il ?

— Il y a un monsieur qui vous attend dans le petit salon. Il est là depuis presque une heure.

— Une heure ! Diable !

Le directeur du château se montre admiratif.

— Tu as des fans prêts à tout, à ce que je vois.

Charles Letestud sourit largement et plaisante :

— Eh bien ne laissons pas mourir de désespoir ce jeune homme. Allons signer des autographes. Attends-moi ici, je reviens tout de suite, dit-il à la jeune blonde.

Précédé du valet, le magicien entre dans la pièce. Le domestique referme immédiatement sur Letestud.

L'homme qui l'attend, vautré dans un fauteuil, dénote complétement dans cette ambiance feutrée. Sa tenue et ses manières ne laissent aucun doute quant à sa qualité : un homme de main.

— Qu'est-ce que tu veux ? demande sèchement le magicien.

L'homme se contente de sourire tout en tenant sa cigarette entre ses dents.

— Tu ne sais pas lire ? Il est interdit de fumer, ici.

— J'emmerde les interdits. Ce sont des trucs pour les naïfs et les gogos, rétorque le voyou sur un ton désinvolte.

Claude de Thiard de Bissy. Il a été racheté en 1956 par le conseil général de Saône-et-Loire qui en a fait un musée.

— On laisse vraiment entrer n'importe qui, ici.

Le délinquant se lève lentement en souriant toujours.

— Krammer veut savoir si tu as eu le temps de le faire.

— Bon sang ! Mais qu'est-ce qu'il croit ? Ce n'est pas une chose aisée. Ça demande du temps. Tu le lui diras...

— Tu lui diras toi-même. Il t'attend, lundi soir, à minuit. Sois-y, sans faute. Et n'oublie jamais que Krammer a horreur d'attendre. Tu sais comment il est ? Il est capable de piquer des colères très... violentes ! C'est un sanguin.

— Il ne me fait pas peur.

— Tu devrais pourtant.

— Il n'osera jamais rien me faire ! Je suis connu.

— Lui aussi. Alors, sois bien à l'heure, hein ? ... Ciao... « Magicien » !

L'ironie dans le ton prouve à quel point le larbin tient en estime Letestud.

Quelques minutes plus tard, sur le perron

— Chéri, que se passe-t-il ? Tu as changé d'humeur. Qui c'est ce type ?

Charles efface la demande d'un vague revers de la main.

— Rien d'important. C'est juste un artisan peintre. Un certain Kevin Dortier.

La jeune femme coule un regard de perplexité sur le voyou en train de regagner vivement sa voiture.

— Lui ! Un peintre !

— L'habit ne fait pas le moine, tu le sais bien.

— Si ce type est peintre, alors moi je suis nonne !

Letestud éclate de rire.

— Quel dommage pour les hommes en général et, surtout, pour moi.

— Idiot ! laisse-t-elle tomber en lui pinçant doucement la joue.

Intriguée quand même, elle dévisage curieusement son amant.

— Qu'est-ce qu'il te voulait ?

Letestud embrasse le front de sa compagne et se force au sourire.

— Ne t'inquiète pas, Carine. C'est juste un ennuyeux casse-pied. Ça fait des mois qu'il me poursuit. Il pense que je peux lui obtenir des marchés à la mairie de Bletterans, uniquement parce que j'y suis aussi connu qu'influent.

— Tu peux lui dire que tu as eu des mots avec Lamberger, le Maire, et que, maintenant, du fait que vous vous êtes brouillés, tu ne peux plus rien faire pour lui.

— Tu as raison. C'est une bonne idée, je vais faire comme ça. Allez, monte avant qu'une horde d'irréductibles fans ne nous tombe dessus. Nous avons assez traîné ici. Je suis vidé.

Dans la voiture

Préoccupé, Charles Letestud conduit sèchement et vite sa Ferrari 812 SuperFast. Le V12 de huit cents chevaux ne demande qu'à s'emballer.

Trop vite, même !

— Ralentis, chéri, je t'en prie. Je ne tiens pas à finir à l'hôpital.

— Oui, tu as raison, excuse-moi, répond le magicien en se forçant au sourire.

— Je peux te poser une question ? Ça fait des mois que je rêve de te la poser.

— Mais bien sûr, ma chérie. Je t'écoute.

— Cette redingote noire que tu portes à chacun de tes spectacles, on dirait... j'ai l'impression que tu y tiens plus que tout. Je me trompe ?

Le magicien sourit largement. Et la regarde avec étonnement.

— Pourquoi ne me l'as-tu pas posée plus tôt ? Je n'ai rien à te cacher, surtout à toi.

— Oui, je sais, mais... tu as l'air de tellement y tenir. Quand je te vois avec, j'ai l'impression que tu la vénères comme une... une relique.

Nouveau sourire.

— Je te donne cette impression ? Si j'avais su... Rassure-toi, je n'en suis pas encore au point d'idolâtrer un habit. Si tu veux tout savoir, je l'ai fait faire tout exprès à ma demande. C'est très important pour mon travail.

— C'est ce que j'ai pensé, c'est pourquoi je n'ai pas osé t'en parler. C'est bien connu, tous les magiciens aiment à garder secrets leurs petits tours, et gare à celui qui cherche à en découvrir les...

L'homme s'esclaffe.

— Bien sûr. Mais franchement, tu n'as vraiment pas à avoir peur de mes réactions, cela ne me gêne absolument pas de t'en parler. En réalité, comme tu t'en doutes, c'est mon... atelier portatif, mais je ne t'en dirai pas plus. Secret professionnel !

Il ponctue sa phrase d'un tonitruant rire.

Par intelligence, Carine préfère ne pas insister.

Un silence, puis.

— Au fait, à propos de recommandations, poursuit Carine. Tu m'avais promis de m'accompagner à ta vieille demeure, en dehors des heures de visite, pour me faire voir ton fameux collier sans avoir à faire la queue. Tout le monde en parle de ce bijou. Il paraît qu'il est fabuleux.

— C'est vrai. J'avais oublié.

— Tu sais que lundi soir, je pars en Asie pour un reportage photo, et quand je reviendrai, ton petit musée personnel sera définitivement fermé.

Le magicien a ralenti. Il reste pensif quelques secondes.

Soudain son visage s'illumine.

— Tu as raison, Carine. Je suis impardonnable. Eh bien, demain soir, lundi, juste avant que tu ne partes, je t'emmènerai admirer « *Le Sourire du Monde* », le collier de ma famille. Juste toi et moi. Dans l'après-midi, je dois donner un petit spectacle pour les gosses de l'école de Bletterans. Une façon pour eux de fêter la fin de l'année scolaire. Étant membre du conseil municipal, je ne pouvais pas me dérober. Je leur dois bien ça. Je passe ensuite te prendre, on mange au « *Jura* » et puis nous irons admirer la vieille relique de famille. D'accord ?

— D'accord. Avec plaisir. Voilà un programme qui me paraît parfait.

REMISE DE PENDULE À L'HEURE UN LUNDI MATIN, PAS BON ! ... MAIS VRAIMENT PAS BON ! ...

Jura, Lons-le-Saunier,
12 Rue du 44ème R.I.,
immeuble « *L'Argentelle* »,
agence de « *Mondial Protection* »,
lundi 10 juin,
09 h 08

— Tu lis « *Valeurs Actuelles* », toi, maintenant ? Et depuis quand ? s'étonne Francis en laissant tomber le magazine sur le bureau.

— Depuis que la France fonce droit dans le mur. J'ai décidé de m'impliquer dans l'avenir de mon pays. Ça ne peut plus durer comme ça.

— Voilà qui est tout à ton honneur, mais pour le moment c'est de l'avenir de ton agence que je voudrais qu'on parle.

— Y a pas beaucoup de taf, en ce moment.

— J'ai lu tes rapports. En effet, ce n'est guère réjouissant. C'est quoi cette histoire de chauffeurs de taxi attaqués ?

— Oooh, rien. Depuis quelque temps, il y a une recrudescence des brutalités et des incivilités. Surtout contre les chauffeurs de taxis.

— Racket ?

— Rien trouvé qui aille dans ce sens. D'ailleurs, tous les gars ont retiré leurs plaintes, surtout le dernier. Il est resté plus de douze semaines en position magasin à l'hosto, mais à peine sorti, il m'a explicitement demandé de laisser tomber.

— Curieux. Enfin, c'est son droit. Bref, ce n'est pas pour ça que je voulais te voir.

— Ben, c'est pourquoi, alors ?

— Avant tout, qu'est-ce que c'est encore que ce tee-shirt que tu portes ?

Stan bombe le torse.

— C'est Rambo ! Cool, non ?

— Non. Tu diriges une agence d'investigation privée, pas un cirque. Tu vas me faire la plaisir de te changer, et fissa !

— Oh, c'est pas sympa...

— Je ne suis pas là pour être sympa. Ensuite ta gestion. Ça n'est pas satisfaisant du tout ! Absolument pas ! Stan, qu'est-ce que tu fabriques ? Quand la compta m'a alerté sur la situation financière de ton agence, j'étais loin de m'imaginer à quel point c'était catastrophique. Les dépenses sont pharaoniques, quant aux recettes, excuse-moi, mais elles se comptent sur les doigts de la main. Tu as les plus mauvais chiffres de tout le groupe. Bordel ! Stan, je te faisais confiance et regarde le résultat.

— Bon, ben, on est un poil dans le rouge, c'est tout !

— C'est tout ! Non, mais j'hallucine. Ce n'est pas rouge, c'est écarlate, rouge vif. Si le siège ne passait pas son temps à te renflouer, tu serais déjà en faillite, mon cher. Il est hors de question que les bénéfices que « *Mondial Protection* » engrange grâce au travail acharné au quotidien de mes collaborateurs, je te le signale au passage, servent uniquement à rembourser tes frasques. Cela doit cesser !

— Quoi ! Mes frasques ! T'exagères, là !

— J'exagère ! Si je reprends seulement le poste des frais de déplacements, je découvre que la brasserie « *Le Jura* » de Bletterans est devenue une succursale de ton agence de Lons-le-Saunier. À voir les ardoises que tu laisses, j'ai l'impression que tu y passes plus de temps qu'à ton bureau... Je te faisais confiance, Stan.

— Voilà un imparfait qui ne me dit rien qui vaille.

— C'est exactement ça. Et depuis quand rémunères-tu tes informateurs aussi grassement ? Enfin, je devrais dire : « ton informatrice ». Renée-Charlotte est bien gentille, mais « *Mondial Protection* » n'est pas là pour la faire vivre en la payant au-delà de ce qui est autorisé, et sûrement à ne rien foutre.

— Oooh, tu y vas fort, là !

— Je suis réaliste ! Je dirige un groupe qui a pignon sur rue et de nombreuses familles vivent grâce au travail qu'elles fournissent, et je me dois, en leur honneur, de veiller à ce que la trésorerie et les finances soient toujours excellentes afin que les payes tombent régulièrement et que je puisse redistribuer les dividendes correctement quand c'est le bon moment. Les « étrennes » que je donne en fin d'année, tu ne craches pas dessus, que je sache ? Toute cette manne provient de notre travail, à nous tous, au quotidien. Le travail, tu sais ce que cela signifie ? Manifestement, ce concept t'échappe complétement. Dis-moi juste une chose : tu es sensé me couvrir et m'épauler, ou tu es juste là pour me causer des ennuis ?

— Oh, mais je suis ton ami ! C'est moi, Stan, ton meilleur pote et...

— Une entreprise ne se gère pas uniquement sur des critères d'amitié. Il y a une réalité financière et économique que tu sembles totalement ignorer. En conséquence, je te donne quinze jours pour me préparer un plan de redressement de l'agence à la hauteur de ce que j'en attends. Pas un jour de plus. Et estime-toi heureux d'avoir encore ce genre de délai. À défaut, je serai obligé de prendre des sanctions. Je voudrais que... Je t'emmerde quand je te parle, ou quoi ?

— Quoi !

— Depuis tout à l'heure tu ne cesses de consulter ta montre. Ma présence te pèse tant que ça ?

— Non ! Non, c'est pas ça.

— Alors c'est quoi ? Fais attention, Stan, ma patience a des limites.

— Comme tu venais, j'ai pris la liberté de convoquer un type qui...

— Quel type ?

— Un Parisien. C'est un multicartes reconnu sur le plan international et...

— On n'a pas besoin de nouvelles fournitures actuellement, je...

— Mais c'est pas ça ! C'est en rapport avec l'enquête que tu mènes en ce moment à Genève.

— Laquelle ? Celle sur le trafic d'armes ?

— Exactement ! Tiens-toi bien ! Il aurait bossé avec...Viktor Anatolievitch Bout ([6]).

— Quoi !

— Et aussi avec un certain...Pierre Falcone ([7]).

---

[6] Viktor Anatolievitch Bout est un Tadjik. Il est né le 13 janvier 1967 à Douchanbé, au Tadjikistan actuel. C'est l'un des plus influents et importants trafiquants d'armes au monde. Il est spécialisé dans la vente d'armes dans des pays sous embargo de l'ONU. Certains médias l'ont surnommé le « *marchand de mort* ». Les guerres en Sierra Leone, Rwanda, Liberia, République démocratique du Congo, Angola et Soudan n'auraient pas pu s'étendre et se poursuivre si Viktor Bout n'avait pas fourni d'armes aux belligérants. Il a été condamné aux États-Unis le 5 avril 2012 après avoir été arrêté en Thaïlande. Il purge actuellement une peine de 25 ans de réclusion criminelle au centre pénitentiaire fédéral de Marion, en Illinois.

[7] Pierre-Joseph Falcone, connu sous le nom de Pierre Falcone, est né le 19 mars 1954 à Alger (Algérie). C'est un homme d'affaires français. À trois reprises, il a eu affaire à la justice française. La 1ère fois, en décembre 2007 il est condamné par le tribunal correctionnel de Paris à un an de prison ferme pour détournement de fonds dans l'affaire de la Sofremi. La seconde fois en janvier 2008, pour fraude fiscale. Il doit payer une amende et écope de à 4 ans de prison (réduit à 2 ans et demi en appel), alors même qu'il se défendra de ne pas être imposable en France à ce moment-là. Et en 2009, Pierre Falcone est impliqué dans l'affaire dite de l'Angolagate. Il fut relaxé lors de son procès en appel le 29 avril 2011, la justice française s'étant retrouvée coupable de vouloir juger une affaire qui ne concernait pas l'État français.

— C'est incroyable !

Stupéfait, Francis ouvre grands les yeux. Stan s'empresse de poursuivre en espérant certainement remonter dans l'estime de son patron.

— Quand j'ai lu ton mémo - tu vois que je les lis...

— Oui, ça va ! grogne Francis. Abrège ! Tu es sûr de tes infos ?

— C'est pour ça que le lui ai demandé de venir. Quant à ton mémo, quand je l'ai lu, ça m'a mis la puce à l'oreille, car comme je suis justement en contact avec ce type qui semble avoir pas mal de renseignements sur ton affaire... enfin, quoi qu'il en soit, il sait des trucs. Je l'ai convoqué pour 9 heures 30, mais je ne comprends pas, il est en retard. D'habitude, il est toujours pile à l'heure. C'est pas normal, il est toujours ponctuel, et tu sais que la ponctualité c'est...

— Oui, ça va. Je te signale qu'il n'est pas encore la demie, donc... il bosse dans quoi exactement ? Il a quel âge ?

— Il frise les soixante-dix balais, mais quand tu parles avec lui, il en a facile vingt de moins.

— Un vieillard ! Dis, Stan, tu ne te fous pas un peu de moi, là ?

— Ben, non, j'te jure. J'suis plus que sérieux.

Dubitatif, Francis regarde curieusement son adjoint.

— Admettons. Et il fait quoi encore à son âge ?

— Comme j'ai dit : multicartes. Il voyage beaucoup aux quatre coins du monde pour ses affaires. Enfin, ce sont ses grouillots qui font tout le boulot et lui ne se déplace que pour signer les contrats.

— Et il vient de Paris à Lons pour quoi ? Il te l'a dit ? Qu'est-ce qu'il fiche dans le Jura ?

En 2003, il est nommé ministre de l'Angola à l'UNESCO, ce qui lui permet de se soustraire à son contrôle judiciaire. Il a épousé en 1994, Miss Bolivie 1988. Aujourd'hui, il est président du conseil d'administration de la société Pierson Capital, entreprise spécialisée dans le conseil stratégique et financier.

— Ah, ça, j'en sais rien, mais comme il représente pas mal de boîtes européennes, peut-être que...

— Ouais. Possible, finit par admettre Francis, mais du bout des lèvres.

— Il intervient surtout dans le domaine des bois précieux, des minerais, dans l'alimentaire, le mobilier urbain et les objets d'art. Enfin, par « objet d'art », il fait surtout office de rabatteur pour dénicher des babioles qui sortent de l'ordinaire. Il se fait des couilles en or avec ce...

— Ça va ! J'ai compris. Curieux mais intéressant. C'est le genre de job qui permet pas mal de petites entrées un peu partout, notamment dans les hautes sphères, surtout en Afrique, non ?

Tout sourire, Stan opine de la tête à toute vitesse.

— C'est ce que je me suis dit ! Tu vois que je bosse bien et...

— Ne change pas de sujets, veux-tu. Bois précieux et minerais se trouvent essentiellement en Afrique et en Amérique du Sud... tout comme les guérillas. Il y va ?

— Yes, mon Prince ! Exact ! Il a accumulé un max d'expérience en Afrique noire, au Maghreb, en Europe, Ouest et Est confondues, le Moyen-Orient, l'Inde, l'Amérique Centrale et du Sud, Taïwan... C'est pour ça que je pense qu'il va pouvoir nous rencarder sur ton enquête. Je suis certain qu'il va t'en apprendre pas mal. Trop fort que je suis, non ?

Francis ne répond pas. Il fixe son ami en se frottant le menton, pesant le pour et le contre.

Est-ce encore une de ses habituelles embrouilles, ou a-t-il réellement dégotté quelque chose d'exceptionnellement sensible ?

Avec cet énergumène, il faut s'attendre à tout.

— On va bien voir. Il s'appelle comment ton informateur ?

— Gérald Lippert.

L'ÉTRANGE MONSIEUR LIPPERT ! …

— Tu l'as connu comment ce type ?

— Grâce à Renée-Charlotte.

— Encore elle ! ([8]).Tu m'excuseras, mais je ne la considère pas vraiment comme une informatrice fiable.

— C'est pas ça. Je veux dire que c'est grâce aux papiers qu'elle m'a donnés que…

— Quels papiers ?

— En discutant d'une chose et d'une autre, Renée-Charlotte m'a refilé un petit carnet qui appartenait à feu son cousin, Simon Carroit, le vérolé de l'administration pénitentiaire ([9]) qui…

— Et tu n'as pas cru bon de me le communiquer ?

— Ben… non ! Quel intérêt ?

— C'est à moi de déterminer l'importance de ce genre de chose. Décidément, tu as encore pas mal de trucs à apprendre en matière de management.

— Oooh, du calme. J'pouvais pas me douter qu'il y avait peut-être un rapport.

— Tu aurais dû anticiper. C'est ton rôle de responsable.

— Mais l'affaire du « randonneur » était définitivement bouclée et…

---

[8] Voir « *Le noyé de la Seille* », « *Crimes à Cluses* ».

[9] Voir « *Enquête mortelle à Bellegarde* ».

— Une enquête est définitivement bouclée quand tous les éléments, je dis bien : tous les éléments, même les plus anodins, sont réunis. Tu comprends ça ?

— Bon.

— Ce n'est pas « bon » ou « bof » que je veux t'entendre dire. C'est incroyable un tel j'm'en foutisme !

— Ben j'fais c'que j'peux.

— Eh bien tu peux peu.

— Oooh l'autre !

— Ça suffit ! On s'expliquera plus tard. Pour l'instant, viens-en au fait, Stan. Au fait !

— J'y arrive. Si tu me laissais parler aussi.

— Je ne fais que ça.

— Tu sais comme moi que Carroit était un joueur invétéré. Or, dans son carnet, j'ai trouvé tout un tas de noms d'accros au jeu. Parmi eux, il y avait un certain... Gérald Lippert.

— Continue.

— Sur le coup, je n'ai pas fait le rapprochement, mais quand j'ai vu ton mémo - tu vois que je les lis, quand même - ça a fait tilt dans mon esprit supérieur...

— N'en rajoute pas.

— Bref, tu y faisais allusion à certains cercles de jeu qui serviraient de couvertures pour blanchir le pognon.

— Et alors ?

— Alors, dans la liste des noms d'établissements que tu suspectes de se livrer à cette coupable activité, figure « *L'Arcobaleno* » ([10]). C'est celui ou Carroit et ce Lippert, jouent régulièrement. J'ai trouvé la coïncidence suffisamment étrange pour essayer d'en savoir plus. C'est comme ça que je me suis rencardé sur ce mec et que j'ai pris ensuite contact avec lui.

Francis se caresse le bout du nez en fixant curieusement son ami.

C'est assez tordu pour que ce soit vrai, surtout quand on connaît les déductions aussi bizarres que farfelues de Stan.

---

[10] « *Arcobaleno* » : terme italien qui signifie : arc-en-ciel.

— De fil en aiguille, entre deux verres, il a fini par me lâcher quelques noms...

— Comme ?

— Jacques Monsieur, un Belge, et un dénommé Werner Glatt ([11]). Alors, ke ke t'en dis, hum ? Il est pas génial, le Stan ?

Le visage de Francis s'assombrit. Du coup, le sourire de satisfaction de son adjoint disparaît d'un coup.

Il est vexé, le copain.

Francis le regarde fixement tout en tapotant des doigts sur la table.

Enfin, après un temps qui a paru une éternité à Stan, Francis s'avance légèrement.

— Et ce Lippert t'a balancé ça, comme ça ?

— Ben ouais, qu'est-ce que tu crois ? Quand Stan a décidé de faire causer un mec, rien ni personne ne lui résiste.

— Ouais, fait Francis, guère convaincu.

— Ben quoi, qu'est-ce qu'il y a d'extraordinaire ? Bon, d'accord, il avait quand même pas sucé que des glaçons, le gars, mais...

— Vous vous êtes rencontrés où ?

— Ben, comme d'habitude, là où je vais quand j'ai besoin de réfléchir.

— À ton bar « *L'Autel Lounge* » ([12]), c'est ça ?

— Yes, papa !

— Et vous étiez seuls ? Enfin, je veux dire qu'il est venu seul ?

— Bien sûr !

— Tu en es bien certain ?

---

[11] Werner Glatt, trafiquant d'armes d'origine allemande qui travaillait pour la CIA et la Maison Blanche Il est parvenu à récupérer des quantités impressionnantes d'armements et des équipements fournis aux troupes du Pacte de Varsovie.

[12] « *L'Autel Lounge* », 15 Rue de Vallière, à Lons-le-Saunier. Bar branché par excellence. Un carte de cocktails tous plus fabuleux les uns que les autres. Accueil et service des plus chaleureux. On peut casser la croûte et c'est tout aussi délicieux.

— Absolument. Si un mec le pistait, je l'aurais tout de suite repéré.

— En es-tu si sûr ?

— Ben, tu me connais ?

— Justement. Alors pas de triomphalisme précoce.

— Pourquoi ?

— Tu sais qui sont ces types dont tu viens de me balancer les noms ?

— Ben, je suppose que ce ne sont pas des enfants de chœur, mais de là à...

— Glatt a fourni quantité d'armes de conception russe aux résistants afghans. Ce type, d'origine allemande, bosse pour la CIA et la Maison Blanche. Quant à Jacques Monsieur, ton Belge, il est apparu à l'occasion de « *L'Angolagate* » ([13]). Lui, il travaillait en étroite liaison avec Elf et la DGSE.

— L'Angolagate, l'Angolagate, ça me rappelle quelque chose, ça. Y a pas une de ces saloperies de nos crapules politiques mêlée là-dedans ?

— Si. Ce scandale a démontré les turpitudes d'un des fistons de Mitterrand : Jean-Christophe ([14]).

---

[13] L'affaire des ventes d'armes à l'Angola, connue aussi sous « *Angolagate* » ou « *affaire Mitterrand-Charles Pasqua* » concerne une vente d'armes soviétiques d'un montant total de 790 millions de dollars américains au gouvernement angolais du Président José Eduardo dos Santos, en 1994, alors que la guerre civile angolaise venait de reprendre entre le Mouvement Populaire de Libération de l'Angola (MPLA) au pouvoir, et l'Union Nationale pour l'Indépendance Totale de l'Angola (UNITA) dirigée par Jonas Savimbi. La justice française reprocha à plusieurs personnalités du monde des affaires et de la politique française d'avoir, de 1993 à 1995, vendu à l'Angola des armes provenant de l'ancien bloc soviétique sans avoir reçu d'autorisation de l'État français.

[14] Jean-Christophe Mitterrand est né le 19 décembre 1946 à Boulogne-Billancourt. C'est le fils aîné de l'ancien Président François Mitterrand. C'est un journaliste, consultant international et homme d'affaires français. Il est impliqué dans les réseaux de la Françafrique. En 1993 et 1994, il est mis en examen par la justice française dans le cadre de l'affaire des ventes d'armes à l'Angola.

— Oooh ! Le Jean-Christophe ([15]). Nôtre grande gueule qui se croyait intouchable ?

[15] Il est suspecté d'avoir mis ses relations politiques au service de Pierre Falcone pour vendre des armes russes au gouvernement angolais du Président José Eduardo dos Santos. Il sera relaxé de cette accusation par la cour en octobre 2009. Le 22 décembre 2000, il est écroué à la prison de la Santé par le juge Philippe Courroye pour complicité de trafic d'armes, trafic d'influence par une personne investie d'une mission de service public, recel d'abus de biens sociaux, recel d'abus de confiance et trafic d'influence aggravé. Il est suspecté d'avoir reçu illégalement d'importantes sommes d'argent pour faciliter la vente d'armes au gouvernement angolais. Il reconnaît avoir perçu une rémunération de 1,8 million de dollars (13 millions de francs) de la Brenco sur un compte en Suisse, mais nie toute participation à un trafic d'armes. Le 11 janvier 2001, il est libéré contre le versement d'une caution de 770 000 euros (5 millions de francs), que sa mère Danielle Mitterrand s'est chargée de réunir « auprès de la famille et auprès d'amis » en qualifiant la somme de « rançon déshonorante ». La procédure ayant été annulée par manque de plainte du Ministre de la Défense, seul habilité à saisir la justice, Jean-Christophe Mitterrand est remis en examen le 4 juillet 2001, pour complicité de trafic d'armes par les juges Philippe Courroye et Isabelle Prévost-Desprez à la suite de la plainte effective déposée en janvier par le Ministre de la Défense socialiste Alain Richard. Le 17 octobre 2001, il est de nouveau mis en examen pour recel d'abus de biens sociaux par le juge Courroye. Il est accusé d'avoir bénéficié d'un virement de 300 000 dollars effectué par la Brenco. Selon son avocat, cette somme correspond à des « prestations de conseil à M. Falcone ». La veille, il avait déposé une plainte pour faux en écriture publique contre le juge Courroye, concernant une ordonnance rédigée en juillet 2000 par le magistrat. En 2004, selon une expertise financière remise en mai au juge Philippe Courroye chargé de l'affaire, 2,2 millions d'euros (14,3 millions de francs) ont été virés par Pierre Falcone sur un compte suisse appartenant à Jean-Christophe Mitterrand qui en a retiré 1,7 million d'euros (11,5 millions de francs) en espèces pour les transférer sur celui de sa société de pêcherie d'Iwik Investissement en Mauritanie. Il a déclaré avoir été consultant auprès de Pierre Falcone, mais les auteurs du rapport concluent qu'il n'a pas pu expliquer la nature exacte des missions qui lui étaient confiées et qui

— En personne.

— Oooh ! Sans blagues !

— Glatt et le Belge ont un point commun : leur métier consiste à satisfaire des besoins précis en armement dans des délais restreints sans poser de questions indiscrètes ni laisser de traces compromettantes derrière eux, à des gens puissants, friqués, et sans aucun humour.

— Oooh !

— Dans ces conditions, je n'imagine pas ton Lippert se balader seul dans la rue, une seule seconde, sans avoir, au moins, un ou deux anges gardiens autour de lui. Tu sais dans quoi tu viens de te prendre les pieds, mon gars ?

— Oooh !

— Oooh, ouais. Maintenant, ta bouille doit être affichée dans tous les services de renseignements d'Europe et des États-Unis. Content ?

— On n'a fait que boire un coup et...

— Et maintenant, ton bonhomme ne vient pas à ton rendez-vous. Tu ne comprends pas pourquoi ? Tu as des contacts sûrs dans la presse locale ?

— Ouais. Ils me mangent dans la main. Pourquoi ?

— Appelle l'un d'eux et demande-lui s'il n'y a pas eu quelques cadavres ramassés ici ou là, cette nuit, ou les deux nuits précédentes. Qu'il te donne le nom des victimes s'il peut.

— Mais pourquoi ?

— Tu n'as toujours pas compris ?

---

pourraient justifier des rémunérations d'une telle importance. Le 27 octobre 2006, la Cour de cassation a rejeté son pourvoi confirmant sa condamnation pour fraude fiscale à 30 mois de prison avec sursis et 600 000 euros d'amende pour fraude fiscale. Il fait partie des 42 prévenus du procès dit de « *l'Angolagate* », ouvert au tribunal correctionnel de Paris le 6 octobre 2008. Le 27 octobre 2009, il est condamné à deux ans de prison avec sursis et 375 000 euros d'amende pour recel d'abus de biens sociaux dans le cadre du procès.

KOGEL VRIJ ! ...

Jura, Bletterans,
Gendarmerie,
1 Place du Colombier,
bureau du Capitaine Lebreton,
même jour,
10 h 07

— Alors Petit, du nouveau ? Faut avancer là !

— Ça m'a pris beaucoup plus de temps que prévu, mais ça y est, mon Capitaine, j'ai retrouvé les deux noms à consonance hollandaise

— Alors ?

— Nees était Commandant dans la police et Nicki Lieutenant. Ils ont infiltré une organisation mafieuse spécialisée dans le trafic de drogue avec l'accord du Parlement. Ils étaient armés jusqu'aux dents et autorisés à tuer pour se défendre. Pour la police hollandaise, alliée à la nôtre, c'était le coup du siècle...

— Nous ?

— Oui, à l'époque, la police française rêvait de faire tomber Zampa, le fameux parrain marseillais.

— Je comprends mieux, maintenant. Et que s'est-il passé ?

— Zampa a été averti par une balance...

— On a son identité ?

Petit sourit largement d'un air entendu.

— Je me suis posé la même question que vous. A priori, pour le moment, en fonction des éléments que j'ai pu rassembler, Lippert pourrait être cette balance. Enfin, c'est purement gratuit. On n'a pas assez de matériel à exploiter.

— Je vois. Qu'a fait Zampa quand il a su qu'il y avait un traître dans son organisation ?

— Il s'est mis dans une colère noire et a flingué tout ce qui se trouvait dans son salon : bibelots, plantes, petits arbres, tableaux, bouteilles, meubles. Trois jours après, Nees et Nicki ont été retrouvés assassinés à leur domicile. Sentant la fin proche pour Zampa, la guerre des gangs reprit de plus belle. Et le milieu hollandais extermina ceux qui étaient restés sur le terrain. Que ce soit en France ou en Hollande, aucun d'eux n'a réchappé à la vengeance de l'ennemi. Zampa fut incarcéré aux Baumettes pour délits fiscaux en attendant que les dossiers hollandais parviennent à la justice française. Sachant probablement ce qui l'attendait, le parrain se suicida dans sa cellule.

Lebreton approuve mécaniquement de la tête. Il réfléchit.

— Et cette balance ? On a quoi sur elle ? Quelque chose me dit que ce Lippert la connaît, à moins que ce ne soit lui-même en personne.

— Ce ne serait pas impossible. J'ai traduit le bout de journal retrouvé dans ses papiers.

— Une piste sérieuse ?

— À vous de voir, mais ça m'en a tout l'air. « *Kogel Vrij* », en hollandais, ça signifie « *Balle Libre* ». Vous voyez ce que ça veut dire, n'est-ce pas ?

— Parfaitement. Autrement dit, à l'époque, ça désignait un ennemi public que n'importe quel citoyen était en droit d'abattre s'il s'estimait en état de légitime défense. Bref, un droit de tuer sans procès. Je crois qu'après toutes ces années, notre balance a enfin payé sa dette.

— Ça semblerait, en effet. Seulement plus de trente ans après...

— Petit, la vengeance ne connaît pas la notion du temps. Dans ce métier on se fait des inimitiés redoutables qui marquent un homme à vie. Ça ne m'étonnerait pas. Quoi qu'il en soit, notre boulot est de retrouver son ou ses assassins. À la lumière de ce que vous avez découvert, il me semble évident que son accident de voiture a été délibérément provoqué. Il nous appartient d'en découvrir les auteurs. Vous allez d'abord me retracer toute sa vie depuis la Hollande des années 1970 jusqu'à maintenant. Il n'y a que de cette façon qu'on pourra obtenir quelques pistes sérieuses. Vous faites cela en priorité. Déléguez aux autres tout ce que vous aviez en cours.

— C'est aussi urgent que ça ?

— Quand il y a mort violente et, surtout, une mort liée au trafic de drogue, alors oui, je place cette recherche comme prioritaire. Si ce Lippert a trempé dans ce milieu en Hollande, il y a fort à parier qu'il a continué dans cette voie. C'est beaucoup trop lucratif pour pouvoir ou même vouloir faire autre chose Donc, je veux tout savoir sur ce type. La came est la pire merde qui soit. Elle altère lentement les facultés mentales si elle est prise à l'état pur. On ne peut certainement pas en abuser, d'autant que, passé un certain seuil de tolérance, elle produit des effets contraires à ceux qu'on attend d'elle. Elle peut notamment faire débander un homme qui jusqu'à une certaine dose avait de formidables érections. Elle rend mégalomane, agressif et dangereux. Elle désinhibe sans crier gare et pousse vers l'homosexualité des gens qui ne s'y attendent probablement pas du tout ([16]).

— Compris.

— Autre chose sur notre énigmatique Lippert ?

— Oui, en approfondissant, j'ai trouvé un nom et un numéro de téléphone sur un bout de papier bien plié au fond de son portefeuille. Tenez.

Lebreton saisit le document.

— Mitsy ! ... Mitsy ! C'est un diminutif, ça. Myriam ? Marianne ? Mireille ? Quoi qu'il en soit, il a des relents de tapineuse ou d'entraîneuse.

— Lippert serait aussi lié à la prostitution ?

[16] Authentique.

— C'est une éventualité à ne pas écarter. Quand il y a de la drogue en jeu, la prostitution n'est jamais bien loin, malheureusement. Tracez-moi ce téléphone, il est fort probable qu'il soit celui de cette mystérieuse Mitsy. Surtout, on ne l'avertit pas. Il faut d'abord en savoir plus sur elle.

— À quoi pensez-vous ?

— Ce trafic exponentiel de « *Divine* », cette nouvelle came qui va inonder le marché, m'empêche de dormir depuis plusieurs semaines. Si cette Mitsy est impliquée dedans d'une quelconque manière, nous tenons peut-être, enfin, une bonne occasion pour remonter la filière jusqu'au grand patron. Il ne faut pas la laisser passer. Nous n'aurons probablement pas d'autre chance comme celle-là. Autre chose : avez-vous des nouvelles de nos collègues de Chevreuse ?

— Oui, justement, ce matin. Ils se sont rendus au domicile de Lippert. Une coquette et très belle demeure.

— Ils ont trouvé quelque chose ?

— Strictement rien du tout. Ils ont surtout eu l'impression que la maison était inhabitée depuis de nombreuses semaines, si ce n'est plusieurs mois.

Lebreton ouvre de grands yeux.

— Un leurre ?

— Pas impossible, Capitaine. En tout cas, ça prouve que Lippert n'y foutait plus les pieds depuis longtemps.

— Et ça signifie aussi qu'il devait habiter, ici, dans le Jura. La tête pensante de ce réseau de drogue est donc bien implantée dans la région. Lippert doit obligatoirement avoir un point de chute par ici. Il faut le découvrir.

— C'est ce que j'ai commencé à faire, Capitaine.

— Bravo. Je...

— On a aussi trouvé une note de restaurant. Lippert sortait de « *L'Auberge du Roc* ». Il ne sera pas allé bien loin.

— Combien de couverts ?

— Trois.

— Intéressant. Vous...

— Oui, j'ai aussitôt envoyé une équipe pour en savoir plus. S'il y a des caméras de surveillance, j'espère qu'on pourra découvrir qui étaient les deux personnes qui ont dîné avec notre victime.

— N'oubliez pas de questionner le personnel.

— Bien sûr.

— C'est très bien. On avance. Moyens de paiement ? Portable ?

— Aucun téléphone n'a été retrouvé, quant aux moyens de paiements, on a récupéré un porte-cartes bancaire. Il en avait pas mal.

— Pas de portable ! C'est très curieux. On a dû probablement le lui voler avant de l'éliminer.

— Et l'argent n'est pas le mobile du meurtre non plus.

— Ça renforce notre thèse. Continuez, Petit, continuez.

LE TRÈS ÉTRANGE MONSIEUR LIPPERT ! ...

Jura, Lons-le-Saunier,
bureau de «*Mondial Protection* »,
12 h 14

— Alors, du nouveau ? demande Francis en repoussant sa calculette.

Stan s'approche et s'assoit en face de son patron.

— J'ai eu des infos. Depuis vendredi soir, on a ramassé seulement trois macchabés dans Lons et sa région, et tu avais vu juste. Parmi eux on a notre informateur : Gérald Lippert. Seulement lui, il est mort dans un accident de voiture samedi soir.

Francis se redresse, pas vraiment étonné.

— Où ?

— En descendant de Château-Chalon. Il a raté un virage et s'est retrouvé deux cents mètres plus bas dans les vignes.

L'enquêteur reste mutique tout en s'adossant profondément. Il a croisé ses mains.

— Ben quoi ? Tu en fais une tête ! Ça n'a pas l'air de t'enchanter d'avoir eu raison ?

— Parce que toi, ça ne t'étonne pas ?

— Ça devrait ?

— Un peu, mon gars, un peu beaucoup même. Je vais finir par croire que l'air du Jura n'est pas bon pour tes neurones.

— Pige pas.

Francis sourit lentement tout en fixant Stan durant de longues minutes.

— Bon, ben quoi ? s'énerve-t-il presque.

— Tu l'as vu quand exactement ?

Stan ouvre de grands yeux.

— Heu... c'était... jeudi. Ouais, jeudi soir 6 juin. Pourquoi cette question ?

— Et le samedi suivant, il meurt dans un accident. Soit à peine deux jours après t'avoir parlé. Toujours pas étonné ?

Cette fois, c'est Stan qui reste mutique. Il roule de gros yeux, commençant à réaliser la portée de cette information.

— Nom de Dieu ! laisse-t-il tomber.

— Comme tu dis.

— Il était donc suivi et je n'ai rien vu du tout. Que c'est bête de ma part.

— Voilà pourquoi je t'ai conseillé de ne pas trop fanfaronner. Quand il n'y a pas de problème, c'est qu'il y a un problème. Ne l'oublie jamais.

Francis se tait. Il attrape un crayon et, comme à son habitude, commence à jouer avec.

Ça l'aide à réfléchir.

Stan sourit en coin, ne pouvant résister au plaisir de chronométrer mentalement le temps qu'il mettra à le casser en deux, comme toujours quand Francis fait fonctionner sa matière grise à fond.

— Tu fais toujours la gueule ? constate Stan au bout de longues minutes. Qu'est-ce qui coince, encore ?

— Plusieurs choses. D'abord, ton Lippert, outre être un joueur, est un trafiquant d'armes. Il fréquente des types peu recommandables qui n'ont pas pour habitude de prendre des gants. Tu fais ami/ami avec lui, il te balance leurs noms, et deux jours après on le retrouve mort. Ce n'est pas normal.

Stan sourit.

— Aaaah, ça je veux bien te croire. Si on doit calancher chaque fois qu'on vient de discuter avec un pote au bistrot, je...

— La ferme.

— Bon.

— Une telle précipitation signifie deux choses. Une, c'est que ton Lippert était suivi de très près. Deux, c'est que si quelqu'un a jugé opportun de l'effacer, c'est que doit se préparer un très, très gros coup de façon imminente.

— Pourquoi ?

— Parce que quand ses suiveurs ont su à qui Lippert parlait, en l'occurrence toi, patron de « *Mondial Protection* » dans le Jura, ils ont tout de suite eu peur qu'il te lâche des informations ultra compromettantes.

— Mais qu'est-ce qui te fait penser ça ?

— La rapidité d'exécution. Si ces trafiquants se sentaient intouchables, ils n'auraient certainement jamais pris le risque d'éliminer aussi rapidement Lippert. Soit, il représentait un réel danger pour eux, soit, comme je viens de le dire, il se prépare un très gros coup...

— Où alors, tu es plus proche du jackpot que tu ne le pensais.

Surpris en bien, Francis regarde Stan tout en se disant qu'il a parfois des éclairs d'intelligence.

— Ce n'est pas faux. Je n'avais pas envisagé cette option.

— Tu vois que quand je réfléchis, je...

— La ferme.

— Bon.

Francis rumine en faisant la moue.

— Et pourtant, ça ne colle pas, reprend-il au bout de longues minutes.

— Pourquoi donc ?

— Ces trafiquants aiment la discrétion, comme je te l'ai expliqué. Ils évoluent en permanence aux frontières de l'escroquerie en transgressant les lois nationales et internationales, ils réalisent des faux documents officiels, ils abusent le fisc et les douanes, ils vendent les produits dont ils disposent à des tarifs exorbitants et la clandestinité de leurs échanges exerce un effet incitatif. Que va faire un client floué ? De quels recours dispose-t-il ? À quels tribunaux va-t-il s'adresser ?

— Donc, ce serait un client qui aurait liquidé Lippert pour non-respect de leurs accords ?

— Non.

— Alors pourquoi ? Je ne te suis plus.

— Parce que, que ce soit les trafiquants ou un client escroqué, aucun n'aurait eu intérêt à liquider Lippert en causant un accident automobile. L'un comme l'autre l'aurait simplement refroidi d'une balle dans la tête et fait disparaître le corps au fond d'un lac ou d'un puits. Pas de traces, pas de publicité.

— Alors qu'avec un accident de la route... flic, enquête, journalistes... sans compter qu'on n'est jamais sûr qu'il crève... ouais, ça fait beaucoup trop de vagues.

— Exact ! Et c'est ça qui me chiffonne. Soit on a affaire à des amateurs, soit il y a autre chose derrière cette mort.

— Quoi donc ?

— C'est justement là le problème. Et pour le découvrir, nous n'avons pas trente-six solutions. Alors, tu vas me retracer le parcours de ce Lippert depuis sa première culotte jusqu'à sa mort.

— Ooooh ! T'as vu le boulot ?

— Justement, en t'y mettant tout de suite, on gagnera du temps.

Stan ricane en croyant avoir trouvé la parade.

— Mais j'peux pas. Je dois te préparer un plan de redressement pour l'agence, c'est toi-même qui me l'as ordonné, alors...

— Je vais t'éviter cette peine. Pendant que tu planches sur notre Lippert, je me charge de la comptabilité. Tu vois, je suis sympa ?

— Ouais, répond Stan de mauvaise grâce.

— Au boulot, mauvaise graine !

UNE SOIRÉE SYMPATHIQUE ! ...

Jura, Bletterans,
Brasserie « *Le Jura* »,
lundi 10 juin,
21 h 19

En fin de journée, fatigués, les deux enquêteurs s'octroient un moment de détente. Stan a absolument tenu à venir dîner dans sa brasserie préférée alors que Francis aurait voulu se rentrer tout de suite.

Il vient d'acquérir une superbe ferme rénovée sur la commune de Commenailles et il a hâte de s'y rendre pour se reposer. Le coin est fantastique et d'un calme légendaire.

Finalement, après bien des discussions, il a fini par baisser pavillon.

— Tiens ! Monsieur Magenta ! s'exclame Sonia, la patronne, en voyant le duo pénétrer dans le restaurant.

Souriante, elle s'avance vers eux.

— Ça fait un bail ! J'espère que vous ne venez pas chez nous pour détruire à nouveau la moitié du village ? ([17]).

— Rassurez-vous. Nous venons uniquement pour déguster votre si savoureuse cuisine.

---

[17] Voir « *Le noyé de la Seille* ».

— Dehors ou en salle ? dit-elle en riant de bon cœur.

Les deux hommes se consultent du regard.

— Dehors, hein ? Il fait encore chaud et on a bien besoin d'air pur.

— Allez, mes p'tits loups, suivez-moi.

Sonia sort d'un pas décidé, suivie par les deux privés.

Elle leur montre une jolie table puis, au moment de faire demi-tour, s'immobilise devant Stan et le regarde en rigolant.

— C'est quoi, ça, pour un tee-shirt ? C'est un nouveau, non ?

— Ben, ouais ! C'est Jason Bourne ! ([18]) Classe, hein ?

Sonia se retient d'exploser de rire et coule un regard compatissant sur un Francis qui se désespère d'inculquer un rudiment de bonne conduite à son ami.

Un client l'interpelle.

— Sonia, la note !

— Tout de suite !

Francis fronce les sourcils.

— Il me semble connaître cet homme.

— Bien sûr, dit Sonia en regardant à nouveau le privé. Qui ne connaît pas Charles Letestud ? C'est une gloire dans la région. Elle est même double...

— J'y suis. C'est un magicien.

— Exactement.

— Particulièrement doué, si j'en crois les très nombreuses critiques que j'ai pu lire sur lui.

— Et excellent vigneron. Son vin de Paille n'a pas son pareil. On vient de loin pour le savourer. Vous voulez le goûter durant le repas ?

— Mais bien volontiers.

— Voici la carte. Un apéro en attendant ?

— Bien sûr.

---

[18] Voir les 5 films interprétés par le talentueux Matt Damon qui tient le rôle de Jason Bourne : « *La mémoire dans la peau* », « *La mort dans la peau* », « *La vengeance dans la peau* », « *Jason Bourne, l'héritage* » et « *Jason Bourne* ».

La commande est vite passée.

Appréciant la soirée qui s'annonce, Francis se sent détendu. Il inspire longuement, heureux, en fermant les yeux.

Ça fait longtemps qu'il ne s'est pas senti aussi bien. Ne lui manque que Myriam. Son déplacement à l'étranger commence à lui peser singulièrement et il est impatient de la revoir.

Stan se frotte déjà le ventre avec la volonté affichée de s'en mettre « jusque-là »

Machinalement, Francis observe la terrasse et le va-et-vient des clients.

Il regarde distraitement le magicien et sa compagne remercier longuement Sonia avant de disparaître vers leur voiture garée sur l'esplanade.

— C'est qui la nana du gars ? demande Stan, les yeux littéralement scotchés au dos de la jeune femme.

— Si ce sont ses yeux que tu cherches, pas de bol, tu regardes du mauvais côté... et ils sont plus haut. Beaucoup plus haut.

— Ah, c'est malin !

— Et pour répondre à ta question, je crois qu'il s'agit d'une journaliste free-lance. Si mes souvenirs sont bons, elle s'appelle... Carine Montellieux.

— Ouais, ben avec un châssis pareil, mes avis que l'autre doit pas s'emmerder, réplique Stan sans détourner son regard de la vertigineuse chute de reins de la journaliste.

— Ce que j'adore chez toi, c'est ton sens aigu du romantisme.

Francis éclate de rire en prenant sa bière que Sonia vient de lui apporter.

— Ah, c'est malin !

Le rugissement agressif de la Ferrari quittant la Place du Colombier fait se tourner toutes les têtes.

— Putain ! La vache, t'as vu la bagnole ! s'exclame Stan. Ça rapporte de faire le magicien. Tiens, j'ai raté ma vocation, moi.

Francis regarde le bolide rouge emprunter la route de Commenailles et sourit en reposant son sérieux bien frais.

— Rassure-toi, tu arrives très bien à créer l'illusion... et sans forcer qui plus est.

— Ce que tu peux être vexant quand tu t'y mets, toi, alors.

Dans la Ferrari

— Où m'emmènes-tu, chéri ?

— N'as-tu pas exprimé le désir de voir les jolis et très précieux bijoux de ma famille ?

Carine exulte.

— Oooh mon amour, tu ne sais pas à quel point tu me rends heureuse.

Letestud sourit en coin.

— Et toi, tu ne sais pas à quel point tu me facilites les choses.

— Comment ça ?

— C'est un secret. Tu verras à ton retour.

— Que me caches-tu encore ?

— Tu verras bien. Sache déjà que tu n'es pas la seule à partir.

— Tu pars sans moi ? Où vas-tu ?

— Au Canada. Je vais faire le tour de mes revendeurs de vin.

— On aurait pu y aller ensemble, s'offusque-t-elle faussement.

— On aurait pu, oui, mais je n'ai eu la confirmation de mon voyage que cet après-midi et je suis obligé d'y aller. Et puis, ne vaut-il pas mieux que je sois ici quand tu reviendras au lieu de m'attendre toute seule, petite âme inconsolable ?

— Méchant ! fait-elle en lui bourrant gentiment les cotes.

UNE VISITE INOUBLIABLE ! ...

Jura,
quartier « *La Chaux* »,
23 h 57

La Ferrari a avalé les quelques dizaines de kilomètres qui la séparent de Bletterans du quartier de « *La Chaux* » avec une facilité déconcertante. Faisant peu cas de la réglementation routière, une fois passé Commenailles, très sûr de lui, Letestud accélère nettement sur la grande ligne droite de la D.33 Au milieu d'une immense barrière verdoyante de part et d'autre de la route, il plaisante longuement, faisant glousser sa maîtresse de joie.

Non loin du croisement entre la nationale et la Route de Sellières, le magicien ralentit fortement afin de tourner à droite.

Il accélère franchement une fois engagé sur la D.1 en direction de Sellières, La Chaux-en-Bresse, Bois-de-Gand. Il dépasse rapidement un premier croisement puis rétrograde brutalement pour emprunter, sur sa gauche, un tout petit chemin perdu au beau milieu de la forêt. Très vite, il longe l'Étang Malvernois pour prendre tout de suite après l'étendue d'eau plane et sombre un petit chemin à peine carrossable.

Carine écarquille les yeux, se demandant où diable son amant l'entraîne.

Soudain, apparaît devant elle une imposante bâtisse nichée au beau milieu de la forêt silencieuse. Quelques lumières sont allumés.

— C'est ici ?

— Nous sommes arrivés.

Letestud franchit un porche et s'arrête au milieu d'une cour mal pavée. Sur la droite, un perron brillement allumé et une lourde porte en accent circonflexe.

— Il y a du monde ?

— Bien sûr ! Deux vigiles veillent en permanence sur ma collection.

— Tu n'aurais pas meilleur compte de la mettre dans un coffre à la banque ? Ici, excuse-moi, mais en pleine campagne, des hommes bien décidés pourraient...

— Que nenni, ma douce. Les contrôles sont infranchissables. Et nous serons même soumis à une stricte palpation de nos visages. C'est si vite fait d'en contrefaire un. Avec quelques grimages, tu n'imagines pas tout ce que l'on peut faire.

Pressée par son amant, la jeune femme, impressionnée, entre dans la vieille maison. Solidement construite en grosses pierres de taille, on devine aisément qu'elle est ici depuis plusieurs siècles.

Après un contrôle effectivement très strict, le couple passe dans l'entrée lourdement protégée par une énorme porte en bois massif à l'épaisseur impressionnante.

Suivant son amant, la jeune Carine monte un immense escalier carré.

— Comment...

— Comment se fait-il que je sois propriétaire de ce tas de pierres ? Vieille histoire de famille. Je ne vais pas t'ennuyer avec ça. Seulement, aujourd'hui, les coûts d'entretien d'une telle ruine sont si pharaoniques que ma sœur et moi avons décidé de la céder à la commune de Bletterans, dont je te rappelle que je suis membre influent du conseil municipal.

— Quand me la présentes-tu ?

— Oh tu sais, Chantal est quelqu'un de... disons... particulier. Elle a un caractère bien trempé, si tu vois ce que je veux dire. Je ne suis pas sûre que vous vous entendiez bien toutes les deux.

— Mais si je dois faire partie de ta famille, il est normal que j'essaie de m'entendre avec tout le monde, non ? Elle habite loin d'ici ?

Letestud secoue la tête.

— Non. Elle vit à Mouthier-en-Bresse. Elle est hôtesse de l'air et bénévole dans une association qui s'occupe des enfants en échec scolaire.

— C'est tout à son honneur.

— Ne te fie pas surtout pas à son image.

— Tu as dit ça sur un ton de dédain que je n'aime pas. Il n'y a pas à rougir de ce si beau métier, tu sais. Tu es bien viticulteur, toi ?

Letestud, agite sèchement un index devant elle.

— Non ! Je m'occupe de viticulture, c'est bien différent. Tu saisis la nuance ?

Carine hausse les épaules. La différence ne lui saute pas vraiment aux yeux.

— Ce que tu peux être pointilleux, parfois. Tu es exaspérant.

— C'est un gage de réussite, ma chère. Quant à ma sœur, ne te tracasse pas pour elle, nous aurons bien le temps d'en reparler. Viens, c'est par ici.

— Il n'y a plus beaucoup de meubles.

— Nous avons tout vendu. Nous sommes encore présents dans la demeure mais seulement durant la durée de l'exposition des bijoux, après... Ça nous fait toujours un peu d'argent. Et encore, ça suffit tout juste pour payer les vigiles et l'électricité. Tu sais, faire des expositions ça coûte un bras et le retour sur investissement n'est jamais garanti. La preuve, à fin avril, on exposait la collection à Hong Kong, eh bien, on a fait un bide. Les Chinois sont peu réactifs à ce genre de bijoux. On a donc tout rapatrié début mai et depuis, toute la collection est ici.

— Je n'imaginais pas que ce soit si compliqué.

Letestud sourit et lui fait signe d'avancer.

Après une vingtaine de mètres dans un dédale de couloirs totalement vides, Letestud invite, de façon presque théâtrale, sa maîtresse à passer dans une grande salle au haut plafond à la française entièrement en vieilles poutres en chêne massif.

Au fond de la pièce, un immense présentoir très discrètement illuminé donne un éclat tout particulier au collier de la famille.

Stupéfaite devant autant de beauté, Carine reste les yeux fixés sur l'incroyable assemblage de pierres précieuses qui agrémentent un tour de cou en cuir très large. Sans ses pierres, il n'a l'air de rien mais les diamants si minuscules sont incrustés dans le cuir de façon exemplaire. On a l'impression qu'ils sont simplement posés. Leur implantation ne relève pas du hasard, ce qui fait que la personne qui porte le collier attire obligatoirement tous les regards sur elle. Chaque facette des diamants accroche systématiquement la lumière, ce qui rend le bijou particulièrement magnifique à regarder. Il étincelle en permanence, comme animé d'une vie propre.

Pendant que Carine a les yeux rivés sur le présentoir, Letestud s'approche de l'un des vigiles.

— J'aurais un petit service à vous demander, chuchote-t-il. Je voudrai faire une surprise à ma compagne. Si vous pouviez ouvrir la vitrine, je lui ferais essayer le collier

— Monsieur Letestud, je voudrais bien, mais vous savez parfaitement que c'est strictement interdit sans une autorisation.

Le magicien sent la moutarde lui monter au nez.

— Enfin, quoi ! Ce bijou m'appartient, non ?

— Bien sûr, mais j'ai des ordres et je dois m'y plier. Je vais appeler la centrale de surveillance pour leur demander.

— Très bien. Faites donc.

Pendant que le magicien laisse faire le vigile embarrassé, il s'approche de Carine, toujours en extase devant le bijou.

— Alors ? Qu'en dis-tu ?

— Extraordinaire ! Exceptionnel ! Jamais je n'ai vu de bijou aussi adroitement travaillé. C'est un pur chef d'œuvre.

— En effet. Dans le temps on savait travailler les choses avec amour et professionnalisme, de nos jours…

— Comment l'as-tu obtenu ?

— Il a été trouvé en Orient par mes ancêtres, il y a plus de deux cents ans.

Au même moment, le vigile revient, souriant cette fois-ci.

Discrètement, il fait signe à Letestud de le rejoindre.

— Oui ?

— J'ai eu le responsable de la centrale de surveillance. En effet, on ne peut pas vous empêcher de prendre le collier. Alors, l'opérateur va désactiver l'alarme, mais seulement pour cinq minutes.

— Ce sera plus que suffisant. Merci beaucoup.

Souriant toujours, le vigile s'approche du présentoir tandis que Letestud entraîne un peu à l'écart la jeune femme, surprise.

— Maintenant, ferme les yeux, ma chérie.

— Mais… bon, d'accord.

Carine s'exécute. Sous les yeux du vigile, le magicien prend délicatement le collier et le passe doucement autour du cou de Carine.

— Maintenant, tu peux ouvrir les yeux. Tu portes « *Le Sourire du Monde* » !

— Oooooh, quelle merveille ! Il est splendide !

— Digne d'illuminer ton visage, ma Carine adorée. La dernière fois que je l'ai vu autour du cou d'une femme, c'était sur celui de ma mère qui le portait pour le mariage d'un très haut notable de Dijon.

— La comparaison que tu fais avec ta mère me rend heureuse. J'en suis presque confuse. Pourquoi s'appelle-t-il « *Sourire du Monde* » ?

— La bande de cuir qui entoure ton cou ne te fait-elle pas penser à un sourire infini ?

La jeune femme regarde plus attentivement et finit par hocher la tête.

— Mais tu as raison ! C'est dingue…

— Excusez-moi, monsieur Letestud, le temps est pratiquement écoulé.

— Bien sûr, je comprends.

Carine se tourne, affichant un sourire d'intense satisfaction.

Elle est sur son petit nuage.

— Enlève-le-moi, Charles, je ne veux pas te causer de problèmes.

Le magicien s'exécute. Il retire délicatement le collier, pivote sur lui-même et tend l'objet au vigile, visiblement pressé que ce soit terminé.

Tandis que le vigile repose avec soin le bijou dans son présentoir, Letestud entraîne doucement sa maîtresse vers la sortie.

— J'espère que, très rapidement, ce collier sera porté par une prochaine Letestud digne de ce nom.

— Ce sera le plus beau jour de ma vie.

Le couple s'embrasse fougueusement sous le regard attendri du vigile qui, soulagé, vient de fermer hermétiquement le présentoir en verre.

D'un léger signe du bras, le magicien indique qu'ils s'en vont.

Le vigile approuve de la tête tout en portant sa radio à son visage pour prévenir ses collègues au rez-de-chaussée.

Au fond, il est bien content que le propriétaire s'en aille.

LE TRUAND ! …

Jura, Bletterans,
Avenue Jean de Chalon-Arlay,
juste après « *Lidl* »,
01 h 49

La tête en ébullition, Charles Letestud consulte sa montre. Il n'a pas pu se rendre au rendez-vous de minuit. La faute en incombe à Carine. Il n'arrivait pas à s'en défaire. Krammer va être fou furieux, mais il s'en fout, maintenant.

Vivement, il grimpe les quelques marches le séparant de l'entrée et ouvre rapidement la porte de son petit manoir situé presque en vis-à-vis du Chemin de Savignois.

Sa maison, héritée de ses ancêtres, est massive. En pierres de taille, c'est un grand rectangle avec deux petites tours rondes à chaque angle. Elle est juchée au beau milieu de la forêt, au ras d'un étang où coulent les eaux sombres de la Seille.

La viticulture rapporte pas mal, sans compter le reste. Et Dieu sait qu'il en a en pagaille.

Seulement, les frais s'accumulent et il en veut toujours plus.

Vivre bien, très bien même, exige de gros revenus qu'il n'a pas forcément. Faut bien trouver des solutions.

Il pousse la porte et cherche l'interrupteur à tâtons.

Mais, soudain, la lumière se fait et le magicien a la surprise de sa vie.

Le malabar qui est venu le voir lors de la soirée à l'Écomusée vient de se planter devant lui.

— Letestud, c'est presque deux plombes du matin, Krammer t'attendait au club à minuit. J'ai pas été assez clair, l'autre soir ?

— Il a fallu que je raccompagne Carine et...

— On s'en fout. Comme tu ne venais pas, on est venus t'attendre chez toi. Krammer est dans le salon. Il est pas content.

Le magicien, escorté de près par deux gorilles, passe dans la grande pièce de vie.

Krammer est assis face à la cheminée. Il ne tourne même pas la tête.

Habillé avec raffinement, il fume sa cigarette en la tenant serrée entre ses dents. Un visage émacié, long, aux traits durs. Une chevelure courte, noire comme un bloc de charbon, et un collier de barbe noire également finement soigné cache quelques cicatrices dues à un règlement de compte.

Un être totalement dépourvu d'humour.

Il ne bronche pas. Ses yeux noirs, froids, fixent étrangement le feu qui s'éteint doucement dans l'âtre. Il prend lentement sa cigarette et s'amuse à faire des ronds de fumée.

Il adore les ronds.

— Tu es en retard. Je n'aime pas qu'on me fasse attendre.

À voir le cendrier bien rempli, Letestud mesure tout de suite le niveau d'énervement du caïd, mais il ignore que sa colère froide est un signe de danger imminent.

— Comme je viens de dire à Kevin, j'ai dû raccompagner...

— Tu m'ennuies avec tes excuses.

Lentement, Krammer se lève. Il s'approche du magicien et s'immobilise devant lui en souriant.

Soudain, il lui décoche une double paire de claques d'une violence inouïe.

Letestud vacille et manque s'étaler de tout son long.

Sous le choc, alors que sa tête semble encore exploser, il frotte machinalement sa joue endolorie sans vraiment comprendre ce qui vient de lui arriver.

— Ne me fais plus attendre ! Ne me fait plus jamais attendre, ou tu regretteras d'être né ! conseille calmement Krammer en menaçant le magicien de l'index.

— Non... non ! balbutie Letestud que la peur vient de saisir.

— Ça fait plus d'une semaine que je t'ai donné la copie du collier, et je sais que l'original est encore dans ton musée. Quand feras-tu la substitution ? Et ne me raconte pas de conneries cette fois-ci, compris ?

Letestud fait quelques pas.

— Dans un ou deux jours. Quand j'irai porter les bijoux à la banque.

— Tu t'y prendras comment ? Il y aura comme d'habitude des flics de partout, sans parler des vigiles de l'agence.

— Ça, c'est mon problème.

— C'est aussi le mien. Si dans deux jours tu ne l'as pas résolu, je renoncerai à ce que tu me dois, mais toi, tu seras un homme mort ! Me suis-je bien fait comprendre ?

Krammer fixe étrangement le magicien et, d'un brusque mouvement de la tête, indique à ses gorilles qu'ils partent.

Sur le pas de la porte, Krammer se retourne.

— Et rallume ta cheminée. On se pèle les couilles chez toi, même en été. Remarque, tu ferais aussi bien de t'habituer au froid, ça risque d'être ton prochain état, bientôt, non ?

Krammer ricane, immédiatement suivi par ses loubards.

— Allez, on se tire d'ici.

Les truands sortent, suivis par un Letestud en proie à une trouille folle.

Du haut du perron, il les suit des yeux.

— Vous lui avez copieusement collé les miquettes, au magicien, chef.

— Et comment ! Vous allez voir, patron, il va vous amener le collier en rampant, ce trouillard, et vous pourrez l'ajouter à votre collection.

— On retourne au club, patron ?

— Non ! ... Continuez à marcher, faites comme si de rien n'était. Il nous regarde.

— Que se passe-t-il ?

— En attendant notre magicien, j'ai eu tout le temps de jeter un œil dans sa cagna. J'ai découvert que ses valises sont prêtes. Ça veut dire qu'il va nous jouer les filles de l'air. Alors, comme j'aime pas me faire doubler, on va surveiller ce qu'il fait, et on l'embarque s'il fait mine de vouloir se tirer. S'il ne nous amène pas le collier de lui-même, on le forcera à le faire. Je ne renoncerai pas à ce bijou.

— Et après ?

— Après ? Comme pour les autres.

— Un pénible accident de la route.

— Exactement.

INQUIÉTANTE DISPARITION ! ...

Une minute plus tard

— Tenez, qu'est-ce que je vous avais dit. Ce trouillard se barre.

— On n'aura pas eu à attendre longtemps, patron. Vous aviez raison.

— J'ai toujours raison.

En effet, fébrile, Charles Letestud vient de surgir du perron avec ses deux énormes valises.

— Kevin avec moi, Marco, Luc, par la droite.

Letestud court jusqu'à sa voiture, ouvre la porte côté passager et entasse précipitamment les bagages dedans.

Soudain, il se fige.

Il se retourne et, stupéfait, découvre deux des hommes de Krammer qui le dévisagent avec un sourire qui ne présage rien de bon.

— Écoutez, ce n'est pas ce que vous croyez, je...

— Mais on ne croit rien du tout, sale traître, on se contente simplement de ce que l'on voit. Et ce que je vois me suffit amplement.

Le magicien qui transpire de peur tourne violemment la tête de l'autre côté de la voiture.

Krammer et Kevin sont juste en face.

Son cœur s'emballe.

Un silence.

Mais juste avant que Krammer donne un ordre, le magicien se retourne, heurte très durement l'un des gorilles et détale de toute la puissance de ses jambes.

— Attrapez-le-moi ! crie Krammer.

Aussitôt, ses hommes se lancent à la poursuite du fuyard qui est déjà en train de contourner la maison.

— On le tient, patron, derrière il n'y a que des étangs et la Seille va lui barrer la route.

— Il a préparé son plan depuis pas mal de temps, Kevin, et tant que je ne tiens pas cette ordure, il peut encore s'échapper.

Derrière la maison, la poursuite continue.

Letestud fonce droit vers la porte grillagée qui permet de quitter la propriété par derrière. Une fois sorti, il pourra s'enfuir par la rivière. Il y a toujours son petit canot amarré sous des buissons.

Prévoyant, le magicien avait imaginé un scénario comme celui qui se déroule ce soir.

Il allonge sa foulée en sentant plus ou moins confusément que ses poursuivants gagnent du terrain sur lui.

Il arrive sur la vieille porte.

Sauvé ! se dit-il.

Pas le temps de l'ouvrir.

Dans un ultime effort, il se jette sur la grille qu'il escalade tant bien que mal.

Juste derrière, les deux truands s'immobilisent à environ six mètres.

Ils se dévisagent d'un air entendu.

— Taser ! ([19]).

---

[19] Le pistolet à impulsion électrique est une arme d'une portée maximale de 7,60 mètres qui propulse deux électrodes à la vitesse de 50 mètres par seconde reliées à deux filins isolés. Au contact de sa cible, le pistolet libère une décharge de 2 milliampères pour 50 000 volts. Cette onde électrique bloque le système nerveux. Le pistolet envoie alors un signal appelé « ondes Taser », qui bloque les signaux normaux des fibres nerveuses. Selon l'inventeur, l'idée est de neutraliser un individu dangereux à bord d'un avion, sans utiliser des

— OK !

La décharge électrique touche le magicien dans le dos. Violemment secoué de tremblements, bouche ouverte, Letestud lâche prise et glisse par terre, mais reste suspendu dans le vide, retenu à la grille par sa redingote prise dans l'un des barreaux en fer forgé.

Les deux tueurs sourient.

— Regarde-moi ce con, on dirait un porcelet qu'on vient de mettre sur un croc de boucher.

— Allons le décrocher, vite.

Au même moment Krammer et Kevin surgissent.

— Vous l'avez eu ?

— Oui, patron. Il est dans les vapes. Cinquante mille volts dans le dos, ça vous cloue un mec pour de bon.

Krammer est inquiet. Il regarde attentivement Letestud couché au sol. Sa paralysie musculaire lui tire une mauvaise grimace. Il semble très mal supporter le choc électrique.

Le truand s'est agenouillé et fouille la poche intérieure de la redingote déchirée.

Il en sort rapidement un billet d'avion.

— Le Canada. Et seul. C'est sa pouffe qui va être contente de savoir qu'il se barrait sans elle. Ça sent la fuite, ou je ne m'appelle plus Franz.

— Il a l'air mal en point, non ? dit Marco, l'homme au taser.

---

armes classiques. Cette arme est conçue pour bloquer le système nerveux central, officiellement sans effets à long terme, afin d'immobiliser brièvement la personne touchée de façon que les policiers puissent intervenir et procéder à son arrestation. On parle aussi de paralysie momentanée. Le cycle de 5 secondes automatiques (durée totale de la décharge) est un cycle technique mais aussi physiologique puisqu'il permet de faire passer un individu en manque (de drogue par exemple) de l'état de démence à un état totalement déstressé. Une autre des conséquences de la paralysie musculaire apparaît lorsqu'une personne est touchée à l'abdomen à un mètre de distance : il peut provoquer la défécation immédiate.

Intrigué, Krammer examine rapidement le magicien qui ne bouge plus du tout.

Il se redresse alors lentement avant de se ruer sur Marco qui lève les bras en signe de protection.

— Sombre taré congénital ! Tu l'as tué ! Tu te rends compte de ce que tu me fais perdre, sale connard ?

Une volée de coups violents s'abat sur le gorille maladroit. Il se retrouve à genoux, implorant son patron d'arrêter.

C'est Kevin qui intervient.

— Arrêtez ! Vous allez le tuer.

— C'est tout ce que mérite ce dégénéré.

Grimaçant de douleur, Marco se relève en se frottant les côtes.

— Il n'aurait pas dû...

— Il n'aurait pas dû ! Pauvre cloche ! C'est moi qui n'aurais pas dû engager un tocard pareil que toi. Tu sais combien tu viens de me faire perdre ? Explique-moi comment je fais, maintenant, pour récupérer le collier ? Tu sais pour combien il y en a dedans ? En as-tu même la plus petite idée ?

Se maîtrisant avec difficulté, et devant le silence affligeant de son gorille, il se reprend en respirant fortement.

— Hors de ma vue ! Avec Luc, allez me fouiller la baraque. Le collier ne doit pas être bien caché. Trouvez-le-moi ! Trouvez-le-moi sinon je me ferai une joie de voir ta gueule quand j'aurai branché ton Taser sur tes couilles et que j'actionnerai la gâchette. C'est clair ?

Sans se le faire dire deux fois, les voyous filent vers la maison.

Kevin s'approche de son patron qui respire fortement.

— Je vous l'avais dit que c'était une connerie de donner le collier à Letestud sans le vider au préalable.

— Ce qui aurait été une connerie, c'était justement de le garder au complexe. Au cas où tu ne l'aurais pas remarqué, les perquisitions s'accélèrent dangereusement en ce moment. Les flics ont été probablement avertis de mes arrivages, et je n'aime pas ça.

— On a toujours été avertis. Les képis font chaque fois chou banc.

— Oui, jusqu'au jour où on n'aura pas le temps de nous prévenir. Et alors là... Non, crois-moi, je n'avais pas de meilleure solution que de donner le collier tel quel à Letestud. OK, c'est risqué, je te l'accorde, mais c'est un risque gérable. Les gendarmes, par contre... c'est une autre histoire, car s'ils trouvent le collier bourré de came chez moi, je te laisse imaginer la suite. En revanche, ils ne soupçonneront jamais le magicien, et nous, nous pouvons toujours le contrôler. C'était un risque gérable.

— Sauf qu'il est mort, maintenant.

Krammer hausse les épaules.

— Incident de parcours. Il n'a pas dû ranger le collier bien loin. Il n'avait aucune raison particulière de le planquer. On va vite le retrouver.

Kevin réfléchit quelques secondes.

— Oui, c'est sûr, mais ne prenez-vous pas trop de...

— On n'est jamais trop prudent, surtout avec ce que j'ai tout récemment appris.

— Quoi donc ?

— La DEA ([20]) vient de nous envoyer un de ses enquêteurs. Un certain Mac Cabe. C'est grave, et il y a

---

[20] DEA : c'est un service de police fédérale américain dénommé *Drug Enforcement Administration.* Il se charge de lutter contre le trafic de stupéfiants. Créée en 1973 sous l'impulsion du Président Richard Nixon, elle collabore avec les diverses agences locales, régionales et fédérales des États-Unis pour faire la guerre à la drogue. Sa mission tentaculaire et ses résultats sont impressionnants. 2,88 milliards de dollars : c'est le budget annuel du service pour ordonner les opérations et qui compte 11.055 employés, dont 5.249 agents spéciaux. 630.000 adolescents se sont drogués en 2014 aux États-Unis. Cela représente 15% de moins qu'en 2000, preuve du succès des opérations mises en place par la DEA. Durant cette période, les consommateurs de marijuana ont baissé de 12%, ceux de méthamphétamine de 80%, quant aux amateurs d'ecstasy, ils ont

de fortes probabilités qu'il soit entré en contact avec les képis. Ils doivent être au courant pour la « *Divine* », c'est aussi logique que certain. La recrudescence des perquisitions n'est pas le fait du hasard. Impossible ! Dans ces conditions je devais agir comme je l'ai fait.

— Je comprends mieux. Heureusement, il nous reste la hache.

— Comme tu dis, mais tu sais aussi bien que moi que j'ai besoin des deux envois pour réussir mon affaire.

— Suspendons l'opération, le temps que les choses se tassent.

— Pas question ! Toutes les dispositions ont été prises avec les chefs de gang des régions avoisinantes. Je dois d'ailleurs les revoir d'ici quelques jours pour finaliser les derniers détails. Ensuite, j'ai investi des millions d'euros dans cette affaire et je veux voir, maintenant, mon retour sur investissement. On va juste modifier le tempo. Au lieu d'inonder l'hexagone en une fois, on va le faire en deux temps. Quand doit arriver la hache ? Je trouve que Serge prends les choses un peu trop à la légère.

— La hache est arrivée autour du 15 mai. Serge me l'a confirmé et doit me rappeler pour me dire quand il va nous l'apporter.

— Il est bien long.

— Il joue la prudence. Avec toutes ces perquisitions, il attend le bon moment.

— OK. Surveille très attentivement cet envoi. Il me faut toute ma « *Divine* ». Je ne pouvais malheureusement pas l'envoyer en une seule fois. Trop

---

chuté de 67%. 919 tonnes de cocaïne ont été saisies par la DEA entre 2000 et 2014 sur le territoire américain. Sur la même période, les fédéraux ont aussi mis la main sur 11,6 tonnes d'héroïne et un peu plus de 5.704 tonnes d'herbe de cannabis ! 1 million de dollars, c'est le prix maximal que peut atteindre l'amende d'un individu s'il est arrêté par la DEA en possession de moins d'un gramme de LSD. Naturellement, cette sanction va de pair avec une peine qui peut grimper jusqu'à 20 ans de prison.

compliqué. Trop risqué... Bon ! Pour le moment, va aider ces deux cons à fouiller la baraque.

— Et pour le cadavre ?

— Quand vous aurez retrouvé le collier, embarquez-le-moi dans sa bagnole. Direction : le complexe. Tu sais où l'enterrer ?

— Ouais.

— Ensuite, tu me fais disparaître sa caisse. Monsieur Letestud voulait partir en vacances, eh bien c'est ce que nous allons faire. Personne ne posera de questions sur son absence. Pour la peine, Marco filera à l'aéroport. Je vais lui offrir un petit voyage au Canada.

— Pourquoi ?

— D'abord parce qu'il a la même corpulence que Letestud. Tu m'appelles illico Mitsy. Tu lui dis de venir nous rejoindre au complexe. Elle va le maquiller pour qu'il ressemble au magicien juste assez pour passer les contrôles tranquillement.

— Et ensuite, il fait quoi, une fois là-bas ?

— Rien. Une fois sorti de l'aéroport, Marco balancera les valises et il reviendra ici... mais sous son vrai visage. Entendu ?

— Compris. Je m'en occupe.

Personne ne devait jamais plus revoir Charles Letestud.

Mais plus grave, le collier ne fut pas retrouvé.

UN BIEN CURIEUX PERSONNAGE ! ...

Jura, Bletterans,
bureau du Capitaine Lebreton,
mardi 11 juin,
09 h 02

— Alors, Petit, que m'apportez-vous de beau ?

— Avec le peu de temps que vous m'avez laissé, je vous ai préparé un rapport que j'estime assez complet sur ce Lippert. Vous aviez raison, il a bien caché son jeu.

— Faites-moi voir ça.

Lebreton prend le dossier et l'ouvre tout en faisant signe à son subordonné de s'assoir.

— Alors, notre lascar est né en 1948, à Tanger, au Maroc, alors sous domination Française. Il est le fils d'un haut fonctionnaire français et d'une marocaine, fille d'un des derniers chefs de la tribu Aït-Baha ([21]). Bref, il passe une adolescence à problème. Sa bagarrant souvent avec les Arabes, les Français et les Juifs. En

[21] Aït Baha est aussi le nom de la tribu qui fait partie de la confédération des tribus de Achtoukne, en Amazighe. Cette tribu donna beaucoup de fil à retordre à l'armée française. Elle s'attaquait ouvertement aux caravanes maliennes et mauritaniennes qui traversaient le désert que ces Berbères retenaient comme leur terre. Leur sauvagerie n'avait pas beaucoup d'égal.

tant que Berbère, il haïssait les trois autres races. Il est bagarreur, impoli, méchant, belliqueux et teigneux. Il s'attaque surtout aux Juifs, aux Français ainsi qu'à tous les autres aux noms à consonance slave, grecque, italienne, espagnole, ou même polonaise. Ils les détestent car ces mômes se prétendent plus Français que lui. Il fait ses premières armes à Tanger, lieu de perdition où tout était possible ([22]), en se livrant au racket et à tout un tas d'autres activités parfaitement illicites. Il se retrouve en Espagne où il côtoie pas mal de types de l'OAS ([23]) et va se retrouver embrigadé dans les rangs du SAC ([24]).

---

[22] En 1923, suite à un accord international, Tanger obtient un statut de zone internationale affranchie de droits de douane. La ville a perdu ce statut lors de l'indépendance du Maroc, en 1956.

[23] L'Organisation de l'Armée Secrète, est plus connue par le sigle OAS. C'est une organisation politico-militaire clandestine française proche de l'extrême droite créée le 11 février 1961 pour la défense de la présence française en Algérie par tous les moyens, y compris le terrorisme. Un an après l'échec de la semaine des barricades, alors que le gouvernement français souhaite manifestement se désengager en Algérie, elle est créée à Madrid, lors d'une rencontre entre deux activistes importants : Jean-Jacques Susini et Pierre Lagaillarde, ralliant par la suite des militaires de haut rang, notamment le Général Raoul Salan. Le sigle « OAS » fait volontairement référence à l'Armée Secrète (AS) de la Résistance. Il apparaît sur les murs d'Alger le 16 mars 1961. On le découvre très vite dans toute l'Algérie et en métropole, Sur le plan pratique, il ne s'agit pas d'une organisation centralisée unifiée. D'une façon très générale, elle est divisée en trois branches plus ou moins indépendantes, parfois rivales : l'« OAS Madrid », l'« OAS Alger » et l'« OAS Métro ».

[24] Le Service d'Action Civique (SAC) a été, de 1960 à 1981, une association au service du Général de Gaulle, puis de ses successeurs gaullistes. Elle est créée à l'origine pour constituer une « garde de fidèles » dévouée au service inconditionnel du Général après son retour aux affaires en 1958. Ses statuts mentionnent qu'il s'agit d'une « *association ayant pour but de défendre et de faire connaître la pensée et l'action du Général de Gaulle* ». Le SAC est issu du service d'ordre du Rassemblement du peuple français (RPF), qui s'était régulièrement opposé au service d'ordre et aux militants

— Le SAC, maintenant, décidément, ce bonhomme a pas mal de cordes à son arc. Pour la drogue, quelque chose d'intéressant ? S'il était dans la région, ce n'est sûrement pas par hasard.

— J'allais y venir, justement. Et ça va vous intéresser.

— Pourquoi ?

— Il se pourrait bien que cela nous permette enfin d'avancer dans notre enquête sur le trafic de came qui se développe dangereusement dans notre secteur.

---

communistes dans des affrontements violents, de 1947 à 1955. Fondé pendant la guerre d'Algérie et les troubles qui l'accompagnent en métropole (attentats du FLN puis de l'OAS), le SAC est marqué par cette ambiance originelle de violences. Pierre Debizet, un ancien de la France libre (réseau Libération-Nord et BCRA), en est le premier secrétaire général pour une brève période (janvier à février 1960). Il quitte le SAC en raison de problèmes de santé et d'un désaccord avec la politique algérienne du Général de Gaulle, désormais orientée vers l'indépendance. Après son départ, Paul Comiti le remplace à la tête du SAC. Il conserve ce poste jusqu'en 1969 où, trop absorbé par ses nouvelles fonctions d'adjoint à la sécurité présidentielle, il met fin à son mandat. Pierre Debizet réintègre alors le secrétariat général du Service. Le SAC a souvent été présenté comme une « police parallèle » du régime gaulliste. Plusieurs de ses membres sont mis en cause dans des affaires de violences électorales et de droit commun. Il est parfois confondu avec les « barbouzes », regroupe de 200 à 300 individus recrutés par Lucien Bitterlin et Pierre Lemarchand pour lutter contre l'OAS en Algérie à partir de 1961. Le SAC n'a jamais combattu l'OAS. Certains de ses membres avaient d'ailleurs de la sympathie pour l'organisation. Le SAC est finalement dissous par François Mitterrand en 1982 après la tuerie d'Auriol, survenue le 18 juillet 1981, au cours de laquelle le responsable de la section locale des Bouches-du-Rhône et cinq personnes de sa famille sont assassinés par des membres de sa section qui le soupçonnent de trahison.

UN HOMME AUX MUTLIPLES VISAGES ! ...

Jura, Lons-le-Saunier,
12 Rue du 44ème R.I.,
immeuble « *L'Argentelle* »,
agence de « *Mondial Protection* »,
mardi 11 juin,
10 h 17

Francis et Stan sont en salle de conférences depuis 7 heures du matin. Ils font le point sur le nombre impressionnant d'informations que ce dernier a réussi à collecter en peu de temps.

— Dis donc, tu sembles avoir bien travaillé. Pour une fois !

— J'ai... bien travaillé, nuance ! Et c'est tout le temps que je bosse bien, moi.

— Question d'appréciation.

— Ah, c'est malin.

— Attends que j'en juge. Après, tu pourras crier, éventuellement, victoire.

Stan souffle aussi longuement que bruyamment.

Toujours cette propension à exagérer.

Il se redresse lentement et regarde Francis avec un air embarrassé.

— Putain, Francis, mais dans quoi t'es-tu embarqué ? Le trafic d'armes, mais tu sais seulement à quoi tu t'exposes ? C'est une pieuvre terrifiante. Ce métier reste très mal connu du grand public et draine des enjeux politiques, militaires, économiques et diplomatiques considérables, surtout depuis le 11 septembre 2001. Tu fais une erreur et tu es hors-jeu... définitivement.

— Tu ne m'apprends rien, mon ami. Ce job est sans conteste un métier passionnant.

— Pourquoi ? Tu veux te recycler ?

— Non, mais j'aime bien savoir où je mets les pieds. C'est un domaine où l'on a l'opportunité de fréquenter toutes les couches de la société. C'est toujours bon à avoir dans son carnet d'adresses. Ça peut servir.

— Ouais, ou à se prendre du plomb dans le cul.

— Ça fait partie du boulot. Tu le sais, d'ailleurs. Le commerce de l'armement est une activité un peu comme la nôtre. Elle est très exigeante, il faut de la patience, de l'humilité, de la flexibilité et un minimum de sens discriminatoire. On n'y développe pas forcément les mêmes qualités humaines que sur un chantier ou dans un bureau. Il faut savoir jouer des coudes et, au vu de ce que je découvre sur ce Lippert, je m'aperçois qu'il excellait dans cette matière. À mon sens, nous ne voyons que la face émergée de l'iceberg.

— Ouais, n'empêche que tu ne m'enlèveras pas de l'idée qu'on fait une énorme connerie en s'occupant de ce trafic. C'est trop gros pour « *Mondial Protection* ». Mais quelle idée il a eu, ton ami juge, de te refiler ce bébé merdeux ?

— Tu sais très bien que je ne peux rien refuser au juge Fischinger ([25]). Il a toujours été là pour me soutenir, même dans les pires moments.

Stan sourit tout à coup.

— Sans compter que sa bourgeoise fait les roesti comme personne !

— Stan ! Au nom du ciel. La vie ne se résume pas uniquement à la bouffe. Il n'y a pas que ça, et heureusement.

— Si tu le dis.

---

[25] Voir « *Le mort de la Semine* » et « *La loge des corrupteurs* ».

Francis soupire, renonçant à essayer de lui faire entendre raison.

— Alors, quand il m'a appelé pour me demander d'intervenir dans une difficile enquête qu'il mène actuellement sur les pratiques très douteuses de certains banquiers helvètes dans le cadre du trafic d'armes, j'ai immédiatement accepté.

— Il cherche quoi, exactement ?

— Depuis de nombreuses années, il essaie de prendre en flagrant délit une paire de banquiers véreux qui facilitent certaines transactions illicites de ventes d'armes, tout autant illicites, grâce à des savants montages financiers. Jusque-là, il n'a rien pu démontrer mais, avec mon aide, il espère débloquer la situation et parvenir à des interpellations assez rapidement. Il veut que je mette la main sur des contrats de vente. Les relais bancaires seront nécessairement indiqués. Sauf...

— Sauf que, jusqu'à présent, tu piétines lamentablement.

— Malheureusement, oui. Alors quand tu m'as dit de venir, dans le Jura séance tenante, je t'avoue avoir caressé l'espoir d'une nouvelle piste. Mais quand tu as prononcé les noms de ces trafiquants d'armes, j'ai tout de suite compris que tu avais levé un lièvre, et un sacré. Ton Lippert me paraît être plus qu'un simple informateur.

Francis sourit tout en classant plusieurs fiches éparpillées au milieu de tasses de café, d'assiettes surchargées de pains au chocolat et d'une marée de miettes de pain.

Il s'éclaircit la voix et poursuit.

— Les spécialistes de la vente d'armes ont plutôt une réputation sulfureuse. Mauvaise ! Ce n'est pas pour rien qu'on les appelle les marchands de morts. Cette image leur colle à la peau depuis le 19ème siècle. Depuis que des businessmen comme Basil Zaharoff ([26])

---

[26] Sir Basil Zaharoff est né Vasílios Zacharías (nom romanisé : Zacharie Vasiliou Zacharoff) le 6 octobre 1849 à Muğla, dans l'Empire Ottoman, dans une famille de grecs de Constantinople. Sa famille part en exil en Russie où elle adoptera le nom *Zaharoff* pour

n'hésitaient pas une seconde à attiser les conflits régionaux uniquement pour pouvoir écouler leurs armes et vendre leurs équipements avec, à la clé, de très beaux profits, comme, par exemple, la banque Rothschild pendant la guerre de sécession aux États-Unis. Rothschild Londres finançait le Nord et Rothschild Paris, le Sud ([27])... Pourquoi ris-tu ?

— Je pense à la BD de Tintin, « *L'oreille cassée* ».

— Hergé s'est en effet inspiré de ce sinistre personnage qui a quand même, je te le rappelle en passant, essayé de racheter Monaco ([28]).

— Ah, quand même !

— La presse « bien-pensante » de l'époque a très vite dénoncé haut et fort ce genre d'activité en en faisant le symbole de toute l'immoralité industrielle du capitalisme triomphant. De nos jours encore cette idée

---

fuir les pogroms anti-grecs de 1821. Il retourne en Turquie dans les années 1840 et s'installe en Anatolie. Le jeune Zaharoff débute dans la vie comme guide touristique dans Galata, le centre des affaires, mais aussi quartier de prostitution de Constantinople où il devient rabatteur de clients dès l'âge de 11 ans en 1860. Puis il est pyromane-pompier et agent de change avant de devenir aventurier. Les circonstances politico-militaires dans les États des Balkans, en Turquie et en Russie, lui fournissent une excellente occasion pour montrer son talent en la matière. Il réussit à vendre un sous-marin aux Grecs, puis rend visite aux Turcs en leur indiquant ce nouveau péril. Du coup, il leur vend 2 sous-marins (identiques à celui des Grecs). Il réside à Monaco, et devient financier grec, ottoman et français. Il est le directeur et président de la société Maxim-Vickers-Armstrong durant la Première Guerre mondiale. Ce fut longtemps la représentation typique du marchand d'armes et du profiteur de guerre qui parvenait à vendre ses stocks à tous les pays en guerre de par le monde, aux forces de la Triple-Entente et en même temps aux forces de la Triple-Alliance entre 1914 et 1918. Il a inspiré Hergé pour dessiner son marchand d'armes dans « *L'Oreille cassée* ». Il est décédé le 27 novembre 1936 à Monte-Carlo.

[27] Authentique. Et tant pis pour les milliers de morts : 620 000 selon certains chercheurs, soit 2% des 31 millions de personnes qui composaient la population américaine de l'époque.

[28] Authentique.

prévaut dans beaucoup de milieux, surtout chez les anglo-saxons. On appelle cela le « *Death Lobby* ». Ce genre de mouvement regroupe une masse hétéroclite assez disparate qui va de certains hommes politiques, en passant par des associations diverses et variées, jusqu'à des journalistes. Tous ne cessent de s'opposer aux exportations d'équipements militaires ([29]). Second point commun...

— Leurs cœurs saignants penchent à gauche toute.

— Exactement. Le travail de sape des marxistes purs et durs durant plusieurs décennies a porté ses fruits. À une certaine époque d'ailleurs, l'URSS s'était faite la championne du monde de la paix. Le symbole de la colombe blanche si cher aux « *faites l'amour pas la guerre* » est une de leurs meilleures trouvailles.

— Et pendant ce temps-là, les Popovs envahissaient Prague, Budapest et se payait le luxe de subventionner le terrorisme de partout contre l'ennemi capitaliste. Faites ce que je vous dis mais ne regardez surtout pas ce que je fais. Comment se foutre de la gueule du monde, y a pas mieux.

— Bref, revenons-en à notre Lippert. J'ai vu qu'il est né à Tanger, en 1948, où il se distingue par sa rébellion presque contre tout et tous. Bagarreur, cogneur, mais extrêmement bien organisé, un moral d'acier, sans peur, un culot monstre, très maître de lui-même, chef incontesté, beau gosse, joueur. Ce sont pas mal de qualités très prisées dans certains milieux.

— Comme celui des armes ?

— Pourquoi pas. Après un bref passage en Espagne, on le retrouve en Hollande puis, subitement, il s'installe à Paris... il faudra que tu m'éclaircisses ces deux points. Il y a trop de zones d'ombre. Il est important de savoir ce qui a pu se passer dans ces deux pays. Quant à Paris, tu m'indiques qu'il s'est accoquiné avec un industriel très en vue dans certains cercles

---

[29] Authentique.

parisiens. Il fréquente dès lors des hauts responsables de firmes comme Matra ou Thalès ([30]).

— Tu laisses de côté Dassault-Militaire ?

— Oui. La branche qui fabrique les avions de combat est une organisation semi-moribonde. À ma connaissance, pour le moment, elle n'a aucun projet d'envergure dans ses cartons. Les deux autres sociétés, par contre, elles engrangent du fric à la pelle dans des proportions considérables.

— Ouais. Ces boîtes réalisent d'énormes bénéfices en vendant leurs équipements militaires.

— Je sais, oui. Ça explique les dépenses pharaoniques d'investissements de Jean-Luc Lagardère ([31]) dans les chevaux de course, les médias et, bien sûr, le football ([32]).

---

[30] La firme Matra est l'acronyme de Mécanique Aviation Traction. C'était une entreprise française ayant existé de 1941 à 2003. Elle opérait sur une large palette d'activités allant de l'aéronautique, l'aérospatiale, l'automobile, le sport automobile, le transport, les télécommunications à la défense. Elle s'est progressivement orientée vers les métiers de la presse, des médias, du divertissement et du sport sous l'impulsion de Lagardère SCA, en particulier sous le nom de Matra-Hachette. En 2014, le groupe Lagardère vend ce qu'il reste de la marque Matra, c'est-à-dire la division vélos et scooters électriques, au groupe normand Easybike. Thales est un groupe d'électronique spécialisé dans l'aérospatiale, la défense, la sécurité et le transport terrestre dont le siège social se situe à La Défense à Paris. Coté à la bourse de Paris, présent dans 80 pays et employant 80 000 salariés, Thales est un des leaders mondiaux des équipements à destination des industries de l'aéronautique, de l'espace, de la défense, de la sécurité et du transport. Les origines du groupe remontent à 1998 quand les branches spécialisées dans les activités militaires d'Alcatel, Dassault Électronique et Thomson CSF sont réunies pour former une nouvelle société qui prendra son nom définitif de Thales, en 2000.

[31] Jean-Luc Lagardère, de son vrai nom Jean-Lucien Lagardère, est né le 10 février 1928 à Aubiet (Gers). C'est un chef d'entreprise, un industriel et patron de presse français. En 1977, il devient PDG de Matra. Il conduit une stratégie de croissance ambitieuse. La société se diversifie dans de nouveaux domaines : les automatismes, les

— Ce que je n'arrive pas encore à vraiment cerner, c'est le rôle exact de Lippert dans cette équation. C'est assez flou.

— C'est typique du trafic d'armes. Ce commerce est un business compliqué. Il sollicite des compétences professionnelles qu'on n'apprend pas franchement à l'Université. Il fait appel à des individus extrêmement variés : informateurs, ingénieurs, producteurs, contrôleurs, lobbyistes, call-girls, espions, attachés militaires, diplomates, sponsors, décideurs politiques et ou économiques, transporteurs, usagers en tout genre... C'est sans fin. C'est surtout en fonction du besoin du moment. Chaque transaction fait appel à une distribution particulière, ciblée. Le casting varie en fonction du contexte, des opportunités, des mécanismes décisionnels, des affinités personnelles. Lippert me semble avoir toutes les qualités requises pour cocher plusieurs de ces cases. Il a certainement dû devenir incontournable. Ce n'est pas un simple informateur, j'en suis convaincu.

— C'est pour ça qu'on l'aurait buté ?

Francis secoue négativement la tête.

— Non, je ne crois pas. Les types capables de faire rentrer un carré dans un cercle comme lui ne sont pas légion. Pourquoi l'aurait-on alors éliminé ? Il est plus utile vivant que mort. Et puis le mode opératoire de son assassinat va à l'encontre de toute discrétion. Non, il y a forcément autre chose que nous n'avons pas encore cerné.

— Une transaction qui aurait mal tourné ? Tu sais, certains loulous, de nos jours, ont la sensibilité à fleur de peau. Il suffit d'un rien pour qu'ils dégainent l'artillerie. Ils réfléchissent après.

Stan se catapulte sur les pieds.

— Tu viens de me donner une idée.

Rapidement, il fouille dans un de ses dossiers.

---

télécommunications, l'informatique, la recherche offshore, les transports urbains et, surtout, l'automobile. Il est mort le 14 mars 2003 à Paris.

[32] Authentique.

— Tiens, regarde ça.

— C'est quoi ? demande Francis en saisissant la note.

— Outre le jeu, il avait aussi la passion de l'art en général et des pierres précieuses en particulier. Regarde ce qu'il a accumulé.

— Intéressant... Ah oui, je vois qu'il ne se refusait rien en la matière. Ça veut dire qu'il avait de très gros revenus. Tu as raison, ça vaut peut-être le coup de fouiller de ce côté. Tant qu'on y est : du côté jeu, ça donne quoi ?

Stan hausse les épaules.

— Rien d'exceptionnel. Comme je t'ai dit, on l'a vu jouer au club « *L'Arcobaleno* », mais je n'ai rien trouvé de répréhensible. Parfois, il gagnait, parfois il perdait, mais il a toujours honoré ses dettes, assez grosses même.

Francis réfléchit.

— Ouais, mais ça ne veut pas dire pour autant qu'il ne s'est pas fait de solides inimitiés. Quand on joue... et des grosses sommes d'argent... il arrive toujours un moment où la chance finit par tourner... Bon, on verra ça plus tard. Avant de continuer, je voudrais me faire une idée plus précise de ce type, surtout, savoir quel était son statut exact dans le trafic d'armes.

— Pourquoi ça ?

— Dans ce métier, Stan, les spécialistes de la vente admettent communément qu'il faut distinguer cinq espèces incontournables d'intervenants. Je veux savoir le plus précisément possible à laquelle Lippert appartenait. De cette information dépendra, je pense, toute la suite de ma stratégie

— Tu les connais, ces cinq sortes de tarés ?

— Oui. La première : celle des gros trafiquants, comme Bout, Monzer el-Kassar ([33]), Sam Cummings ([34])

---

[33] Monser Al-Kassar est Argentin, né à AnNabk, en Syrie, en 1945. C'est un trafiquant d'armes international. Il est aussi impliqué dans le trafic de stupéfiants. Il a été arrêté à plusieurs reprises en Europe

de Monte-Carlo. C'était une star dans les années 1950. Il est mort il y a peu de temps. Il opérait pour la CIA avant de se mettre à son compte, avec succès. Il adorait se faire voir. Contrairement à lui, il y en a d'autres qui sont plus discrets. Dans les années 1970, il y avait Sarkis Soghanalian ([35]) et Shaul Eisenberg ([36]). On dit qu'Einsenberg aurait aidé Israël à développer une coopération nucléaire secrète avec la Chine communiste. Quant à Werner Glatt, il a aidé les résistants afghans. Il est largement impliqué dans « *L'Angolagate* ».

— Lippert serait l'un de ces acteurs discrets ?

— Je ne pense pas. Tout comme je ne pense pas qu'il fasse partie d'une autre catégorie, celle des négociants semi-officieux, comme Pierre Falcone. Eux agissent pratiquement à visage découvert, sans chercher à escroquer leurs clients. Falcone a été incarcéré pour commerce illicite d'armes, trafic d'influence, abus de bien sociaux et fraude fiscale. Il a pris un an. Il a été relâché, puis à nouveau incarcéré.

— Pourquoi, cette fois ?

---

dans les années 1970 et a été condamné à des peines diverses pour trafic de haschisch.

[34] Samuel Cummings est né le 7 février 1927 à Philadelphie, aux États-Unis. C'était un marchand d'armes légères. Il a fondé *l'International Armament Corporation.* Ou *Interarms* ou encore *Interarmco*. En 1953, il dominait le marché mondial libre des ventes d'armes privées. Il est mort le 29 avril 1998, à Monaco.

[35] Sarkis Garabet Soghanalian est un arménien né à Iskenderun, en Syrie, le 6 février 1929. C'était un marchand d'armes international syrien, libanais et arménien. Il a été surnommé le « *Marchand de la mort* ». Il a acquis sa réputation durant la guerre froide. Il a été le plus grand fournisseur d'armes de l'Irakien Saddam Hussein dans les années 1980. Il est mort le 5 octobre 2011 à Hialeah, en Floride (USA).

[36] Shaul Nehamia Eisenberg, est né en 1921, à Munich, d'une famille juive polonaise. Il s'installa au Japon et travailla pour l'Axe. À la fin de la guerre, il travaille pour les Américains avant de devenir le principal exportateur d'armes vers Israël, l'Afrique et l'Amérique du Sud. Il est décédé à Pékin, en 1997.

— Il avait vendu à un État africain des armes de conception russe, achetées quelque part, à l'époque, en Europe de l'Est. Hormis les cas sous embargo international sanctionnés par l'ONU, ce genre de trafic se faisait dans un cadre semi-régulier. La justice française l'a coincé pour avoir rémunéré des Français. C'est un peu faiblard comme justification. En réalité, il n'était qu'une cible secondaire. La vraie cible c'était Mitterrand et ses magouilles. Lui et ses ex-collaborateurs utilisaient à tour de bras leurs carnets d'adresses à des fins nettement moins avouables. Ils se sont gavés. La mouvance Pasqua s'est aussi trouvée prise pour cible par le biais du scandale de « *La Sofremi* ». On pense que le dossier Falcone a été utilisé pour adresser un solide rappel à l'ordre à certains membres de l'équipe Jospin ([37]).

— Dis donc, tu en connais un sacré rayon sur ces trafics, toi.

— Je te l'ai dit, j'ai horreur de partir à l'aveuglette et j'ai largement eu le temps de me documenter. Je veux savoir où je mets les pieds.

— Alors, pour finir, dans quelle catégorie tu le vois courir, notre champion ?

— Dans celle des intermédiaires stratégiques. Il s'agit des « *Messieurs bons offices* ». On fait appel à eux pour résoudre les problèmes techniques susceptibles de bloquer la signature des contrats. Tu piges ?

— Je crois, oui. Mais...

— Un exemple : tu es un fabricant d'armes français, tu es en négociations avec un État tiers. Ton acheteur potentiel exprime des réticences car il voudrait obtenir des compensations plus importantes. De son côté, le ministère des Finances est peu emballé car il retient ton client comme doté d'une solvabilité douteuse. De plus, le Quai d'Orsay a peur de porter ombrage à un État voisin, réputé puissant, belliqueux et vindicatif.

— Tu m'aides pas beaucoup, là.

— Laisse-moi terminer. Si tu veux que ta négociation aboutisse, tu vas faire appel aux services

---

[37] Authentique.

d'un « *arrangeur* » qui, lui, bénéficie d'accès stratégiques dans les différents pays concernés. Il va donc exploiter son carnet d'adresses personnel et se charger, pour toi, d'intervenir auprès des dirigeants français et étrangers afin de les amener à revoir leurs positions. Ce genre de type n'agit évidemment pas en bienfaiteur de l'humanité. En cas de succès, il se fait payer très, très cher.

— Combien environ ?

— Entre cinq et dix pour cent du montant global de ton contrat ([38]).

— Aaah quand même !

— C'est parfois plus. Il a recours à des moyens simples. En cas de blocage politico-administratif, il sort son carnet de chèque.

— Je vois. Tu as des exemples connus ?

— Oui. Alfred Sirven, l'ancien monsieur relation public d'Elf ([39]).

Stan est sidéré.

— Rappelle-moi de ne plus faire le plein chez eux.

Francis sourit.

— Elf n'existe plus.

— Ça me rassure. Quelles sont les autres catégories ?

— Les « *éclusiers* ». Ce sont des intermédiaires dotés d'une position quasi monopolistique. Ils servent de point de passage obligé entre les vendeurs et les acheteurs. Il est impossible de les court-circuiter.

— Pourquoi ?

— Ce sont eux, de manière fort discrète, qui gèrent les intérêts pécuniaires des dirigeants politiques. Si tu décides de passer par un autre canal, tu risques de te heurter à toute une série d'obstacles infranchissables. Un nom retient l'attention dans ce domaine : Adnan Khashoggi ([40]). Il opérait pour le

---

[38] Authentique.

[39] Authentique.

[40] Adnan Bin Mohammed Bin Khalid Khashoggi est né le 25 juillet 1935 à La Mecque (Arabie Saoudite). C'est un homme d'affaires

compte de compagnies américaines, comme Lockheed, dans le Golfe Persique et principalement en Arabie Saoudite. Son rôle consistait à filtrer les propositions de producteurs d'équipements militaires. Il devait aussi organiser le versement des commissions destinées aux décideurs politiques ainsi qu'à leurs familles. Ce genre de type doit tout faire pour réduire au maximum les frictions et mettre sur pied des circuits aussi étanches que possible de manière à limiter les complications judiciaires et médiatiques. Mais je ne vois pas Lippert évoluer dans ce milieu. Il n'a pas les épaules assez larges. Quoique ?

— Et la dernière catégorie ?

— C'est celle des fabricants d'armes qui respectent la législation, très stricte en la matière ([41]), distribuent des brochures publicitaires, paient leurs charges sociales et s'acquittent de leurs impôts. À la différence du trafic d'armes, le commerce légal des armes est un domaine balisé. On ne peut se permettre de dire ou de faire n'importe quoi. Ce n'est nullement le cas de notre bonhomme.

— Donc, pour toi, Lippert ne peut être rangé que dans la catégorie des intermédiaires, ces « *arrangeurs* » ou, éventuellement, des « *éclusiers* » ?

— Exactement. Il correspond bien au profil. Mais on a besoin d'en savoir plus sur lui. Tu as son adresse ?

---

saoudien célèbre pour son style de vie flamboyant et ses contrats d'armement qui lui rapportèrent de confortables commissions. Il était considéré comme l'homme le plus riche dans le monde avec une fortune estimée à 4 milliards de dollars au début des années 1980. Il est mort le 6 juin 2017 à Lambeth (Grand Londres, Royaume-Uni).

[41] Critères d'exportation retenus par le Conseil de l'Europe : 1- Respect des règlementations internationales. 2- Respect des droits de l'homme. 3- Situation interne de l'État importateur. 4- Préservation de la sécurité, de la stabilité et de la paix régionales. 5- Sécurité nationale de l'État vendeur et de ses alliés. 6- Comportement de l'État importateur dans la communauté internationale (terrorisme, atteintes au droit international). 7-Risque de diversion des matériels. 8-Comptabilité financière des exportations avec les capacités techniques et économiques de l'État importateur.

— Ouais. Il habite une putain de baraque dans la vallée de Chevreuse. J'y ai envoyé les copains de Paris, mais ils ont eu une sacrée surprise en arrivant.

— Que s'est-il passé ?

— Les képis étaient en surnombre dans la propriété. Ils ont tout fouillé mais, a priori, pour que dalle.

— Je ne suis qu'à moitié étonné. Lippert a su s'aménager des pare-feu efficaces. Pour tenir dans ce métier, il faut de la discrétion, c'est un gage de confiance vis-à-vis des acheteurs, comme des vendeurs.

— Tu le savais et tu m'as laissé faire ! s'insurge faussement Stan.

— Oui, mais je ne pouvais pas négliger cette piste.

D'un geste désinvolte, Stan laisse tomber sur la table tout un lot de clichés.

— Tiens, ce sont les photos faites par les copains quand ils ont pu pénétrer à leur tour dans les lieux. Tu verras l'intérieur de la baraque, on dirait le palais des mille et une nuits. Le Louvre, à côté, c'est un musée de vingtième zone.

— Toujours dans l'exagération.

— Que dalle, zyeute donc. Tu verras bien.

— À ce point !

— Regarde que j'te dis. Ce mec croulait littéralement sous le pognon. La vie est mal faite.

— Ça va, arrête de te plaindre.

Francis réfléchit à voix haute.

— Au moins on sait que les gendarmes se posent les mêmes questions que nous. Reste à découvrir ce qu'ils savent exactement. Ça m'ennuierait beaucoup de nous marcher sur les pieds, ce serait contre-productif. Lippert doit obligatoirement avoir un pied à terre, ici, dans la région et... Pourquoi tu ricanes ?

— Parce que je te connais, mon gars,

Stan sourit en coin.

— Tu vas voir que je ne suis pas un manche, J'ai un cerveau surpuissant et j'ai pensé comme toi et... j'ai ! Mon copain de la presse m'a tuyauté à ce sujet. Lippert avait un petit appartement à Lons-le-Saunier, dans le quartier de la Marjorie. Les flics ne sont pas au courant.

— Parfait. Tu es sûr de ton informateur ?

— Comme de moi-même. Il me mange dans la main, comme je t'ai dit. Il me coûte d'ailleurs assez cher en frais de bouche.

— J'ai pu le constater dans les comptes, en effet. Que t'a-t-il appris d'autre ?

— Que les gendarmes n'ont rien retrouvé dans la voiture. Qu'il n'y avait aucun portable, et qu'on n'a pas flingué Lippert pour son fric. Les képis ont retrouvé son porte-cartes bancaires et tout son blé. Mieux, d'après ce que j'ai appris, notre victime a bouffé au restaurant « *L'Auberge du Roc* » juste avant d'oublier de respirer. Et il était pas seul !

— Intéressant.

— Paraît qu'il était avec deux autres types.

— Parfait. Dès que tu peux, tu files là-haut et tu te rencardes au maximum sur ces deux convives.

— Comme si c'était fait.

— Doucement ! N'en profite pas pour aller te goinfrer.

— Ooooh, l'autre ! Comme si c'était mon habitude.

— Justement.

— Alors, t'en penses quoi, de tout ça ?

— Que le mobile de son assassinat est ailleurs. On a plusieurs options. Alors on va les réduire à une en espérant que ce soit la bonne.

— Et tu vas t'y prendre comment ?

— Tu as l'adresse de ce pied-à-terre ? Eh bien, que dirais-tu d'aller y faire un tour ?

— Sans moi.

— Pourquoi ? Ça ne te ressemble pas de te défiler.

— Tu connais la réputation de ce quartier ? À l'évidence non, car…

— Je connais, j'y ai un ami…

— À la Marjorie ? Toi ?

— Non, pas à proprement parler dans ce quartier mais à côté, dans la zone industrielle. Il est technico-commercial chez « *ABM Graphic* », Rue Victor Puiseux.

Stan reste bouche bée.

— T'as des amis là-bas, toi ?

— Excuse-moi d'avoir une vie privée.

— Qui c'est ce type ?

— Un ami de fac. Marc Seulin. On s'est perdus de vue depuis pas mal d'années puis je l'ai retrouvé par le plus grand des hasards, quand je cherchais un local pour l'agence, ici. Alors, oui, je connais un tantinet la réputation du quartier.

— Ouais ! Tu as bien conscience que c'est un coin sensible comme il y en malheureusement des milliers en France ([42]) ? Faut pas y aller ! Moi, je tiens à mon cul. Je ne veux pas faire de peine à ma môman.

---

[42] Authentique. Voir liste non exhaustive en fin de livre.

VISITE DE COURTOISIE ? PAS SEULEMENT ! …

Jura, Bletterans,
brasserie « *Le Jura* »,
vendredi 14 juin,
12 h 21

Francis est en train de savourer son assiette de charcuterie quand il distingue une ombre passer devant sa table.

À peine a-t-il la tête levée que l'homme s'immobilise.

L'enquêteur aperçoit un uniforme en reposant sa fourchette.

Voilà la maréchaussée, se dit-il. Embrouille à l'horizon, donc.

— Francis Magenta ?

— Lui-même. Asseyez-vous, je vous en prie.

Le Capitaine Lebreton remercie d'un bref hochement de tête puis s'assoit en posant son képi.

Francis l'observe attentivement tout en continuant à manger.

— Que puis-je pour vous ? demande-t-il en s'essuyant la bouche.

— C'est plutôt moi qui pourrais vous aider.

Francis repose sa fourchette, intrigué.

— Tiens donc. Et en quoi ?

— Lippert. Gérald Lippert, ça vous dit quelque chose ?

— Peut-être.

Lebreton sourit largement.

— Ne tournons pas autour du pot, monsieur Magenta. Vous comme moi avons passé l'âge de se balancer ce genre de réponse.

— Possible, répond prudemment Francis qui réfléchit à toute vitesse.

Comment ce diable de gendarme est-il au courant ? Une connerie de Stan ?

La réponse est peut-être beaucoup plus simple.

— J'ai pas mal de contacts dans la presse locale et l'un d'eux m'a appris que vous enquêtiez sur cet homme. En quoi vous intéresse-t-il ?

C'est au tour de Francis de sourire. Manifestement, le contact de Stan ne mange pas uniquement dans sa main. Il lui en touchera un mot à l'occasion.

— En effet, son nom est apparu dans une de mes enquêtes en cours. Pourquoi ?

Restons prudent.

— Il se trouve que, nous aussi, en ce moment, nous effectuons des recherches sur ce Lippert. Je suppose que vous savez qu'il est mort dans un accident de voiture, samedi dernier ?

Francis se contente de hocher la tête tout en se resservant un verre de rouge.

Le gendarme se tait, puis regarde furtivement à droite et à gauche avant de poursuivre.

— Je vous connais de réputation. Malgré une très forte propension à détruire systématiquement tout ce qui vous entoure, je dois reconnaître que vous n'avez pas votre pareil pour résoudre les cas les plus épineux. C'est un don chez vous, ou quoi ?

— Disons plutôt une faculté de déductions et de logique plus affûtée et, surtout, une foi inébranlable en la justice. Mais la flatterie ne vous mènera nulle part, Capitaine.

Mieux vaut fixer les règles d'entrée de jeu.

— Il y a quelque temps, vous avez transformé Bletterans en champ de tir ([43]). La rue principale vient d'être refaite en totalité, j'espère que vous n'êtes pas revenu ici avec l'intention de… « repasser une seconde couche » ?

Francis ricane.

— Soyez sans inquiétude, Capitaine. Je n'ai nullement pour objectif de faire du tir instinctif dans votre jolie bourgade. Mon enquête se passe à Genève. Ici, je me cantonne seulement à collationner des faits, des indices.

— Du genre ?

— Du genre à faire avancer mon enquête.

Francis devine où veut en venir le gendarme, mais il n'est guère enclin à partage ses informations. Son premier avertissement n'a, a priori, eu aucun effet.

Lebreton tapote sur la nappe.

— Vous avez des enfants, monsieur Magenta ?

La question surprend l'enquêteur qui marque un temps d'arrêt avant de répondre.

— Non, mais c'est en cours. Pourquoi ?

— La drogue est une saloperie sans nom qui est en train de massacrer dans le silence et l'indifférence générale notre jeunesse. À l'image de l'islamisme radical, elle grignote de l'intérieur, jour après jour, vingt-quatre sur vingt-quatre, les forces vives de notre Nation. Nous ne pouvons pas, nous ne pouvons plus continuer ainsi.

Francis fronce les sourcils.

La drogue !

Voilà une info à laquelle il ne s'attendait pas. Nulle part, Stan et lui n'ont noté ce genre de « *détail* » dans la vie mouvementée de Lippert. Y aurait-il anguille sous roche ? Le rat serait-il autrement plus dangereux qu'ils ne le supposaient ?

Il pose sa fourchette et croise les mains. Il a changé d'avis. Peut-être aurait-il intérêt à coopérer ?

Lebreton semble pressé de convaincre son interlocuteur.

---

[43] Voir « *Le noyé de la Seille - tome 1* ».

— Les drogues illicites ont des effets profonds tant sur les individus que sur les sociétés dans le monde entier. S'agissant des individus, elles mettent en péril leur santé, leurs moyens d'existence et leur sécurité ([44]). Au plan national, du fait de l'interpénétration de la criminalité et de la drogue, cette dernière peut être à la fois cause et conséquence de conflits, de carences dans la gouvernance et de sous-développement. Les pays pauvres y sont particulièrement vulnérables et ont besoin d'assistance, car ils n'ont pas les moyens d'échapper à ce cercle vicieux ([45]). La dimension mondiale du problème de la drogue est non moins importante : les marchés illicites de la drogue ne connaissent pas de frontières et leur caractère transnational les met hors d'atteinte de tout pays qui voudrait agir seul, qu'il soit riche ou pauvre. La dimension transfrontières de ce trafic pourri est bien comprise désormais et a suscité la mise en place d'un système perfectionné de coopération internationale et, ces dernières années, la déréglementation et l'ouverture des marchés, ce qu'on appelle la mondialisation, a encore accentué cette évolution ([46]). Aussi, plus que jamais, une réponse multilatérale et concertée est nécessaire. Dans la Déclaration des Nations-Unies pour le Millénaire, les États Membres se sont engagés à redoubler d'efforts pour mettre en œuvre pareille réponse. Les gouvernements, dont le nôtre, ont réaffirmé leur engagement d'obtenir des résultats significatifs dans la lutte contre le problème mondial de la drogue à l'horizon 2030. La notion de « *responsabilité partagée* » est...

— Précisez.

Lebreton sourit.

— C'est l'implication des pays d'origine et des pays de destination dans cette lutte. Elle ne pourra devenir réalité qu'au moyen d'une approche équilibrée. C'est-à-dire qu'il va nous falloir accorder à la demande

[44] Authentique, malheureusement.

[45] Authentique.

[46] Tragiquement authentique.

autant d'attention qu'à l'offre ([47]). Tout ça repose, à parts égales, sur tout un arsenal massif de mesures préventives et de mesures répressives.

Le gendarme darde un regard très appuyé sur le privé. Il tient à faire passer son message.

— Quand je parlais de mondialisation, je voudrais que vous compreniez bien le danger terrifiant que fait courir cet odieux trafic sur notre civilisation, notre mode de vie. Regardez autour de vous ! Regardez bien. Bletterans est une magnifique petite bourgade. On se plaît à penser que l'on peut y vivre en toute sécurité. On pourrait la croire isolée de la brutalité du monde, de ses turpitudes, de ses cancers permanents. Eh bien non ! Malheureusement, depuis quelques mois, des rumeurs persistantes laissent à penser qu'un nouveau fléau autrement plus dangereux, est sur le point d'envahir toute la région sous une forme nouvelle : « *La Divine* ».

— La divine ! Une nouvelle drogue ?

— Exact. Nettement moins chère à produire, doublement plus efficace que toutes les autres et, surtout, particulièrement addictive. Elle devrait faire fureur. Et pour notre malheur, il semblerait que l'épicentre de ce marché soit ici, non loin de Bletterans.

Francis dévisage le militaire.

— Comment le savez-vous ?

— Par des renseignements venus tout droit de la DEA.

— La DEA ! En effet, ce doit être grave pour qu'elle prenne le soin de vous avertir. Qu'attendez-vous de moi, exactement ?

— Si vous consentiez à partager vos informations avec nous, je ...

— Vous m'en seriez éternellement reconnaissant.

— Quelque chose comme ça, répond Lebreton en souriant.

Francis appelle Sonia d'un simple geste de la main.

Elle arrive tout de suite.

---

[47] Authentique.

— Vous buvez quelque chose, Capitaine ? C'est de bon cœur.

— Volontiers. Un Ricard, Sonia, merci.

— Pas en service, alors ?

— Si, mais parfois...

— Parfois, la situation peut faire en sorte que l'on soit obligé de s'affranchir de certaines règles. Je comprends parfaitement.

— Alors ? Votre réponse ? Ce serait rendre un sacré service à mes équipes, si vous vouliez bien nous éclairer de vos lumières sur les activités de cet homme.

Le gendarme est vraiment pressé.

Francis boit longuement, le temps de réfléchir à sa réponse.

Manifestement, Lippert cachait très bien son jeu. Francis aurait tout intérêt à collaborer avec les gendarmes, ne serait-ce que pour en apprendre plus sur cet intriguant personnage. Dans son métier, quand on n'a pas toutes les cartes en main, c'est bien souvent synonyme de mort.

— Je ne vous demande pas de me dévoiler tout ce que vous savez, mais juste de quoi faire avancer nos investigations. La dope est un fléau et nous devons tout faire pour l'éradiquer, mais c'est un travail sans fin. Le nombre total de saisies de drogues n'a pas cessé d'augmenter depuis le début des années 1990, mais des signes de stabilisation, voire de recul, ont été relevés depuis 2002 ([48]). Les données relatives aux saisies mondiales que nous avons reçues depuis peu montrent un recul de l'importance relative du cannabis mais aussi la progression rapide des stimulants de type amphétamine ainsi qu'une augmentation des opiacés et une augmentation, suivie d'une stabilisation, de la cocaïne d'où est dérivée cette saloperie de « *Divine* ». Vous voyez, c'est sans fin. Nous avons besoin du concours de tout le monde, car cette merde concerne tout le monde. Seulement, les gens ne s'en rendent

---

[48] Authentique. Les trafiquants font des prouesses d'imagination et innovent sans cesse avec un culot monstre.

compte que lorsqu'ils sont touchés à leur tour, mais c'est alors trop tard.

— Tout à fait d'accord avec vous. « *L'Arcobaleno* », ça vous dit quelque chose ?

Le visage de Lebreton s'illumine.

— Le club ? Ah oui, ça me dit, bien sûr. C'est un haut lieu de détente, bien connu et assidûment fréquenté par toute la belle bourgeoisie de la région. Les mômes y ont leurs entrées. On soupçonne depuis très longtemps son gérant, un certain Franz Krammer, un Alsacien d'adoption, fumeur invétéré, de diriger un vaste trafic de came sous la couverture de son club, seulement on n'a jamais rien pu prouver. Suite à des informations, on a su qu'il allait recevoir deux énormes arrivages de came en provenance de l'Asie du Sud-Est autour de fin avril, début mai. Nous avons tout de suite intensifié nos perquisitions chez lui mais, à chaque fois, nous sommes repartis bredouilles.

— Des fuites ?

— Sûrement. Il a des appuis politiques puissants. Des rumeurs prétendent qu'il en a même jusque dans le tribunal.

— Ça expliquerait que vous ne trouviez jamais rien chez lui.

— Mais vous vous rendez compte ! Une taupe au tribunal ? C'est inédit.

— Les truands ont beaucoup d'imagination, un culot monstre et, surtout, des valises de fric pourri à ne plus savoir qu'en faire. Et en ces temps difficiles, c'est toujours intéressant d'avoir des rentrées nettes d'impôts, surtout pour un petit fonctionnaire besogneux.

Lebreton se tapote nerveusement les doigts.

— Il y fait quoi exactement dans son monde de rêve ? demande Francis.

— C'est un immense complexe dédié entièrement au plaisir. Il couvre des centaines d'hectares non loin de Bletterans, entre l'étang du Roch, l'étang de la Caille, l'étang de la Choulière et l'étang du Vernois. La construction ne s'est pas faite sans difficultés. Krammer a dû exproprier un paquet de gens. Autant vous dire que ça ne s'est pas fait dans la joie et l'allégresse.

— Je vois.

— Mais quand on a des appuis et du fric, on peut tout faire, même et surtout, emmerder les petites gens.

— C'est votre opinion. On y trouve quoi, comme réjouissances ?

— Tennis, piscine couverte et non couverte, jeux en tous genres, discothèque, bar, restaurant, excellent au demeurant, petite galerie commerciale, minigolf, etc.

— Et à l'occasion tripot, non ?

— Pour le moment, rien n'est prouvé à ce sujet. Bien sûr, il y a des rumeurs, encore elles, nombreuses, très nombreuses même. Quant aux soupçons, je ne vous en parle même pas. Seulement l'homme est aussi rusé que prudent et connaît parfaitement bien la musique. Nous n'avons jamais pu l'inculper de quoi que ce soit. Il n'a même pas de PV impayés. Et ce n'est pas tout...

— Des protections ?

— Je viens de vous le dire, oui. Comme s'il en pleuvait. Il a des appuis dans le monde politique, financier et médiatique, et à ce que j'ai compris, certains sont très, très haut placés.

— Je vois. Encore un intouchable.

— Malheureusement. Il faut dire qu'il arrose aussi très largement que très généreusement : journalistes, policiers, même des juges... Seulement vous savez, nous ne pouvons pas envoyer un type en cabane uniquement sur des rumeurs. Mais avec votre aide, maintenant...

Francis arrête d'un geste l'emballement du militaire.

— Doucement, Capitaine, doucement. N'allons pas plus vite que la musique. Rien n'est encore acté.

Sonia vient poser le Ricard devant le gendarme qui la remercie d'un mouvement de la tête.

— Le club de ce voyou s'est retrouvé dans votre enquête, si je comprends bien ?

Francis sent qu'il doit donner des gages.

— Le nom de Lippert est apparu dans une enquête que je mène actuellement à Genève. Il y était associé à ce club. Cela m'a donc tout naturellement mené ici, et je cherche à savoir pourquoi.

— La came ! Ce ne peut être que ça. Pensez-vous ! Genève, c'est la plaque tournante pour le blanchiment d'argent. Quand l'indépendance du Maroc a eu lieu, en 1956, Lippert habitait en Espagne. Il était resté en contact avec quantité de truands Marocains et Algériens qui, profitant de la pagaille administrative laissée derrière eux par les Français, se sont empressés de piller allégrement tous azimuts les ressources du nouvel État ainsi que de l'Algérie balbutiante. Corruptions, braquages, casses et escroqueries en tout genre. Bref, ces salopards ont organisé un trafic extrêmement lucratif dont Lippert est devenu le pivot central.

— Le blanchiment d'argent sale. Je vois. En lui-même, cet argent n'avait pratiquement aucune valeur sur le marché international et présentait très peu d'intérêt sur le marché Marocain ([49]).

— Exact.

— Je suppose que votre Lippert a proposé de « *soulager* » les truands de son pays natal de leurs valises de billets. À un prix très faible, sûrement, mais pour eux, c'était toujours mieux que rien.

— Encore exact, monsieur Magenta. Votre sens de l'analyse est remarquable. En effet, en se transformant en « *lessiveuse* » pour ces truands, Lippert a servi de lien entre eux et tous les trafiquants de drogue du Maghreb et l'Occident pour blanchir des tonnes et des tonnes d'argent sale. Il s'est très vite retrouvé assis sur une montagne de fric. Il nageait dedans et cela a également fait les beaux jours de l'OAS, dont il faisait partie.

— L'OAS ! Tiens, ça je ne savais pas.

---

[49] Absolument authentique.

Un début de lien avec le trafic d'armes s'amorçait avec cette information. Elle n'était cependant pas propre à enchanter Francis. Bien au contraire !

Quand Sonia arrive pour débarrasser, Lebreton repose son verre vide et se lève, surprenant Francis toujours perdu dans ses réflexions.

— Je vous laisse à votre déjeuner, Magenta. Voici ma carte, appelez-moi quand vous le voulez. Je suis sûr que nous ferons de l'excellent travail... Je vous en remercie d'avance... pour notre jeunesse.

L'enquêteur sourit en saluant distraitement.

Peut-être que Stan a raison, après tout. Cette affaire commence à prendre des proportions insoupçonnées qui n'augurent rien de bon pour l'avenir. Trafiquants d'armes protégés discrètement par leurs gouvernements, OAS, trafic de came, DEA, jeu clandestin... Ça commence à faire vraiment beaucoup pour un seul homme.

Francis remercie Sonia et attaque sa côte de bœuf, l'esprit en ébullition.

Qui a dézingué Lippert ?

Comme il le pressent depuis quelque temps, trois choix s'offrent à lui :

Le trafic d'armes dont il semble avoir été un acteur incontournable. Celui de la came et celui du jeu. Ces deux dernières possibilités pouvant parfaitement être liées entre elles par ce fameux club.

Chaque choix a un excellent mobile. Pour les armes : une négociation qui tourne mal. Le dupé ayant mal encaissé de se faire avoir. Pour la came, si Lippert est à l'origine de cette « *Divine* », un concurrent brutalement écarté pourrait bien s'être vengé. Ou une guerre de territoire. Et pour le jeu, une dette que Lippert n'aurait pas accepté de rembourser.

C'est parfaitement logique, seulement, il faut le prouver, et ça, c'est une autre paire de manche.

Il ne s'avoue pourtant pas vaincu. Une chose s'impose d'emblée à son esprit. Une visite chez Lippert et dans ce club s'avère obligatoire et, surtout, à faire très rapidement. Il n'y a que de cette manière qu'il arrivera à avancer et à individualiser la bonne option.

Si Stan ne veut pas y aller, pas grave, il ira seul. Il a trop envie de savoir ce que cache ce mystérieux Lippert, l'homme aux mille facettes.

ET POURTANT, IL LE SAIT BIEN QU'IL NE DOIT JAMAIS S'AVENTURER SEUL ! ...

Jura, Lons-le-Saunier,
quartier de la Marjorie,
5 Rue de Ripley,
samedi 15 juin,
02 h 12

Francis est assis, mains posées sur son volant. Il a bien observé les lieux et n'a décelé aucun indice suspect. Bien sûr, il a repéré les incontournables guetteurs chargés de prévenir les dealers de l'arrivée des flics. Il en a quand même dénombré beaucoup et il en est arrivé à la conclusion que l'endroit est dangereux. Stan a peut-être raison, finalement.

Que doit-il faire ? Continuer ou revenir à deux, voire trois ?

La prudence imposerait de remettre à plus tard sa perquisition, seulement, il se connaît : il est têtu et a hâte d'en apprendre plus sur les activités de ce mystérieux Lippert.

— Allons-y ! laisse-t-il tomber en retirant sèchement les clés du contact.

Par sécurité, bien conscient qu'il allait dans un quartier sensible, il a troqué son Aston Vanquish pour un Kangoo à bout de souffle, nettement moins voyant que son bolide.

Rapidement, l'enquêteur traverse la rue déserte et grimpe vivement les quelques mètres qui le séparent de l'entrée de l'immeuble plongé dans le noir total.

Très vite, Francis se retrouve devant la porte de l'appartement de Lippert, au cinquième et dernier étage du bâtiment silencieux.

Un genou au sol, avec des gestes rapides et précis, il tente de forcer la serrure.

Surprise !

Francis fronce soudain les sourcils. La porte est ouverte.

Une alarme se déclenche dans son esprit. Il se redresse prudemment et pèse lentement sur la poignée. La porte obéit docilement à la sollicitation. Francis pousse la porte en prenant bien soin de rester sur le côté.

Quelque chose ne va pas.

La lumière du hall inonde soudain l'entrée de l'appartement. Il découvre des papiers qui jonchent le sol.

Manifestement, quelqu'un est passé avant lui. Celui qui a refroidi Lippert ?

Que faire ?

Francis ne se pose pas la question plus longtemps. Il entre et referme doucement derrière lui tout en allumant sa torche.

Un genou à terre, il fait un lent trois-cent soixante sur lui-même pour s'assurer qu'il n'y a effectivement personne.

Le rayon de sa lampe accroche ici et là un mobilier bas de gamme. La moquette élimée est recouverte par endroits par une marée de documents, papiers, magazines.

La fouille a été minutieuse et, manifestement, l'homme qui l'a effectuée ne s'est pas beaucoup soucié de la discrétion. Il sait que personne n'ira se plaindre du cambriolage. Et pour cause, le propriétaire est mort !

Francis s'attarde sur l'intérieur et note une différence particulièrement notable entre l'aménagement de la villa de Chevreuse et la décoration minable de l'appartement. Lippert cachait vraiment bien son jeu mais, manifestement, pas assez à en juger par l'état déplorable de la pièce laissé par le cambrioleur.

Il s'avance doucement, prêt à tout. Sa main tient déjà fermement son Glock 19.

Dans le salon, il aperçoit un cadre sur un meuble. Il s'approche et découvre le visage souriant d'une femme. Une ravissante blonde aux yeux d'un bleu indéfinissable. Sa compagne ? Son contact ? Sa sœur ?

Aucune mention d'une quelconque relation n'a été trouvée dans son dossier.

Preuve qu'il lui manque pas mal de données.

Pour que Lippert l'ai mise comme cela en évidence, ce doit être une personne à laquelle il tenait beaucoup.

Vivement, Francis ouvre le cadre et retourne le cliché. Une date, un lieu et, surtout, un nom : Mitsy.

Il empoche la photo. Sûr que cette ravissante demoiselle va avoir des choses à lui apprendre.

Il fait quelques pas et s'immobilise le nez en l'air.

Une légère odeur de tabac vient lui titiller les narines.

Curieux, se dit-il. Nulle part, il est fait mention d'une quelconque addiction de Lippert à quoi que soit, et encore moins à la cigarette. L'odeur est encore présente, preuve que quelqu'un a fumé, ici, il n'y a pas beaucoup de temps.

L'homme serait-il le cambrioleur ? Serait-il encore sur place ?

Vivement, l'enquêteur met un genou à terre et surveille les moindres recoins en faisant très lentement tourner sa torche.

Mais rien de suspect n'apparaît.

Soudain, Francis s'immobilise et revient en arrière. Il vient de découvrir le coffre mural.

Il est ouvert et des papiers jonchent le sol devant.

Il se redresse et s'approche en espérant trouver quelque chose.

Rapidement, il fouille à l'intérieur et en sort toute une abondante documentation technique sur des équipements militaires. S'empilent alors devant lui des caractéristiques techniques sur des VAB ([50]), des rapports de notation et des comparatifs sur des vedettes françaises de la série Combattante 3 ([51]) construites par la société Amiot ([52]) et des navires allemands, fabriqués par l'entreprise Lurssen ([53]).

Francis surveille les alentours immédiats durant de longues minutes. Il ne détecte aucun indice suspect et en déduit que son cambrioleur a du se barrer juste avant son arrivée, sinon, il lui aurait déjà sauté dessus.

Relativement rassuré, Francis s'assoit pour lire rapidement quelques passages des notes. D'après

---

[50] VAB pour Véhicule de l'Avant Blindé en service dans l'armée française depuis 1976. Équipage : 1 pilote, 1 chef de char et 10 fantassins. C'est un 4x4 ou 6x6. Poids en ordre de combat : 13 tonnes. Motorisation : Renault 6 cylindres diesel. Longueur : 5,98 mètres. Largeur : 2,49 mètres. Hauteur : 2, 06 mètres. Vitesse maximale : 92 km/h. Autonomie : 1 000 km.

[51] La Classe « *Combattante* » est une classe de patrouilleurs et de corvettes rapides lance-missiles, désignés également comme navire d'attaque rapide issu d'un patrouilleur français expérimental lancé en 1964. Ces vedettes sont construites par les Constructions mécaniques de Normandie. Déplacement total : 280 à 400 tonnes. Longueur : 40 mètres. Propulsion : diesel avec 4 moteurs. Puissance : 10 000 CV. Vitesse de pointe : 42 nœuds. Armement : 8 missiles mer/mer Exocet + 8 missiles en réserve. 1 canon de 76mm, 1 bi-tube de 30mm, des lances-leurres et un lance-torpilles.

[52] La Société d'Emboutissage et de Constructions Mécaniques (SECM), connue également sous le nom de Avions Amiot, est une société de construction aéronautique fondée en 1916 par l'industriel français Félix Amiot. La société est nationalisée en 1945, et prend le nom des Ateliers Aéronautiques de Colombes. Elle disparaît formellement en 1949 lors de la fermeture de l'usine. Félix Amiot, quant à lui, conserve son usine de Cherbourg, qui devient les Constructions mécaniques de Normandie.

[53] Fr. Lürssen Werft GmbH & Co. KG est une entreprise de construction navale située à Brême dans le nord de l'Allemagne. Elle fabrique des navires de guerre, notamment après-guerre, des vedettes d'environ 42 mètres, comme les fameux « *Jaguar* » qui équipent la marine fédérale. Elle s'est aussi spécialisée dans la production de yachts de luxe.

certains commentaires manifestement écrits par des acheteurs Africains, les vedettes françaises possèdent un bien meilleur niveau de finition et de confort que leurs rivales allemandes. En particulier, les différents systèmes, comme radar, conduite de tir, mitrailleuses, canons et missiles sont annotés dans les moindres détails. Tous sont intégrés par les techniciens d'Amiot une fois les coques et les superstructures assemblées. De vrais produits vendus clés en mains.

Francis comprend mieux l'intérêt des Africains pour la production française au détriment des produits allemands.

— Tout cela corrobore mon enquête à Genève, laisse-t-il échapper dans un murmure.

Il fouille encore, mais cette fois-ci, à la recherche d'informations bancaires. C'est surtout sur ce sujet que le juge Fishinger lui a demandé de faire porter ses investigations. Et si, comme il le soupçonne, Lippert était un de ces « *arrangeurs* », il devrait y trouver son compte... ce qui est effectivement le cas au bout de plusieurs minutes. Numéros de comptes bancaires, banque, agent de guichet soudoyé, cadres corrompus, téléphones, adresses, sociétés écrans. Francis n'en demandait pas tant.

Mais quelque chose le tracasse. Le coffre a été ouvert et méthodiquement exploré. Pourtant, si manifestement des documents sont manquants, tous ceux relatifs au trafic d'armes n'ont pas été touchés.

Que cherchait donc ce mystérieux cambrioleur ?

L'odeur de cigarette se fait soudain plus forte Francis relève la tête et hume l'air.

Il doit y avoir un courant d'air, ce qui indiquerait bien que son cambrioleur a pris la tangente.

Voulant en avoir le cœur net, il se redresse et s'avance. Tout à coup, il se fige en découvrant des cendres curieusement positionnées sur la table de la salle à manger.

Il s'approche, pose son index dedans et le porte à son nez.

L'odeur vient de là. Les cendres sont presque froides. Il ne s'est pas trompé. Le mystérieux visiteur était bien là il y a encore quelques instants.

Il braque à nouveau sa torche sur l'amoncellement concentrique des cendres tout en se demandant qui est ce singulier fumeur.

Un bruit soudain le fait se retourner.

Il prend conscience qu'il a déjà trop traîné ici. Rapidement, il empoche tout ce qu'il a trouvé dans le coffre et se dirige vers la porte.

Il distingue la lumière du corridor filtrer par dessous.

Il colle son oreille sur le bois.

Aucun bruit.

Il ouvre lentement.

Soudain !

MAUVAISE PIOCHE ! ...

Une aveuglante lumière le fait cligner des yeux.

Il recule et entrevoit six ou sept silhouettes agglutinées sur le palier.

Aux voix, il réalise que ce sont sûrement des jeunes du coin. Des dealers probablement inquiets de voir se promener des gens inconnus aussi tard dans la nuit sur leur territoire.

— Sors de là, Blanche-Neige, ordonne une voix à l'accent manifestement africain. T'es québlo ! ([54]).

— C'est qui ce keum ? ([55]) fait une autre voix. Un céfran ([56]) ? Je nique les céfrans.

— Fait ieche ([57]), Karim. Tu vois bien que ce n'est pas un joibours ([58]). Fait pas partie de la tess ([59]).

— Ce tarba ([60]), c'est un feukeu ([61]) affirme un autre.

Francis n'est pas en mesure de faire face. Ils sont trop nombreux. Prudemment, il s'exécute et découvre quatre Noirs et trois Maghrébins.

---

[54] Coincé en verlan.
[55] Mec en verlan.
[56] Français en verlan.
[57] Chier en verlan.
[58] Bourgeois en verlan.
[59] Cité en verlan.
[60] Bâtard en verlan.
[61] Flic en verlan.

Ils sont très jeunes et n'ont pas l'air particulièrement enclins à œuvrer pour la paix entre les races.

Ils ne sont pas armés, si on ne considère pas les battes de baseball, que trois d'entre eux agitent sous son nez, comme étant une arme. Un seul en tient une vraie. Un gamin sur sa droite. Il bloque l'escalier. À voir comment il la manipule, il ne doit probablement pas trop savoir comment s'en servir. Déduction purement gratuite.

Et pour le savoir, il n'y a qu'une seule chose à faire : foncer dans le tas !

Francis réagit avec une rapidité fulgurante.

— Vous parlez trop, les mecs !

Il bondit en avant et bouscule le gros Black qui part en arrière, faisant du coup vaciller ses deux acolytes collés à lui vers la porte de l'ascenseur. En même temps, esquivant un violent coup de batte qui frappe que le vide pour heurter la barrière métallique de l'escalier, il se rue sur l'autre groupe agglutiné sur sa droite. Renversés avec une rare violence, les voyous basculent en arrière dans les escaliers en hurlant de rage et de colère. Ce faisant, le jeune n'a pas le temps de braquer son revolver sur le fuyard. Perdant lui aussi l'équilibre, il tombe à la renverse.

Francis leur marche dessus et saute dans la montée d'escaliers alors que, derrière lui, les dealers dégringolent les uns sur les autres en se coinçant mutuellement dans l'étroit escalier.

Francis ne demande pas son reste et dévale la cage d'escaliers à une vitesse météoritique.

Le temps que les voyous se ressaisissent et se jettent à sa poursuite, l'enquêteur est déjà dehors.

Il se sent mieux et se précipite sur sa Kangoo. Mais il a crié victoire trop tôt. Deux Noirs, armés de barres de fer sont vautrés dessus.

Ils se redressent en voyant le privé leur dégringoler droit dessus.

Francis s'immobilise, regarde tout autour de lui et se précipite sur la rue qu'il traverse à toutes jambes.

Les deux Noirs se précipitent à sa poursuite en gueulant à qui mieux mieux.

Presque en même temps, la horde vociférante jaillit de l'immeuble.

Entraînée par le gros Black, elle se rue derrière leurs complices.

Le gros Black ralentit.

— Demer ! ([62]). Ce babtou ([63]) va nous baiser. Suivez-moi ! Aux bagnoles !

Très vite, une BMW rutilante et au moteur trafiqué, suivie d'une Mercedes flambant neuve, s'arrachent du bitume et foncent vers le rond-point où, logiquement, leur fuyard devrait arriver.

Zigzaguant au travers des parkings fermés qui occupent presque tout le terrain entre les immeubles et le Boulevard de l'Europe, Francis arrive à distancer ses poursuivants.

Alors que les deux voitures s'engouffrent sur l'avenue d'Offenburg sur les chapeaux de roue, l'enquêteur déboule sur le Boulevard. Il s'arrête, regarde rapidement tout autour de lui pour juger de la situation, puis juste après un énorme poids lourd qui vient de passer sous son nez, il traverse en courant le Boulevard et se dirige droit vers la station-service « *Total Access* ».

— La voilà, cette charogne ! hurle le gros Black en accélérant.

Il grille tranquillement le feu rouge entre l'Avenue d'Offenburg et le Boulevard de l'Europe et fonce délibérément vers sa cible.

Francis s'immobilise. Derrière lui, les deux Noirs se rapprochent. Devant, les deux bagnoles, pleins phares, sont à deux doigts de lui couper la route.

Ce n'est pas le moment de traîner.

Vivement, Francis pivote sur lui-même et dégaine en même temps. Il aura plus de chance face aux deux Noirs.

Il leur fonce dessus, arme en avant en gueulant.

---

[62] Merde en verlan.

[63] Un Blanc un peu… « Fragile ».

Surpris par cette volte-face inattendue, les deux loubards ralentissent. Francis accélère. Les Noirs se regardent puis détalent à toute vitesse.

Francis ralentit et file alors sur sa droite, grimpe la pelouse juste sous le panneau « *Total* » et se précipite sur le grillage qui délimite une entreprise de pneumatique et d'entretien minute. Par chance il réussit à se hisser sur un bout de grillage presque entièrement arraché. Il est plus que temps ! Juste derrière lui, il entend le crissement des freins des deux voitures. Des portières claquent alors que les moteurs s'emballent à nouveau.

Un rugissement lui indique que les véhicules reprennent la route, mais il sait qu'ils ont laissé derrière eux un ou plusieurs agresseurs qui vont se lancer à sa poursuite.

Francis sait aussi que les voitures vont faire le tour par la Rue du Levant pour le prendre à revers en empruntant la Rue des Frères Lumière.

C'est juste une question de temps. Une simple question de temps !

Il accélère sa foulée et remonte à toutes jambes le parking de l'entreprise. Il entend la course de ses poursuivants. Au bruit, il en compte deux.

SORTI D'AFFAIRE ? ...

03 h 28

Francis arrive enfin à l'autre extrémité de « *Pneus Minute* ». Il se reprend à espérer.

Franchir le grillage bleu lui est facile. Il touche le sol et voit en même temps, sur sa droite, deux puissants faisceaux lumineux blancs. Ses poursuivants viennent de prendre la Rue des Frères Lumière.

À moitié courbé, Francis traverse la rue bordée de jolis platanes et s'engouffre sur le parking privé des services municipaux. Devant lui un petit portillon ouvert.

Coup de chance !

Sans réfléchir plus, il l'emprunte au moment où les deux lourdes voitures freinent à mort au beau milieu de la rue.

Francis n'attend pas pour détaler. Il entend les portières s'ouvrir, des éclats de voix, des interpellations.

Il part sur sa gauche, remonte toute la cour puis tourne à droite et fonce vers la Rue Blaise Pascal.

Heureusement qu'il a eu l'intelligence de se familiariser avec les lieux avant de venir. S'il ne s'est pas trompé, il devrait pouvoir distancer ses poursuivants en passant par là. Une fois dans la Rue Pascal, il débouchera sur la Rue Victor Puiseux. À partir de là, il pense qu'il aura lâché les voyous.

Au milieu d'un dédale de machines, d'empilement de matériaux divers, commençant à sentir la fatigue le gagner, en serrant les dents, Francis court à en perdre haleine. Vaguement éclairé par quelques lampadaires, il file droit vers son objectif. Derrière, il n'entend plus rien. Auraient-ils laissé tomber ?

Francis n'ose pas encore crier victoire. Machinalement, il tapote sur sa poitrine pour vérifier que les documents qu'il a pris dans le coffre sont bien toujours dans la poche intérieure.

Rassuré, il sourit et force l'allure. Il cherche un coin tranquille pour téléphoner à Stan.

Il va être furieux, mais il n'y a que lui pour lui venir en aide.

Rapidement, il trouve un abri convenable et sort son portable.

— Merde ! lâche-t-il en constatant qu'il est HS.

Francis fait la moue. Comment a-t-il réussi son coup ?

Quand il est passé par-dessus le grillage, il a probablement du écraser l'appareil. Pourtant, on le lui a garanti incassable.

— Bon ! Pas la peine de chercher des explications. L'urgence est de se barrer d'ici au plus vite.

Il réfléchit à toute vitesse et se dit qu'il devrait essayer de rejoindre « *ABM Graphic* ». Son ami y travaille quelques fois la nuit pour terminer le boulot en retard. Avec un peu de chance, il pourra s'y réfugier et téléphoner... pour autant qu'il soit là.

Dans l'immédiat, il ne voit pas quoi faire d'autre.

Il se remet en marche.

Quelques minutes plus tard, il débouche sur la Rue Blaise Pascal. Prudemment, il se colle contre un vieux mur et attend quelques secondes tout en écoutant attentivement les bruits de la rue. En même temps, mains appuyées sur ses jambes bien écartées, il cherche sa respiration.

Il est en nage. De la sueur coule sur son visage.

Il se lèche les lèvres tout en s'épongeant d'un rapide mouvement de la main sur le front.

Il reprend sa marche, longe des grandes serres sur sa gauche et se trouve très vite contre une haie, juste à côté d'un portail métallique.

Il s'agenouille et se concentre au maximum pour essayer de deviner la présence de ses poursuivants.

Il est inquiet. Les voyous avaient vraiment l'air déterminés à lui faire la peau. Auraient-ils abandonné aussi facilement ?

Prudemment, il longe la haie. Il va tenter de regarder dans la rue.

Plusieurs minutes passent. Il n'aperçoit rien de suspect. Il prend sa décision et, en une fraction de seconde, chevauche le portail pour se retrouver bien vite dans la Rue Blaise Pascal. À gauche, le noir complet ou presque. Il distingue les bâtiments de la société « *Aubade* ». Sur sa droite, plus de lumière et la masse sombre et inquiétante de l'entrepôt « *Cedeo* » La Rue Victor Puiseux est juste en face.

Francis prend une profonde inspiration et traverse vivement. Au même moment, un rugissement de moteur déchire l'air et des phares percent la nuit.

Une des deux voitures vient de surgir.

Planquée aux milieux des autres véhicules garés le long du mur de « *Cedeo* », Francis ne l'a pas repéré.

En serrant les dents, il se jette de toute la force de ses jambes dans la Rue Puiseux qu'il remonte à toute vitesse.

Une question le tarabuste.

Où est la seconde voiture ?

CHAUD DEVANT ! ...

Cette fois, Francis est mal barré.

Il entend le rugissement du moteur emballé. La voiture vient de s'engouffrer en faisant crisser les pneus dans la Rue Puiseux.

Il n'a que quelques secondes pour trouver une parade.

Courir tout droit, et les dealers seront très vite sur lui. Peut-être même tenteront-ils de l'écraser tout simplement.

Leur faire face et plomber la bagnole ? Pourquoi pas ? C'est jouable, mais ça risque de faire de sacrées histoires et il ne tient pas particulièrement à semer des cadavres partout où il passe.

Reste alors plus qu'à se dissimuler dans l'une des entreprises qui jalonnent la rue en espérant qu'ils ne puissent pas le trouver. Il sera toujours temps de flinguer s'il faut réellement en venir là.

Vivement, Francis part à droite, s'agrippe au grillage de « *Loxam* » et bascule dans l'enceinte.

La BMW conduite par le gros Black freine à mort. Des interpellations, des cris, des portières qui s'ouvrent et se referment.

Francis comprend qu'ils ne vont pas le lâcher comme ça.

Il allonge sa foulée, entend une poursuite derrière lui et comprend qu'ils sont sur ses talons. Il se retrouve soudain dans une espèce de voie sans issue.

Il fait demi-tour mais voit avec horreur un type arcbouté sur les commandes d'un Clark lui foncer dessus

Tant pis, cette fois, il va le buter.

Francis sort son Glock, puis se ravise en voyant une pile de caisses en bois empilées au fond de l'impasse. Il rengaine, court vers elle et grimpe dessus de toutes ses forces. S'il parvient en haut, il pourra basculer derrière le mur.

Le chauffeur du Clark accélère en levant ses fourches à hauteur d'homme.

Francis est presque parvenu au sommet des caisses quand l'une d'elles se fracture, l'entraînant au sol.

Francis se redresse et voit avec horreur les deux fourches se rapprocher de lui dangereusement.

En une fraction de seconde, il se tourne.

Les deux fourches pénètrent alors dans un fracas de bois explosé dans les caisses.

Francis sent le vent le caresser lorsqu'elles se plantent dans le bois. De s'être mis de côté lui a évité de se faire littéralement empaler.

Il tourne prudemment la tête et constate que le châssis des fourches n'est qu'à quelques centimètres de lui. Les fourches ont traversé les caisses mais ont heureusement été arrêtées par le mur en béton.

Le Maghrébin l'insulte en reculant pour mieux pouvoir le clouer, mais Francis en profite pour filer sur la droite.

Il longe le Clark, et braque le voyou. Stupéfait de se trouver aussi près avec un flingue sous le nez, l'Arabe ne dit rien et se fige sur son fauteuil.

— Casse-toi ! Je ne suis pas d'humeur, ce soir. Casse-toi vite ou je te fume !

L'ordre est strict et le voyou ne demande pas son reste. Il descend et détale comme un lapin.

Francis rengaine, reprend son souffle et grimpe sur le Clark bloqué dans les caisses.

Très vite il est en haut et passe de l'autre côté du bâtiment.

En courant sur les toits, il rejoint la Rue Puiseux. Il s'agenouille et surveille l'Arabe rejoindre ses acolytes. Le gros Black ne semble pas content. Les voyous s'invectivent entre eux.

Quelques secondes passent. Ils rembarquent et disparaissent sur les chapeaux de roue.

Cette fois, ils ont dû laisser tomber.

Par prudence, Francis attend encore quelques secondes car il est encore incertain quant à la seconde voiture.

Où est-elle passée ?

IL NE FAUT JAMAIS BAISSER SA GARDE ! …

04 h 19

Jugeant avoir suffisamment attendu, Francis se laisse glisser le long de la gouttière et se retrouve dans la Rue Puiseux.

Il traverse vivement et s'engouffre dans le parking de la société « *ABM Graphic* ». Il y a de la lumière, c'est bon signe.

Avec un peu de chance, son ami est là. Grâce à lui, il pourra se cacher.

Il pèse sur la porte de côté qui donne sur l'atelier. Elle est fermée. Il tambourine dessus mais rien ne se passe.

Pourtant, il y a de la lumière ?

Rapidement, Francis sort son passe et crochète la porte.

En un tournemain, il se retrouve à l'intérieur. Il commence à respirer quand un pied vient soudain bloquer la porte.

Le temps qu'il réagisse et il est violemment propulser au sol. La porte vient d'être brusquement ouverte et deux des voyous de la seconde voiture font irruption.

Francis rampe sur les coudes tandis que le Maghrébin et le Noir s'avancent vers lui avec des crans d'arrêt. Ils n'ont visiblement pas l'intention de discuter longtemps.

Francis attrape son arme, mais un violent coup de pied la fait voltiger en l'air. Elle retombe lourdement au loin.

L'enquêteur sent son rythme cardiaque s'accélérer à un point qu'il n'aurait jamais soupçonné. Cette fois, il se sait très mal parti.

En deux enjambées, les voyous sont sur lui. Francis tente de se débattre mais ils sont les plus forts.

Brusquement mis à genoux par le Black qui lui tire la tête en arrière par les cheveux, l'Arabe s'approche et arme déjà son bras pour l'égorger.

— Allah Akbar ! hurle-t-il en plongeant son couteau sur Francis.

Un coup de feu retentit soudain. Le Maghrébin lâche sa lame et s'effondre au sol, mort, sans avoir prononcé un seul mot.

L'arme blanche ricoche par terre dans un bruit clair et métallique alors qu'une seconde détonation résonne dans l'atelier.

La balle siffle aux oreilles du Black qui tente de s'enfuir.

Au même instant, la balle perdue troue une tuyauterie.

Un retentissement « Pschitt » et une forte odeur significative font comprendre à Francis que le gaz est en train de se répandre dans la pièce.

Un troisième tir couche définitivement le Noir.

Encore secoué par ce qu'il vient de vivre, Francis ne réagit même pas.

Un homme s'approche alors de lui.

L'enquêteur lève un regard vaguement interrogateur sur son sauveur.

— Foutons le camp, tout va sauter ! dit l'homme avec un accent étranger.

En même, temps, il attrape durement l'enquêteur par le bras et l'entraîne vivement à l'extérieur.

— Par ici, j'ai une voiture.

À peine sont-ils sortis de l'atelier qu'une violente explosion secoue tout le bâtiment.

Les flammes progressent alors très rapidement tandis que les deux hommes s'engouffrent dans une Audi.

L'inconnu démarre et file rapidement en s'éloignant du brasier.

— Les pompiers ne vont sûrement pas tarder. Je pense que vous voulez éviter d'avoir à donner de difficiles explications, non ?

Vidé, Francis se contente simplement de hocher la tête.

L'homme sourit largement tout en accélérant vivement.

Au bout de quelques secondes.

— Je... vous m'avez sauvé la vie... mais qui...

— Mac Cabe ! John Mac Cabe ! DEA !

GROSSE COLÈRE ! ...

Jura, Commenailles,
maison de Francis Magenta,
Rue des Ongrilles,
samedi 15 juin,
14 h 58

— Ah ben c'est pas trop tôt !

Francis entend parler comme dans un rêve. Il bouge un peu, cligne des paupières et aperçoit une silhouette. Il s'immobilise et tente de fixer son regard sur l'individu qui semble rouspéter.

Son cerveau se remet lentement à fonctionner.

Il prend une profonde inspiration et se redresse doucement.

Il reconnaît immédiatement Stan.

Il est manifestement de mauvaise humeur et n'arrête pas de tourner autour du lit comme un lion en cage.

— Alors, toi, mon salaud, tu peux te vanter de m'avoir foutu un de ces pétoches !

— Bonjour ! dit timidement Francis en s'étirant longuement.

— Ouais, c'est ça ! Bonjour ! ... Non, mais tu te rends compte des conneries que tu plantes ? C'est dingue, ça ! Tu passes ton temps à donner des leçons aux autres, à les mettre en garde sur la dangerosité des individus qu'on pourchasse, tu expliques à longueur de temps la valeur du binôme, et toi, dès qu'on a le dos tourné, tu fais exactement le contraire de ce que tu préconises toute la sainte journée ! Mais tu te rends com...

— Ça va ! Arrête un peu de bouger, tu me donnes le tournis.

Stan se fige et pose durement ses mains sur le dossier du lit.

Il darde un regard de braise sur son ami et patron.

— Putain ! Je te donne le tournis ! Mais toi, tu réalises que tu as failli laisser ta peau dans cette virée à la con ? Tu te rends compte que si ce type n'était pas intervenu, tu serais en deux morceaux maintenant ? Non, mais c'qu'il faut pas entendre, j'te jure !

— Ça va ! Ça va ! Mets-là en veilleuse. Ce n'est pas la peine de me faire la morale.

Stan se tait mais se remet à tourner en rond en martelant son poing droit dans sa main gauche. Il rumine nerveusement.

— Et t'as vu dans quel état du me ramènes ton portable ? Tu as fait quoi, avec ? Tu as défoncé un mur de briques ! J'te jure !

Francis le regarde et comprend qu'il a tellement eu peur de le perdre pour toujours, que le pauvre se saoule de paroles pour exorciser sa peur.

— Excuse-moi. Ça ne se reproduira plus, dit-il d'une petite voix fatiguée.

Stan s'immobilise et le dévisage sans dire un mot.

Il fait quelques pas et le regarde à nouveau avant de le désigner d'un index accusateur.

— Ouais, je te connais. À la moindre occasion, tu recommenceras ton cirque. Fais gaffe, Francis, on ne meurt qu'une fois ! Tu vas être papa tout bientôt. Qu'est-ce que tu crois qu'elle va dire Myriam quand elle saura que tu es mort ? Tu sais ce qu'elle ferait ? Elle serait capable de te ressusciter uniquement pour te tuer de rage. Tu as conscience de ça, humm ? Humm ? Humm ?

Francis remonte ses genoux et les prend entre ses bras. Il sourit à son ami. Il sait que l'alerte a été chaude et, au son de sa voix, il comprend qu'il s'est calmé.

Stan reste immobile puis, soudain, il sourit largement.

— Sacrée andouille, tu m'as fichu les miquettes comme pas permis. Ne recommence jamais ça... ou alors appelle-moi. On ne va pas dans un coin comme ça à poil !

Francis arrête l'ardeur de son ami à grands renforts de gestes.

— Comment suis-je arrivé là ?

— C'est ce type, là, ce mec de la DEA. Figure-toi qu'il m'a réveillé en pleine nuit alors que j'étais en train d'expliquer l'art de l'amour à Renée-Charlotte et...

— Fais-moi la version courte, tu veux bien ?

— Ouais. Donc, ce type m'appelle, il est en bagnole et tu roupilles à ses côtés. Il ne sait pas trop comment te ramener chez toi. On se donne rendez-vous sur la Place du Colombier, à Bletterans. Il arrive, je te trouve complétement stone. Il me suit et une fois ici, il m'a aidé à te pieuter. Fin de l'histoire.

— Il avait ton numéro privé ?

— C'est un agent de la DEA. Ces mecs savent tout, même ce que tu penses avant même que tu ne le penses.

— Il n'a rien dit ? Il n'a rien laissé ? Pas un papier ? Une carte de visite ?

Stan sourit.

— Il a juste dit qu'il te recontacterait... Tu en tires une gueule ?

— Je me rappelle qu'il se nomme Mac Cabe... John Mac Cabe.

— Bon, et alors ? Que ce soit tartempion ou Mac Cabe ou le pape en personne, heureusement qu'il était là, l'autre.

— C'est justement ça que je voudrais savoir. Qu'est-ce qu'il fichait là ?

— Tu lui demanderas quand il reviendra... Bon, à part ces joyeusetés, ta visite a-t-elle au moins été concluante ?

Francis sort du lit, se frotte les yeux et enfile sa robe de chambre. Il se dirige droit vers ses habits jetés en boule dans le fauteuil et en sort rapidement la masse de documents pris dans le coffre de Lippert.

Il les secoue sous le nez de Stan.

— J'ai la preuve que Lippert était bien mouillé dans le trafic d'armes. Si j'en crois ces papiers, il était en train de négocier un juteux contrat d'armement avec des Africains. Fischinger sera aux anges.

— Raconte !

— Pas maintenant. Il faut d'abord retourner là-bas pour récupérer le Kangoo. Avec le feu, les flics vont...

— Te bile pas. Y a pas le feu au lac. J'y suis allé, qu'est-ce que tu crois ? Pendant que Môssieur roupillait, SuperStan faisait le nettoyage. Mac Cabe m'a dit où tu l'avais laissé. On ne le retrouvera jamais ton Kangoo.

— Qu'est-ce que tu en as fait ?

— Moi ? Que dalle. Quand je suis arrivé, il avait disparu. Tu veux mon avis ? En ce moment, ton utilitaire doit déjà être en train de remonter les pistes du Haut Atlas. Remarque, ça fait ça de moins à payer aux assurances. C'est bon pour tes bilans comptables, non ?

Stan est déçu. Sa blague tombe à l'eau.

— Ben quoi ? C'est pas drôle ?

— Comment Mac Cabe savait où était garée notre bagnole ?

ET APRÉS CES ÉMOTIONS, ON FAIT QUOI ? ...

— J'te l'ai dit ! Ces mecs savent tout.

— Non, Stan. Il n'a pas de pouvoirs surnaturels et la DEA ne travaille pas avec des boules de cristal. L'explication est nettement plus prosaïque. Il *savait* que j'étais chez Lippert, tout simplement.

— Oooh ! Et comment ?

— Réfléchis deux secondes. Mac Cabe est agent de la DEA, le service de répression des narcotiques aux USA. Lippert traficotait également dans la dope selon le Capitaine Lebreton, et encore sans certitude, et les mecs qui me sont tombés dessus n'étaient certainement pas des enfants de chœur en train de prêcher la paix entre les peuples. Dans ces conditions, normal que Mac Cabe soit sur ses traces.

— Ouais, c'est logique. Mais au même endroit et à la même heure que toi, ça... ça l'est nettement moins.

— Ça prouve bien que notre victime travaillait dans le trafic d'armes *et* dans celui de la came en parallèle. Mais tu as raison, sa présence sur les lieux soulève tout un tas de questions. À ce stade, je ne crois pas aux coïncidences.

Francis se tait.

Stan le dévisage de longues minutes.

— Toi, tu fais la gueule du mec qui rumine une drôle d'idée.

— En effet, en effet.

— On peut savoir ?

Rapidement, Francis lui raconte dans le détail sa visite dans l'appartement de Lippert.

— Alors, qu'est-ce que tu en conclus ? lui demande-t-il pour finir tout en s'habillant.

Stan se frotte le menton.

— Ce qui est sûr, c'est qu'on est passé avant toi chez Lippert.

— Un travail de professionnel. Tout a été méthodiquement fouillé.

— C'est probablement le mec qui l'a assassiné, ce serait logique. Il le bute et va chez lui pour vider son coffre. Ce qui veut dire que ce qu'il y avait dedans est de nature compromettante pour lui.

— En effet, Stan. C'est la première chose qui vient à l'esprit. Mais... mais pourquoi ne l'a-t-il pas fait la nuit même du meurtre ?

— Qui te dit que ce n'est pas ce qui s'est passé ?

— Les cendres de cigarette.

— Ah ouais, j'avais oublié ce détail.

— Ce n'est pas un détail, c'est un indice. Trouvons le fumeur et on saura qui est derrière cette affaire.

— Tu en es certain ?

— Absolument. La position circulaire des cendres sur la table de la salle à manger indique qu'il y était assis pendant de longues minutes, probablement en train de réfléchir devant le coffre ouvert. Ce ne peut en aucun cas être Lippert.

— Lui, il aurait utilisé un cendrier. Logique.

— Et n'oublie pas qu'elles étaient encore chaudes, donc c'est bien le type qui est passé avant moi qui les a laissées. C'est forcément lui le cambrioleur.

— Mais qu'est-ce qu'il a piqué dans le coffre, alors, puisque tu as ramené les documents sur le trafic d'armes ?

— C'est la grande question. Il est évident que les armes ne sont pas le mobile du cambriolage. C'est autre chose.

— Mais quoi ? La dope ?

— Possible. À ce stade, nous manquons d'éléments pour répondre avec certitude.

— Et si c'était quand même pour les armes ? Les coups tordus dans ce milieu sont fréquents.

— Non, Stan, je ne crois pas. Bien sûr, les coups en douce circulent dans le microcosme de l'armement. J'ai eu connaissance d'un fait similaire en Grèce lors d'une négociation portant sur des tests comparatifs entre blindés lourds. Les Anglais étaient sur les rangs et on collectionné les pannes sur leurs équipements radio. D'après eux, ils avaient été délibérément brouillés par la concurrence ([64]). Il n'est pas utile de rentrer dans ce type de jeu si l'on dispose d'un produit de haute qualité - ce qui est manifestement le cas avec les armements concernés par ce contrat -. Le faire serait prendre un bien gros risque pour rien. Les mauvais coups sont, à mon sens, une arme d'appoint à laquelle on n'a recours qu'en tout dernier ressort, lorsque l'issue de la négociation est indécise. Ce n'est absolument pas le cas dans le contrat de Lippert. Il est finalisé, signé.

— Ouais, mais tu sais, Francis, dans ce genre de tractation, les apparences de normalité, comme la civilité, l'honnêteté, la respectabilité, la fiabilité, doivent être préservés aussi longtemps que possible, donc rien n'empêche que…

— Non, Stan. Lippert ne pouvait pas s'abaisser à des manœuvres de ce genre. Se voir accusé, presque publiquement, de « manipulateur cynique », de « barbouzard approximatif » ou encore « d'allumé paranoïaque » ne fait jamais bon effet sur une carte de visite. Lippert avait bien trop à perdre en jouant ce jeu pervers. Il aurait bousillé toute sa crédibilité. Que ce soit les acheteurs ou les vendeurs, aucune des deux parties n'avait intérêt à éliminer un type qui pouvait, éventuellement, et même sûrement, leur être de nouveau utile. Ça ne servirait à rien alors que tout le monde est satisfait. Non, c'est ailleurs qu'il faut chercher.

Stan est moins convaincu.

S'en apercevant, Francis prend la liasse de documents et la fourre sous le nez de son ami.

---

[64] Authentique.

— Voilà pourquoi j'en suis sûr. Regarde le contrat de vente en annexe. Les dates indiquent qu'elle est en cours. J'ai la signature de Lippert et de tout un tas d'autres types. J'ai tout ! Il y a tout le détail du montage financier là-dedans. Je vais d'ailleurs vite envoyer ces documents au juge pour qu'il agisse. Il pourra en faire ses choux gras.

Stan examine les papiers d'un œil distrait. Il sait que Francis a raison.

— Bon, alors partons sur la piste de la dope. Comment penses-tu t'y prendre ?

— En suivant cette blonde, répond Francis en retirant la photo de sa poche.

— Elle trônait en bonne place sur un meuble. Lippert et elle devaient sûrement entretenir des relations très... intimes.

Stan regarde attentivement le visage souriant de la blonde.

— Mitsy !

— Ouais ! Mitsy ! C'est très court, mais c'est tout ce que j'ai pour démarrer l'enquête.

— Tu oublies juste un détail.

— Lequel ? demande Francis en se passant vivement les mains dans les cheveux devant un miroir.

— La photo, justement. Si ton cambrioleur était aussi méthodique, il ne l'aurait sûrement pas oubliée.

Francis suspend son geste et regarde Stan dans la réflexion du miroir, l'air interrogateur.

Il poursuit.

— S'il ne l'a pas fait disparaître, soit c'est un amateur, ce que je ne crois pas, soit, et c'est plus intéressant, il sait pertinemment qu'elle ne lui sert à rien du tout. Donc...

— Que c'est quelqu'un qui la connaît. Un proche du couple ? Ou quelqu'un qui en sait assez sur eux pour éliminer d'office la blonde ?

— On peut dire ça comme ça.

Francis reprend son mouvement et sourit avant de se retourner sur son ami.

— Mais dis donc, on dirait que tu te bonifies avec le temps, toi !

— Qu'est-ce que tu crois, je pourrais d'épater, tu sais ?

— Pas la peine, tu y arrives très bien tous les jours. Mais tu as raison, ta remarque est loin d'être stupide, très loin même.

— Alors, on fait quoi ? On cherche toujours cette blonde ?

— Bien sûr, je ne veux rien laisser au hasard.

— Ça promet.

— Et on va voir ce que ce Mac Cabe peut nous apporter. À mon avis, il a beaucoup de choses à nous apprendre.

— Tu as l'air bien certain de le revoir ?

— Il chasse le même gibier que moi et ne l'a pas encore débusqué. Il doit avoir besoin, lui aussi, de renseignements.

— Putain de dope ! On n'est pas arrivé.

— J'adore ton optimisme. Rassure-toi, je ne pense pas qu'on n'ait à aller bien loin pour trouver cette Mitsy.

Stan ouvre de grands yeux alors que Francis lui donne un coup de coude amical dans les côtes.

— Oooh !

— Une partie de minigolf, ça te dit ?

— Quoi ? Mais que…

— Je t'invite à « *L'Arcobaleno* ». Je suis certain qu'on l'y trouvera.

— Tu vas où, là ?

— Rendre compte au juge. On aura ensuite les mains libres. Je vais en avoir pour un bon moment… Ah, en attendant, avertis nos amis de Paris, qu'ils surveillent vingt-quatre heures sur vingt-quatre la villa de Chevreuse.

— Pourquoi ?

— Parce que je te l'ordonne, voilà pourquoi.

Stan se met faussement en rogne.

— Voilà ce que j'n'aime pas chez toi, toujours cette façon de jouer au chef ! Ce que c'est agaçant, mais ce que c'est agaçant, ça !

DEUX CURIEUX INVITÉS ! ...

16 h 21

Une bonne heure et quelques minutes plus tard, Francis revient dans le salon où Stan, allongé dans le canapé, a piqué un petit roupillon.

— Oh, bonhomme, ce n'est pas l'heure.

— Eeeh, quoi ?

Rudement, secoué, Stan finit par ouvrir un œil.

— Mais ça va pas, non ? Tu veux m'arracher la clavicule ou quoi ?

— Ça va ! Pas tant de chichi.

Francis va s'assoir en face de lui.

— Je viens de raccrocher avec le juge.

— Alors ? s'inquiète Stan en baillant.

— Fischinger est ravi des documents que je lui ai transmis par fax. Il en a assez pour faire tomber tous les banquiers véreux de la branche financement illicite qu'il essayait de coincer depuis des mois. Il est d'accord avec moi pour convenir que Lippert était à la fois un « *arrangeur* » et un « *éclusier* » hors pair. Il savait entrer en résonance avec les goûts, les besoins, les projections et les fantasmes de ses clients. Il restait également accessible sur le plan des prix et des délais de livraisons.

— Un cador, quoi. N'empêche que tu ne dois pas perdre de vue la possibilité qu'il ait été refroidi par un concurrent vexé.

— Je ne l'oublie certes pas. Les codes de bonne conduite n'ont malheureusement qu'une portée fort limitée et toute relative dans ce milieu. Leur valeur repose uniquement sur la bonne foi des différents signataires. Une seule tricherie suffit à transformer le contrat en chiffon de papier et le responsable peut dès lors changer de nom et de métier. Seulement Lippert était loin d'être un imbécile, jamais il n'aurait commis une erreur de ce genre, je te l'ai déjà expliqué.

— Si tu le dis.

— Bien ! Voilà une affaire rondement menée. On va pouvoir se concentrer sur les autres pistes Lippert. Le juge m'a assuré de son appui. Il pense que les activités illégales de la victime pourraient, peut-être, à des degrés divers, avoir des ramifications avec le trafic d'armes. Ce qui est sûr, c'est que ça devrait nous permettre de débusquer d'autres salopards.

— Ben, on n'a pas fini, quoi, se lamente Stan en s'étirant longuement.

— Bon, quoi de neuf ? Tu as eu les copains à Paris ?

— Bien sûr. Ils sont en train de monter une surveillance permanente autour de la baraque de Lippert. Tu espères trouver quoi ?

— L'avenir nous le dira.

— Optimiste, quoi.

— Avec tout ça, tu ne m'as pas dit ce que ta virée à « *L'Auberge du Roc* » avait donné ? Des informations utiles ?

— À toi de voir, mais je pense que oui.

— Raconte.

Francis s'installe confortablement en croisant les jambes.

— Ouais. Côté caméras de surveillance, nada. Y a rien à en tirer, en tout cas pas suffisamment pour avancer. Par contre, j'ai bien discuté avec les serveurs et ils se rappellent très bien des deux gars qui ont bouffé avec Lippert ce samedi 8 juin au soir.

— How Much ?

— Pas mal. Tiens, c'est la note.

Stan la glisse rapidement vers Francis qui la prend.

À sa mimique, Stan fait la grimace.

— Ah, quand même ! Tu as arrosé sec dis donc, dans tous les sens du terme.

— Faut c'qui faut.

— Ouais, on voit bien que ce n'est pas avec ton fric. J'espère au moins que ça a été payant. Des noms ?

— Et comment. On sait, maintenant, pourquoi Lippert était dans le Jura.

— Mais encore.

— Il avait rendez-vous avec deux mecs bien connus des services de police : Joseph Torello, dit « *Jo la Seringue* », et Antoine Cermak, dit « *Trois Doigts* » ou « *Le Hongrois* » de par ses origines.

— Ça me dit quelque chose. Rafraîchis-moi la mémoire.

— Torello a été le meilleur chimiste de toute la French Connection ([65]) du temps des Zampa et compagnie...

---

[65] La *French Connection* ou « filière française »), désigne l'ensemble des acteurs qui prennent part à l'exportation d'héroïne aux États-Unis depuis la France, des années 1930 aux années 1970. Il s'agit de réseaux et équipes implantés pour la plupart à Marseille et Paris. Importée en France depuis l'Orient de la péninsule indochinoise ou la Turquie et la Syrie, la morphine-base issue du pavot est transformée en héroïne dans des laboratoires installés dans la région marseillaise, puis expédiée aux États-Unis et au Canada par différents canaux. Les trafiquants français sont à cette époque les principaux fournisseurs des organisations criminelles américaines et le crime organisé corse joue un rôle central dans le trafic. Un rapport du Sénat américain en date de 1963 fondé sur les révélations du mafieux repenti Joseph Valachi, indique que 8 à 9 % de la production légale d'opium au Proche-Orient ne sont pas vendus à l'industrie pharmaceutique, mais détournés par des trafiquants syriens ou libanais pour être transformés en morphine-base. De là, ces trafiquants, du fait de la langue et des traditions françaises issues de l'influence française au Proche-Orient, développent des liens

— J'y suis. Il avait même la réputation d'être encore plus fort que *« Monsieur 98% »* ([66]). Il est toujours dans le circuit ! Je le croyais mort ?

---

durables avec les truands corses en France. Il s'agit tout d'abord des gangsters marseillais Paul Carbone et François Spirito qui implantent des laboratoires illégaux dans les années 1930, à une échelle assez restreinte. Le marché se développe dans les années 1950 et 1960, décennies au cours desquelles Antoine Guérini s'affirme à la tête du milieu corso-marseillais. Selon plusieurs sources, le malfaiteur italo-américain Lucky Luciano, exilé à Naples, structure le trafic. Entre 10 et 20 tonnes/an partent aux USA à la fin des années 1960. En 1970, le trafic est estimé entre 40 et 44 tonnes par an, soit 80 % de la consommation d'héroïne américaine, pure à 98 %.

[66] Joseph « Jo » Cesari né le 2 janvier 1915 à Bastia - 22 mars 1972) fut un célèbre chimiste raffineur d'héroïne, lié à la French Connection. Il commence sa carrière comme garçon de bord sur des paquebots puis ouvre un bar. C'est son demi-frère, Dominique Albertini, ancien préparateur en pharmacie, qui le lance dans l'apprentissage de la fabrication d'héroïne. Albertini, chimiste surdoué, a lui-même fait ses classes au laboratoire clandestin de Bandol, installé par Paul Carbone dans les années 1930. Joseph se fera remarquer et devient le chimiste le plus célèbre de la French Connection : on le surnomme « *Monsieur 98 %* » par référence à la qualité de l'héroïne qu'il raffine. Avec un kilogramme de morphine-base, il fabrique un kilogramme d'héroïne pure à 98 % alors que ses concurrents chimistes d'alors ne dépassent pas 60-70 %. Il s'enrichit ostensiblement et mène grand train : il achète à son nom une superbe demeure près de Rians, dans le Var avec sur 420 hectares deux maisons de maître, une ferme, une bergerie, des écuries. Il est arrêté le 7 octobre 1964 avec cinq complices en possession de 100 kg d'héroïne. De manière à ne pas se faire repérer par les truands, les policiers s'étaient déguisés en chasseurs et avaient simulé un accident de chasse. « *Jo le chimiste* » est condamné à 7 ans de prison ferme, 4 millions de francs d'amende et 300 000 de dommages et intérêts. En décembre 1970, après six ans de détention, il est libéré. Au printemps 1972, il est arrêté à nouveau pour le même motif. Comme la législation a changé, il risque de mourir en prison. Le 22 mars 1972, il est retrouvé pendu dans sa cellule au moyen d'une corde fabriquée avec des draps. Avec sa mort, son héroïne d'une pureté exceptionnelle disparaît du marché.

— Ben faut croire que non. Il flirte avec les quatre-vingt balais et plus, mais à ce qu'on dit, il est encore capable, à vingt mètres, de dépuceler une mouche en plein vol sans lui froisser les ailes...

— Je veux du concret, Stan. Pas des anecdotes.

— Oui. Bon. Il serait toujours dans le circuit. Pourtant, c'est vrai, ça fait des années qu'on n'entend plus parler de lui. Ceci dit, il ne touche plus à la blanche. Quant à Antoine Cermak, il fait dans la fausse mornifle et est devenu un grand spécialiste du trafic d'œuvres d'art, principalement sur l'Asie du Sud-Est. Il a d'ailleurs un bureau à Hong Kong. Sa compétence en matière d'expertise est très recherchée. On vient de très loin pour le consulter. Même des honnêtes gens, c'est pour te dire.

— Oui, ça me revient maintenant. Souvent inquiété, mais jamais emprisonné. Ce gars-là avait des appuis hauts placés. À chaque fois, ses mentors lui ont sauvé la mise. Elle est belle la justice.

— Ce sont des intouchables.

— Que pouvaient-ils bien mijoter avec Lippert ? Se pourrait-il qu'il fasse aussi dans la fausse monnaie ? Si tel est le cas, Lippert n'arrêtait pas. Trafic d'armes, drogue, jeu, et maintenant fausse monnaie.

— En tout cas, ce doit être un gros coup, parce qu'en général, le Jura n'est pas du tout le terrain de jeu de « *Trois Doigts* » et « *Jo la Seringue* ». Ils sont surtout présents en région parisienne, dans les Hauts de France, le Grand Est et la Belgique... sans parler de l'international. Enfin, pour qu'ils daignent sortir de leurs retraites peinardes et acceptent de prendre des risques, ça doit être drôlement juteux. Voudrais bien savoir ce que Lippert a vraiment pu leur raconter pour les décider à pointer le bout de leurs nez ici, moi.

Francis se frotte le menton.

— L'ennui, c'est que maintenant, Lippert étant mort, les deux autres ne vont plus se montrer. Ça met fin à leur future association.

Il réfléchit quelques instants.

— Torello s'occupe de quoi exactement en ce moment ?

— De finance. Il prête de l'argent à tous ceux qui en ont besoin pour monter des coups. Mais attention, s'agit pas de piquer la sucette du gosse. Torello ne se mouille que sur de très, très gros braquages. Il finance et en retour touche un confortable pourcentage sur le butin. Paraît même qu'il serait en cheville avec des... « officines »... plus ou moins politiquement orientées qui ont dans l'idée de braquer des fourgons blindés pour financer les futures campagnes électorales.

— Rien que ça ?

— C'est une rumeur, mais si elle est fondée, elle expliquerait la mansuétude bienveillante de la justice à son égard.

— OK ! Ne nous égarons pas de trop. Et « *Trois Doigts* » ?

— C'est son associé.

— Ce qui reviendrait à dire que Lippert avait besoin d'eux pour monter un gros casse.

— Ça semble logique. Mais...

— Mais c'est purement gratuit. Il peut tout aussi bien s'agir d'autre chose.

— Exact. À mon avis, faut zyeuter du côté du trafic d'œuvres d'art.

— Pourquoi ?

— Sais pas, une idée, comme ça. En tout cas, par élimination.

— Précise.

— Lippert est blindé aux as. Il n'a donc aucun intérêt à prendre des risques pour monter au braco, surtout à son âge. La schnouff, « *Jo la Seringue* » n'y touche plus vraiment. Si Lippert voulait monter quelque chose à ce niveau, il ne se serait jamais adressé à lui. Sincèrement, tu vois ces trois papys remettre le couvert ? Ça ne tient pas la route une seule seconde.

— Sauf qu'ils se sont bien rencontrés. Ce n'est sûrement pas pour évoquer le bon vieux temps. Reste la fausse monnaie et les œuvres d'art. Oui, en effet, ça se tient, continue.

— Le fric pour le fric est à éliminer aussi, je pense. Lippert nage dedans. Là aussi, pourquoi prendrait-il des risques inconsidérés pour en amasser encore et toujours en se jetant dans la fausse mornifle ?

— Certains ne savent pas s'arrêter.

— C'est pas ce qui ressort de la psychologie du bonhomme, tu viens toi-même de me l'exposer brillamment. Donc...

— Reste les œuvres d'art.

— Exact.

Francis respire fortement tout en réfléchissant.

— Pas mal. Pas mal du tout ! Tu vas finir par m'épater. Rappelle Paris, qu'une équipe surveille ce charmant duo dès qu'il se pointe à Paname et ne le lâche surtout plus. Je veux savoir exactement à quoi m'en tenir avec ces deux truands. On les surveille tant que je ne dis pas d'arrêter.

— OK, je m'en occupe tout de suite.

— Attends ! Ne pars comme ça, je n'ai pas fini.

— Autre chose ?

— Oui. Qu'ils me fassent un état des plus exacts des collections de Lippert et qu'ils fassent expertiser, le plus discrètement possible, les plus belles pièces, tous types confondus.

Stan ouvre de grands yeux.

— T'es dingue ! Tu te rends compte des risques que tu fais courir aux copains ?

— Parfaitement.

— Et puis ça t'avancera à quoi de savoir ça ?

— À corroborer, ou non, la petite idée que je sens germer en moi.

— Oooh putain ! Quand tu parles comme ça, faut s'attendre à l'apocalypse.

— Toujours dans l'exagération. Allez, file !

LA PISTE DE LA CAME SE CONFIRME ! …

Jura, Commenailles,
maison de Francis,
dimanche 16 juin,
09 h 17

Francis apprécie cette matinée calme et ensoleillée. Elles sont si peu fréquentes qu'il en savoure jusqu'à la quintessence même.

Il a choisi cette vieille bâtisse sur un coup de cœur. D'abord parce qu'il avait besoin de pouvoir se ressourcer loin de tout. À ce titre, sa maison de Saint Germain-sur-Rhône ne lui offrait plus cette cassure tant nécessaire. Sans compter que pour l'enfant qui va naître, ce retour à la nature sera plus profitable ici qu'en Haute-Savoie. Et puis aussi, sans l'avouer franchement, avoir un point de chute à une petite vingtaine de kilomètres de Lons, lui permettait de surveiller tout son petit monde, principalement son remuant ami et adjoint : Stan, toujours aussi impulsif qu'imprévisible.

Située en lisière de forêt, elle était cachée sous une luxuriante végétation tout en permettant, par l'autre façade, une vue plongeante sur la plaine assez sympa. On voyait venir quelqu'un de loin. Critère non négligeable pour un privé comme Francis.

L'intérieur était aussi confortable que très fonctionnel. Les vendeurs étaient des Suisses, donc l'enquêteur savait à quoi s'attendre et il n'avait pas été déçu. Même l'imprévu était planifié.

Francis ferme les yeux.

Ici, le pépiement de quelques oiseaux invisibles, mais heureux de vivre, là une imperceptible rafale de vent pousse plus loin quelques branchages qui reviennent inévitablement à leur place en lâchant une vague de senteurs d'une finesse incroyable et nuancée d'infinies fragrances inconnues.

Il s'approprie chaque odeur, chaque bruit, chaque vision et les imprime au plus profond de lui-même pour ne jamais les oublier.

Il en a besoin.

Stan interrompt le rêve en rentrant bruyamment.

— Oooh, putain, ce que j'ai bien dormi, moi !

— Enchanté de le savoir. Café ?

— Ouais ! Avec les pains au chocolat. Nickel ! Tu as écouté les news ?

— Non. Je profitais de ce bref moment de répit pour ne rien faire avant d'être outrageusement interrompu par un batracien antédiluvien.

Horrifié, Stan regarde de partout.

— Où ça ?

— Laisse tomber, tu ne comprendrais pas.

Stan semble revivre en poussant un énorme soupir de soulagement.

Il s'assoit lourdement en disant.

— Tu sais, j'ai bien pensé à Lippert. Comment être vraiment sûr qu'il n'était pas visé par des conc...

Francis lève les yeux au ciel.

— Je te l'ai déjà expliqué en long et en large. Même le juge est d'accord avec mes conclusions. Lippert était la prudence même. Son grand âge en est l'illustration parfaite. Dans ce genre de transaction, ça vaut mieux, les acteurs ont une sainte horreur de s'afficher dans la lumière car c'est forcément préjudiciable aux négociations. Ces vingt dernières années, des changements notables se sont produits. Avec la chute du Koweït et le génocide du Rwanda en particulier, les opinions occidentales ont compris que les ventes à l'aveugle pouvaient entraîner des conséquences désastreuses. Plusieurs scandales sont par ailleurs venus dévoiler l'étendue « réelle » de la corruption politico-administrative. Les Anglais ont eu les affaires Al Yamamah ([67]), Mark Thatcher ([68]) et l'affaire Aitken ([69]).

---

[67] Al Yamamah ou « *Le Pigeon* » en arabe, est le nom donné à une série de contrats de vente d'armement conclus entre le Royaume-Uni et l'Arabie saoudite depuis 1985. Les termes exacts de ces contrats sont demeurés confidentiels, mais il est estimé que le premier contrat prévoyait la livraison et la maintenance de 96 Panavia Tornado dans sa version d'attaque, ainsi que 48 dans sa version de défense aérienne, ainsi que 48 autres en version attaque et entrainement des BAe Hawk, ainsi que 50 Pilatus PC-9. Ce premier contrat prévoyait aussi la livraison de bâtiments de surface et des infrastructures.

[68] Mark Thatcher est né le 15 août 1953 à Kensington. C'est le fils de Margaret Thatcher, Premier ministre du Royaume-Uni de mai 1979 à novembre 1990. Après avoir raté presque tous ses examens, il devient un homme d'affaires et consultant, puis se met à vendre des hélicoptères. Accusé de commissions illicites dans des contrats d'armement au Proche-Orient, notamment concernant la vente d'équipements à l'Irak de Saddam Hussein, il quitte volontairement la Suisse où il travaille et part au Texas où il se marie avant de partir pour l'Afrique du Sud. Le 25 août 2004, il est arrêté et accusé d'avoir financé avec le Libanais Ely Calil la tentative de coup d'État de 2004 en Guinée équatoriale, pays producteur de pétrole, pour renverser le président Teodoro Obiang. L'opération aurait été organisée par le MI6. Le 13 janvier 2005, il plaide coupable et reconnaît avoir « tenté de financer des activités mercenaires » à hauteur de 230 000 euros. Le 29 mars 2008, la Guinée équatoriale a lancé un mandat d'arrêt international contre Mark Thatcher accusé par Malabo d'être un des instigateurs du coup d'État avorté de mars 2004. Il est également cité dans l'affaire des Panama Papers.

[69] L'ancien ministre britannique Jonathan Aitken était au cœur d'un des plus grands scandales politiques qui l'a conduit en prison puis à Dieu. Dans les années 90, le scandale Aitken a eu un retentissement semblable à l'affaire Cahuzac en France. En 1995 le « *Guardian* »a accusé Jonathan Aitken, précédemment ministre d'État chargé des achats de matériel militaire, de corruption. Le politicien a accusé le journal de calomnies, cependant le journal a ensuite apporté des

Nous, en, France, on s'est tapé l'affaire Falcone dont je t'ai déjà parlé, l'affaire des Frégates de Taïwan ([70]), celle de l'arsenal de Toulon ([71]), de la Sofremi ([72]) et l'affaire

---

preuves qui ont conduit à l'abandon du procès. Suite à cela, Jonathan Aitken a été condamné à Dix-huit mois de prison pour parjure en 1999. En parallèle, il a assisté à des cours Alpha. En prison, il a fréquenté un groupe de prière avec des détenus de droit commun. Jonathan Aitken s'est depuis engagé en faveur de la réhabilitation des détenus. Il est orateur pour les Cours Alpha, et a été président d'honneur de l'ONG de soutien à l'Église persécutée, *Christian Solidarity Worldwide.*

[70] L'affaire des frégates de Taïwan concerne un contrat d'armement signé en août 1991 pour la vente par des industries françaises (menées par Thomson-CSF) de six frégates pour la marine taïwanaise. À cette occasion, plus de 500 millions de dollars furent versés sous la forme de commissions aux autorités chinoises et taïwanaises. Parmi celles-ci une partie est revenue en France sous la forme de rétrocommission. En plus des détournements d'argent, certaines personnes liées à ce dossier ont trouvé la mort d'une manière inexpliquée. Les commissions payées par l'État taïwanais étaient explicitement interdites dans le contrat de vente. Les bénéficiaires, dont certains hommes politiques comme Roland Dumas, avocat et ministre des affaires étrangères sous Mitterrand, son ami, n'ont jamais été inquiétés. La France remboursera cette somme en 2011. Une enquête a été ouverte à propos de ces rétrocommissions, qui sont interdites par la loi, mais les juges se sont vu opposer le secret-défense par les gouvernements de droite comme de gauche.

[71] L'affaire de l'arsenal de Toulon, dans les années 1990, est un scandale qui a porté sur environ 152 millions d'euros. Une nouvelle arnaque dans les milieux de la grande muette exécutée par quelques dizaines de personnels civils et militaire. La corruption a encore une fois frappé fort. Entre 1990 et 1999, Daniel Dumont, haut responsable de la logistique militaire dans le Sud de la France a érigé le système des fausses factures en principe permanent de travail. Pendant 9 ans, cet escroc s'est gavé en surfacturant l'armée qui payait sans sourciller.

[72] L'affaire de la Sofremi concerne d'importants détournements de fonds opérés depuis la Société Française d'exportation de Matériel et de service relevant du Ministère de l'Intérieur, créée en 1985, par

Jacques Monsieur ([73]). Ces signaux indiquent que l'opinion publique de certains grands États vendeurs de mort, comme le nôtre, entend exercer un contrôle plus serré sur les exportations d'armes et les groupes d'intérêts qui en profitent grassement en coulisse. En parallèle, on a aussi vu se constituer un réseau hétéroclite de « gueulards de rue », ouvertement scandalisés, mêlant des ONG, des universitaires, des idéalistes de tous poils, des institutions internationales, dont l'objectif consiste à limiter les ventes de matériel de guerre. La gauche bien-pensante, faussement outragée par de telles pratiques, y est allée, évidemment, de sa petite larme, en oubliant au passage qu'elle est très loin d'avoir les cuisses propres, mais peu importe... Ces gesticulations médiatiques n'ont pas eu que des effets négatifs. Le traité d'Oslo a provoqué le bannissement des mines antipersonnel et l'Union Européenne a adopté, en 1998, un code de conduite qui a pour vocation d'assainir le monde des ventes d'armement ([74]).

— Pourquoi tu me racontes tout ça ?

— Pour que tu comprennes bien, enfin, toute l'importance que revêt un type comme Lippert. Il est devenu un acteur incontournable de ce genre de négociations hors cadre... légal. Et même s'il se fait payer très cher, ce qui est le cas avec le présent contrat, même s'il s'agit de matériel d'occasion, crois-moi, il vaut largement ce qu'il touche. Alors, rien que pour ces

---

Pierre Joxe, vers des proches de Charles Pasqua lorsque celui-ci était ministre de l'Intérieur entre 1993 et 1995. Les principales condamnations furent celles de Pierre Falcone et Pierre-Philippe Pasqua en avril 2010.

[73] Jacques Monsieur est né en Belgique en 1953. Ce fils de juriste, ancien militaire jusqu'en 1976, surnommé « *Le Maréchal* » est l'un des plus grands trafiquants d'armes au monde. Avec la complicité d'Israël, il livre de l'artillerie allemande et des missiles américains à Téhéran. En 2018, il a été condamné à quatre ans de prison par la Cour d'appel de Bruxelles et à une amende de 1,2 million d'euros. Il s'est ensuite enfui. Il avait 66 ans lorsqu'il a été arrêté au Portugal le 14 août 2019 et extradé vers Bruxelles le 23 août.

[74] Authentique.

raisons, personne n'a d'intérêt à le supprimer. As-tu bien saisi, maintenant ?

Stan semble ne pas avoir compris un traître mot mais réagit quand même.

— Mmvouais !

— Cache ta joie.

Il hausse les épaules.

— Ce qui me désole, moi, c'est que la plupart de ces foutus pays n'ont jamais un rond pour nourrir correctement leur population, mais ont toujours assez de fric pour se payer des armes ultra-modernes, même si d'occasion, comme tu dis.

— Malheureusement, tu n'as pas tort, loin de là. Mais s'il n'y avait que ça. Parfois, même souvent, il y a un écart phénoménal entre le potentiel technologique acheté et mis à disposition, et le niveau de motivation des soldats qui vont se servir de ces équipements, notamment dans les régimes autoritaires. Un exemple : en enquêtant à Genève, je suis tombé sur un type qui était à Ryad en 1991, juste avant l'opération « *Tempête du désert* » ([75]), eh bien il m'a raconté qu'un jour, s'emmerdant ferme, il est allé faire un tour en voiture avec un autre expatrié. À un moment donné, ils ont repéré une batterie de missiles « *Shaheen* » ([76]), installée

---

[75] L'opération « T*empête du désert* » est le nom donné aux opérations militaires réalisées contre l'Irak du 17 janvier au 28 février 1991 par une coalition internationale sous commandement des États-Unis et missionnée par les Nations Unies. Elle a mis fin à l'occupation du Koweït par l'Irak. Elle a été d'une extrême violence. Elle se distingue en une phase aérienne (bombardements) et une phase terrestre qui a duré symboliquement cent heures. La résolution 687 du Conseil de sécurité des Nations-Unies d'avril 1991 met un terme définitif à la guerre du Golfe.

[76] La gamme des missiles « *Shaheen* » est issue de la technologie de l'armée Pakistanaise. Elle vise aussi bien des cibles terrestres de grande et moyenne portée. Elle a été testée pour la première fois le 9 Mars 2015. Le développement a commencé dans le secret au début des années 2000 en réponse à *Agni-III* de l'Inde. Son autonomie est de 2750 km, ce qui pourrait lui permettre d'atteindre tous les coins

en plein désert. Ils se sont arrêtés et son allés inspecter les lieux. Il n'y avait aucune présence humaine. Le site de lancement et la station de guidage étaient désertés. S'ils avaient été des saboteurs, il leur aurait été très facile de poser un pain de plastic ou de TNT avant de disparaître en toute tranquillité. Au bout d'un moment, un bidasse est apparu et a engagé la conversation sans même demander leurs papiers. Le laisser-aller de ces militaires saoudiens n'est pas un cas isolé ([77]). Tout ça pour te dire que certains États acheteurs n'obéissent qu'à leurs fantasmes et de pures logiques de fanfaronnades au détriment des choses essentielles. Mais ça, c'est une autre histoire.

— Le fric... toujours le fric !

— Hélas, oui.

— Quand y a tout ce paquet d'oseille au milieu, tu ne m'enlèveras pas de la tête que ça tente toujours quelqu'un dans le besoin.

— Quitte à tuer la poule aux œufs d'or ? ... Le débat est clos. As-tu des nouvelles fraîches ?

— Bon, alors les infos. Ben, t'aurais dû les écouter. Les informations parlent de l'incendie de l'autre nuit à « *ABM Graphic* ».

Soudain ramené à la réalité, Francis fronce les sourcils, intéressé.

— Et ?

— Alors les flics se demandent ce que ces deux mecs bien sous tous rapports, pouvaient fabriquer dans l'entreprise. Ils ne pensent pas qu'ils soient à l'origine de l'incendie. Étant donné qu'ils les ont trouvés chacun avec une bastos dans le cigare, ils ne pensent pas, non plus, qu'ils soient morts dans le brasier.

— On sait qui c'est ?

— Ouais. D'après le communiqué, le Black était défavorablement connu des services de police. Dealer plusieurs fois coffré, jamais condamné. Au moins, fera plus chier, celui-là.

---

de l'Inde et de pénétrer profondément au Moyen Orient, ainsi que les régions d'Afrique du Nord.

[77] Authentique.

— Et l'Arabe ?

— Aaah, lui, c'est plus compliqué. Dealer occasionnel mais professionnel de l'intox. Éducateur sportif, il était déjà dans le collimateur des RG pour apologie de l'islamisme radical. Fiché « S ». A tenté plusieurs fois de rejoindre Daech mais s'est fait baiser à chaque essai. Paraît que ça l'avait rendu un tantinet amer. Lui aussi fera plus chier les contribuables.

— On parle de l'appartement cassé ?

— Non. À aucun moment.

— Les mecs ont donc dû effacer toute trace de mon passage.

— C'est clair. En tout cas, ça donne un nouvel éclairage sur les activités de Lippert. Ce mec trafiquait bien dans la poudre, et les gugusses qui t'ont fait un brin de causette devaient probablement être payés pour surveiller l'appartement.

— Par Lippert.

— Lui-même. Dis donc, il en avait du boulot le mec ? L'arrêtait pas !

— Nous sommes donc certains, maintenant, qu'il avait une double casquette : trafic de came *et* trafic d'armes. Que va-t-on encore découvrir ? J'ai hâte d'aller faire notre parcours au minigolf. Je suis certain qu'on devrait apprendre beaucoup de choses intéressantes dans ce club. En attendant, même si c'est dimanche, trouve-moi tout ce que tu peux sur ce Franz Krammer, le patron de ce coin de perdition à la mode. Et au trot !

— J'peux finir mes pains au chocolat ?

JOHN MAC CABE, L'AGENT DE LA D.E.A ! ...

Jura, Commenailles,
maison de Francis,
dimanche 16 juin,
19 h 07

En fin d'après-midi, John Mac Cabe, agent de la DEA, s'invitait sans prévenir.

Il venait prendre des nouvelles de l'homme qu'il avait sauvé.

Entre autres... car quand ce genre de type se déplace ce n'est jamais sans contrepartie.

En général...

Pas vraiment étonné, Francis accueillit l'Américain avec autant de plaisir que d'intérêt.

Surtout d'intérêt.

Autour d'un copieux apéritif préparé, comme par hasard, par Stan, les trois hommes entrèrent rapidement dans le vif du sujet.

— Avant tout, je tenais à vous remercier, vraiment très sincèrement, pour votre intervention l'autre nuit. Sans vous...

— Laissez tomber, vous en auriez fait tout autant pour moi.

— À condition d'avoir été au bon endroit au bon moment.

Francis regarde curieusement l'agent de la DEA. Sa réponse n'a rien d'anodine, mais Mac Cabe ne réagit pas.

— Justement, comment se faisait-il que vous vous trouviez, vous, sur les lieux, et au bon moment ? demande Stan en le faisant exprès.

D'emblée, il a eu la même impression que la nuit précédente : l'homme ne lui revient qu'à moitié. Il ne saurait pas dire pourquoi, mais voilà, c'est comme ça.

Question d'expérience, sûrement.

L'Américain ricane légèrement, s'attendant visiblement à la question.

Elle est légitime, donc prévisible.

— C'est très simple, entame Mac Cabe. Je connais monsieur Magenta de réputation et...

— Par quel biais ? demande Francis, surpris.

— Nous avons des amis communs, notamment au sein de la CIA.

Francis hoche la tête en souriant.

— Bledsoe.

— Affirmatif ! Léo J. Bledsoe ([78]). Il a beaucoup d'estime pour vous, vous savez.

— J'imagine.

— Donc, oui, figurez-vous que je vous ai vu entrer dans l'immeuble où habitait Lippert. J'ai tout de suite compris où vous alliez et me suis demandé ce que vous pouviez bien lui vouloir. Bref, connaissant l'environnement, je savais que vous alliez avoir des ennuis avec cette faune de dégénérés. Je vous ai suivi et suis intervenu au bon moment. Ce n'est pas plus compliqué que cela.

Francis approuve de la tête.

Bien sûr !

L'agent de la DEA boit une solide gorgée de son apéritif sous le regard soupçonneux de Stan.

— Puis-je, à mon tour, vous poser une question ?

— Mais je vous en prie ! répond Francis qui la connaît d'avance.

---

[78] Voir « *20 heures pour sauver la Terre !* » « *Terreur à Aix-les-Bains* », « *L'impossible survivant* » et « *Sur la piste de Fawcett* ».

— Que veniez-vous faire, vous, chez Lippert, en pleine nuit ? Ce n'est certainement pas par hasard.

— Vous êtes direct.

— Ça fait gagner du temps et ça a le mérite de clarifier les choses.

— En effet. Eh bien pour tout vous dire, j'enquête en ce moment sur un trafic d'armes...

— Un trafic d'armes ! Lippert trempait dans ce milieu ?

— Exactement. Il en était même un des acteurs incontournables. Aussi discret que particulièrement actif. Malheureusement, maintenant qu'il est mort, nous ne saurons jamais pour qui il opérait avec exactitude.

— En effet, répond Mac Cabe, chagrin, les yeux dans le vide.

Manifestement, il cherche à comprendre ce qui lui a échappé dans sa propre enquête.

— À moi de vous demander ce que vous, vous lui vouliez à ce Lippert, même si j'en ai une vague idée.

Mac Cabe sourit

— J'ai pour mission de remonter une énorme filière d'une nouvelle poudre implantée sur tous les continents jusqu'au cerveau même. À la DEA, on n'a jamais vu ça. Mes investigations en Asie du Sud-Est, notamment à Hong Kong, m'ont amené jusqu'à ce Lippert qui, ici aussi, je l'ai découvert, était reconnu comme étant une cheville ouvrière de ce gigantesque et mortel trafic, mais dans les années 1980.

— Mais ô combien rentable.

— En effet. Dangereux, mais hautement rémunérateur. Vous n'avez pas idée de son importance.

— Vous saviez qu'il était mort ?

— Oui. J'étais sur ses traces depuis un petit mois et je pensais enfin pouvoir conclure.

— Comment ? ... Si ce n'est pas indiscret. Je veux dire que si Lippert était, comme vous venez de le dire, un rouage important de ce trafic dans les années 1980, comment donc, avez-vous pu le relier à votre enquête actuelle, soit presque vingt-cinq ans plus tard ?

Mac Cabe fait la moue en brassant l'air devant lui.

— Nous avons assez de moyens de pression dans notre arsenal juridique, mais pour lui, il m'est très vite apparu que le fric était le seul moyen pour le faire basculer... moyennant aussi quelques petites... frayeurs.

— Je vois. Vous n'avez rien de concret contre lui, mais vous avez imaginé, vu son passé, le corrompre et lui foutre la pétoche pour qu'il lâche quelques noms.

— Ce n'est pas moi qui vous apprendrai que dans ce milieu, on ne détèle jamais vraiment. On a toujours des contacts ici et là. Lippert devait forcément en avoir.

— Raisonnement logique, mais vous n'avez rien trouvé.

— Il est malheureusement mort avant que j'aie eu le temps d'en savoir plus. C'est peut-être une indication ?

— Ou peut-être pas.

— En effet, monsieur Magenta. Tout cela ne nous avance pas beaucoup. Vous avez une idée de qui a pu l'éliminer ? Un concurrent ?

— Le milieu de l'armement n'y est pour rien. Personne n'avait un quelconque intérêt à l'abattre. C'était du perdant / perdant pour tout le monde.

— Je comprends. Je suppose que vous avez planché sur le sujet à fond, aussi je ne vous ferai pas l'affront de mettre votre jugement en doute.

— En effet. Il faut chercher ailleurs. Et puisque nous parlons de dossier bien monté, d'après vous, croyez-vous que le coup puisse venir du monde de la drogue ?

Mac Cabe réfléchit.

— Sa mort complique singulièrement ma mission, mais je suis habitué aux surprises de ce genre. Pourquoi pas ? Il va me falloir un peu de temps pour replacer les choses en ordre sur l'échiquier, car je dois absolument remonter jusqu'à la tête pensante de cette pieuvre malfaisante pour la neutraliser définitivement.

— D'où votre venue chez lui ?

— Affirmatif ! Je voulais visiter son appartement. Manifestement, vous êtes arrivé avant moi.

— Pas vraiment.
— Comment ça ?
Francis croise les jambes.
— Quelqu'un était passé avant moi, probablement quelques minutes avant.
Mac Cabe a l'air aussi surpris qu'ennuyé.
— Il y aurait donc d'autres concurrents sur le coup. Une idée ?
— Aucune.
— Son coffre a été visité ?
Francis tique à cette question.
— En effet. Quoi qu'il en soit, s'il y avait quelque chose de compromettant, ce mystérieux cambrioleur a peut-être dû l'emmener.
Mac Cabe se redresse, front plissé.
— Pourquoi ce « peut-être » ?
— Par expérience, je ne prends jamais ce que je vois pour argent comptant. Tant que je ne saurai pas ce que contenait son coffre avec exactitude, il y aura toujours place au doute raisonnable.
L'Américain sourit en coin.
— Bledsoe a raison, vous êtes un maître dans votre partie.
— Trop aimable.
— Et vous, vous avez trouvé ce que vous cherchiez ?
— Non.
Francis ne veut surtout pas en dire trop. Il se méfie comme de la peste de ce genre de fouineur patenté. On ne sait jamais jusqu'où peuvent vous entraîner quelques paroles malencontreusement sorties de leur contexte et, surtout, l'attitude de défiance affichée par Stan lui dit qu'il aurait tout intérêt à rester dans le vague.
Il ne sait pas trop pourquoi, mais lui aussi ressent une désagréable impression.
Là aussi, question d'expérience.

— Qu'y avait-il dans son coffre ?
— Si vous faites allusion à des cartes, des itinéraires, des dates, des numéros de téléphone, des

noms ou des adresses de « *nourrices* » ([79]), je n'ai rien trouvé de tel.

L'Américain se frotte le menton, embarrassé.

— Pas même de plan ? D'objets particuliers ?

— Non, rien de tout cela... Ni même de « *La Divine* ». C'est bien après cette poudre que vous courez ?

Francis observe attentivement la réaction de l'Américain. Elle ne se fait pas attendre.

— Oooh, vous connaissez cette saloperie ?

— Disons que j'en ai entendu parler.

Mac Cabe sourit encore une fois en coin.

— Vous êtes vraiment efficace, il n'y a aucun doute là-dessus. Non, Lippert n'y touchait pas. Rien dans mon enquête ne corrobore cette hypothèse... seulement, ce n'est pas parce que je n'ai rien trouvé à ce sujet le concernant qu'il est étranger à la mise sur le marché de cette nouvelle dope.

— Donc, vous la cherchez aussi.

— C'est un peu le propre de mon travail. Cette nouvelle forme d'héroïne nous arrive d'Asie du Sud-Est, de Hong Kong en particulier. Elle est nettement plus efficace que toutes les autres et infiniment moins coûteuse à produire. Seulement, c'est un véritable danger parce que ses effets secondaires sont redoutables. A priori, au stade de mon enquête, rien ne la relie à Lippert. La seule certitude que j'ai pour l'instant, c'est qu'elle est transformée ici, dans la région.

Un silence s'installe. L'agent réfléchit en se tapotant le bout des doigts, attentivement observé par un Francis qui commence à se poser pas mal de questions à son sujet.

Mac Cabe prend une profonde inspiration en relevant la tête.

---

[79] Nourrice : en langage familier, cela désigne une personne apparemment insoupçonnable (mère de famille, par ex.), qui cache dans son logement, contre rétribution, de la drogue, de l'argent ou des armes.

— Donc, Lippert trempait dans le trafic d'armes. Il cachait bien son jeu, le bougre, je n'ai jamais rien découvert là-dessus.

— Comme moi pour la came. J'ai appris qu'il évoluait aussi dans ce milieu par pur hasard. Vous pouvez m'en dire plus à ce sujet ?

Mac Cabe change lentement de position pour se donner le temps de la réflexion.

— Juste quelques précisions pour finaliser mes rapports, ajoute Francis dans un grand sourire avenant.

Pas sûr que l'Américain soit dupe, mais qui ne tente rien n'a rien.

LIPPERT ET LA DROGUE ! ...

Mac Cabe se redresse, dévisage longuement Francis, puis croise ses mains en appui sur ses genoux.

Il s'avance doucement.

— J'ai longuement travaillé sur Lippert. Je peux vous certifier que c'était quelqu'un d'extrêmement méticuleux qui ne laissait strictement rien au hasard et cultivait le secret en permanence. La preuve, je n'ai jamais découvert qu'il faisait du trafic d'armes. Bref, je vous préviens, sa vie est digne d'un véritable roman d'aventures.

— Nous vous écoutons.

— Passons sur l'état-civil du bonhomme, j'imagine que vous l'avez déjà en triple exemplaires.

— Commencez à partir de l'Espagne.

L'agent hoche la tête.

— Lippert a commencé à amasser son petit trésor de guerre en rackettant odieusement les malfrats du Maroc et de l'Algérie...

— Je suis au courant.

— Parfait. Alors, ça m'évitera de fastidieuses explications. Lippert s'est spécialisé dans le change des monnaies. Grâce à ce trafic, il a acquis en peu de temps des sommes colossales qui ont fait le bonheur des gars de l'OAS. Satisfaits de sa prestation, ces militaires en rupture de ban l'adoptèrent dans leur grande « famille »...

— Et du coup, il rentrait de plain-pied dans le grand banditisme.

— Exactement. Entraîné par l'OAS puis le SAC, il a fait plusieurs braquages mais, en 1972, il s'est retrouvé en taule. Le Général Oufkir ([80]) mouillé dans l'affaire Ben Barka ([81]), et grand exécuteur des basses besognes du Roi Hassan II ([82]), avait appris que Lippert se tapait sa femme quand elle allait faire du shopping en Espagne. Le général força la main au patron de la police espagnole, un certain Simancas, pour qu'il incarcère Lippert. Ce qui fut fait.

— Comment s'en est-il tiré ? Oufkir n'avait pas la réputation de faire des cadeaux.

— Très simple. Une infirmière ayant été la maîtresse de son père, s'est arrangée pour le faire sortir.

---

[80] Mohamed Oufkir est né le 14 mai 1920 à Ain-Chair, au Sud-Est du Maroc. C'est un Général et homme politique marocain. Mohamed Oufkir est décoré par la France pour avoir combattu dans l'armée française lors de la Seconde Guerre mondiale en 1944, puis en Indochine française de 1947 à 1949. Il devient capitaine de l'armée française en 1949 et est détaché en 1950 au cabinet du Général Duval, commandant supérieur des troupes au Maroc. À l'indépendance du Maroc en 1955, il devient aide de camp de Mohammed V, puis directeur de la Sûreté, ministre de l'Intérieur et enfin ministre de la Défense du Roi Hassan II, il est chargé de toutes les affaires « *délicates* » du Roi. Il meurt le 16 août 1972 Les conditions de sa mort restent imprécises, suicidé ou exécuté, après le coup d'État raté contre le Roi, dont il était l'instigateur.

[81] Mehdi Ben Barka est né en janvier 1920 à Rabat (Maroc). C'est un homme politique marocain qui fut l'un des principaux opposants socialistes au Roi Hassan II et le chef de file du mouvement tiers-mondiste et panafricaniste. Le 29 octobre 1965, alors que Ben Barka se rend à un rendez-vous à la brasserie Lipp à Paris, il est enlevé et son corps ne sera jamais retrouvé. Après cinquante années d'une enquête judiciaire qui n'est toujours pas terminée, l'implication des pouvoirs politiques marocain et français dans cet assassinat reste controversée.

[82] Hassan II est né le 9 juillet 1929 à Rabat, au Maroc. C'est un Roi. Son règne s'étend du 26 février 1961 à sa mort survenue le 23 juillet 1999. Son fils Sidi Mohammed lui a succédé sous le nom de Mohammed VI. Il est enterré au mausolée Mohammed V de Rabat, où reposent son père et son frère Moulay Abdellah.

De là, il a été caché dans un trou perdu, non loin de Marbella. Il s'est quand même remis à faire de la contrebande de cannabis. Quand il apprit que le général Oufkir s'était « suicidé » de deux balles dans le dos et une dans la nuque après avoir raté son coup d'État pour renverser Hassan II, des amis l'ont informé qu'il était de nouveau dans le collimateur des Marocains. Cette fois-ci, il devait impérativement quitter l'Espagne.

— La Hollande ?

— En effet. Il y est resté jusqu'en 1984. Aidé par un « ami » qui faisait la navette entre Marbella et les Pays-Bas avec de la came dans sa voiture…

— Un passeur ?

— Oui. Mais un passeur à la tête d'un vaste réseau. Il lui mit le pied à l'étrier et Lippert découvrit la façon de faire du milieu criminel hollandais pour qui, seuls comptaient le sexe, l'argent et la drogue. La Hollande a été pour lui une rampe de lancement vers le trafic de drogue au plus haut niveau. Il a découvert de nouveaux procédés d'importation. Très vite, il mit en pratique ces nouvelles techniques aussi bien aux Pays-Bas qu'en France.

— Par exemple ? Juste un seul.

— Celui qui me vient à l'esprit va vous faire dresser les cheveux sur la tête. Lippert est allé jusqu'au Brésil avec l'aide d'un ancien voyou à la retraite pour acheter un boa.

— Un boa ! Ciel, mais pourquoi faire ?

— Pour transporter la came, tout simplement.

— Mais enfin, comment…

— Lippert s'arrangeait pour remplir le cadavre d'une chèvre de poudre. Après l'avoir recousu, il l'a donné à bouffer au serpent. Trente ou quarante kilos de chèvre ne lui font pas peur. Comme il fallait trois jours environ pour que le boa digère sa proie, Lippert avait tout le loisir de s'organiser. À la douane espagnole, personne n'a jamais découvert le pot-au-rose. Qui, d'ailleurs, aurait eu le courage de plonger sa main dans le ventre de la bestiole pour vérifier son contenu ? ([83]). La came remontait ainsi jusqu'en Hollande.

— C'est dégueulasse ! s'exclame Stan.

— Il a fait encore bien pire.

Francis fronce les sourcils.

— Lippert avait pour habitude de ne jamais trop tirer sur une corde, explique l'agent.

— Synonyme de longévité.

— Exact, monsieur Magenta. Même la meilleure martingale au monde finit par être découverte. Donc, notre Lippert, qui n'avait peur de rien, s'est mis à transporter sa saloperie de dope dans des enfants... morts.

— Quoi !

— Au Brésil, il est de coutume, quand un enfant meurt, de remplir le ventre du bébé d'herbes et d'autres produits permettant de maintenir le corps en bon état pendant quelque temps ([84]). Lippert rachetait les cadavres, les bourrait de came et envoyait les parents en Hollande ou en Belgique avec leur bébé mort dans les bras. Un savant dispositif enregistré simulait les bruits habituels du bébé endormi ([85]) Ni vu, ni connu ! Il a embrouillé les douanes durant de longues années avec ce stratagème.

— Machiavélique !

— Ignoble, vous voulez dire.

— Entraîné dans cette spirale infernale, Lippert a même commencé à utiliser des « *mules* ». Les ventres humains contiennent moins de dope que celui des chèvres, mais c'est toujours ça de gagné.

Stan est atterré. Il manipule distraitement sa tasse, le regard vide.

— Au début, ça se passait plutôt bien, mais assez rapidement, des concurrents aussi hargneux que décidés, interceptaient les « *mules* » et détournaient les chargements.

— D'où, j'imagine, une guerre des gangs ?

---

[83] Parfaitement authentique.

[84] Authentique.

[85] Authentique. Les dealers ne reculent devant rien.

— En effet. C'est alors monté d'un cran. Cette fois, les concurrents interceptaient les « *mules* » au départ, récupéraient la came et la remplaçaient par des petites boulettes d'explosifs. À l'arrivée, je vous laisse imaginer le résultat ([86]).

— Je vois. Effrayant. Et Lippert ?

— Il s'en est, à chaque fois, sorti vivant et indemne. Un vrai miracle.

— Comme quoi, il n'y en a que pour la canaille, comme toujours.

— Ce genre de mésaventure arriva plusieurs fois.

— Mais comment la police hollandaise a-t-elle pu laisser faire ce genre de guerre ? C'est incroyable !

— Non, Monsieur Jourdan. La Hollande est un pays très permissif. Aujourd'hui encore, les autorités ont de grosses difficultés à remplir leurs prisons. Les peines pour trafic sont ridicules au regard d'autres législations européennes. Enfin, les juges, les avocats, les flics, les surveillants de prison sont des gens bien sous tous rapports. Un pays de cocagne pour tous les voyous du monde.

— J'hallucine.

— Bref, cet état de guerre permanent poussa Lippert à changer de mode de transport. Ça le rendait dingue de ne pas pouvoir bosser tranquillement.

— Le pauvre chéri.

— C'est à ce moment qu'il a rencontré Zampa. Le caïd marseillais voulait s'implanter en Hollande en rachetant les casinos clandestins, la prostitution en achetant plusieurs vitrines d'Amsterdam et de La Haye ainsi que des Éros Center en Allemagne ([87]). Mais il voulait aussi se fournir en héroïne blanche, la fameuse Thaï 4, impossible à trouver en Europe si on n'est pas Chinois ([88]). De par son parcours et ses contacts, Lippert semblait tout indiqué pour servir de trait d'union.

— Il montait d'un cran.

[86] Tactique souvent utilisée pour éliminer la concurrence.

[87] Authentique.

[88] Également authentique.

— En effet, mais ce fut aussi une erreur, puisque de fil en aiguille, il s'est retrouvé fiché en Hollande et on le pria d'aller se faire pendre ailleurs. Il fut désigné comme « *Kogel Vrij* ».

— Qu'est-ce que ça veut dire ?

— « *Balle Libre* ». En clair, il était devenu une cible vivante.

— OK, d'où son retour et son installation définitive en France, je suppose ?

— Exact. Et c'est à Paris, qu'à l'abri des regards indiscrets mais bien dans l'ombre d'un géant intouchable, il est devenu, ce qui est communément appelé, le « *Dealer du Tout-Paris* », approvisionnant tout ce que la capitale compte dans le monde des médias, du spectacle, des politiciens et des écrivains... jusqu'à ce qu'il se fasse exploser l'autre soir.

— Ouais.

— Ce qui m'étonne, reprend l'Américain, c'est que même avec son grand âge, Lippert avait la réputation d'avoir encore la gâchette aussi précise qu'efficace. Il ne se laissait pas approcher aussi facilement.

— Il était armé ?

— Toujours. Croyez-moi, j'ai longuement étudié le bonhomme.

Francis interroge Stan du regard avec insistance.

— Non, répond celui-ci. Le rapport de police ne mentionne nulle part un flingue quelconque.

Devant la perplexité de l'enquêteur, Mac Cabe reprend.

— C'est du Lippert tout craché. Il était tellement secret que personne ne le connaissait vraiment. La preuve.

— Sauf son assassin.

— En effet, le mec qui l'a dessoudé devait être quelqu'un de connu. Quelqu'un à qui il faisait toute confiance... sinon, il se serait défendu. Et je suis certain que c'est son meurtrier qui a subtilisé son arme afin que l'on croie à un banal accident de la route.

Un silence pesant s'installe.

Les trois hommes sont perdus dans leurs pensées.

Francis rumine ses idées en se rendant compte qu'il lui manque beaucoup d'éléments, ce qui ne l'emballe guère pour la suite de son enquête, tandis que Stan observe le ciel couchant au travers de son verre vide.

Mac Cabe semble ailleurs, comme dépassé par l'immensité infinie de sa tâche qui lui apparaît, soudain, comme sans aucune limite.

Un puits sans fond.

Il se redresse lentement en prenant une profonde inspiration, mais c'est Francis qui parle le premier.

— En tout cas, au vu de ces éclaircissements, je comprends mieux pourquoi Lippert était une cible de choix pour vous. Un type comme lui, caressé dans le sens du poil, devait immanquablement vous donner des tuyaux intéressants.

— En effet, mais j'ai joué de malchance. Bref, Monsieur Magenta, tout cela pour vous dire que Lippert était très loin d'être un enfant de chœur. Vous voyez la dangerosité du personnage ? S'il a agi de même dans votre trafic d'armes, et je ne vois pas pourquoi ça ne serait pas le cas, je vous souhaite bonne chance... Enfin ! ... Il se fait tard. Je vais me rentrer. Demain sera une rude journée.

Imitant son visiteur, songeur, Francis se lève.

— Vous en savez plus sur ses activités parisiennes ?

— Oui, bien sûr.

— Pourriez-vous nous...

— Si cela ne vous dérange pas, ce sera pour une autre fois. On reste en contact.

— Pas de soucis. Je vous raccompagne.

RÉFLEXIONS ! ...

19 h 16

Les deux privés sont revenus sur la terrasse. Stan s'est effondré dans un relax et grignote, aussi distraitement qu'avec avidité, des mini saucissons par poignées entières.

Francis est debout. Mains dans les poches, il fixe la plaine qui s'étale en pente douce devant chez lui. Il suit machinalement le déplacement de quelques vaches qui ne cessent d'agiter leurs queues pour en chasser les mouches.

— Qu'est-ce que tu en penses ?

— Qu'il est pas arrivé, le pauv'mec.

— Plus concrètement. Tu n'as rien remarqué ?

— Pourquoi ça ? Y aurait y eu keq chose à remarquer ?

— Ne fais pas l'andouille.

— J'ai jamais été aussi sérieux.

— Tu me déçois.

Goguenard, Stan sourit d'une oreille à l'autre, comme s'il attendait à la question.

— Quand tu as tiqué ? lâche-t-il béatement.

Francis se retourne.

— Ah, quand même. Tu as noté ?

— Ouais. T'sais, j'te connais comme si j't'avais fait.

— Alors, tu devrais me répondre tout de suite au lieu de faire le guignol.

— Ooooh, l'autre ! Si on peut plus déconner deux secondes, maintenant, je...

— Non ! On ne peut plus, surtout en ce moment.

Stan reste interloqué.

— Ooooh ! Qu'est-ce qui se passe ? C'est le coffre qui t'inquiète tant que ça ?

— Exactement. Voilà un type qui nous a dit qu'il *allait* chez Lippert quand il m'a vu entrer dans l'immeuble.

— Ouais, et alors ?

— Alors, comment *savait-il*, à l'avance, que Lippert avait un coffre chez lui ?

— Pure déduction. Il piste Lippert depuis des mois. Il s'est logiquement dit que ce genre de truand devait bien posséder un coffre pour planquer ses livres de comptes ou d'autres babioles de ce genre. C'est normal et logique, surtout pour un pro comme Mac Cabe.

— Possible, mais pas certain.

— Tu vas toujours chercher des histoires là où il n'y en a pas. T'es vraiment chiant comme mec.

— Et s'il ne m'avait pas vu entrer *dans l'immeuble,* mais entrer *dans l'appartement* ? Ça fait une belle différence, non ?

Stan ouvre grands les yeux.

— Tu veux dire que... le mec qui aurait cambriolé Lippert serait...

— Je n'irais pas jusquc-là. Enfin, pas encore, mais pourquoi pas ?

Stan avale rapidement les derniers mini saucissons en se redressant.

— Et comment cette merveilleuse idée t'est-elle venue à l'esprit ?

Francis sourit et vient s'assoir en face de son ami.

— Plusieurs choses. Il est manifeste que Mac Cabe est venu à la pêche.

— C'est clair. Il voulait savoir ce que nous savions.

— Seulement, vois-tu, quand un pêcheur rentre chez lui avec ses poissons, ça signifie qu'il a *tous* les ingrédients nécessaires pour faire sa recette, non ?

— Oui, et alors ? répond timidement Stan qui ne voit pas vraiment où veut en venir son patron.

— Alors pourquoi retourner à la pêche ?

Francis sourit en hochant la tête, ménageant son effet.

— Alors, si Mac Cabe est venu pêcher chez nous, c'est tout simplement qu'il n'a pas...

Il pointe un index accusateur sur Stan.

— Heu... qu'il n'a pas *tous* les paramètres de son enquête.

— Exactement ! Tu vois quand tu veux ?

— Doucement, doucement. Je trouve que tu tires des conclusions pour le moins hâtivement.

— Non. Je suis sûr de ce que j'avance. S'il est venu pour savoir où nous en étions sur cette enquête, c'est parce qu'il lui manque encore des données essentielles à la conclusion de la sienne.

— Tu es bien affirmatif ?

— Trois indices. D'abord, il a demandé si nous avions trouvé quelque chose dans le coffre. Ensuite, il a lourdement insisté sur ce que nous aurions éventuellement pu trouver.

— Et ça te suffit pour dire qu'il est le cambrioleur !

— Oui. Autrement, il ne nous aurait jamais parlé de ça. Ou pas d'une manière aussi précise.

— Léger.

— Et trois : les cendres de cigarette. Plus j'y pense, et plus je suis convaincu que le cambrioleur est resté de longues minutes, assis à la table, face au coffre ouvert, en se demandant pourquoi diable ce qu'il cherchait n'était pas dedans.

— Comment tu sais ça, toi ?

— Par l'amoncellement circulaire des cendres. Il y en avait beaucoup, ce qui prouve une certaine durée. Plusieurs minutes, certainement.

— Pas mal. Et pour le...

— L'aspect circulaire. Ça, mon pauvre, je n'en sais encore fichtrement rien. Peut-être s'est-il amusé à les mettre en rond tout en réfléchissant ?

Stan se tapote les doigts.

— Ta démonstration tient la route, seulement elle ne me suffit pas pour affirmer que le cambrioleur et Mac Cabe sont une seule et même personne. Il ne fume pas.

— Ce n'est pas parce que nous ne l'avons pas vu fumer qu'il n'est pas fumeur.

Stan secoue tristement la tête.

— Toi, alors, quand tu as une idée derrière la tronche, tu ne l'as vraiment pas ailleurs.

— Eh non ! Quoi qu'il en soit, ce type nous cache quelque chose, je ne sais pas encore quoi, ni pourquoi, mais je vais le savoir.

Francis se lève d'un coup et file à l'intérieur de la maison.

— Où tu vas ?

— Chercher un autre portable. Par prudence, j'en avais laissé un dans ma chambre.

Stan suit derrière.

— La prudence, c'est de ne pas jouer au con en allant seul se jeter dans la gueule du lion. T'aurais dû m'appeler au lieu de jouer à Musclor. Ça t'arrive de réfléchir, parfois ? Il te faut quoi pour comprendre ? Te manger une balle ?

Francis se retourne avec son nouveau portable.

— Ah, ça va ! Arrête un peu... OK, j'ai déconné, mais je te jure que c'est la dernière fois.

— Mais bien sûr ! Mon pauvre ami, tu as la tronche du mec qui n'a jamais su mentir. Tes yeux expriment exactement le contraire de ce que tes lèvres disent.

Souriant béatement d'une oreille à l'autre, Francis actionne son portable tandis que Stan, dépité, repart vers la terrasse, renonçant à faire entendre raison à son ami en brassant l'air devant lui.

On ne répond qu'au bout de plusieurs sonneries.

— *Commandant Farrell* ([89]).

— Magenta.

— *Oooh ! Quel plaisir ! Si je m'attendais à un appel de votre part... Ça fait un bail, non ?*

— Depuis l'affaire de l'homme-papillon ([90]).

— *Exactement. Comme le temps passe vite. J'imagine que vous ne m'appelez pas que pour prendre de mes nouvelles. Que puis-je pour vous ?*

— J'aurais besoin d'informations sur un certain John Mac Cabe. Un agent de la DEA. Vu vos relations, je me suis dit que...peut-être...

— *Vous avez bien fait. Que vous faut-il exactement ?*

— Un topo le plus complet possible sur son parcours, sa carrière. Bref, son CV en long et en large... Le meilleur comme le pire... Ah ! Et, surtout, s'il fume.

— *S'il fume ! Dites donc, mon ami, après quoi courez-vous ?*

— Là, je n'ai pas vraiment le temps de vous expliquer.

— *J'imagine. Comme d'habitude, donc. Je ne suis pas sûr que nos amis américains, apprécient vraiment ce genre de démarche.*

— Au contraire, ça pourrait même leur être utile si ce que j'entrevois se confirme.

— *OK ! Je vais voir ce que je peux faire. Donnez-moi une heure. Inutile de vous demander pourquoi, n'est-ce pas ?*

— En effet. Peut-être après la conclusion de mon enquête ?

— *Nous avons toujours un repas en suspens, ne l'oubliez pas.*

— Je ne l'oublie pas.

— *Une heure.*

Francis consulte machinalement sa montre.

---

89 Le Commandant Paul Farrell est le patron du SSERPI, organisme secret spécialisé dans les enquêtes sur les phénomènes inexpliqués. Voir « *Crash à Seyssel* », « *L'impossible survivant* », « *Alerte à Seyssel* ».

90 Voir « *Le monstre de Bellegarde* ».

— OK, je vous rappelle.
— *Une heure, pas avant, Magenta ! Une heure !*

UNE DIVERGENCE D'OPINION PEUT MENER AU CLASH ! ...

Jura, Lons-le-Saunier,
12 Rue du 44ème R.I.,
immeuble « *L'Argentelle* »,
agence de « *Mondial Protection* »,
lundi 17 juin,
09 h 38

Stan est vautré dans un fauteuil, mains croisées derrière la nuque et les pieds sur la table. Il regarde avec un air amusé Francis qui, lui, n'a pas du tout l'air d'être satisfait.

Il tourne comme un lion en cage.

Jourdan prend une profonde inspiration, agacé maintenant.

Le manège de son patron dure depuis plusieurs minutes et il veut passer à autre chose.

— Désolé, mec, mais tu ne peux pas toujours avoir raison uniquement parce que tu en as décidé ainsi.

Francis reste mutique tout en déambulant dans le bureau.

— Oh ! T'entends quand on t'cause ? Y en a marre, là !

Francis se fige d'un coup et se tourne tellement vite sur Stan que celui-ci a un bref mouvement de recul.

— Non ! J'ai raison !

— Tu fais chier, Francis. Tu as bien lu comme moi le rapport des Amerlocks ? Ton Mac Cabe est clean. C'est même une pointure dans son genre… et il ne fume pas. C'est pas moi qui le dis, ce sont les officiels aux States. Alors, arrête de te mettre la tête à l'envers et accepte, pour une fois, d'avoir tort. Ça t'avantagerait même un chouia le caractère.

— Ils peuvent se tromper.

Stan lève les yeux au ciel.

— Putain ! J'y crois pas ! Que te faut-il de plus, merde ? OK, je peux comprendre que tu puisses le soupçonner d'être ton cambrioleur, mais en te basant uniquement sur cette histoire de cendres circulaires, excuse-moi, c'est un poil light. Tu as demandé une vérification du mec, tu l'as eue, et maintenant qu'elle fout en l'air ta petite théorie, tu voudrais absolument que ce soit les autres qui se gourent. Là, mon gars, je ne te suis pas du tout. Au contraire, tu m'énerves grave. Quand prendras-tu l'habitude de croire que tes délires puissent systématiquement devenir des réalités ? Tout ça parce que les preuves ne vont pas dans ton sens. Arrête ta paranoïa, tu veux bien ? On a autre choses à foutre !

Un silence s'installe. Les deux amis se font face. Fébrile, Francis réfléchit à s'en faire exploser les neurones, quant à Stan, il fulmine. L'obsession stupide et débile dont fait preuve son ami l'irrite au plus haut point. Il ne comprend pas un tel aveuglement. Quand tout t'indique que tu te trompes, ben mieux vaut laisser tomber, accepter qu'on s'est planté et recommencer depuis le début. Y a que comme ça qu'on avance dans la vie.

Stan sourit d'étonnement.

Qu'il puisse se mettre à raisonner ainsi l'amuse tout en le surprenant. V'là que l'autre déteint sur lui, maintenant.

Francis s'approche doucement tout en fixant étrangement son ami. Arrivé devant lui, il le regarde quelques secondes, puis pose lentement ses mains sur chaque accoudoir du fauteuil

Instinctivement, Stan se tasse. Il ne saurait pas dire pourquoi, mais pendant une fraction de secondes, il a cru Francis capable de tout, même et surtout du pire.

Un frisson lui parcourt l'échine.

— Stan ! J'ai raison et ce rapport a très bien pu être falsifié.

Jourdan se retient d'exploser. Il attend que son patron se soit redressé pour se lever. Sans dire un mot, se contenant avec peine, il attrape son blouson de toile et se dirige vers la porte.

Une main sur la poignée, il s'immobilise et se retourne en pointant un index accusateur.

— Tu fais chier, Francis. Reste donc dans ta merde. Je vais m'en j'ter une.

Il sort. Francis ne répond pas. Que dire, d'ailleurs ?

Il reste longtemps planté là, comme un légume, puis va fermer la porte et retourne à son bureau pour reprendre le rapport transmis par le Commandant du SSERPI qu'il se met à étudier pour la millième fois.

Bien sûr, ses conclusions ne plaident pas en sa faveur, mais il sent qu'il a raison. Quelque chose au fond de lui le pousse à insister. Mac Cabe n'est pas clair, il en a la certitude absolue.

Il s'attèle pour la énième fois à lire ce long rapport détaillé, espérant trouver la faille qu'il cherche. Plutôt que de longs discours, seules des preuves en bêton pourront faire changer d'avis Stan.

En l'état actuel des choses, tout le reste serait vain.

L'AMI AMÉRICAIN ! ...

12 h 13

Francis se redresse lentement. Cette fois-ci, il se sent désemparé. Il commence à se demander si, pour une fois, Stan n'aurait pas raison. Voilà des heures qu'il s'échine sur ce CV, qu'il vérifie, croise et recroise ses informations par plusieurs canaux différents, et rien, strictement rien de louche sur Mac Cabe n'émerge de ce monceau de renseignements. Tout se recoupe, se retrouve, se vérifie, s'explique.

L'Américain est nickel !

Se serait-il trompé ?

Il se sent vaciller. Le doute commence à s'insinuer en lui de plus en plus fortement.

Se serait-il vraiment trompé ?

La logique donne raison à Stan, mais alors pourquoi continue-t-il d'entendre cette voix, cette toutc petite voix résonner en lui de façon si insistante ? Se leurre-t-il lui-même ? À force de croire qu'il a toujours raison contre vents et marées, ce qui a été le cas à de nombreuses reprises, va-t-il finir par se heurter au mur de la réalité ?

S'illusionne-t-il ? Ne veut-il pas, à tout prix, avoir raison, parce qu'il tient absolument à gagner au mépris de la logique la plus élémentaire ?

N'est-il pas trop orgueilleux ?

Francis secoue longuement la tête, essayant d'évacuer ce maelstrom de questionnements qui revient tel un rouleau compresseur qui n'aurait pas de fin.

Il n'y a rien de plus désespérant que l'hésitation et l'incertitude.

L'idée qu'il puisse se planter dans les grandes largeurs le terrorise d'un coup, et le spectre de la vindicte goguenarde et franchouillarde de Stan s'impose soudain à son esprit. S'il a réellement raison, il va en entendre parler pendant des mois et des mois.

Rien qu'à cette idée, Francis se replonge dans le travail. Tout vaut mieux que subir les sarcasmes permanents de son ami qui ne s'en privera certes pas, bien au contraire.

Il en est là de ses réflexions quand, soudain, la porte du bureau s'ouvre en grand pour laisser la place à Stan, radieux.

Francis a à peine le temps de relever la tête.

— Regarde voir qui j't'amène ? glapit Stan en montrant ostensiblement John Mac Cabe, les bras chargés de cadeaux.

Francis reste bouche bée. Que se passe-t-il encore ?

Hilare et heureux, Stan se propulse en l'air et se laisse tomber en position assise dans le fauteuil club.

Un petit nuage de poussière s'envole sous le choc.

— Je suis tombé sur notre ami... En réalité c'est lui qui est entré dans mon bistrot. Il m'a vu de l'extérieur et... Enfin, bref, il voulait nous voir pour nous remercier.

Mac Cabe reste immobile.

Francis réalise tout à coup qu'il manque à tous ses devoirs. Il se lève à son tour et propose un siège à son visiteur tout en constatant le virage à cent quatre-vingt degrés de Stan. Il y a encore peu de temps, il ne l'inspirait pas, maintenant, c'est tout juste s'ils ne sont pas copains comme cul et chemise.

Sa versatilité l'étonnera toujours.

— Mais asseyez-vous ! Ne restez pas debout.

À la demande silencieuse de l'Américain, Francis lui fait signe de déposer son énorme cadeau.

— Je vous en prie, vous pouvez poser tout ça sur la table de conférences, dit-il en contournant son bureau en se faisant le double effet d'un mufle et d'un idiot.

Francis se pose sur un coin du bureau.

— Que nous vaut le plaisir de ?...

— Je viens vous dire au revoir.

— Au revoir ! Comment ça ?

— Je suis relevé. Ma mission prend fin aujourd'hui.

Francis ouvre de grands yeux.

— Je ne comprends pas ! Tout cela m'a l'air bien précipité. Que s'est-il passé ? Vous abandonnez votre chasse ? Comme ça ?

— Non, non ! La DEA a estimé que mon rôle ici était terminé.

— Terminé ! Mais comment ça ? C'est inouï !

— Avec la mort de Lippert, ma hiérarchie est convaincue qu'il n'y a plus aucune chance de pouvoir remonter jusqu'au cerveau du trafic. Lippert était le pivot central de toute ma stratégie. Lui, mort, tout s'écroule. Mes supérieurs pensent, à tort ou à raison, je n'ai pas à me prononcer sur ce point, que la piste s'est éteinte définitivement. J'ai, bien entendu, tenté de défendre le bien-fondé de mon action, mais...

— Vous avez été désavoué ?

Mac Cabe ricane.

— Libre à vous de voir les choses sous cet angle. C'est votre opinion, la leur est quelque peu divergente, et je me dois d'obéir. Que voulez-vous ? ... Mais, rassurez-vous, la DEA ne laisse jamais une mission inachevée.

— Vos supérieurs vont envoyer quelqu'un pour reprendre la suite ? C'est idiot, étant donné que vous êtes déjà sur place et connaissez le dossier par cœur.

— C'est ainsi, monsieur Magenta. Je n'y peux rien, je ne peux qu'exécuter les ordres.

— Et la tête pensante de ce trafic international, qui va s'en charger, maintenant ?

Fataliste, Mac Cabe hausse les épaules.

— Là, je ne saurais vous dire. Probablement que oui, mais maintenant cela n'est plus de mon ressort. Je ne m'en occupe plus. Vous savez, si ma hiérarchie a opté pour cette stratégie, c'est qu'elle doit avoir de bonnes raisons de le faire. Elle a probablement des informations auxquelles je n'ai peut-être pas accès ? À leur niveau, ils étudient les choses en fonction de très nombreux paramètres qui, parfois, pour des hommes de terrain comme nous, peuvent nous échapper ou nous paraître incompréhensibles. C'est ainsi.

— Qu'allez-vous faire ?

— Il se trouve simplement que je suis envoyé sur une autre mission. Vous savez, la guerre contre la drogue n'a pas de frontières. Cette merde pourrit la vie de tous les habitants de la planète, apprenez que le nombre de toxicomanes par voie intraveineuse, dans cent trente pays, pour la période 1998 / 2003, était astronomique. Amérique du Nord, un million, quatre cent mille personnes, Europe Occidentale : un million, deux cent mille, Europe de l'Est et Asie Centrale : trois million deux cents mille, Asie du Sud et Sud-Est : trois millions trois cents mille, Extrême Orient et Pacifique : deux millions trois cents mille, Amérique du Sud : un million, Afrique Sub-Saharienne : neuf cents mille, Afrique du Nord et Moyen-Orient : quatre cent mille ([91]) donc... Vous voyez, j'ai du boulot sur la planche. Alors, avant de regagner les États-Unis, je tenais à vous saluer et à vous donner ces quelques petits présents, histoire de vous rappeler les bons, mais trop courts moments, que nous avons eus ensemble.

En même temps, Mac Cabe montre le paquet de victuailles de marque qu'il a achetées.

— J'ai cru comprendre que votre adjoint avait un faible pour la bonne chère, alors...

[91] Authentique.

Francis reste sans voix alors que Stan s'est déjà propulsé sur l'immense corbeille afin d'en examiner le contenu avec un intérêt aussi certain que grandissant.

Amusé, Mac Cabe se frotte le bout du nez.

— Pour tout vous dire, je ne suis pas seul sur ce coup. Bledsoe est aussi de la partie. Il a insisté.

— Bledsoe !

— Lui-même. Je l'ai eu téléphone et on a pensé vous assurer de notre sympathie et de notre estime – ça c'est de Bledsoe - de cette manière. Un peu simpliste me direz-vous, mais, bon... c'est de bon cœur.

— Écoutez... je... vous nous prenez au dépourvu... il ne fallait pas vous donner cette peine... nous apprécions énormément votre geste, mais il ne fallait vraiment pas vous donner tout ce mal.

— Non ! Non ! Non ! se défend l'Américain en s'aidant du bras. C'est la moindre des choses. Vous comme nous faisons un travail ingrat, harassant, peu gratifiant. Quand nous réussissons, personne ne le sait et personne ne nous remercie. Un beau discours, une tape dans le dos et, éventuellement, une médaille, alors pour une fois que nous pouvons faire un petit geste chaleureux dans ce monde de brutes, autant le faire, non ?

— Vous me mettez dans l'embarras. Je ne sais que dire.

Mac Cabe s'approche et colle une violente tape amicale dans le dos de Francis.

— Pas d'histoire. Laissez tomber le protocole, on s'en fiche et profitons plutôt du peu de temps qu'il me reste pour nous amuser. Et puis...

— Et puis ? reprend l'enquêteur devant l'air amusé du fonctionnaire qui fait durer le plaisir.

— Il ne sera pas dit que je partirai sans vous en avoir dit plus sur mon Lippert. Après tout, vous aussi vous vous intéressez à lui, non ?

Francis écarquille à nouveau les yeux, encore abasourdi par la prévenance de l'Américain.

Soudain, Stan renverse l'immense corbeille apportée par Mac Cabe et tout son contenu se déverse au sol. Aussitôt, Francis et l'agent de précipitent pour ramasser sous les yeux ébahis d'un Stan à moitié plié de rire.

— Aide-nous, sombre imbécile ! rugit Francis en posant deux bocaux de foie gras sur son bureau.

Mac Cabe n'est pas en reste. Il dépose trois bocaux de confit et une terrine de sanglier avant de se redresser, visiblement satisfait.

GÉRALD LIPPERT,
LE ROI DE LA COCAÏNE DU TOUT-PARIS ! ...

Lons-le-Saunier,
Restaurant « *Steak House* »,
20 Rue Émile Monot,
13 h 04

Par la grâce de Stan qui connaissait toutes les bonnes adresses, le trio réussit à obtenir une place dans ce petit restaurant d'une trentaine de couverts spécialisé dans les viandes grillées.

Coup de chance, Mac Cabe étant un viandard aussi affamé que Stan, les deux hommes tombèrent vite d'accord sur le choix du restaurant.

Francis n'avait plus qu'à s'incliner.

Seulement, habituellement fermé le lundi, Stan réussit quand même le tour de force de convaincre le patron, moyennant financc, bien entendu, d'ouvrir exceptionnellement pour eux.

Francis est toujours stupéfait de voir comment son ami parvient à obtenir ce qu'il veut.

Avec la tchatche... Ça aide !

Et surtout le fric de la boîte ! Mais Francis estima qu'il devait bien ça à l'Américain, car il sentait qu'il allait apprendre beaucoup de choses sur ce Lippert, décidément très surprenant.

Mac Cabe n'attendit pas d'être servi pour commencer son récit.

— Muni des meilleures recommandations en la matière, comme celles, à l'époque, de Francis le Belge, Lippert se fit ouvrir les portes de la pègre parisienne. Seulement il avait compris que s'il voulait durer dans ce métier, il avait tout intérêt à ne pas travailler à visage découvert. C'est ainsi qu'il devient l'ombre d'un certain El Loco, le maître incontesté du milieu parisien. Mais El Loco était un homme du passé. Très vite, grâce à ses contacts et ses idées lumineuses, Lippert eut tôt fait de redonner du souffle à cette organisation plongée en quasi léthargie. El Loco vivait sur ses acquis.

— Or, qui n'avance pas, recule, c'est bien connu. Et dans ce milieu, c'est souvent synonyme de mort.

— En effet. Lippert avait pour fournisseur personnel et excellent ami, un certain Michel Rosès, professeur de yoga réputé dans la jet-set. Grâce à lui, il s'introduisit dans tous les cocktails et les réceptions à la mode qui comptaient dans la capitale. Mais Lippert ne voulait pas s'arrêter en si bon chemin. Il voulait aussi mettre la main sur d'autres milieux, d'autres mondes, comme celui du spectacle et de la mauvaise société.

— Celle des gangsters de renom, n'est-ce pas ? Il est bien connu qu'ils aiment s'amuser.

— En effet. Grâce à son ami qui lui avait présenté des barons, des marquis, et bien d'autres, aristocrates avides de sensations fortes, il l'introduisit dans le monde de la coiffure. En particulier « *Carita et Alexandre* » ([92]). C'est sur la péniche de ses nouveaux

[92] Alexandre de Paris, né Louis-Alexandre Albert Raimon le 6 septembre 1922 à Saint-Tropez. C'est un maître coiffeur français. C'est par lui que la haute couture parisienne donna ses lettres de noblesse à la profession de coiffeur, acceptant enfin la présence d'Alexandre et de ses équipes à pénétrer dans les cabines de mannequins lors des défilés et d'y réaliser les coiffures décidées et agréées à l'avance par les plus grands couturiers. De grands réalisateurs de cinéma comme Joseph L. Mankiewicz firent également appel à lui pour coiffer les stars. En 1952, il s'associe avec les sœurs Carita (Maria, née en 1913 à Toulouse et décédée en

amis, qui l'encensaient en disant à qui voulait l'entendre que Lippert avait la meilleure came du monde, qu'il rencontra Fernand Legros...

— Le peintre ? ([93]) Plus connu pour ses faux qu'autre chose ?

— Lui-même. À ce moment, il sortait de taule et n'avait en tout et pour tout que sa vieille Rolls. Pour se refaire, il conclut un accord avec Lippert. Ce dernier le finançait et lui payait l'essence de son véhicule curieusement épargné de la saisie que l'État français, avait prononcée à son encontre et, en contrepartie, Legros lui faisait de la pub à outrance dans tous les milieux qu'il fréquentait. En peu de temps, l'aura de Lippert s'accrut considérablement au point qu'il s'afficha plus ou moins ouvertement avec les grands de ce monde, les riches commerçants et industriels, les politiciens en vue comme les acteurs et les chanteurs. Vous voyez, petit à petit, loin des caméras, notre homme parvint à s'infiltrer dans toutes les couches de la société française. Très vite, il devint le fournisseur officiel de tout ce « joli » monde. La plupart des filles du « *Lido* », du « *Crazy Horse* » ou encore des « *Folies Bergères* », raffolaient de sa dope. Des mannequins, des chanteuses, des écrivains, des actrices comme Fiona Gélin, Grace Jones, Jeanne Moreau, Annie Girardot ou Françoise Sagan le cherchaient souvent afin de se procurer la précieuse poudre.

— Ces actrices ! Vous êtes sûr ?

— Malheureusement, oui. Et elles n'étaient pas les seules. Tenez, pour Annie Girardot, elle était accro à la cocaïne, mais n'avait pas les moyens de se la payer, alors elle s'ingéniait à faire croire à ceux qui en avaient

---

1978 et Rosy née en 1914 à Villach (Espagne) et décédée en 1983). Alexandre est mort le 3 janvier 2008 à Montfort-l'Amaury.

[93] Fernand Legros est né le 26 janvier 1931 à Ismaïlia (Égypte). C'est un marchand d'art américain d'origine française. Il fut condamné pour vente de faux tableaux dans les années 1970. Il est considéré comme l'un des plus grands faussaires du marché de l'art de la seconde moitié du 20eme siècle. Il est mort le 6 avril 1983 à Chasseneuil-sur-Bonnieure (Charente).

qu'ils finiraient la nuit avec elle. Sauf qu'elle s'arrangeait toujours pour se défiler à la dernière minute sous des prétextes fallacieux ([94]). Grace Jones ([95]) fréquentait le « *Palace* » et sniffait une quantité hallucinante de blanche. Françoise Sagan, elle, n'avait que deux limites dans l'absorption de poudre : elle s'arrêtait quand son état de santé était trop dégradé et quand son compte en banque lui interdisait d'aller plus loin ([96]). Il y en a d'autres comme ça.

— Par exemple ?

— Claude Brasseur. Le plus grand des jouisseurs et le pire des radins. Il adorait la compagnie des voyous. Il avait aussi pour manie de festoyer dans les meilleurs restaurants de Paris où il invitait les truands qu'il rencontrait dans les discothèques, mais il faisait toujours en sorte de se barrer à la fin du repas. Résultat : les invités étaient obligés de régler la note, parfois salée ([97]).

— Bigre !

Mac Cabe réfléchit puis, en claquant des doigts.

— Ah, il y avait aussi Philippe Léotard ([98]), le héros de « *La balance* » ([99]), film prémonitoire, puisqu'il dénonça Lippert à la police. Bref, parce que l'acteur était le frère du ministre, François Léotard ([100]), il se croyait

---

[94] Authentique.

[95] Grace Jones est né le 19 mai 1948, à Spanish Town, en Jamaïque. C'est une chanteuse, actrice et ancien mannequin jamaïcain. À l'époque des faits, elle fréquentait Dolph Lundgren, l'acteur Suédois.

[96] Authentique.

[97] Tout aussi authentique.

[98] Philippe Léotard est né le 28 août 1940 à Nice. C'est un acteur, poète et chanteur français. Il a tourné dans plus de 70 films. C'est le frère de l'ancien ministre François Léotard. Il est mort le 25 août 2001 à Paris.

[99] « L*a Balance* » est un film policier français réalisé par Bob Swaim et sorti en 1982. Avec Philippe Léotard, Nathalie Baye, François Berléand, Richard Berry, entre autres. Il a remporté le César du meilleur film en 1983

[100] François Léotard est né le 26 mars 1942 à Cannes (Alpes-Maritimes). C'est un homme politique français. Député du Var et

tout permis, passant son temps à hurler qu'il allait tuer Johnny Hallyday à qui il reprochait de lui avoir volé son seul et unique amour : Nathalie Baye. Léotard sniffait de la coke à tout bout de champ et vomissait sur les pistes de danse du Tout-Paris en vociférant contre le chanteur ([101]) qui, soit dit en passant, était également un accro de cocaïne ([102]). Dix grammes par semaine en moyenne.

L'agent s'interrompt pour se désaltérer. Francis rumine ses dires tout en observant Stan qui s'empiffre joyeusement, n'accordant visiblement qu'une attention toute relative au récit de l'Américain alors, qu'au contraire, Francis est tout ouïe.

— Et vous savez tout ça comment ? demande-t-il.

— J'ai très soigneusement enquêté sur Lippert. Il suffit de poser les bonnes questions aux bonnes personnes. Ça aide. Surtout, j'avais absolument besoin de me faire une idée très précise de ce que faisait Lippert sans les années 1980. Contre ce genre de type, mieux vaut connaître à l'avance son degré de nocivité. J'ai très vite acquis la conviction que Lippert était tout, sauf un simple informateur.

— Aux vues de ce que vous me racontez, cela me semble évident.

Mac Cabe s'essuie la bouche et poursuit.

— Lippert avait aussi ses petites entrées aux « *Bains Douches* » ([103]). Des acteurs comme Robert de

---

Maire de Fréjus pendant près de vingt ans, il fut ministre de la Culture et de la Communication de 1986 à 1988 et ministre d'État, ministre de la Défense de 1993 à 1995. Il a été président du Parti Républicain, puis de l'UDF de 1996 à 1998. En 2019, la Cour de justice de la République décide de le juger pour abus de biens sociaux dans le cadre du volet financier de l'affaire Karachi. C'est le frère cadet de l'acteur Philippe Léotard.

[101] Authentique.

[102] Authentique.

[103] « *Les Bains Douches* » était une boîte de nuit située 7 rue du Bourg-l'Abbé dans le 3eme arrondissement de Paris. Haut lieu des nuits parisiennes durant les années 1980, « *Les Bains Douches* » deviennent le rendez-vous de la société mondaine et artistique

Niro ou le Suédois Dolph Lundgren ([104]) venaient faire leurs « courses » directement en arrivant à Paris ([105]). Il a eu également comme client un certain Omar Sharif ([106]).

— Tout le monde du spectacle, laisse tomber Francis, écœuré.

— Et ce n'est pas tout. Quand Yves Saint Laurent était en manque au Maroc, il le faisait venir tout exprès pour lui en fournir. Il en prenait même au petit déjeuner ([107]).

— Non !

— Comme je vous le dis. Lippert avait aussi ses petites entrées dans le monde de l'audiovisuel. Yves Mourousi, que certains de ses jeux sexuels déroutaient, Jean-Luc Delarue, un prétentieux au verbe facile qui payaient ses doses avec des promesses jamais tenues, et Thierry Ardisson, pour ne citer qu'eux ([108]).

— Et dans le monde de la politique, aussi j'imagine ?

— Bien sûr. Lippert avait, là aussi, ses petites entrées. Jacques Chirac ([109]) était un de ses clients attitré ([110]), mais jamais directement. Il frayait aussi

---

internationale. Après maintes péripéties au cours des décennies, la discothèque ferme ses portes en 2010.

[104] Hans Lundgren, dit Dolph né le 3 novembre 1957, à Stockholm (Suède). C'est un acteur, réalisateur, scénariste et producteur de cinéma. Il début aux côtés de Roger Moore dans « *Dangereusement vôtre* » (1985) mais se fait connaître dans le rôle d'Ivan Drago, le boxeur russe dans « *Rocky 4* » (1985) aux côtés de Sylvester Stallone.

[105] Authentique.

[106] Authentique.

[107] Authentique.

[108] Authentique.

[109] Jacques Chirac est né le 29 novembre 1932 à Paris. C'est un haut fonctionnaire et homme d'État français. Il est Premier ministre du 27 mai 1974 au 25 août 1976 puis du 20 mars 1986 au 10 mai 1988, et Président de la République française du 17 mai 1995 au 16 mai 2007. Il est mort le 26 septembre 2019 à Paris.

[110] Authentique.

avec Charles Pasqua ([111]). Seulement, lui, il n'en prenait pas. Il avait conclu des accords avec les petits caïds des banlieues.

— Quel était le deal ? Même si j'en ai une petite idée ?

— Contre la promesse d'une paix relative de la part des autorités, les dealers s'engageaient à payer une... redevance ([112]).

— Classique. La protection, même celle d'un État, se paye. Et elle se paye cher. À l'époque, la fin justifiait les moyens, quitte à violer les lois que ces mêmes « preux chevaliers de la justice » s'ingéniaient à voter eux-mêmes. Faites ce que je dis mais pas ce que je fais.

— La devise de tous les politiciens véreux.

— Exactement. Une fois votre Pasqua devenu Ministre de l'Intérieur, je vous laisse imaginer ce qu'il a bien pu faire...

Francis ne répond pas. Que dire d'ailleurs ?

— Mais où allait tout ce fric ? s'étonne Stan entre deux bouchées.

— L'argent collecté allait directement alimenter les comptes de leur parti politique ([113]) même si une partie disparaissait dans les poches de certains politiciens.

— Effrayant ! Ça explique pourquoi ces réseaux perdurent, décennies après décennies. Tout le monde s'y retrouve ! C'est abject !

---

[111] Charles Pasqua est né le 18 avril 1927 à Grasse (Alpes-Maritimes). C'est un homme politique français. Résistant à l'âge de quinze ans. En 1952, il entre chez Paul Ricard comme inspecteur des ventes. C'est un souverainiste et un homme de réseau. Il est ensuite militant gaulliste dans le Sud de la France et vice-président du très controversé Service d'Action Civique (SAC). Il a été ministre de l'Intérieur de 1986 à 1988 puis de 1993 à 1995. Il est mort le 29 juin 2015 à Suresnes (Hauts-de-Seine).

[112] Authenticité non prouvée. Un certain rapport avec les casses menés par des membres du SAC, pour la plupart des anciens de l'OAS, n'est pas à exclure.

[113] Authenticité non prouvée.

— Encore exact. De temps à autre, votre police fait une descente, histoire de faire voir à vous, Français, que l'État veille et vous protège. Rassurez-vous, je ne vous fustige aucunement, chez nous, c'est exactement pareil. La Mafia d'Al Capone n'est pas morte, loin de là, et ses méthodes perdurent.

— Je vois bien. Et les ressorts de ce genre de machine infernale parfaitement rôdée sont exactement les mêmes depuis des siècles.

— Voilà où je voulais en venir en vous expliquant tout cela. Je ne suis pas arrivé à endiguer ce sale trafic mais peut-être que... vous... modestement, dans votre petit coin... vous aurez certainement plus de chance que moi.

— Vous semblez en être certain ?

— Je ne suis qu'un fonctionnaire, donc soumis à des obligations, alors que vous... vous êtes libre.

— Ouais ! Libre de réussir, comme de me faire descendre.

— C'est un peu ça, oui. Mais attention, la prochaine fois, je ne serai pas là pour vous tirer d'un mauvais pas. Alors faites bien attention où vous mettez vos pieds dorénavant.

LA CHUTE ! …

— Tout a une fin. Malgré toutes ses précautions, Lippert ne fit pas exception à la règle. Grâce à sa poudre, il a pu mener une vie de coq en pâte, une existence aussi frivole qu'exubérante. À l'époque, les gens riches et puissants se vautraient dans la luxure. Ils vivaient dans l'insouciance en oubliant que c'était de l'inconscience pour certains. Quand on tombe, ça fait mal. Très mal ! Pour Lippert, les années de taule se sont accumulées. Pour d'autres, en revanche, ce fut bien pire. La cocaïne désinhibait les consommateurs, notamment au niveau sexuel, et à une époque où le sida faisait des ravages, je vous laisse imaginer les résultats. Il y a eu des milliers de morts, sans oublier les autres pathologies catastrophiques, telles cancer du poumon ou du foie. Les arrêts cardiaques, le manque de repos, et pour d'autres, la dilapidation de leur fortune ou la perte de leur femme voire leur famille entière ([114]).

— Comment est tombé Lippert ?

— De la manière la plus bête du monde. Parmi les clients d'El Loco, il y avait un homme politique, bien sous tous rapports, fervent catholique, bon père de famille, et plusieurs fois ministre. Il avait comme ami, complice et protecteur un certain… Jacques Chirac. Ce bon ami, jouisseur invétéré et fêtard réputé se chargeait parfois des basses besognes que d'autres rechignaient à accomplir. Il fut soupçonné de détourner les fonds que

---

[114] Parfaitement authentique.

versaient, aussi généreusement que naïvement, les adhérents de son parti politique.

— Il en faisait quoi ?

— Il finançait des somptueuses parties fines et orgiaques en l'honneur de Chirac dans des châteaux en région parisienne.

— Charmant.

— Cet hédoniste convaincu, habillé en Versace ou Armani, n'hésitait jamais à faire profiter ses amis de ses largesses espérant toujours un retour sur investissement sous forme de passe-droit ou en monnaie sonnante et trébuchante, comme le très généreux Omar Bongo ([115]) alors Président du Gabon.

— El Loco fournissait came et filles, j'imagine ?

— En effet. Souvent des putes venant d'Allemagne, de Hollande ou de Belgique. Largement bien payées, elles repartaient le lendemain comme elles étaient venues.

— Et Lippert là-dedans ?

— Il coordonnait toutes ces sauteries en veillant bien à ne pas trop se montrer. Sauf qu'un jour, ça a mal tourné. Il a fallu livrer de la cocaïne en catastrophe et il a du s'y coller lui-même. L'hypocrisie ambiante ajoutée au comportement hautain et pédant de certains politiciens qui l'ont traité comme le dernier des larbins de service lui a fait péter un câble.

— Qu'est-ce qu'il a fait ?

— Il a coupé la came avec du laxatif pour la prochaine commande.

— Non !

— Comme je vous le dis. Ce fut la panique générale, et je vous laisse imaginer les courses éperdues dans les couloirs pour prendre d'assaut tout ce que le château comptait comme W-C., sans oublier les innombrables buissons du parc. Le cher ami habillé en Armani a alors menacé de mort Lippert en lui

---

[115] Omar Bongo Ondimba, né Albert-Bernard Bongo le 30 décembre 1935 à Lewaï (province du Haut-Ogooué). C'est un homme d'État gabonais. Il est président de la République gabonaise du 2 décembre 1967 à sa mort survenue le 8 juin 2009 à Barcelone.

promettant une arrestation musclée. Chirac, ce véritable coq gaulois irrespectueux des jeunes femmes ([116]), qui commandait cent grammes par semaine ([117]) a, paraît-il, très mal pris la chose et, curieusement, s'abstint de payer ce qu'il devait à Lippert, soit deux chèques, un de quatre mille francs et un de onze mille francs. Il fit opposition ([118]). Bref, je vous laisse imaginer la suite. Lippert fut arrêté. Ses gardes du corps attaqués en pleine rue par des voyous à la solde de certain flics bien placés à l'IGPN, accusés d'avoir détourné plus de dix kilos de coke. L'un d'eux a d'ailleurs fini en taule pour proxénétisme aggravé ([119]). De fil en aiguille, El Loco fut appréhendé et de déballonnements en trahisons, tout ce petit monde s'est retrouvé en taule, et certains pour longtemps.

— Lippert ?

— Il a pris dix-sept ans de placard.

---

[116] Malheureusement authentique.

[117] Tragiquement authentique.

[118] Authentique.

[119] Exact. Le policier en question avait 3 filles qui travaillaient pour lui rue Saint Denis.

CONSTATATION DOULOUREUSE ! ...

17 h 56

L'agent Américain est parti depuis longtemps.

Songeur, Francis est amer à plusieurs titres. Amer de constater à quel point les mœurs de ceux qui prétendent vous emmener vers un avenir radieux, à condition de voter pour eux, se comportent comme les pires dégueulasses qui soient. Amer de réaliser qu'il est très loin d'être au top dans la recherche de renseignements. Sans Mac Cabe, il n'aurait peut-être jamais découvert les activités passées de Lippert dans la dope.

Et cette poudre miracle, cette « *Divine* », d'où sort-elle exactement ? Qui la transforme, ici, dans la région ?

Francis n'est pas satisfait, loin de là. Il voit mal Lippert, devenu un vieillard, se remettre soudain dans le circuit en développant cette nouvelle drogue. Il est resté en dehors de tous les circuits durant toutes ces années et ce ne serait que maintenant qu'il remettrait le couvert avec tous les risques que cela implique ? À son âge ? Non ! Impossible !

Lippert a vraiment été un pourvoyeur essentiel dans les années 1980, c'est une certitude mais, maintenant, après toutes ces douloureuses années de taule et une chute non moins vertigineuse, il n'aurait jamais attendu autant de temps pour se refaire, sans compter que question argent, il avait largement ce qu'il fallait pour vivre grâce aux ventes illicites d'armes.

Alors ?

Comment relier Lippert avec cette dope, si tant est qu'il y ait un lien ?

Ça n'a aucun sens.

Francis finit par se convaincre qu'il n'y a jamais touché. Que cette « *Divine* » est l'œuvre de quelqu'un d'autre, et que Lippert est totalement étranger à sa mise sur le marché.

Torello et Cermak ?

Eux aussi sont rangés des valises depuis des lustres, même s'ils fricotent toujours par-ci par-là. On ne se refait pas. Mais ils sont loin d'être inconscients, jamais ils n'auraient couru le risque de replonger dans la dope. Avec l'âge, on apprend à viser des objectifs réalisables et sans trop de prises de risques inconsidérés, et cette « *Divine* », c'est justement une bombe à retardement pour ceux qui la produisent et vont la mettre sur le marché.

Non, il y a autre chose.

Francis a hâte d'avoir des informations sur ces deux vieux truands grâce à ses équipes parisiennes.

Il n'écarte cependant aucune option et préfère, pour le moment, jouer aux avocats du diable.

Pour le rassurer, Stan lui a expliqué en long et en large que l'agent de la DEA n'avait pu réunir autant d'informations sur Lippert qu'au prix d'un très long et fastidieux travail de fourmi de plusieurs mois, alors que lui et Francis n'avaient rassemblé les leurs qu'en l'espace de deux petites semaines à peine.

Et encore, avec des moyens nettement moindres que ceux que l'agence américaine pouvait déployer.

Pour Stan, fallait comparer ce qui était comparable.

Point barre !

Et ils n'avaient pas à rougir de leur travail. D'abord, leur cible, c'était le trafic d'armes, pas celui de la blanche.

— Ce qui me navre, c'est que nous avons fouillé des montagnes de documents et qu'à aucun moment, nous n'avons découvert le moindre lien, la moindre allusion à un quelconque trafic de came.

— Francis, écoute ! Lippert était un homme particulièrement précautionneux. Mac Cabe lui-même nous a confirmé que c'était un maniaque du secret. Dans ces conditions...

— Tu as peut-être raison.

— Oooh ! Bien sûr que j'ai raison ! Qu'est-ce que tu crois ?

— Croire ne me suffit pas. Je veux être sûr. Il y a quelque chose qui ne colle pas dans toute cette histoire.

Stan lève les yeux au ciel.

— Y avait longtemps, tiens !

— Si tu avais écouté...

— C'est pas parce que je mangeais avec appétit et entrain...

— Comme un goret, oui...

— Que j'écoutais pas ce que disait l'autre.

— Tu écoutais plutôt le bruit de tes dents, oui.

— Jaloux ! J'suis capable de faire deux choses à la fois, moi, tu sais ?

Francis se redresse et, amusé, regarde dubitativement son ami effondré dans un fauteuil, un œil fixé sur l'immense corbeille de nourriture.

— Récapitulons. Je suis à Genève, j'enquête sur un trafic d'armes, et tu m'appelles dans le Jura pour me présenter un informateur.

— Lippert.

— Lui-même. Nous constatons qu'il est mort, probablement assassiné, et découvrons des documents très compromettants confirmant son implication dans un énorme trafic d'armement. Fort de cette information, il s'avère que du statut de simple informateur, il se révèle être un acteur incontournable de ce trafic.

— Ouais, jusque-là, j'te suis.

— Deuxième temps : surgit ce Mac Cabe, un agent de la DEA. Lui, suivait Lippert pour remonter toute une filière de came dont le centre névralgique doit se trouver, ici même, non loin de Bletterans. Pour l'Américain, Lippert n'est autre, là aussi, qu'un simple informateur, mais de fil en aiguille, il découvre, comme nous, que son suspect se révèle être un acteur probablement incontournable de ce sale trafic. J'utilise à dessein les mêmes termes.

— Comment ça ? Il serait mouillé dans cette « *Divine* », alors ? J'pige plus, là !

— S'il n'était rien d'autre, Mac Cabe serait toujours ici, à rechercher le grand manitou de ce trafic de merde. Au lieu de ça, il a été viré. Ça veut dire que, de l'aveu même de sa hiérarchie, la mort de Lippert met fin à toute enquête. Le décès d'un simple informateur n'aurait, lui, rien arrêté…

— Alors que celui d'un gros ponte, oui.

— Exact. Dans les deux enquêtes, celui qui semblait être un larbin de service était en réalité une pièce importante d'un immense puzzle. Nous sommes partis sur un trafiquant d'armes et nous nous retrouvons, en prime, avec un dealer. Le « *Prince de la Cocaïne* ».

— Ce qui revient à dire que sa mort a peut-être sûrement un rapport avec l'un ou l'autre des deux trafics.

— C'est là où ça ne colle plus.

— Pourquoi ?

— Lippert a purgé sa peine. Il est sorti de taule, il y a environ une quinzaine d'années. Il n'a pas replongé depuis et s'est fait tout aussi discret qu'invisible. Il a totalement disparu des radars.

— Ouais, mais on voit bien qu'il a continué son activité dans le trafic d'armes.

— Oui. C'est certain. Aujourd'hui, c'était un vieillard qui ne représentait plus aucun danger pour personne. La question alors est de savoir qui l'a assassiné et, surtout, pourquoi ?

— Une vengeance ?

— Non, Stan. Si on avait voulu se venger, cela aurait été fait depuis belle lurette. Non, il y a autre chose.

— Ouais, mais quoi ?

— Trouvons d'abord le « pourquoi » et nous aurons presque automatiquement le « qui ».

Les deux privés se taisent. Distraitement, Stan lit les informations nutritives sur les petites terrines, tandis que Francis, comme à son habitude, manipule son crayon avec une rapidité inquiétante à la mesure de son agacement.

Tâtonner n'a jamais été sa tasse de thé.

— C'est en dehors du milieu de la came et du trafic d'armes que nous devons chercher, clame soudain Francis, faisant sursauter Stan qui digérait tranquillement en bâillant aux corneilles.

— Oooh, du calme !

— Le fait que Lippert dînait tranquillement avec deux gangsters notoires, n'est sûrement pas anodin. Et qu'on le bute juste après, non plus.

— Ce serait un coup de Torello et Cermak ? s'étonne Stan en adoptant une attitude plus présentable.

— C'est à envisager.

— Ils en seraient encore là, à leur âge ! À défourailler comme au bon vieux temps. ? Quand même pas !

— Ces trois truands mangent ensemble et, juste après, Lippert meurt assassiné. Excuse-moi, mais des coïncidences de ce genre, à ce niveau, je n'y crois pas. Pas une seconde. C'est de ce côté qu'il faut chercher.

— Mince alors, Lippert se serait remis en piste avec ces deux-là ?

— Pas impossible. Le fait qu'ils étaient tous les trois en train de festoyer indique certainement qu'ils montaient quelque chose. Lippert avait peut-être besoin de fric rapidement.

— Alors il se serait lancé dans la fausse monnaie ou le trafic d'œuvres d'art ? Là, Francis, c'est à mon tour de ne pas être franchement d'accord. Et tu sais très bien pourquoi.

— Je ne l'ai pas oublié, mais je te rassure, cette option ne m'empêche pas d'envisager d'autres scénarios.

— Du genre « *L'Arcobaleno* », j'imagine ?

— En effet. Ce club revient beaucoup trop à propos sur le tapis à mon goût, et puis il y a cette Mitsy à interroger. Avant toute chose, tu en es où de tes recherches sur le patron, ce Franz Krammer ?

— J'avance, j'avance, mais ça prend du temps.

— Alors, avance plus vite. Je veux un dossier complet sur mon bureau demain matin. Allez, viens, je t'invite à boire un verre.

— La meilleure parole sensée de la journée.

— Non, ce n'est pas ça, j'ai simplement un sale goût de vomi dans la bouche que je voudrais bien faire disparaître à défaut d'aller voter pour celui qui me baisera le moins. Pour autant que voter aujourd'hui veuille bien encore signifier quelque chose.

Stan ouvre de grands yeux.

— Te voilà philosophe, maintenant ?

— Plus prosaïquement, c'est surtout pour t'encourager dans ton travail de cette nuit.

— J'me disais bien aussi.

UNE DISPARITION INQUIÉTANTE ! …

Jura, Lons-le-Saunier,
12 Rue du 44ème R.I.,
immeuble « *L'Argentelle* »,
agence de « *Mondial Protection* »,
mardi 18 juin,
09 h 28

— Que me veulent-ils ?

— *Vous voir tout de suite, c'est, paraît-il, extrêmement important.*

Francis ouvre grands les yeux tout en mettant sur haut-parleur.

Que se passe-t-il encore ?

— Qu'ils prennent rendez-vous, je suis en conférence.

— *Ils insistent, patron. Ils viennent de la part de Renée-Charlotte.*

Interrogateur, Francis dévisage Stan qui, à son tour, ouvre de grands yeux.

D'un hochement significatif de la tête, Francis demande à son ami son avis. Ce dernier hausse les épaules.

— OK, Basile, fais passer, mais dis-leur bien que je n'ai que très peu de temps à leur consacrer.

— *OK !*

Quelques instants plus tard, trois personnes entrent dans le bureau de Francis.

— Asseyez-vous, je vous en prie. Je vous préviens tout de suite que j'ai très peu de temps et...

— Votre employé nous l'a déjà dit.

Le ton sec de la jeune femme ne plaît qu'à moitié à l'enquêteur.

Il s'assoit en soufflant bruyamment.

— Que puis-je pour vous, messieurs dames ?

— D'abord, je crois utile de nous présenter. Je suis Chantal Letestud, voici Denis Breillard, mon compagnon, et Carine Montellieux, ma future belle-sœur.

Francis a croisé ses mains sur le sous-main. Il n'a pas envie de s'éterniser. Il a autre chose à faire.

— Je vous écoute. Soyez bref.

Stan a croisé les jambes, intéressé. Qui sont ces gens recommandés par Renée-Charlotte ?

— Eh bien voilà. Je suis la sœur de Charles Letestud...

— Letestud ? C'est le magicien dont tout le monde dans la région vante les qualités, non ?

— En effet...

La jeune femme s'interrompt.

— Et alors ?

— Il... il a disparu.

Francis est étonné.

— Vous en êtes sûre ?

— Oui. Ce n'est pas normal...

— Excusez-moi de vous interrompre, mais il faut que vous sachiez que, parfois, des hommes, comme des femmes d'ailleurs, décident d'un coup de changer de vie. La loi ne l'interdit pas et...

— Pas Charles. C'est impossible. Voyez-vous, nous nous fréquentions peu, mais il n'en reste pas moins mon frère et nous avions des affaires communes en cours. Notamment la fermeture de notre musée. Elle a eu lieu mardi dernier...

— Qu'exposiez-vous ?

— Une collection unique de bijoux de famille. Des pierres absolument sans prix. Surtout un collier d'une valeur incalculable : « *Le Sourire du Monde* ».

Francis coule un regard entendu sur Stan.

Les « cailloux » ça commence à le connaître.

— Une fois la fermeture effectuée, les bijoux ont été rapportés au Crédit Agricole de Bletterans pour être mis en sécurité au coffre, comme nous l'avions décidé. J'étais présente, mais pas Charles.

— Il devait y être ?

— Rien n'avait été vraiment défini à ce niveau, mais il me semble logique qu'il soit présent, non ?

— En effet.

— Même monsieur Boué, le directeur de la banque, s'est étonné de son absence... Bref, j'ai procédé à l'inventaire des pièces...

— Elles y étaient toutes ?

— Absolument. Il n'en manquait pas une. Une fois cette formalité faite, on a procédé à l'enfermement de la collection.

— Qu'avez-vous fait après ?

— Nous sommes retournés chez nous. J'habite à Mouthier, chez mon compagnon. Il est éleveur. Néanmoins inquiète par le silence de Charles, j'ai remué ciel et terre pour le retrouver. Personne ne l'a vu.

— Vous êtes allée chez lui ?

— Oui, bien sûr. La maison était fermée. J'ai un double des clés. Je suis entrée mais il n'y avait personne.

— Peut-être est-il simplement parti en déplacement ?

— C'est ce que je me suis dit. Cela m'a même été confirmé par son régisseur. Il avait planifié une tournée de ses revendeurs de vin de Paille au Canada.

Le visage de Francis s'illumine.

— Eh bien, vous voyez, il ne fallait pas vous inquiéter outre mes...

— Il n'y est pas. J'ai appelé les revendeurs en question, un à un, et tous, sans exception aucune, m'ont confirmé ne pas l'avoir vu. Ils étaient d'ailleurs inquiets.

Francis réfléchit. Il n'aime pas ce genre de situation qui, il le sait par expérience, ne présage jamais rien de bon.

— Quand vous étiez chez lui, avez-vous noté quelque chose d'insolite ?

— Non. Absolument rien. Tout était parfaitement normal.

— Traces d'effraction ? De lutte ?

— Non Aucune. Il manquait juste ses deux grosses valises, celles qu'il prend toujours quand il part en voyage.

— Sa voiture ? C'est bien une Ferrari ?

— Oui. Mais elle n'était pas là.

— Donc, il l'a bien prise pour partir en voyage. Quel itinéraire suit-il, en général, quand il part en déplacement ?

— Je suis hôtesse de l'air. Je fais essentiellement l'Asie du Sud-Est en général et Hong Kong en particulier. De par mon job, j'ai pu lui obtenir des tarifs préférentiels, et j'ai vérifié : il a bien pris un vol Air France pour le Canada.

— Excusez-moi, mais à ce stade, c'est avec les autorités canadiennes que vous devez voir…

— Non ! Monsieur Magenta, je suis certaine que mon frère a de graves problèmes et qu'il n'est jamais parti de Bletterans.

— Vous venez de me confirmer le contraire il y a une minute.

— Laissez-moi finir. Il est vrai qu'un passager répondant au nom de Charles Letestud a bien pris le vol Paris-Ottawa AF 0344 de 13 heures 10 au départ de Charles de Gaulle, et qu'il est bien sorti de l'aéroport Macdonald-Cartier, seulement…

— Seulement ?

— Il a totalement disparu ensuite. Pire, la douane a découvert deux valises dans un champ en périphérie immédiate de l'aéroport. Ce sont les siennes.

— Vous en êtes certaine ?

— Absolument. C'est elle qui m'a contactée. Il ressort de leur enquête que mon frère pourrait être reparti en France.

Francis se redresse. Le « pourrait être » ne l'emballe pas outre mesure.

— Reparti... en...

— Oui, il serait revenu.

— Il n'aurait fait qu'un simple aller/retour ! Mais ça n'a pas de sens.

— Les Canadiens ont vérifié leurs listes d'embarquement. Ils pensent avoir retrouvé mon frère sur un vol en partance pour la France, moins d'une heure après être arrivé en Canada.

— Ils pensent, donc ils n'en sont pas certains.

— Il est revenu, monsieur Magenta. Je ne sais pas pourquoi, mais il est revenu, et il ne répond à aucun de nos appels.

— Sans ses valises ?

Francis n'aime pas ça. Tout homme sensé ne s'amuserait jamais à faire un simple aller et retour pour le plaisir et encore moins en abandonnant ses valises.

— Il faut le retrouver, d'où ma venue chez vous.

— Chez moi ! Et pourquoi ça, diable ?

— Parce que vous m'avez été très chaudement recommandé par Renée-Charlotte, une de mes amies. Nous nous occupons toutes les deux d'aide aux enfants en décrochage scolaire. Charles est à Bletterans.

— Renée-charlotte, laisse tomber Francis en regardant de nouveau en coin Stan qui hausse les épaules.

Comme lui, il ne comprend pas.

— Écoutez madame, je comprends parfaitement votre inquiétude, elle est légitime. Mais je ne pense pas être le mieux placé pour retrouver votre frère. Le plus simple serait de voir directement avec la police, elle est autrement mieux équipée que moi pour...

— Non ! C'est vous que je veux.

Francis sent la moutarde lui monter au nez.

— Oooh là ! Doucement madame. Ça ne se passe pas comme ça. Je suis très pris en ce moment, et je n'ai pas assez d'équipes pour m'occuper d'une simple disparition.

— Ce n'est pas une simple disparition ! crie presque l'hôtesse de l'air.

Son compagnon essaie de la calmer ; quant à Carine, elle se met à sangloter.

Francis et Chantal se dévisagent durement.

— Qu'est-ce qui vous fait penser ça ?

— Je le sens, c'est suffisant.

— Pour vous peut-être, mais pas pour moi. Je ne déclenche pas une enquête sur une simple impression. Désolé.

La jeune femme se rassoit finalement, tirée en arrière par Denis, son compagnon.

Francis l'observe et reconnaît qu'elle a quand même un sacré culot. Par empathie, et peut-être par intuition mais surtout par rapport à Renée-Charlotte, il s'accorde encore quelques minutes de réflexion.

Il se redresse, s'éclaircit la voix.

— Votre frère, outre sa passion de la magie et du vin de Paille, a-t-il d'autres centres d'intérêt ?

— Pourquoi cette question ? demande Chantal en reniflant.

Elle est au bord de la crise de larmes.

— Parce que c'est souvent dans ce genre de milieu où les amitiés se nouent très facilement et se dénouent au gré des problèmes qui surgissent entre les personnes, que l'on peut commencer à chercher un début de piste.

— Vous acceptez, alors ?

Francis lève les bras.

— Doucement. Je n'ai pas dit que j'acceptais, je tiens seulement à en apprendre un peu plus, c'est tout. Vous savez, c'est comme ça que l'on se crée de solides inimitiés parfois. Ça ne veut pas dire que c'est le cas pour votre frère, mais découvrir s'il a pu se faire des ennemis, c'est un premier pas. C'est important. Alors ?

Chantal réfléchit longuement. Elle dévisage tour à tour Carine puis Denis, quémandant leur aide.

— Eh bien, non... Charles a toujours vécu en oisif grâce à la magie et à ses revenus immobiliers. Quant à la viticulture, même s'il possède beaucoup de vignes, il ne s'en préoccupe guère, préférant laisser son régisseur se débrouiller.

— Vous avez son nom ?

— Oui, mais en quoi vous servira-t-il si ?...

— Laissez-moi en décider, voulez-vous ?

— Soit. Il s'appelle Henri Maldonado. Vous pouvez le trouver au domaine.

Francis prend des notes.

— Parfait. Ça ne coûte rien de faire un petit tour. Qui l'a vu pour la dernière fois ?

— C'était le lundi 10 juin. Je suis certaine, répond Chantal.

Francis tique tout en coulant un regard sur Stan. À sa mine, il voit qu'il a, lui aussi, compris. Le soir même, ils dînaient tous les deux au « *Jura* ». Que s'est-il passé entre le moment où ils ont vu la Ferrari disparaître depuis le parking de la Place du Colombier, à 21 heures 19, et le lendemain matin ?

Francis réfléchit quelques minutes en regardant la journaliste. Elle était avec lui dans la voiture. Peut-être sait-elle quelque chose ?

— Vous étiez avec lui, mademoiselle.

Tous les regards convergent sur Carine.

— Mademoiselle ? fait Francis, insistant.

— Pardon. Oui, j'étais avec lui la veille de sa disparition.

— Avez-vous remarqué quelque chose d'insolite ? Était-il nerveux ? Anxieux ? Vous a-t-il donné l'impression de préparer quelque chose ?

— Non, non. Rien de tout cela. Il a donné un spectacle à l'école de Bletterans, pour clôturer la fin de l'année scolaire. Il a fait ça bénévolement, je le précise.

— Ensuite ?

— Nous avons dîné au « *Jura* », puis il m'a emmené voir...

— La collection ?

— Oui. Je sais que Chantal va m'en vouloir parce que c'était la dernière soirée avant la fermeture définitive du musée et que les visites étaient désormais interdites, mais...

— Il s'est passé quelque chose de particulier à cette occasion ?

— Non. Rien du tout. Il m'a fait essayer « *Le Sourire du Monde* », devant les vigiles, puis le collier a été remis sur son présentoir et...

— Ils avaient ordre de ne le sortir sous aucun prétexte. Je vais leur rafraichir la mémoire, moi, tonne Chantal, furieuse.

— Laissez tomber, madame. Je suis certain que vos vigiles n'ont agi que sur ordre de votre frère.

— C'est exact, ajoute Carine, gênée.

Un silence s'installe.

— Et après ?

— Il m'a reconduite chez moi, puis il est rentré directement chez lui. Il devait terminer de boucler ses valises pour son voyage au Canada. C'est tout.

Francis se frotte le menton.

— Autre chose ?

— Non, pas à ma connaissance, dit Chantal.

— Si ! fait soudain Carine.

— Je vous écoute, madame... Montellieux, c'est ça ?

— Oui. Exact. Je me souviens que lors de son avant-dernière représentation à l'Écomusée de Pierre-de-Bresse, le 8 juin, il a reçu la visite d'un drôle de bonhomme. À mon sens, ce n'était pas un fan comme les autres.

— Quel genre avait-il ?

— Celui du loubard.

Francis se frotte le menton.

— Intéressant. Vous avez un nom ?

Carine rassemble ses souvenirs.

— Attendez ! Attendez, ça va me revenir... Oui, ça y est ! Charles m'a dit qu'il s'appelait Kevin... Kevin Dortier, artisan peintre.

À ce nom, Stan sursaute imperceptiblement.

— Ils ont eu des mots ?

— Pas vraiment. Mais il semblait lui en vouloir de ne pas l'avoir aidé à obtenir des marchés à la Mairie de Bletterans. Charles fait partie du conseil municipal, vous savez comment ça se passe...

Chantal s'invite dans la conversation.

— On ne s'attaque pas à quelqu'un uniquement pour ça, quand même !

— Détrompez-vous, madame, dans notre métier, tout est possible. Vous n'imaginez pas tout ce que l'on peut voir. Les gens sont capables de tout et, surtout, de n'importe quoi. Autre chose ?

— Ma foi, non, dit Chantal.

— Parfait. Laissez-moi quelques jours, et je vous rappelle.

— Vous acceptez, alors ? implore-t-elle en le prenant par le bras.

— J'ai besoin de temps.

Carine se lève. Denis la laisse passer. Elle s'immobilise puis se retourne soudain.

— J'oubliais. Ça n'a probablement aucune importance, mais...

— Tout a son importance, dites-moi, je vous écoute.

— Quand nous sortions, nous allions souvent danser.

— Où ?

— Au club « *L'Arcobaleno* ». Ça peut vous être utile ?

Francis se ferme brusquement. Il coule un regard entendu sur Stan qui hoche imperceptiblement la tête.

Un silence s'installe.

Les trois visiteurs ne savent plus trop quelle attitude adopter. Ils regardent fixement Francis qui semble comme perdu dans ses pensées.

Ils attendent.

— Madame Montellieux.

— Oui ?

— Votre fiancé joue-t-il ?

À la mine embarrassée de la jeune journaliste, Francis comprend immédiatement qu'il a vu juste.

— Poker ?

— Oui, avoue-t-elle timidement. Je l'ai conjuré des centaines de fois d'arrêter. Il me l'a promis.

— Il jouait de grosses sommes ?

— Oui, parfois. Il...

— Perdait souvent ?

Carine ne répond pas, se contentant seulement de hocher légèrement la tête, mal à l'aise.

Francis se redresse.

— Madame Letestud.

— Oui ?

— J'accepte de rechercher votre frère.

MAGENTA PRESSE LE MOUVEMENT ! ...

Jura, Lons-le-Saunier,
12 Rue du 44ème R.I.,
immeuble « *L'Argentelle* »,
agence de « *Mondial Protection* »,
mercredi 19 juin,
05 h 09

Depuis 5 heures du matin, profitant du silence indispensable à la concentration, Francis bosse comme un forcené sur les différents éléments de cette enquête à rebondissements. Ce qui, au départ, semblait comme une simple affaire de montages financiers crapuleux pour officialiser des ventes d'armes illicites se transformait, petit à petit, en un rébus mortel derrière lequel commençait à se dessiner le spectre terrifiant de la drogue à un niveau mondial.

Fidèle à son habitude, il rassemble un maximum de renseignements. Quitte à se battre contre ce redoutable fléau, autant en connaître tous les tenants et les aboutissants pour bien en comprendre la subtile mécanique, ne serait-ce que pour ne pas être pris au dépourvu. Par expérience, il sait que s'attaquer à des organisations aussi puissantes que très bien structurées comme celle qu'il a face à lui, n'est jamais une promenade de santé. La moindre erreur d'appréciation est synonyme de mort immédiate.

On ne revient pas en seconde semaine.
Jamais !

Sa recherche est en partie basée sur les éléments fournis par Mac Cabe et il s'intéresse tout particulièrement aux différents types de drogue qui circulent en ce moment dans la région.

La colombienne est industrielle. Elle donne des envies de meurtre et un sentiment d'invulnérabilité. Elle donne envie de danser, de faire l'amour mais rend très agressif, parano et méfiant. La bolivienne rend morose, triste, nostalgique et peut pousser les gens faibles au suicide. La péruvienne, poudre blanche nacrée, c'est la coke des intellos et de l'amour divin. Elle donne du tonus, de la joie de vivre et pousse à la méditation et au questionnement. La vénézuélienne, douce au goût, aérienne quand tu la sniffes a des effets uniquement dans le domaine sexuel. Elle est foudroyante et donne une énergie folle. Elle serait encore aujourd'hui inégalée. Brésilienne, chilienne ou même surinamienne ne sont que de pâles copies sans grand intérêt. La bolivienne, prisée des papes et du Vatican durant des siècles, rend triste, morose et philosophe.

Francis repose ses feuillets, songeur. Il pense à Mac Cabe. Comment un type qui a monté un dossier sur la drogue avec une telle minutie dans le détail a-t-il pu être déplacé aussi subitement par sa hiérarchie ?

Il a du mal à comprendre. A priori, avec tout ce qu'il a en main, Francis comprend que l'Américain n'était pas loin d'aboutir. Alors ?

Le jeu serait-il, comme malheureusement trop souvent, faussé ?

Francis se frotte le menton avant de reprendre la lecture du rapport de l'agent de la DEA.

À la fin des années 1990, selon le « *New York Times* », la CIA, malgré les objections de la DEA, a approuvé la livraison d'au moins une tonne de cocaïne pure à l'aéroport international de Miami comme moyen d'obtenir des informations sur des cartels de la drogue colombiens. Si les autorités sont parfois obligées d'infiltrer les organisations criminelles pour déjouer leurs plans, elles n'ont pas pour autant vocation d'aller dans leurs sens. Or, à ce sujet, les États-Unis joueraient double-jeu.

L'enquêteur s'interrompt et relève la tête.

Une piste qui expliquerait le retrait de Mac Cabe ?

Pourquoi pas !

D'autant plus que l'agent a souligné d'un trait rouge le dernier mot.

Curieux d'en apprendre davantage, il reprend avec intérêt sa lecture, car Mac Cabe a, à l'évidence, des soupçons.

Mais sur qui ?

Il ne donne aucun nom. Rien !

Cependant, il y a un péril autrement plus redoutable et dommageable que les truands : la corruption. C'est, en réalité, l'ennemi numéro 1 de la DEA. « *Une personne corrompue est un véritable danger* », affirme Thomas Pietschmann ([120]), agent de recherches à l'ONUD ([121]). Les filles de joie sont un des cadeaux favoris des cartels pour corrompre les agents. En mars

---

[120] Thomas Pietschmann est Autrichien. Après son doctorat à l'Université d'économie et d'administration des affaires de Vienne, il a travaillé dans la finance, analysant les marchés monétaires internationaux, avant de rejoindre le Programme des Nations Unies pour le développement industriel et, en 1993, le United Nations International Programme de contrôle des drogues (PNUCID), qui a ensuite fusionné avec le Programme de prévention du crime et de justice pénale Division de l'ONU qui deviendra l'Office pour le contrôle des drogues et la prévention du crime (1997) et, en 2002, l'Office des Nations Unies contre la drogue et le crime (ONUDC).

[121] L'Office des Nations Unies contre les Drogues et le Crime (*United Nations Office on Drugs and Crime*) est un organe du Secrétariat des Nations-Unies dont le siège est à l'Office des Nations-Unies de Vienne en Autriche. Fondé en 1997, par la fusion du Programme des Nations Unies pour le contrôle international des drogues (PNUCID) et du Centre pour la prévention internationale du crime des Nations unies (CPIC)' l'organe fut initialement appelé Bureau du contrôle des drogues et de la prévention du crime et rebaptisé en octobre 20002.

2015, sept membres de la DEA ont été suspendus entre deux et dix jours pour avoir pris part à des soirées « agitées » lors de missions en Colombie entre 2009 et 2012 ([122]). Si certains agents de la DEA se laissent séduire par les cadeaux des cartels à titre personnel, d'autres agissent dans l'intérêt et sur les ordres du gouvernement américain.

Francis remarque que Mac Cabe insiste tout particulièrement sur ce point. Ses phrases sont surlignées en rouge. Il affirme sans détours que la perpétuelle compromission des États-Unis dans la connexion narcotique globale, est une caractéristique et une cause intégrale d'une vaste machine de guerre: un système avec un but affirmé, centré sur l'accomplissement et le maintien de la domination des États-Unis sur le reste du monde.

Les yeux dans le vide, il se redresse en laissant doucement tomber les feuillets sur son bureau.

Aurait-on écarté l'agent de la DEA parce qu'il pointait du doigt d'un peu trop près les turpitudes de son organisation ?

Tout accrédite cette thèse. Surtout, ça expliquerait pourquoi Mac Cabe aurait refilé le bébé à Francis. Ne lui a-t-il pas dit qu'il était… libre ?

Francis secoue lentement la tête, se rendant soudain compte de l'immensité de sa tâche.

Si la tête pensante basée dans la région de Bletterans reçoit directement ses ordres des States, Francis se demande comment, dans ces conditions, il va bien pouvoir faire pour détruire cette organisation mafieuse.

En clair, comment va-t-il faire tomber ce Krammer ?

S'il est si bien protégé que cela, ça risque de se compliquer sérieusement pour lui et ses hommes.

---

[122] Authentique.

La surprise est totale pour Stan qui entre en sifflotant avec son air d'éternel vainqueur.

— Oooh ! Mais qu'est-ce que tu fous là ?

— Je bosse. Ça t'embête ?

Stan pose ses affaires, l'esprit en ébullition. Lui qui voulait épater son patron en lui faisant voir qu'il était toujours le premier au bureau, en est pour ses frais.

— Non, mais... enfin je veux dire... venir aussi tôt au burlingue. Tu es insomniaque ou quoi ?

Francis se redresse lentement en croisant les mains.

— Au cas où tu le ne saurais pas, nous avons une grosse affaire sur les bras. Alors, au lieu de me prélasser au lit, je préfère travailler. Tu sais très bien que le facteur temps est toujours un élément capital dans nos investigations.

— Ouais, mais...

— Prépare-moi un café. Bien chaud.

Stan reste aussi mutique qu'immobile.

— Alors, tu te bouges ? Et profites-en pour ranger cette magnifique corbeille de bouffe.

— Elle est bien là, non ?

— Non ! Je te connais. Sa vue risque de te déconcentrer, et j'ai besoin de toi à cent pour cent de tes capacités.

— À ce point ? s'étonne Stan en prenant la lourde panière.

MISE AU POINT ET DÉCISIONS ! ...

08 h 54

Au milieu des dossiers éparpillés un peu partout, des tasses de café à moitié vides et des incontournables pains au chocolat qu'affectionne tout particulièrement Stan, les privés ont mis les bouchées doubles pour faire un premier point sur les informations recueillies.

Francis a besoin de prendre un peu de recul afin de se faire une opinion plus précise sur la situation.

Surtout, il veut pouvoir évaluer le degré de dangerosité et d'implication des différents personnages qu'il envisage de rencontrer très rapidement et, en particulier, ce Franz Krammer.

En effet, tout semble converger sur son club « *L'Arcobaleno* ».

— Lippert y jouait. Letestud aussi. Ce n'est pas une coïncidence. Tu as pu avancer sur ce type ?

— Ouais. Alors. Krammer, Franz Krammer. Alsacien d'origine. Né le 14 août 1953, à Schiltigheim, banlieue de Strasbourg. À l'âge de neuf ans, il travaille déjà dans les mines de la région. À douze ans, il a compris qu'il ne fallait plus poser de questions stupides, et acquiert très vite une réputation de petit caïd violent et intraitable. Il se taille une solide réputation d'homme inflexible, impitoyable et aussi implacable que supérieurement intelligent. Son nom devient synonyme de meurtres et de violence. Il écume la région : cambriolages, casses, exhortions, chantages, lui ont valu de nombreux démêlés avec les flics. Purge plusieurs années de prison pour vol qualifié, coups et blessures, et proxénétisme aggravé à Paris. Sort de taule et disparaît des radars durant de nombreuses années avant de réapparaître, ici, en Bourgogne-Franche-Comté, il y a maintenant presque six ans.

— Combien de temps, cette... « disparition »?

— Environ dix à quinze ans.

Francis fait une moue de contrariété.

— Diable, ça fait un sacré trou. Tu n'as rien de plus précis ? Je n'aime pas ça. Les types qui n'ont pas de passé m'inquiètent toujours.

— Non. Le seul truc que j'ai pu dégotter, c'est qu'il aurait séjourné un temps assez long en Asie du Sud-Est.

— Tiens, c'est intéressant, ça.

— Pourquoi ?

— Ce coin du monde revient assez régulièrement sur le tapis dans cette enquête. Torello et Cermak fréquentent cette partie du monde. La sœur de Letestud aussi en tant qu'hôtesse de l'air et, maintenant, on apprend que Krammer y a été également.

— C'est peut-être une simple coïncidence.

— Peut-être... ou peut-être pas. Faudra approfondir. Il doit y avoir un lien. Essaie de croiser les dates et les lieux de passage de tout ce beau monde. Vois ce que ça donne. S'il y a quelque chose entre eux, je ne veux surtout pas passer à côté.

— OK, dit Stan en annotant son calepin.

— Quoi d'autre sur ce Krammer ? Comment est-il arrivé dans le Jura ?

— On le retrouve à nouveau à Paris quelque temps, puis il refait son apparition, ici, près de Bletterans. Il est le gérant du club de loisirs « *L'Arcobaleno* » depuis plus de cinq ans, maintenant.

— Donc, au moment de son installation ici. Curieux.

En même temps, Francis prend une grande brochure plastifiée vantant les bienfaits idylliques du club.

— Golf classique et minigolf, plusieurs piscines, courts de tennis couverts ou non, parcours de randonnées, accrobranches, murs d'escalade, tyrolienne, circuits pour moto cross, karting, bowling, dancings, plusieurs restaurants spécialisés chacun dans une cuisine du monde, salle de jeux... Ce n'est plus un parc de loisirs, c'est une usine. Ce genre d'établissement coûte plus qu'un simple saladier. On ne tombe pas du ciel, comme ça, avec en prime un aussi grand joujou. Tu as des infos sur le complexe ? Qui a financé ? Personnel ? Statut juridique ? Associés ?

— J'suis dessus, mais ça prend du temps.

— Je n'aime pas ce genre de réponse, tu le sais...Vois avec Fabrice à Genève. Bref ! ... C'est tout sur ce Krammer ?

— Non. Il dirigerait également une compagnie de taxis.

— Pardon !

— Comme je te le dis. Il a un réseau sur tout Lons-le-Saunier et sa proche région, également dans tous les grands centres, comme Dijon, Châlon, Arbois, Dôle, Champagnole, etc... et un autre réseau mais spécialisé en longue distance. Il se les fait en or.

— Tiens donc. C'est original. Si tout cela sert de couverture, il doit blanchir le fric de la drogue par le biais des taxis. Astucieux...

Francis s'immobilise soudain.

— Hooo, qu'est-ce qui se passe ?

— En parlant de taxi, ce serait quand même...

— Quoi ?

— Ce serait quand même extraordinaire s'il y avait un rapport avec ton enquête sur les attaques ciblées dont tu t'es occupé ces derniers mois.

— Tu veux dire que...

— Je ne sais pas encore, mais je pense qu'il serait intéressant de rouvrir tes dossiers et de les croiser avec notre enquête sur le réseau de Krammer. D'ici à ce qu'il veuille faire place nette en obligeant les chauffeurs de taxis à bosser pour lui, il y a un pas que je franchis allégrement. Ce ne serait pas du racket mais du chantage. Un simple et odieux chantage des plus classiques. Krammer voudrait contrôler tout ce secteur que je n'en serais pas autrement étonné. Tu approfondis. Question famille ?

— Que dalle. On lui prête pas mal d'aventures, mais aucune liaison fixe. Reste très discret sur ses activités comme sur sa vie privée. Je me suis cependant laissé dire qu'il cultiverait une passion dévorante pour les objets d'art, les bijoux, les tableaux...

Francis est à nouveau sceptique. Il prend la photo du gérant et l'examine attentivement. Il a de la peine à l'imaginer en collectionneur averti de chefs-d'œuvre.

Ça ne colle pas avec le bonhomme qui semble plutôt amateur de castagne que de beauté. Mais ne dit-on pas que l'habit ne fait pas le moine ?

— Un rapport avec cette Mitsy ?

— Pour le moment aucun.

— Sur la drogue ?

— Quelques rumeurs, mais rien de bien sérieux.

— Lebreton y a fait un paquet de perquisitions, ces derniers temps, ça m'étonnerait fort que ce soit pour le plaisir.

— Tu sais, dans ce genre d'établissement, c'est plus ou moins monnaie courante de voir circuler de la came en sous-main. Dès qu'il y a regroupement de personnes, la came n'est jamais bien loin, tu le sais bien. Toute la bourgeoisie de la région vient se divertir à « *L'Arcobaleno* ». Certains s'encanaillent et en profitent pour lier l'utile à l'agréable. C'est humain. Mais de là à en conclure que Krammer est derrière tout ce trafic, ça fait deux. Y a un brassage terrible là-dedans. Ça ne désemplit pas du matin au soir. De tout, tous les âges, femmes, hommes, vieux cons, petits intelligents, nains, moches, beaux, passe-partout, grands nigauds, glandus à pattes, riches hommes d'affaires, fauchés de naissance, femmes de ta vie et filles d'une nuit, tu as un panel sans commune mesure de toute la population française. Alors ! ... Si Krammer est derrière la vente de came, il a tout sous la main.

— C'est ce qu'il va nous falloir déterminer. Et rapidement. Surtout, je suis impatient de savoir comment, de simple statut de petit proxénète, ce type, surgi de nulle part, a pu devenir le gérant d'un complexe aussi grand. Il y a quelque chose qui n'est pas logique. Si le club est une couverture pour le trafic de cette nouvelle drogue, cette « *Divine* », qui est en train de dangereusement se développer à vitesse grand « V » dans la région, Krammer ne peut pas l'avoir monté tout seul. C'est impossible. Il n'a pas les épaules assez larges pour ça. Il a forcément des complices. Des associés très, très hauts placés, friqués et impitoyables.

— Qu'est-ce qui te fait penser ça ?

— J'ai eu tout le temps, cette nuit, de bien m'imprégner du dossier que nous a laissé Mac Cabe. D'après lui, il y aurait un ver dans le fruit.

— La DEA serait vérolée !

— En quelque sorte. Bon, ce n'est bien sûr qu'une hypothèse, mais elle a au moins le mérite d'expliquer le subit rapatriement de Mac Cabe, ce qui prouve aussi qu'il était sur la bonne piste, et pas loin d'aboutir. On en revient donc à ce Krammer. Mais ce n'est certainement qu'un exécuteur. Il faudra viser plus haut.

— Plus haut ! Si tu veux déclarer la guerre aux ripoux américains de la DEA, bonne chance. Déjà que déboulonner Krammer ne sera pas une mince affaire.

— Précise.

— Il semblerait qu'il arrose copieusement juges, avocats, flics, magistrats...

Francis fait la moue.

— C'est grave ce que tu dis. Tu as des preuves ?

— Directes, non. Mais à chaque fois que les flics font une descente au club, ils ne trouvent jamais rien. Une fois, dcux fois, je veux bien, mais quand ça arrive presque systématiquement, y a pas de lézards, Krammer est averti. Y a donc des taupes dans l'administration, ici même. De plus, les rares fois où Krammer a été inquiété, il est toujours ressorti du tribunal les cuisses propres. Il a curieusement un bataillon d'avocats qui se jettent immédiatement à son secours pour le tirer des griffes de la justice.

— Tu en es sûr ?

— Ce sont les faits. Bien sûr, on ne peut pas les retenir comme preuves en béton, mais on peut au moins s'appuyer dessus pour approfondir. C'est un malin, l'autre.

— Ouais ! Il fallait s'y attendre. Ça prouve que ceux qui dirigent tout ça en coulisse sont très puissants, financièrement à l'aise, et n'ont peur de rien ni de personne.

— On n'est pas de taille, Francis.

— Nous n'en sommes pas encore là. On va y aller pas à pas. Il sera toujours temps de laisser tomber si le jeu devient trop dangereux. Rien d'autre ?

— Si, ça.

Joignant le geste à la parole, Stan glisse un cliché en couleur sous les yeux de son ami.

— Qui sont ces charmants bambins ?

— C'est une photo prise l'été dernier au bord de la piscine du club. À gauche, le mec au moule-burnes particulièrement bien ajusté, c'est Kevin Dortier. J'ai tilté quand Carine en a parlé. C'est le garde du corps attitré de Krammer. Un précautionneux de la quéquette, selon certaines sources. On le surnomme « *Fornicator* ».

— Tout un programme.

— Tu m'étonnes. C'est un violeur, multirécidiviste, brutal et sadique. Pourtant, quand tu le vois, tu lui donnerais le bon Dieu sans confession. On dirait pas qu'il a une tête de violeur.

— Ils prennent souvent celle dont on se méfie le moins. Les autres ?

— Celui du milieu, souriant de toutes ses dents cariées, c'est Luc.

— Luc comment ?

— Selit. Luc Selit. Maquereau à la petite semaine. Plusieurs arrestations pour coups et blessures. Manie le flingue comme personne. Soupçonné de nombreux meurtres, mais jamais aucune preuve n'a été apportée. Les rares témoins ont tous eu de soudaines et opportunes pertes de mémoire.

— Comme c'est pratique. Et celui de droite ?

— Marco. Un dingue surnommé « *Taser* ».

— Taser ! Pittoresque !

— Parce que son joujou favori pour buter les gens, c'est le Taser. C'est un vrai con, mais qui a parfois, et malheureusement, des éclairs de lucidité. Il a construit son propre Taser.

— Je vois... avec des applications... disons... définitives.

— Exact. Il en jouit, paraît-il. Bref, Le Kevin, c'est le chef de ce trio de gorilles. Sur les trois, c'est lui qui a à-peu-près la lumière à tous les étages. Les deux autres ne sont que de sombres tarés congénitaux. Ils ont des hirondelles dans le beffroi. Ils tiennent une de ces couches... doivent avoir bien chaud l'hiver, les mecs. Bref ! Des purs miracles de la médecine.

— Pourquoi ?

— Ils vivent sans cerveau. Ils se sont probablement fracturé l'intelligence à la naissance. Ils ne connaissent rien d'autre que la castagne. Leur sens de l'humour est aussi inexistant que leur faculté à cogner est particulièrement développée avec un art consommé du raffinement pour faire souffrir. Surtout pour le plaisir. Ils sont totalement dépourvus autant de sens moral que de jugement. Ils font tout ce que Krammer leur ordonne. Le pire c'est ce Marco. Si j'avais sa gueule de poisson crevé, j'irais tout de suite la mettre au frigo.

— Stan, combien de fois t'ai-je dit de ne jamais sous-estimer tes adversaires ? Ce n'est pas parce qu'ils n'ont pas fait l'ENA que ce sont automatiquement des connards grandeur nature. Ne l'oublie jamais...

— Moi, ce qui m'hallucine, c'est comment de telles pourritures de raclures de bidet ont encore le droit d'exister ? Ellcs polluent notre atmosphère, ces ordures.

— Hélas, mon pauvre ami, tu l'as dit toi-même : Krammer est blindé de protections, donc... Ajoute à ça notre système judiciaire qui favorise plus les coupables que les victimes, et tu auras tout compris.

— Ouais, ben comprendre ne veut pas dire accepter... et heureusement ! M'en vais t'éradiquer toute cette racaille, moi !

— Non ! Pas question. Ce n'est pas encore le moment. Pour ça, il nous faut avoir des biscuits, et nous n'avons que dalle. Je te rappelle, en outre, que nous vivons dans un pays de droit. Tout homme, même la plus ignoble des crapules, a des droits. Que tu le veuilles ou non, c'est comme ça.

— De la merde, tout ça. Ces mecs n'ont qu'un seul droit : celui de se faire buter. Ma mère dit toujours que la mauvaise herbe, on l'arrache.

Francis secoue tristement la tête

— Ah mon ami, mon ami ! Si c'était aussi simple que cela...

— Y a qu'à faire simple, non ? Quand on veut on peut, et je trouve que nos hommes politiques, ils peuvent peu en ces temps incertains. La preuve, d'après un récent sondage publié par « *Valeurs Actuelles* », soixante-quinze pour cent des Français ne font plus confiance en l'État ni en la République. Quatre-vingt-huit pour cent rejette catégoriquement tous les partis politiques. Quatre-vingt-sept pour cent jugent que Macron n'a pas l'étoffe d'un Président. Soixante-et-un pour cent sont prêts à manifester alors qu'ils n'étaient que trente pour cent en 2010. Soixante-et-onze pour cent ne font plus confiance aux syndicats. Cinquante pour cent ne croient plus en la démocratie et souhaitent avoir à la tête du pays un homme au pouvoir personnel fort. Quarante-deux pour cent pensent même que l'armée devrait diriger le pays. C'est du jamais vu depuis plus de deux cents ans, et ça montre à quel point nos dirigeants sont totalement déconnectés de la réalité quotidienne. Trente pour cent estiment que Fillon est le mieux placé pour diriger le pays, ce n'est pas pour rien qu'on lui a bien savonné la planche aux dernières élections. Bref, il y en a soixante-dix-sept pour cent qui estiment qu'il y a trop d'immigrés en France et cinquante pour cent sont pour le rétablissement de la peine de mort, alors qu'ils n'étaient que trente-cinq pour cent en 2011 ([123]). Ça laisse à réfléchir, non ? C'est un véritable bouleversement d'opinion chez nos compatriotes. On voit bien, en tout cas, à quel degré de crise profonde et de désaffection de la classe dirigeante, nous ont menés la politique, et nos politiques, ces dernières décennies. Les Français ne veulent plus être gouvernés par des énarques, ni par des fonctionnaires.

Francis est sidéré. Il ne pensait pas son ami capable de s'enthousiasmer ainsi pour l'avenir de son pays. Quelque part, ça lui fait plaisir.

Mais il a d'autres urgences.

— OK, Stan. Je constate avec joie que, pour une fois que tu t'abonnes à un magazine d'informations, tu fais très fort, mais évite les emballements excessifs. C'est très bien, mais nous entrons là dans une autre discussion. On en reparlera quand tu veux. Pour le moment, évitons de nous éloigner de notre sujet, d'accord ?

À l'expression muette de Stan qui semble comme soulagé, il comprend qu'il peut continuer.

— Bon, récapitulons : nous allons devoir orienter nos investigations dans différentes directions en même temps. D'abord, le club et ses taxis. À ce propos, quand tu verras ton gars hospitalisé, montre-lui ta galerie de tueurs. S'il en reconnaît un nous aurons un début de rapport intéressant entre le trafic de Krammer et les agressions de chauffeurs. Ensuite cette mystérieuse Mitsy, puis notre duo de vieux truands sur le retour, Torello et Cermak, et en quatre, la disparition de Letestud. À mon sens, les quatre recherches ont toutes un seul dénominateur commun : le complexe de loisirs. Reste à déterminer le degré d'implication de chacune. Quels sont nos effectifs disponibles ?

— Ben, y a pas grand monde. Hervé et Fanny sont en stage à Rome. Ici, restent Basile, Mathieu et Florence. Ça va faire short !

Francis réfléchit.

---

[123] Authentique. Voir le numéro 4026 de « *Valeurs Actuelles* ». Ce sondage effectué par *Opinionway* a été largement passé sous silence par les médias. Et pour cause !

— Bon. Nous deux, on va s'occuper du club et de cette Mitsy. À mon avis, on la trouvera là-bas. Basile et Mathieu vont se charger de la disparition de Letestud. Je veux tout savoir sur Chantal, la sœur, Denis, son compagnon, et la future belle-sœur, cette Carine, la journaliste. Par contre, je me réserve la visite de la baraque du magicien.

— Pourquoi ? T'as peur que nos deux amis oublient quelque chose ? T'es vexant.

— Non, ce n'est pas ça du tout, je leur fais entièrement confiance. Je veux seulement leur faciliter les choses, ça nous fera toujours gagner un peu de temps pendant qu'ils se familiarisent avec les dossiers,

— C'est toi qui vois.

— En effet. Quant à Florence, elle n'est pas encore en mesure d'aller sur le terrain, elle assurera la permanence au bureau. Tu lui montreras comment fonctionnent les logiciels de recherches si elle n'est pas au top sur certains programmes. Elle s'occupera de collationner toutes les informations nécessaires aux différentes enquêtes. Il nous faut quelqu'un pour synthétiser tous les renseignements que nous rapporterons ou nous n'y arriverons jamais.

— Et nos deux truands ?

— Paris s'en occupera. Je veux du vingt-quatre sur vingt-quatre. Il est impératif de leur coller aux basques, jour et nuit. Je ne sais pas ce qu'ils ont à voir avec le club et le trafic de drogue, mais il n'y a que de cette façon qu'on découvrira leur degré d'implication dans cette affaire... pour autant qu'il y en ait un.

— En tout cas, le fait qu'ils aient bouffé avec Lippert le soir même de sa mort prouve bien que ces trois gaillards étaient en train de monter un coup tordu. En rapport avec le club ou non, ça...

— L'avenir nous le dira. C'est pour ça qu'il est absolument essentiel que nos gars à Paris ne les perdent pas de vue une seule seconde. Qu'ils écoutent également toutes leurs communications et interceptent leur courrier, mais discrètement. Il ne faut surtout pas leur mettre la puce à l'oreille.

— Putain ! Tu te rends compte du boulot ?

— Parfaitement. Et ils sont payés pour ça, je te le rappelle. Bon, trêve de bavardages. Tu passes les consignes. Débriefing, ici, dans ce bureau, tous les soirs, à dix-neuf heures trente. OK ?

— OK !

— Pour les Parisiens, je veux un rapport tous les jours par mail en fin de journée. Messagerie sécurisée. OK ?

— OK !

— Alors, exécution. On se réserve le droit de faire revenir Fanny et Hervé en renfort si besoin est, car j'ai la nette impression que ça risque de swinguer sévère assez rapidement.

— Le Gascon et Stéphanie ?

— Ils sont bien occupés à Genève en ce moment, mais, oui, pourquoi pas.

— Comme toujours, quoi ! Ferais mieux de m'acheter un caleçon en acier suédois, moi !

DISTRIBUTION DES RÔLES ! …

Jura, Lons-le-Saunier,
Restaurant « *L'Argentelle* »,
3 Avenue du Stade Municipal,
12 h 07

La salle est bruyante. Les rires gras ponctuent les dernières blagues à la mode, alors que des exclamations venant de la cuisine se font rudement entendre, trahissant une légère fébrilité parmi le personnel. Comme d'habitude, tout le monde veut être servi avant les autres.

Le restaurant « *L'Argentelle* » ([124]) est, comme d'habitude, plein à craquer. Stan est obligé de hausser le ton pour se faire entendre.

---

[124] À l'origine « *L'Argentelle* », était la buvette du club de la Boule Lyonnaise, fondé en 1908. Une table, deux chaises et quelques boissons vendues sur le bord du terrain au parc des thermes. En 1930, le club s'installe avenue du Stade Municipal ; la buvette également. Mais rapidement, le petit point de vente improvisé est dépassé par les quelque 200 licenciés du club. En mars 1956, « *L'Argentelle* » sort donc de terre ; une salle modeste d'abord, sans cuisine, dont les licenciés du club s'occupent à tour de rôle. Dès le départ, « *L'Argentelle* » a été ouvert aux personnes extérieures du club pour rapidement devenir un bar de quartier ; même si effectivement, jusque dans les années 70, le bar tournait bien grâce

— Bon. C'est pas tout, ça, mais comment tu comptes enquêter au club sans te faire remarquer ? Parce qu'avec nos gueules de jeunes premiers, Krammer et sa clique vont vite nous repérer quand on posera ici et là des questions.

— J'y ai bien pensé, figure-toi. Il ne faut surtout pas nous griller d'entrée de jeu. Et c'est là que tu interviens.

— Qui, moi ?

— À qui d'autre suis-je en train de parler, d'après toi ? ... Bon, alors écoute. Tu connais ce club ?

— Ouais. Comme tout le monde. J'y suis allé boire un coup, les doigts de pieds en éventail.

— Alors, cette fois, tu vas y aller autrement qu'en touriste du dimanche. Vas-y avec Renée-Charlotte. Vous jouerez aux amoureux transis...

— Ouais, ça, ça me va au poil !

— Laisse-moi terminer, tu veux bien ? Bon, une fois là-bas, promenez-vous au maximum. Faites comme si vous vous amusiez comme des petits fous, mais profitez-en pour repérer tout ce qui vous semble suspect, ou susceptible d'intérêt pour notre enquête.

— Comme quoi, par exemple. ?

— N'importe quoi d'insolite. Je ne sais pas... un bâtiment qui ne devrait pas être à tel endroit, ou trop petit, ou trop grand. Des mouvements suspects. Note tout. On fera le tri plus tard.

— OK ! Pour cette Mitsy ?

— J'allais y venir. Essaie de la trouver mais, surtout, surtout, ne montre pas sa photo à tout le monde. Mémorise son visage et tente de la localiser de cette façon, c'est tout. Je ne veux pas qu'on se fasse

---

aux boulistes. En 1965, l'établissement est mis en gérance afin d'ouvrir sur des plages horaires plus larges. Depuis, une dizaine de gérants se sont succédé à la tête du bar, entre 1 an pour les plus courts et 20 ans pour les plus longs. Dans les années 1990, « *L'Argentelle* » prend un nouveau tournant en devenant également un restaurant avec en moyenne chaque jour, une quarantaine de couverts essentiellement servis, aux salariés des administrations attenantes et aux ouvriers.

repérer en posant des questions trop directes et encore moins en promenant partout la tronche de cette femme.

— C'est bien comme ça que je l'entendais.

Plus dubitatif, Francis pose un regard appuyé sur son ami.

— Et si je la trouve ?

— Tu ne fais rien. Contente-toi juste de la localiser. Adresse, téléphone, numéro de téléphone ou de bagnole, je te laisse le choix, mais sois discret, très discret. Faut juste qu'on puisse la retrouver plus tard. Personnellement, ça m'étonnerait que tu lui tombes dessus comme ça, du premier coup. Enfin, avec un peu de chance...

— C'est enregistré.

— J'espère m'être bien fait comprendre.

— T'inquiète pas.

— Mémorisez bien tout le complexe de façon à pouvoir me faire un plan très détaillé quand vous reviendrez.

— Compte sur moi.

— Non ! Je compte sur vous. Inutile de te dire que je veux de la discrétion. Pas la peine de jouer aux matamores. Notre seul atout, c'est la discrétion. Plus on avancera ainsi, moins nous courons le risque d'un affrontement direct avec Krammer et ses hommes. Alors soyez vigilants. Discrétion absolue ! Pas d'initiatives intempestives !

— Comme si c'était mon...

— C'est ton habitude, justement. Vois tout de suite avec ton amie. Si vous pouviez y aller dès cette après-midi, ce serait bien.

— Je l'appelle tout de suite.

Stan se lève et sort du restaurant en actionnant son portable.

Francis en profite pour finir son entrecôte tout en jetant de brefs regards sur Stan qu'il entrevoit marcher de long en large.

À sa mine réjouie quand il rentre, l'enquêteur comprend tout de suite que Renée-Charlotte est d'accord.

— Alors ?

— Tout bon. Ça tombe bien, elle n'a rien à faire ces temps-ci. Je la retrouve d'ici dix minutes. Elle est ravie.

— Parfait. Alors, pas de connerie, hein ?

— Heu...

— Quoi, encore ?

— Question... soussous... on peut ? ...

Francis soupire longuement.

— Ouais. Mais pas illimité, compris ?

— Parfaitement. Et toi, quoi que tu fais ?

— Je vais jeter un œil dans la maison de notre magicien. Sa disparition m'interpelle. Elle a probablement un lien avec le club, mais je ne vois pas encore comment. J'espère découvrir un indice une fois chez lui. On se retrouve au bureau ce soir.

— Plutôt demain matin, non ? La nuit est plus propice à certaines révélations. Qui sait ?

Francis réfléchit.

— Entendu. Mais pas de zèle excessif. Ne joue surtout pas au con. Je ne veux que des renseignements. Donc, pas d'histoires.

— Tu me connais !

— Ouais, justement.

UNE VISITE INSTRUCTIVE ? ...

Jura, Bletterans,
Avenue Jean de Chalon-Arlay,
juste après « *Lidl* »,
domicile de Charles Letestud,
16 h 23

Francis se gare dans le renfoncement délimitant l'entrée de la propriété. D'un rapide coup d'œil exercé, il inspecte les lieux avant de franchir le portail.

Tout est calme.

Une fois dans l'allée gravillonnée, accompagné par le pépiement enjôleur des oiseaux sautillant d'arbres en arbres, tous les sens aux aguets, il essaie de comprendre ce qui s'est passé. On ne disparaît pas comme ça, surtout pas un type comme Letestud qui adore être sous les feux de l'actualité.

Grâce aux indications données par Chantal, la sœur, Francis trouve rapidement le double des clés caché sous un pot-de-fleur.

Après un rapide mais néanmoins minutieux contrôle des serrures, Francis constate qu'aucune effraction n'a eu lieu. Le nez en l'air, en tentant de s'orienter, il visite toutes les pièces les unes après les autres. Mais il ne décèle nulle part le moindre indice indiquant une lutte quelconque ou même un départ précipité.

Par contre, et ça, ça l'inquiète beaucoup plus, il a maintenant la conviction que toute la maison a été méthodiquement fouillée.

Par qui et pourquoi ?

Une fois dans le salon qu'il examine en dernier, assis, songeur, il tente de reconstituer les faits.

Pourquoi Letestud a-t-il disparu ? Craignait-il quelque chose ? Non, à en juger les derniers rapports. Problème d'argent ? La réponse est là aussi « non ». À l'aise financièrement, ce n'est pas de ce côté qu'il faut chercher. Des dettes_jeu ? Pourquoi pas, étant donné que, selon les dires de sa fiancée, Carine, il adorait jouer au poker. Où ? Dans le club de Krammer, justement. Seulement, il y a un « hic » de taille. Si Letestud lui devait de l'argent, quel aurait été l'intérêt de Krammer de tuer son débiteur ? Letestud mort, plus personne n'aurait pu le rembourser, et toujours selon Carine, il jouait gros.

Alors ?

S'agirait-il des bijoux de famille ?

Là encore Francis estime qu'il fait fausse route dans la mesure où toutes les pièces de la collection ont été inventoriées et mises à l'abri dans un coffre de la banque.

Non, il faut chercher ailleurs. Oui, mais où ?

Et quel peut être le rapport avec celui ou ceux qui ont fouillé la maison ?

Dépité, Francis se lève. Il laisse son regard errer quelques instants sur le décor de qualité qui compose la vaste pièce.

Soudain, il se fige.

Il se redresse vivement et gagne le grand fauteuil devant la cheminée éteinte.

Le cendrier qu'il a vu est plein.

Un parallèle évident entre les cendres trouvées dans l'appartement de Lippert lui vient automatiquement à l'esprit.

Le fumeur serait-il la même personne ?

Aurait-il aussi fouillé la maison ? Mais pourquoi ?

Il examine attentivement le cendrier plein mais, contrairement à ce qu'il espérait secrètement trouver, les cendres sont en vrac. Aucune n'est en forme circulaire. Non, rien à voir avec celles découvertes chez le trafiquant d'armes.

Ça ne dédouane pas pour autant ce fumeur en ce qui concerne cette mystérieuse fouille.

Il repose le cendrier, laisse échapper un long soupir, et sort rapidement. Sur la terrasse, il reste immobile quelques longues secondes, ne sachant trop quoi faire.

Puis, mu par un pressentiment, il dévale les quelques marches et commence à faire le tour de la maison, cherchant, fouillant sans trop savoir quoi. Il espère découvrir un indice.

Rapidement, il se retrouve au fond du jardin. Il aperçoit la grille fermée et s'en approche, attiré par le bruit cristallin de l'eau qu'il entend s'écouler derrière la haie.

Une fois devant la lourde grille en acier, il l'examine en faisant une moue de dépit en se demandant ce qu'il fiche ici.

Il a la nette impression de perdre son temps.

Tout à coup, son regard est attiré par un morceau d'étoffe accroché à l'un des barreaux.

Avec précaution, il le prend et l'examine longuement.

L'étoffe est de grande qualité, forcément coûteuse. Noire. Manifestement, elle provient d'un habit de soirée.

Francis fait la moue.

Qu'est-ce que ce morceau de tissu peut bien faire accroché à une grille ? Comment est-il arrivé là-haut ?

Le vent ? Non, impossible. L'étoffe était trop bien accrochée. Vu la position, elle a été arrachée quand quelqu'un essayait manifestement de passer par-dessus. Si l'hypothèse est exacte, alors qui tentait de franchir la grille par-dessus ? Entrait-il ou sortait-il ? Et pourquoi ?

Francis se gratte le crâne. D'un coup, voilà un bon nombre de question qui viennent alimenter son trouble. Il regarde longuement l'étoffe. À en juger par l'aspect, elle ne doit pas être là depuis longtemps, sinon elle serait beaucoup plus dégradée que cela.

Qui a essayé de franchir la grille sans l'ouvrir ?

Le propriétaire ?

Sûrement pas, car il aurait ouvert avec ses clés.

Pourtant, Francis n'est pas satisfait de son raisonnement. Il échafaude tout de suite une autre hypothèse tout en secouant la grille qui reste hermétiquement fermée.

Il est sûr, maintenant, que quelqu'un a essayé de passer par-dessus.

Se pourrait-il que ce morceau appartienne à un vêtement de Letestud ?

Et pourquoi pas, finalement ?

Ça signifierait qu'il n'a pas pu sortir ses clés. Les avait-il sur lui on non ? Ou bien plutôt, le magicien a essayé de passer par-dessus parce qu'il n'avait pas le temps de l'ouvrir. Voilà qui est plus sensé. Et dans quelle circonstance fait-on ce genre d'exercice ? Quand quelqu'un vous court après, et pas pour vous demander un autographe.

Voilà qui ouvre d'intéressantes perspectives.

D'abord, le faire analyser pour savoir à quel genre d'habit il peut appartenir. De cette expertise, il pourra plus facilement remonter jusqu'au propriétaire.

PREMIER BILAN ! ...

Jura, Commenailles,
maison de Francis,
jeudi 20 juin,
05 h 11

Mais qui peut bien carillonner de cette façon barbare aussi tôt le matin ? se demande Francis en titubant de sommeil vers la porte d'entrée.

Il a du mal à se réveiller. Surtout, il se demande ce qui peut bien se passer à une heure pareille.

Un doute sur ce qui a pu arriver à Stan lui traverse l'esprit.

Mais quand il aperçoit le visage fatigué, mais illuminé, de son adjoint accroché à sa porte, il se sent rassuré tout en redoutant quand même le pire.

Avec Stan, les choses ne peuvent jamais se dérouler tranquillement.

— Ça va pas de faire tout ce vacarme ? Tu veux réveiller tout le monde, ou quoi ?

— Ben t'es tout seul, non ?

— Ça va, ça va ! Ne reste pas là, entre. Où est Renée-Charlotte ?

— Elle roupille dans la bagnole.

— Tu n'as aucune pitié, toi. Va la chercher. Elle sera mieux dedans que recroquevillée dans ta caisse. On a beau être en juin, il fait encore frisquet le matin.

Quelques minutes plus tard, alors que Renée-Charlotte sombre à nouveau dans un sommeil aussi profond que très réparateur, les deux privés s'assoient dans la cuisine.

En baillant, Francis prépare du café.

— À voir ta tronche, tu n'as pas du boire que de l'eau, toi.

— Ben, tu sais ce que c'est.

— Ouais, surtout avec toi. J'ai déjà peur de la facture. Bon, alors ? Si tu es ici à pareille heure, c'est que tu as des informations intéressantes, j'imagine ?

— Tout bon. J'en ai même plusieurs.

— Je t'écoute. Essaie d'être concis, fait Francis en posant une tasse fumante devant Stan.

— Bon, le complexe est vraiment immense, on n'a pas pu en faire le tour complet et je crois même qu'il s'est encore agrandi. Je te ferai voir ça sur le plan au bureau.

— OK.

— Partout où nous sommes allés, j'ai repéré un impressionnant réseau de caméras de surveillance.

— Logique, non ?

— Oui, mais dans une telle proportion, ça l'est nettement moins. Sans compter qu'il y a aussi une armée de vigiles. Très discrets, les mecs, mais néanmoins bien présents à tous les coins des allées et des bâtiments. Il y en a beaucoup trop pour que ce soit de simples vigiles.

Attentif, Francis tient sa tasse entre ses deux paumes.

— Vigiles plus caméras, Krammer ne néglige rien. Il a manifestement quelque chose à cacher. Sous couvert d'assurer la sécurité de ses clients, il peut ainsi tenir à l'œil l'absolue totalité de ses installations. Parfait pour surveiller les allées et venues douteuses. Bien. Quoi d'autre ? Des gens suspects ? Des allées et venues bizarres ?

— Non. C'est la suprême astuce. Il y a un monde fou sans discontinuer. Entre les gosses, les flâneurs, les familles nombreuses, le vieux, les mômes, les couples et les voiturettes du golf, c'est une vraie marée humaine qui n'arrête pas une seule seconde de s'écouler d'un point à un autre du parc. C'est quasi impossible de suivre quelqu'un en particulier. Une telle cohue facilite grandement les mouvements illicites. C'est idéal. Le meilleur alibi. Le déserteur qui se cache au beau milieu du champ de bataille. L'arbre au milieu de la forêt. Imparable.

— En effet. Et c'est tout ?

— Non, j'ai remarqué que ses taxis venaient assez régulièrement.

— Logique, non ? Ils viennent prendre ou amener des clients.

— C'est ce que je me suis dit, mais ceux que j'ai vus étaient vides et repartaient... vides. Un vrai coup de bol, d'ailleurs.

— Tiens, c'est en effet curieux. Ce n'est pourtant pas leur garage ?

— Exact.

— Mais comment ? ... Je ne comprends pas. Les allées sont uniquement piétonnes, donc...

— Exact encore. Ils se garent tous sur le parking devant le bâtiment central, là où y a le bar, le dancing et les bureaux de Krammer, à l'étage. Il s'est construit une sorte de coupole au-dessus du dancing. Depuis sa baie vitrée, il peut tout surveiller. Bref ! J'en ai zyeuté un par pur hasard quand j'ai vu le chauffeur revenir et partir sans client. Ça m'a intrigué. Presque tout de suite après, un, puis deux taxis sont arrivés, et les chauffeurs ont fait exactement le même parcours. Alors, j'ai surveillé un peu plus attentivement le manège des trois autres qui suivaient dans un intervalle de vingt minutes environ.

— Et alors ? Quelque chose d'intéressant ?

— À toi de voir. Tous se sont rendus au même endroit. Ils y sont restés entre cinq et sept minutes avant de repartir comme ils étaient venus.

— Intéressant, en effet. Quel endroit ?

— Difficile à dire. Je n'ai pas voulu aller plus loin par sécurité. Par contre, je peux te dire que c'est un bâtiment très quelconque, genre central technique. Il se trouve loin de tout, au beau milieu de la nouvelle extension du complexe. Je te ferai voir sur le plan.

Stan s'interrompt et fixe son patron songeur.

— À quoi tu penses ?

— À rien en particulier. Je m'interroge, c'est tout. Je voudrais bien savoir à quoi rime ce manège de taxis... Bon, on verra ça plus tard. Autre chose ?

— Ouais. En fin de soirée on a pris position dans le bar. Situation éminemment stratégique s'il en est. On a repéré l'accès au central de surveillance. Y entrer ne sera pas facile du tout.

— J'espère ne pas en arriver là. Tu as rencontré du monde intéressant ?

— Et comment. Sur le coup des trois plombes, j'ai vu arriver Krammer et moule-burnes au pas de charge. A priori, Krammer était fou furieux. J'étais malheureusement trop loin pour entendre ce qu'ils se racontaient, mais ça avait l'air drôlement sérieux. Ça bardait sec ! D'après ce que j'ai pigé, ils en avaient après quelqu'un, mais qui... ça !

— Intéressant.

— C'est à ce moment que deux serveuses se sont pointées pour réclamer je ne sais trop quoi. Pas de bol pour les meufs. L'Alsacien les a envoyées chier avec la politesse qui sied à un maquereau de dixième zone... et devant tout le monde, en plus.

— Étrange, en effet. Pour qu'un type comme Krammer perde ainsi son sang-froid, devant témoins, c'est que son problème doit être grave. Va falloir en savoir davantage.

— J'ai peut-être un début de réponse. Après que Krammer et moule-burnes se soient tirés dans les parties privés, je me suis approché des deux nanas encore sous le choc. Je leur ai payé un verre pour leur remonter le moral et... on a logé ta Mitsy.

— Non ! Ça c'est du bol. Elle travaille au bar ?

— Non, non ! Ce sont les deux serveuses qui se sont épanchées sur mon épaule compatissante et rassurante... J'ai commencé à les draguer. Tu connais mon irrésistible manière de...

— Ça va, ça va ! Abrège.

— Bref, de fil en aiguille et de verre en verre, j'ai fini par comprendre qu'elles me parlaient d'une nana qu'elles n'avaient pas l'air de porter dans leur cœur.

— Mitsy.

— Non ! Une certaine madame Claudine Revallier.

— Je ne te suis plus, là. On parle de qui ?

— Madame Revallier est là comptable en chef de Krammer. Les deux serveuses râlaient, car leurs fiches de paye ne correspondaient pas à ce qu'elles s'attendaient à avoir gagné. Elles se sont pointées au mauvais moment.

— Oui, et alors ?

— Alors, madame Claudine Revallier c'est ta... Mitsy.

Francis écarquille les yeux.

— Comment...

— La description que m'en ont faite les deux nanas ne laisse aucun doute. La comptable et Mitsy ne sont qu'une seule et même personne.

— Tu es certain ?

— Aussi sûr que je m'appelle Stan.

— Une comptable, laisse tomber Francis les yeux dans le vide. Si je m'attendais à ça. Mais pourquoi Mitsy, alors ? Double vie ? Comptable le jour et entraîneuse la nuit ?

— Sûrement. Ça reste juste à définir, maintenant.

— Comment ça ?

— Ben, parce que j'ai réussi à te dégotter, non seulement son adresse, elle habite à Relans, mais aussi ça.

Fier comme un pape, Stan exhibe sous les yeux de son ami une enveloppe blanche moyen format.

— Les serveuses avaient en main leur fiche de paye dans ce genre d'enveloppe. Donc...

— Donc, il devrait logiquement y avoir les empreintes de la comptable dessus, conclut Francis qui n'en revient pas.

— Tu vas pouvoir vérifier l'identité de cette Revallier. Alors, j'suis pas génial, là ?

— J'avoue que tu m'épates sur ce coup.

— C'est pas pour rien que je suis SuperStan, non ? J'suis un vrai cador. Un génie à deux pattes !

Amusé, Francis sourit.

— Ne le dis surtout pas trop fort, on pourrait être tenté de se moquer de ta puissance de travail.

— Aaaah, c'est malin.

— Bref ! Nous avons du boulot sur la planche, non... Cador ?

À LA RECHERCHE DE LA « *DIVINE* » ! ...

Complexe de « *L'Arcobaleno* »,
08 h 12

Franz Krammer est assis. Nerveusement, il tapote sur son bureau, l'air visiblement à cran puis, songeur, caresse son mince collier de barbe noir.

La porte blindée s'ouvre dans un chuintement à peine perceptible.

Deux hommes entrent.

Kevin Dortier fait avancer un jeune type aussi grand qu'il est blond qui se tient manifestement aux aguets, mais sans manifester la moindre peur, ce que sa pâleur maladive pourrait laisser croire.

Le visage de Krammer s'illumine comme par magie. Lentement, il tourne son fin visage sur l'homme immobile au beau milieu de la pièce.

Après d'interminables minutes, il parle d'une voix amicale, presque chantante.

— Alors, Serge, comment vas-tu ?

— Ça va... ça va. Si tu voulais me voir, ce n'était pas la peine de m'envoyer Kevin. J'ai un portable...

— Auquel tu ne réponds pas souvent. Je dirais même auquel tu ne réponds plus du tout. Que dois-je en déduire ?

— Signe des temps. J'ai un boulot monstre, tu l'imagines bien.

Krammer le fixe étrangement.

— Ne reste pas planté là, comme un légume. Assieds-toi donc. De quoi as-tu peur ?

— De rien. Je devrais ?...

— Ne sommes-nous pas tes amis ?

— Si, si, bien sûr.

— Serge, les temps sont durs et les commandes n'attendent pas... Les clients s'impatientent et ce n'est jamais bon pour le business de faire attendre un client. Tu sais comment ils sont ? Toujours à râler pour un « oui » ou pour un « non ». Ils se plaignent sans cesse de la qualité. Ils ne sont jamais contents et si je ne fournis pas ce qu'ils demandent, ils iront voir ailleurs... Je vais bientôt être en rupture. Une semaine maximum. Il y a combien de temps déjà que je t'ai ordonné de m'apporter ce que j'ai acheté ?

— Quelques jours.

— Ce ne serait pas plutôt quelques semaines ? Depuis le 15 mai exactement.

Impassible, Serge dévisage Dortier puis Krammer. Il finit par sourire en coin.

— Franz, ce n'est pas aussi simple. Les flics deviennent de plus en plus soupçonneux et les contrôles s'intensifient drastiquement, tu en sais quelque chose. Il faut prendre de plus en plus de nouvelles mesures de sécurité, ça rallonge les délais. Tu sais bien qu'au niveau mondial, la culture du pavot à opium a diminué de six pour cent en 2003 ([125]). Elle est passée à cent soixante-neuf mille hectares, soit une production potentielle d'héroïne d'environ quatre cent quatre-vingt tonnes seulement. Elle s'étend aujourd'hui sur une superficie de quarante pour cent inférieure à celle du début des années 1990, qui était de deux cent soixante-dix mille hectares, je te le rappelle. Contre ça on ne peut rien. Au cours de la dernière décennie, la production a accusé un recul dans les zones de faible rendement d'opium de l'Asie du Sud-Est et une augmentation dans

---

[125] Authentique.

les zones de haut rendement d'Afghanistan. Depuis 2003, plus de quatre-vingt-dix pour cent de la culture de pavot à opium a eu lieu dans trois pays : Afghanistan, Myanmar et Laos ([126]).

— Inutile de me gonfler avec ces statistiques que je connais parfaitement. C'est pour ça que j'ai fait créer cette nouvelle dope. Elle va me permettre de m'étendre considérablement et de devenir le leader en la matière. Dès cet objectif atteint, plus personne ne pourra rien contre moi et on rampera pour acheter ma « *Divine* ».

— Les flics sont sur les dents et il faut faire gaffe pour le transport.

— Ça, ce n'est pas mon souci, c'est le tien. Je ne te paye pas une fortune pour t'entendre m'exposer des problèmes que je connais parfaitement. Je te paye pour me trouver des solutions.

— J'y travaille, Franz. J'y travaille.

— Pas assez vite à mon goût ! lâche soudain Krammer en se levant d'un coup.

Les deux hommes s'affrontent durement du regard.

— Je te donne dix jours pour m'amener la came.

Serge ne se laisse pas intimider. Il se lève aussi et pose ses deux mains bien à plat sur l'immense bureau de Krammer.

— À moi, personne ne dit « je te donne dix jours ». Enfin, Franz, que t'arrive-t-il ? C'est moi, Serge !

— Ce matin, tôt, j'ai eu la confirmation que ma hache n'était jamais arrivée… Tu joues à quoi, Serge ?

L'homme hausse les épaules.

— Et alors ? Je te l'ai déjà dit. Qu'est-ce que tu veux que j'y fasse ? Je suis aussi emmerdé que toi. J'ai aussi des pions dans ce marché ! Tu oublies que j'ai beaucoup à perdre dans cette histoire ?

— Plus que tu ne le penses, Serge, plus que tu ne le penses, précise curieusement Krammer en contournant son bureau pour s'approcher du caïd.

Celui-ci se redresse vivement.

---

[126] Authentique.

— Je t'ai déjà expliqué que mon contact avait mystérieusement disparu avant de me livrer…

— Mais bordel de merde, un pilote de ligne ne disparaît pas comme ça dans la nature ! s'insurge Krammer.

— C'est pourtant la triste vérité. Même Air France, son employeur, ne sait pas ce qu'il est devenu. Il ne répond nulle part. Il a bien fait la première livraison, début mai, tu as bien vu, quant à la seconde… J'ai cherché de partout, et rien, que dalle ! Je n'y comprends plus rien…

— Et moi, je te conseille de très vite comprendre. Jusqu'à maintenant, nous n'avions jamais eu aucun souci avec ton passeur. Tu as intérêt à me donner des explications valables… et rapidement.

— Franz, tu sais bien que je fais le maximum. À mon avis, il faudrait…

— Laisse-moi le soin de penser et contente-toi de faire ce que je te dis.

— Franz, tu ne peux pas…

— Toi, boucle-là, et écoute ! Cette camelote que j'ai payée, je la veux, tu entends, elle est à moi. Je la veux, ici, sous dix jours, sinon je te refroidis. Dans dix jours, je veux voir ma drogue là-dessus !

Ajoutant le geste à la parole, Krammer, le visage mauvais, pose brutalement son index sur son bureau en plantant un regard meurtrier sur son acolyte.

— Franz ! Nom de Dieu, tu sais qui je suis ? Tu sais que je suis toujours réglo avec les amis.

— C'est pour ça que je prends la peine de te prévenir. C'est à ça qu'on reconnaît les vrais amis, non ?

Serge ne dit rien. Il louche vers Kevin, histoire de vérifier à quel niveau se trouve sa main.

On ne sait jamais !

Les choses changent tellement vite en ce bas monde !

Serge ne veut pas en rester là.

— Enfin, Franz, rien ne t'empêche, déjà, de te servir de ce que je t'ai amené avec la première livraison.

Tu as assez dans le collier pour faire attendre tes clients quelques jours, le temps que je retrouve le pilote et…

— La ferme !

Krammer regarde ostensiblement sa montre.

— Dix jours, Serge. À ta place je ne perdrais pas mon temps.

Le caïd reste indécis quelques secondes, puis grogne et se dirige vers la grande porte.

Kevin s'avance pour lui ouvrir.

Serge va pour sortir quand une voix glaciale résonne dans son dos.

— Passé les dix jours, si je n'ai pas ma « *Divine* » sur mon bureau, Serge, commence par faire attention en t'endormant, le soir, tu pourrais bien ne pas te réveiller, le matin.

UN HOMME TRÈS SÛR DE LUI ! ...

Machinalement, Krammer prend une cigarette dans son présentoir en or massif et l'allume puis, d'un pas pressé, s'approche de l'immense baie vitrée semi-circulaire qui domine le bâtiment central de son complexe.

Il a toujours adoré les courbes.

De là, il peut voir presque tout son empire mais, surtout, il a une vue plongeante sur la route d'accès. Ça permet de prendre certaines dispositions en cas de...

Kevin s'est silencieusement approché de son patron.

Les deux hommes observent le dénommé Serge, escorté par un vigile, retourner à son véhicule puis disparaître vivement.

— Pourquoi lui avoir laissé dix jours ?

— Je pourrais te répondre « Pourquoi pas ? ».

— C'est risqué de lui laisser de la marge.

— Serge n'est pas un idiot et il sait où se trouve son intérêt. Il va me retrouver ma came. Jusqu'à présent, il a toujours été réglo.

— Et s'il avait décidé de vous doubler ?

— J'y ai pensé, figure-toi. Ça me trotte dans la tête depuis le début de cette affaire.

— Il détourne le deuxième envoi, garde la hache pour la revendre, élimine le passeur et...

— Aucune chance. Pour démultiplier la « *Divine* » à l'infini, il faut avoir des installations qu'il n'a pas et ne peut pas avoir. Il n'a pas les reins assez solides pour se les procurer. Non, rassure-toi, il va, maintenant, se sortir les doigts du cul. Une petite remontée de bretelles de temps à autre, c'est toujours bénéfique. Et puis j'ai besoin de ces dix jours pour finaliser mes accords.

— Le temps commence à manquer, patron, je...

— Je le sais parfaitement ! rugit Krammer. Serge ignore que nous n'avons pas non plus le premier envoi. Le collier a disparu, et je voudrais bien savoir où il est. C'est totalement inexplicable. Vous avez pourtant tout fouillé dans la baraque du magicien ?

— Bien sûr. On a tout vérifié. Des sols aux plafonds. Le collier est introuvable.

— Mais putain, il doit bien être quelque part ?

Un silence s'installe.

— Pourquoi ne lui avez-vous rien dit à ce sujet ? demande soudain Kevin.

— Pourquoi ? Mais tu es con ou quoi ? Serge est un ambitieux, il lorgne sur ma place et ne rêve que du jour où il pourra me la prendre. Si jamais je lui avais révélé que je n'avais pas le collier, ç'aurait été interprété comme un aveu de faiblesse, et tu sais aussi bien que moi ce que cela signifie dans notre métier. Non, je ne pouvais rien lui dire. Pour le moment, on ne change rien à nos plans. Je pars maintenant voir mes partenaires dans les autres régions limitrophes.

— OK ! Je vais préparer la voiture.

— Non ! Je pars seul, Kevin.

L'étonnement du truand fait vite place à une interrogation muette.

— Mais c'est dangereux, patron. Vous pouvez vous faire descendre et...

— Rassure-toi, je ne risque rien parce que personne n'y trouverait son intérêt. Je leur apporte à tous la solution à leurs problèmes logistiques. Ils seraient idiots de s'en prendre à l'homme qui leur apporte le salut, non ? ... D'ici six mois, nous aurons le plus grand réseau de taxis de l'hexagone et nous deviendrons immensément riches.

Kevin sourit timidement, moins convaincu de l'honnêteté de ses congénères.

À condition d'avoir les deux envois ! Et pour le moment, il n'a ni l'un ni l'autre, se dit-il avec angoisse. Le collier est introuvable et la hache a disparu avec le passeur.

Si ça ne sent pas l'entourloupe, ça...

— Et si...

Krammer lève sèchement le bras

— Ça suffit ! Je pars seul, je te laisse la boutique durant ces dix jours.

— OK !

— Tant que j'y pense, maintenant que nous sommes à deux doigts de la réussite finale, préviens le dispatcher de ne plus envoyer un seul taxi au complexe. Leur manège va finir par attirer les soupçons. Je ne veux rien qui puisse mettre en péril la dernière phase de notre opération. Tant que l'extension du laboratoire n'est pas terminée, je ne veux courir aucun risque.

— On va les ravitailler comment ?

— Ne t'inquiète pas, j'ai déjà pris des dispositions en ce sens.

Krammer s'amuse à faire des ronds de fumée. Il adore tout ce qui est circulaire et sourit d'aise en retournant à son bureau.

— Quoi de neuf autrement ? Le labo ?

— On devrait être dans les temps. Les gars bossent jour et nuit.

— Parfait. Tout est prêt pour les... payer ?

— Tout. Ils auront leur... compte.

Krammer ricane avant de tousser légèrement. Il éteint nerveusement sa cigarette et commence à ranger ses papiers, satisfait.

— Par contre, il y a un privé qui semble s'intéresser à nos affaires.

Krammer s'interrompt et lève un visage contrarié sur son gorille.

— Qui ?

— Un certain Magenta. Francis Magenta.

— Connais pas. Comment tu sais ça ?

— Par l'un de nos revendeurs de la Marjorie. Lui et ses copains l'ont choppé l'autre nuit sortant de l'appartement de Lippert. Malheureusement, il a réussi à leur échapper, mais ils ont fait disparaître sa caisse. Elle était enregistrée au nom d'une société de surveillance, « *Mondial Protection* », basée à Genève.

— Genève ! Diable, il est bien loin de ses terres, notre ami.

— Magenta a une agence à Lons-le-Saunier, ceci explique sans doute cela.

— Peut-être. En tout cas, ça n'explique pas ce qu'il fichait chez Lippert. Il a trouvé quelque chose pouvant nous relier à lui ?

— Non. Moussa et Karim ont jeté un œil dans l'appartement. Ils n'ont rien trouvé de suspect, mais le coffre était ouvert et totalement vide.

Krammer se frotte lentement le menton en s'adossant confortablement.

— Ennuyeux, ça.

— Je fais quoi ? Je l'efface ?

— Surtout pas ! Tu ne vas rien faire du tout. Laissons ce flic perdre son temps, mais surveille-le quand même. Et discrètement ! Lippert était loin d'être un imbécile, il n'a sûrement rien laissé chez lui de compromettant, mais on ne sait jamais. Nous sommes à deux doigts de réussir, alors il est inutile, comme je viens de te l'expliquer, de faire des vagues. Ce flic ne peut pas remonter jusqu'à nous, alors ce n'est pas la peine de lui en donner l'occasion. On ne bouge pas. On a assez d'emmerdements en ce moment sans en rajouter d'autres.

— Et si, par malheur...

Krammer ricane et regarde fixement son garde du corps.

— Tu es bien méfiant aujourd'hui.

— Vous me payez pour ça.

Le trafiquant éclate de rire.

— Exact. Eh bien, nous verrons tout cela à mon retour. La précipitation est toujours mauvaise conseillère. Si ce Magenta devient trop insistant, on le rencontrera et on discutera affaire. Tout homme a son prix. Il suffit seulement de bien l'estimer au premier coup d'œil et, à ce petit jeu, je suis le plus fort. L'argent est le dissolvant de conscience le plus efficace que je connaisse ... Pourquoi fais-tu cette tête ?

— D'accord avec vous, sauf que ce Magenta n'a pas la réputation de se laisser facilement influencer.

Krammer s'adosse à nouveau en ouvrant de grands yeux d'étonnement.

— Allons, Kevin, les Incorruptibles, c'est de l'histoire ancienne. Nous ne sommes plus à l'époque de la prohibition ([127]).

— Bien sûr, seulement c'est Magenta qui a détruit la Haute Loge ([128]) et abattu Sir John Philipps ([129]). On ne peut pas traiter avec ces gens-là.

Krammer perd d'un coup sa superbe et reste mutique de longues secondes.

Il a l'impression que le sort s'acharne sur lui.

Il réfléchit quelques minutes en tapotant mécaniquement des doigts sur le bureau. Il est contrarié.

— « *Mondial Protection* », mais oui, maintenant, ça me revient. Alors si ce que tu me dis est exact, il va falloir probablement envisager d'autres mesures.

— Ce genre de type est dangereux, patron. Très dangereux. Magenta a le complexe du héros, il faut toujours qu'il coffre quelqu'un.

— On verra ça calmement à mon retour. Contente-toi de le surveiller, c'est tout. Tant qu'on y est, d'autre joyeuseté de ce genre ?

---

[127] La prohibition désigne surtout la période de 1920 à 1933 aux États-Unis. Un amendement à la Constitution des États-Unis interdit la fabrication, le transport, la vente, l'importation et l'exportation de boissons alcoolisées. Si la prohibition atteint manifestement son objectif de réduction de la consommation d'alcool, en revanche, ses conséquences sur le taux de criminalité restent historiques. D'autres pays ont adopté des lois de prohibition similaires au début du 20ème siècle, notamment la Russie de 1914 à 1925 et la Finlande de 1919 à 1932. En Nouvelle-Zélande, en 1911, un référendum rejette la prohibition.

[128] Voir « *La loge des corrupteurs* ».

[129] Voir « *Le noyé de la Seille – Tome 1* » et *Crimes à Cluses – Tome 2* ».

— Letestud.

— Quoi, Letestud ? Il est mort Letestud.

— C'est sa sœur, Chantal. Elle remue ciel et terre pour le retrouver. Ça va faire des vagues, d'autant plus qu'elle est allée voir ce Magenta, justement. Il faut la stopper ! Je vais faire le nécessaire avec...

— Tu ne vas rien faire du tout ! explose soudain Krammer en se levant brusquement.

Il contourne vivement son bureau et se plante devant Dortier qui a un imperceptible mouvement de recul.

— Écoute-moi bien, sombre connard ! Je veux toujours le collier des Letestud. Je le veux et il sera à moi !

— Franz, laisse tomber ce collier. On a déjà perdu sa copie, comment crois-tu pouvoir récupérer l'original ? Ça t'avancera à quoi de l'avoir ? Tu en as déjà des tonnes et...

Kevin s'interrompt. Le regard de son patron lui fait soudain peur.

Krammer est à la limite de l'explosion. Il parle soudain sur un ton neutre qui augmente la trouille de son gorille.

— Si Marco n'avait pas joué au con avec son Taser de merde, à ce jour le magicien m'aurait remis « *Le Sourire du Monde* » et il trônerait maintenant dans ma collection. Au lieu de ça, le collier est actuellement bien au chaud, à l'abri, dans un coffre du Crédit Agricole de Bletterans.

— Vous voulez attaquer la banque !

— Laisse-moi terminer, abruti ! Tu me prends pour un idiot ? J'ai dit : « pas de vague » ! C'est pourtant clair, non ? Alors sors-toi de la tête toutes ces inepties d'attaques. On n'est plus au Far West. Letestud mort, il reste Chantal, sa sœur. C'est elle qui va me sortir le collier de la banque et me le remettre. Contente-toi de la filer comme je te l'ai ordonné, et quand je rentrerai on s'occupera de son cas. Si je ne m'abuse, elle a un compagnon, non ?

— Ouais. Un certain Denis. Un bouseux à la vue basse.

Krammer se calme soudain et sourit de toutes ses dents parfaitement blanches. Il prend fermement son gorille par les épaules.

— Eh bien, voilà qui est parfait. On fera pression sur elle grâce à son demeuré de mec. Elle aura bien trop la trouille qu'on le... « brutalise » un peu de trop, qu'elle ira immédiatement chercher le collier et me l'apportera bien gentiment.

— Et après ? Elle filera aussi sec voir les flics.

Krammer regarde longuement son garde du corps sans desserrer son étreinte. Il finit par sourire en coin et ricane longuement.

— Un accident de la route est si vite arrivé de nos jours, n'est-ce pas ?

Kevin ricane grassement, immédiatement imité par son patron en retournant à son bureau préparer son attaché-case en cuir noir.

— Bon, assez traîné, je dois partir... Au fait, c'est quoi cette histoire de paye erronée avec ces deux connasses ? Qu'est-ce qu'elle fout la Mitsy ? Depuis quand elle se plante ? Y a quelque chose qui passe plus ? Elle nous cherche des poux ? On n'a pas besoin de ça en ce moment.

— Non, non ! J'ai pas l'impression.

— Abruti ! Je n'attends pas de toi des « impressions », mais des certitudes. Elle fait quoi, alors ? Elle déconne ?

— Non, non, elle est clean, rassure-toi. On n'a rien découvert d'anormal dans son comportement.

Krammer ricane à nouveau.

— Je l'espère bien, sinon... tu sais ce qu'il te restera à faire. Bon, pour les payes de ces deux gourdes, tu m'arranges ça, et vite. Je ne veux pas de ce genre de problème ici, c'est mauvais pour le business.

— OK ! Ce sera fait. Compte sur moi, répond Kevin d'une voix lasse.

La réponse ne satisfait pas le truand.

Krammer retient son lieutenant d'une poigne de fer.

— Tu m'as l'air de prendre ça un peu trop à la légère, toi.

— Non, Franz, rassure-toi. Tu n'as pas à te tourmenter.

Krammer sourit largement en lâchant rudement Kevin.

— Aaah, mais moi, je n'ai pas à me tourmenter… Mais toi, si.

Dortier regarde son patron de travers, bouche ouverte.

— Si tu te plantes, tu souhaiteras n'être jamais né.

Seulement, nul ne connaissant l'avenir, Franz Krammer pas plus que les autres, son départ précipité va curieusement coïncider avec une cascade d'évènements dramatiques.

Un compte à rebours mortel vient de se déclencher !

POINT D'ÉTAPE PLUS QU'INTÉRESSANT ! ...

Jura, Lons-le-Saunier,
12 Rue du 44ème R.I.,
immeuble « *L'Argentelle* »,
agence de « *Mondial Protection* »,
vendredi 21 juin,
1er jour du compte à rebours,
21 h 43

— Bien. Un dernier effort, les gars. L'ultime dossier de la journée à voir. Basile, Mathieu. À vous. Du nouveau concernant Chantal Letestud ?

Les deux privés se concertent du regard. C'est Mathieu qui parle en prenant une profonde inspiration.

Tout le monde est vidé.

— On a fouillé sa vie. Je pense qu'il y a matière à éclaircir quelques points de l'enquête.

— Je t'écoute. Sois clair et concis.

— Chantal est la cadette de la famille. Elle est née deux ans après Charles. Brillantes études. Prend une année sabbatique avant de rentrer dans la vie active. Elle parcourt le monde et, tiens-toi bien, s'installe durant plusieurs mois en Asie du Sud-Est.

— Intéressant. Faudra m'approfondir ça. Je veux savoir ce qu'elle y a fait et qui elle fréquentait.

— C'est en cours.

— Parfait. Quoi d'autre ?

— Elle en revient en parlant parfaitement le mandarin ([130]). Après divers petits boulots sans importance particulière, elle renoue avec son frère et devient hôtesse de l'air sur des vols long courrier, en particulier sur...

— L'Asie du Sud-Est.

— Exactement. Le fait qu'elle parle parfaitement cette langue lui a ouvert beaucoup de portes.

— J'imagine facilement.

— Au niveau personnalité, c'est quelqu'un d'extrêmement secret. Très difficile de savoir ce qu'elle pense avec exactitude. Elle est particulièrement discrète.

— Des qualités appréciables pour un trafiquant. Faudra vérifier si elle a des contacts avec Krammer, et si oui, de quelle nature.

— C'est aussi en cours.

— Bien, bien. Niveau cœur ?

— Elle roucoule depuis quelque temps avec Denis Breillard, éleveur. C'est du tout neuf. En fait, c'est un ami d'enfance qui a toujours aimé en secret Chantal. Il l'a trouvé un jour devant sa porte.

— C'est étrange. Après la vie que j'imagine tourmentée qu'elle a dû mener, elle s'amourache d'un agriculteur. Tout le contraire. Une explication ?

— Peut-être. Ça reste à confirmer. D'après ce que l'on a trouvé, elle a eu un sacré nombre d'amants. Tous étaient plus ou moins des têtes brulées, des aventuriers, des marginaux en rupture avec le monde. À chaque fois, ça s'est très mal terminé. Flingage, séparation violente, coups et blessures, cavales, etc.

— Je vois. Elle en a fait le tour et finalement est revenue à la source. Je comprends mieux ce qu'un type comme ce Denis peut représenter pour elle. La stabilité, la sérénité, les nuits passées sans avoir à se demander si on verra le jour le lendemain. Ouais, arrivé à un certain âge, ça peut compter...

---

[130] Le mandarin fait partie des langues chinoises parlées dans le Nord-Est et le Sud-Ouest de la Chine continentale. C'est celle qui compte le plus grand nombre de locuteurs dans le monde.

Francis réfléchit. Ça se tient, mais il trouve quand même l'explication un peu courte. Elle lui apparaît aussi plausible qu'étrange.

— Mais tu m'as dit qu'elle n'était avec lui que depuis peu ? Pourquoi ?

— Son dernier amant en date a disparu depuis quelques semaines. Depuis le 14 mai, exactement. Il revenait de Hong Kong.

— Encore un, décidément, c'est une épidémie. On en sait un peu plus sur ce type ?

— Ouais. C'est un Franco-Canadien...

La porte s'ouvre d'un coup. Stan entre comme s'il avait vu le diable.

— Oh, mec ! Amène ta fraise, et fissa, j'ai du solide pour toi.

Francis respire profondément et se lève, légèrement agacé.

— Bon, les gars, assez pour aujourd'hui. Mathieu, laisse ton dossier sur mon bureau, je le regarderai à tête reposée. Allez, les amis, fichez-moi le camp, vous avez bien mérité un peu de repos. Je fermerai derrière vous. Pour demain, vous faites comme on a dit.

Les privés ne se le font pas dire deux fois. C'est avec des mines réjouies qu'ils quittent le bureau, harassés mais soulagés, en discutant avec animation.

Une fois partis, Francis attrape par le bras Stan qui trépigne d'impatience.

— Combien de fois, t'ai-je dit de toujours frapper à la porte d'un bureau avant d'entrer ? C'est vraiment dingue avec toi.

— Y a le feu au lac. Viens au labo, Florence a trouvé.

— Pour les empreintes de l'enveloppe ?

— Yes, mec ! C'est pour ça que ça urge, c'est du lourd. Du très, très lourd.

— Allons voir ça.

Rapidement, les deux amis se retrouvent dans le petit laboratoire où les attend la jeune femme.

— Alors ? demande Francis avec impatience.

— J'ai trouvé une concordance dans notre base de données, monsieur.

— Fais voir.

Florence tend son rapport. Francis le prend en s'asseyant.

Il le feuillète et, soudain.

— Ah oui ! Pour du lourd, c'est du lourd.

— J'te l'avais bien dit.

Radieux, Francis relève la tête vers la jeune femme.

— Florence, bravo ! Vous méritez d'être connue.

— Alors, tu vois bien que ça valait le coup, non ?

— En effet, Madame Claudine Revallier, née Josiane Lemberton, plus connue dans les années1980 dans les quartiers très chauds de Paris sous le prénom de… Mitsy !

— Elle est pas belle la vie ?

Francis réfléchit vite.

— Krammer est un ancien mac, c'est probablement dans la capitale qu'il a connu Mitsy. Il doit l'avoir reconnue ici, pour je ne sais quelle raison, et lui aura refilé le marché… sous peine de voir révéler au grand jour sa véritable activité dans les années 1980, ce qui aurait ruiné sa carrière d'expert-comptable.

— C'est sûr. Mais accroche-toi aux branches, y a encore mieux. J'ai examiné le dossier à fond. À un certain moment, Josiane a été prise en charge par les services sociaux de Paris. Elle était en piteux état. Elle en avait ramassé plein la gueule.

— Qui ?

— On sait pas trop. À l'époque, les flics ont classé l'affaire. Tu parles, ce genre d'explication de gravure, c'est malheureusement monnaie courante. Dans ce milieu, les ruptures conventionnelles à l'amiable, ça n'existe pas. Les mœurs ont conclu à une correction de la part de son mac, et basta. Bref, une des assistantes sociales l'a prise en sympathie, lui a fait reprendre ses études de comptabilité, et a réussi à lui faire quitter la capitale au nez et à la barbe de son souteneur…

— Krammer.

— Eh ben, non ! Y en avait un autre sur les rangs. Un autre qui est passé sous les radars des mœurs, car pas vraiment souteneur. Ce type était connu du Tout-Paris et, d'après ce que j'ai pu comprendre de certains articles de presse, il avait un gros penchant pour Mitsy. Tu piges ?

Francis fronce les sourcils puis ouvre brusquement les yeux.

— Ne me dit pas que…

Stan hoche violemment la tête.

— Lippert ! Gérald Lippert !

— Eh ouais, mon prince.

LES CHOSES COMMENCENT À PRENDRE TOURNURE ! ...

22 h 17

Assis maintenant à son bureau, Francis essaie de mettre de l'ordre dans ses raisonnements. Stan, effondré en face de lui, lorgne outrageusement sur la corbeille de bocaux apportés par l'agent de la DEA.

— Si je résume, voilà une information qui nous apprend beaucoup de choses, au moins deux, en tout cas, dans l'immédiat.

— Ouais, ça, c'est sûr.

— On sait maintenant pourquoi Lippert avait un cadre de Mitsy chez lui. Je pense, sans trop me tromper, qu'il l'a secrètement aimée et que s'il est revenu dans la région, c'est en partie pour la revoir. Ils devaient se rencontrer en secret ?

— C'est plus que probable. Peut-être même avaient-ils des projets pour l'avenir ?

— Deuxième point, Krammer a découvert que son ancienne gagneuse avait monté un cabinet d'expertise comptable très côté, ici, à Lons-le-Saunier. S'il avait dans l'idée de falsifier ses comptes pour engourdir le fisc, il tenait là la solution idéale pour le faire.

— En faisant chanter Mitsy, il la forçait à bidouiller les comptes du complexe. Si elle refusait, il n'aurait eu aucun scrupule à révéler son passé parisien sulfureux...

— Et adieu, clients, réputation, etc. Mitsy ne pouvait absolument pas abandonner tout ce qu'elle a probablement mis des années à construire avec une patience et une détermination sans faille de tous les instants. Elle n'avait plus le choix.

— Sans compter qu'elle avait refait sa vie. Son mari ne doit pas être au courant de son passé. La pauvre, elle doit être terrorisée à l'idée que toute cette merde ne lui explose à la figure. Comme tu dis, elle n'a pas le choix.

— Stan, va falloir très, très vite aller lui rendre une petite visite car, si jamais Krammer découvre que nous avons percé à jour l'identité réelle de sa comptable, tu penses bien qu'il ne va pas s'embarrasser longtemps d'un témoin aussi gênant. Il va tout faire pour la réduire au silence. Les morts ne parlent pas, c'est bien connu. Tu me programmes ça pour demain, s'il te plaît ? Si nous pouvons la gagner à notre cause moyennant une solide protection de notre part, elle nous fournira certainement des informations capitales propres à faire tomber toute l'organisation de Krammer. Elle doit forcément savoir ce qui se fricote derrière cette façade avenante. Elle doit être au courant pour la « *Divine* ». Elle doit savoir où elle est. C'est une évidence. Si elle nous parle, ça va être très chaud pour Krammer. Ça risque même d'être du définitif. En tout cas, on peut sûrement marquer quelques points.

— Il faudra faire gaffe. Krammer est très loin d'être un con. Il doit certainement la tenir sous surveillance permanente, justement pour éviter ce genre de péripéties. Ouais, faut se gaffer et faire très vite. Ça risque même de défourailler sévère si on s'y prend mal.

— S'il n'y a pas de risques, Stan, il n'y a pas de plaisir, ironise Francis.

— Alors à ce compte, travailler avec toi, c'est une partie de rigolade permanente.

— C'est clair. Chaque point gagné compte, Stan, alors prépare-moi tout ça aux petits oignons.

— Ça promet.

— Le rendez-vous d'abord, et autrement que par les voies habituelles, elle doit sûrement être sur écoute. Après tu peux rentrer.

— Et toi, quoi que tu fais ?

— J'ai encore le dossier de Mathieu à examiner, après je rentre me coucher, je suis vanné.

— Emmène-le à la maison, tu y seras toujours mieux qu'ici, non ? J'irais voir la Mitsy à la première heure, demain matin. De vive voix, c'est encore mieux.

— C'est samedi.

— Elle bosse. J'ai vérifié.

— Alors soit.

— Allez, on se casse, maintenant ?

Francis pèse le pour et le contre et, finalement, se rallie à la proposition de son ami.

— OK ! Allez, on se tire !

— Je t'accompagne, j'ai encore rien bouffé.

— Ah ! Je me disais bien aussi. Voilà pourquoi tu veux venir à la maison.

— Ben, ouais, j'ai une brusque envie de Spaghettis alla Carbonara. Des vrais, des uniques, des irremplaçables, des inimitables, comme toi seul sais les faire.

— Dis donc ! Tu as drôlement faim, toi.

Dans la Vanquish

Tandis que Francis conduit, Stan consulte avec intérêt le dossier sur Chantal Letestud laissé par Mathieu.

— Elle a eu une sacrée vie, la gonzesse.

— Certains ont une jeunesse plutôt mouvementée, elle n'échappe pas à la règle.

— Ça, pour avoir bourlingué, elle a drôlement bourlingué, la nana. Wouaaaah ! La vache !

— Pourquoi elle est là en ce moment ?

— Elle est en disponibilité.

— Curieux.

— Ça peut arriver, tu sais.

— D'un coup, comme ça. Pour quelqu'un habitué à bouger comme elle, je trouve ça curieux, c'est tout. Simple remarque. Avant que tu ne nous interrompes grossièrement, Mathieu allait me dire qui était l'ancien amant de Chantal. Tu y es ?

— Ouais, ouais, je suis pile sur le paragraphe en question.

— Et alors ?

— Elle était maqué avec un Franco-Canadien, un certain Kellam Stalmaster, pilote de ligne long courrier à Air France.

— Tiens donc. Et je te parie que sa ligne habituelle c'est l'Asie, non ?

— Du Sud-Est. Exact. Hong Kong pour être tout à fait précis.

Francis sourit en traversant Villevieux désert.

— Décidément, c'est fou ce qu'il y a de gens qui se promènent dans cette région du monde.

— Tiens, regarde, on a même sa tronche en couleur.

Tout en surveillant la route, Francis prend la photo et l'examine à la dérobée.

— C'est curieux, finit-il par dire à nouveau.

— Quoi donc ?

— Quand je compare cette parfaite gravure de mode avec Denis, le compagnon de Chantal, j'ai du mal à comprendre comment elle a pu plaquer un type pareil pour s'enticher d'un agriculteur ? Je ne mets aucunement en doute les qualités de ce Denis, mais entre les deux hommes, il n'y a pas photo, si je puis dire. Il n'y a aucune comparaison possible.

— L'amour prend, parfois, des détours que seule la logique illogique peut expliquer.

— Ça va, arrête ta philosophie à deux balles. On a, d'un côté, une femme plutôt canon, pleine de vie, qui aspire à bouffer le monde entier, qui vit à deux cents à l'heure avec des types qui sont plus des têtes brulées que des énarques en costume trois pièces, et voilà que, d'un coup, elle laisse tout tomber pour retourner aux sources et s'enterrer à la campagne avec un éleveur.

— Ça peut arriver.

— Ça peut, en effet, mais ça me laisse quand même un poil rêveur.

Le même sentiment d'inexplicable que celui ressenti au bureau le saisit à nouveau.

— Colle-moi une table d'écoute sur Chantal. Fixe et portable.

— On n'a pas assez de monde et...

— Refile le bébé aux gars de Genève. Je veux en savoir plus sur cette fille. Un tel grand écart mérite un approfondissement. Essaie également d'en savoir davantage sur ce type et, surtout, pourquoi et quand il a disparu. Tout cela ne me dit rien qui vaille. Je trouve qu'il y a un peu trop de disparitions dans cette affaire.

— Et quelque chose te dit qu'elles pourraient être toutes liées les unes aux autres par le complexe de « *L'Arcobaleno* », non ?

— Bingo ! Tu te rends compte de ce qu'avoir un type comme ce Stalmaster dans ses petits papiers représente comme avantage pour un gars comme Krammer ? Un pilote de ligne passe, presque partout, inaperçu. C'est l'idéal pour trimbaler de la came en toute illégalité. Faut en savoir davantage, ça devient prioritaire. Une petite visite à Chantal Letestud me paraît indispensable, maintenant. Il va falloir qu'elle parle. On ne me fera pas croire qu'elle n'est pas au courant de quelque chose, même involontairement. Elle doit certainement avoir des indices à nous fournir. Faudrait aussi découvrir comment ils se sont connus, ce qu'ils ont fait ensemble et, surtout, où et avec qui.

— Ils faisaient sûrement partie du même équipage. Tu connais la réputation des pilotes ? Des tombeurs de meufs.

— C'est très probable. Essaie d'en savoir plus. Il faut chercher en profondeur. Soit ces deux-là sont complices dans le trafic de came de Krammer, soit le Franco-Canadien l'a manipulée. Les paris sont ouverts, mais quoiqu'il en soit, faut accélérer le tempo.

LE RENDEZ-VOUS DU SOULAGEMENT ! …

Jura, Relans,
à l'étang d'Antoine,
domicile de Mitsy,
2ème jour du compte à rebours,
samedi 22 juin,
22 h 44

Nichée non loin de l'étang d'Antoine, au beau milieu d'un bois aussi verdoyant que rempli de pépiements d'oiseaux le jour, Francis note que la nuit, la féerie est bien différente mais tout aussi charmante. Il a laissé Stan dehors avec ordre de veiller au grain. Il se méfie des réactions de Krammer.

Francis remonte la petite allée gravillonnée. La maison de Mitsy est à quelques mètres. Il la trouve très coquette, et entretenue avec soin et amour. Le souci du détail lui apparaît immédiatement.

L'ancienne prostituée devenue expert-comptable à force d'efforts et d'opiniâtreté, le fait entrer sans attendre. Malgré les outrages du temps, elle porte encore bien ses soixante printemps. Sa force de caractère doit y être pour beaucoup. Certaines femmes refusent de se laisser submerger par l'adversité, et Mitsy, qui a lutté toute sa vie pour obtenir le droit d'exister, est l'exemple frappant de cet état de fait.

Il la sent quelque peu tendue mais, en même temps, impatiente de parler, comme le lui avait laissé entendre Stan. Il avait été surpris de sa réaction quand il était venu lui proposer ce rendez-vous. Sa promptitude à collaborer l'avait en effet surpris. À l'évidence, le poids du passé semble devenir de plus en plus insoutenable à porter.

Ça devrait donc bien se passer.

Ça allait même se passer au-delà de toutes ses espérances, car Francis était très loin d'imaginer que son enquête allait prendre un tournant totalement inattendu.

L'intérieur est à l'image de l'extérieur. À l'entretien méticuleux évident des meubles, on devine un souci des choses, une connaissance accrue de la valeur de celles-ci, une dure vie de labeur. Chaque objet acquis a dû l'être au prix d'un travail harassant minutieusement planifié.

Plusieurs photos du mari trônent un peu partout. Il le décrit comme un bosseur, sérieux, probablement honnête et ayant des valeurs. Ce n'est quand même pas un naïf à voir la collection de trophées de chasse qui s'étale sur d'autres clichés. C'est un homme brut de décoffrage.

Roger Revallier est chef d'équipe de nuit à l'usine de fromage « *La Vache qui rit* » ([131]) de 22 heures à 06 heures. De cette façon, elle a préféré rencontrer le privé après son départ pour lui éviter un déballage prématuré et, surtout, contrariant.

---

[131] « *La vache qui rit* » est une marque commerciale désignant un mélange de fromages fondus de fabrication industrielle de la société Fromageries Bel à Lons-le-Saunier (Jura). Cette marque de fromage de type tartinette est connue pour sa boîte ronde illustrée qui représente une vache hilare portant des boucles d'oreille constituées de boîtes de « *Vache qui rit* ». Connue dans le monde entier, elle a également inspiré de nombreux médias, notamment chez les dessinateurs et affichistes.

Il examine rapidement la grande pièce. Sobrement décorée, il devine un souci de l'agencement alliant le fonctionnel au bien-être. La salle à manger d'un côté, le salon de l'autre. Deux canapés légèrement en travers afin que chacun puisse voir la cheminée.

Une maison ordinaire pour des gens ordinaires, mais travailleurs.

Après les banalités d'usage, Francis entre dans le vif du sujet.

— Mon adjoint vous a dit ce qu'il en était ?

— Oui. Je dois vous avouer que ça fait des années que je m'attendais à ce genre de visite. Au fond, c'est peut-être mieux ainsi. J'ai conscience d'être dans une nasse dont le cordon se refermerait irrésistiblement autour de mon cou. Je sais que je n'échapperai pas à mon destin. Qu'en pensez-vous ?

Elle sonde quand même le privé, histoire de se donner une certaine visibilité.

— Je ne suis pas là pour juger de votre vie, elle vous appartient, et j'ajouterai que c'est une affaire entre vous et votre conscience… et lui aussi.

D'un bref mouvement du menton, il indique la photo du mari.

Mitsy sourit en coin.

— Entre faire sa vie et refaire sa vie, il y a une belle différence, voyez-vous. J'ai trimé comme jamais personne ne l'a fait pour se reconstruire.

— C'est tout à votre honneur.

— Si j'en suis arrivée là, c'est grâce à mon obstination, à mon travail. Durant de longues années, je pensais ne jamais pouvoir me débarrasser de toutes ces mains qui se sont posées sur mon corps. Vous ne pouvez pas imaginer le nombre de douches que je prenais par jour, mais j'avais en permanence ce goût nauséeux dans la bouche, cette sale impression repoussante et dégueulasse de tous ces types sur moi. Ça en devenait presque une obsession au point que seul le travail me permettait de tenir la tête hors de l'eau. Enfin, je crois. Aujourd'hui encore, il m'arrive parfois, et heureusement, de ressentir ces gestes profanateurs, mais cette sensation indélébile ne partira jamais. Quand j'ai rencontré Roger, j'ai vécu des moments inoubliables, mais je savais que je devais me contenter seulement de ce que je pouvais avoir. Il me manquait quelque chose. Avec le temps, j'ai appris plus à l'apprécier sincèrement qu'à l'aimer réellement puis, au fil des années, je me suis habituée. On se fait à tout, vous savez. Peut-être, finalement, n'ai-je droit qu'à ce genre de bonheur insipide ?

— Ne dites pas ça. Maintenant, on va tout faire pour que ça change. Faites-moi confiance.

— Vous ? ... Vous croyez vraiment que...

— Bien sûr ! Tant qu'il y a de la vie, il y a de l'espoir. Il m'est arrivé, à moi aussi, d'être au trente-sixième dessous ([132]), de penser même au suicide et, pourtant, à force d'y croire et de me battre, je me suis relevé. Il vous arrivera la même chose, soyez-en sûre. Soyez-en convaincue.

Elle le dévisage curieusement et finit par lui sourire chaleureusement. Son visage dur semble soudain s'illuminer. Elle se métamorphose.

— Vous me raconterez ?

— Bien sûr, mais pas maintenant.

Ils se sourient à nouveau, puis Francis reprend.

— Et soudain Lippert est réapparu dans votre vie. Exact ?

— Parfaitement exact. Ça a été comme un choc, une révélation. C'est à cet instant précis que j'ai compris qu'il était le seul homme que je n'ai jamais aimé de toute ma vie. Seulement, il était trop tard. Beaucoup trop tard.

— Vous vous êtes néanmoins revus ?

— Plusieurs fois, d'abord sporadiquement, puis de plus en plus fréquemment. C'était comme un fil invisible qui nous attirait irrésistiblement l'un vers l'autre.

— De quoi perdre facilement pied, n'est-ce pas ?

---

[132] Voir « *Les démons du Vuache* », « *Bellegarde-sur-Meurtres* » et « *Le mort de la Semine* ».

— Vous n'imaginez pas à quel point. Mais que pouvions-nous faire ? Plutôt, que pouvais-je faire, moi ? J'étais pieds et poings liés par Krammer.

— Votre ancien souteneur.

— Hélas, oui. Pour mon malheur. Gérald a réveillé tellement de choses en moi que je croyais ne plus jamais ressentir. C'était magnifique.

— À l'époque parisienne, Lippert vous fournissait la dope ?

— Oui. Ça m'aidait beaucoup à tenir. Vous n'avez pas idée de la vie qu'on menait en ce temps-là. Mais très vite, il a décidé de m'accompagner en m'encourageant à me sevrer. J'ai commencé alors à me rebeller, mais je n'avais pas compris que Gérald m'aimait. Je pensais surtout que j'étais tombée sur un type un peu idéaliste qui voulait se donner bonne conscience en m'aidant. C'est tout. Je pensais même me servir de lui. Comme j'ai pu être naïve.

— Ne vous en veuillez pas. C'est normal, vous étiez prise dans un engrenage infernal.

Mitsy hoche la tête, les yeux dans le vague. Visiblement, revivre ces moments lui sont très douloureux.

— Voyez-vous, c'est là tout le drame de ma vie. J'étais tellement dans la dope et le sexe, que je n'ai pas *su*, ou *voulu* voir, qu'il était là uniquement pour moi, à mes côtés. Contrairement à tous les autres types, il me regardait sans me juger, me prenant simplement pour ce que j'étais. Avec le temps, j'ai enfin compris que ça, je n'avais pas *pu* le voir. Seulement c'était trop tard. Gérald et moi, finalement, on s'est toujours croisés. Quand il était prêt, je ne l'étais pas. Quand j'avais besoin de lui, il n'était pas là. Quand j'ai été enfin prête, il n'était plus là. J'ai alors pris conscience que j'avais passé ma vie à la gâcher… Bref, quand cette femme des services sociaux m'a aidée…

— C'est Krammer qui vous tabassait ?

— Bien sûr. Il prenait même un malin plaisir à le faire. C'est un sadique. Il s'amusait à nous faire des marques avec ses cigarettes. Un sadique de merde. Si j'avais pu le tuer…

— Là, vous auriez vraiment gâché votre vie. Et pour un type qui ne vaut même pas le prix de la corde qui le pendra.

— Vous avez probablement raison. L'assistante sociale a prévenu discrètement Gérald qui la fournissait également. Il a tout payé, même mon départ de Paris. Il connaissait plus ou moins Krammer, et grâce à El Loco, il a fait en sorte qu'il finisse en taule et qu'il m'oublie.

— Ça explique beaucoup de choses, maintenant. Une question.

— Oui.

— Krammer a-t-il su qu'il devait sa chute à Lippert ?

— Non. Pensez-vous. Si jamais il l'avait su, Gérald était un homme mort. Krammer a des appuis au plus haut niveau dans certains ministères, encore aujourd'hui. Quand on fournit des femmes comme moi, on se fait immanquablement de solides débiteurs. La plupart de ces jouisseurs d'État sont prêts à tout pour protéger leurs vices et leurs turpitudes. C'est à vomir.

— Et El Loco ?

— Aaah, lui, il est mort dans un accident de la route, juste après l'incarcération de Gérald, de nombreuses années plus tard.

— Où était à ce moment-là Krammer ?

— Il avait disparu depuis longtemps de la circulation. On ne parlait même plus de lui. Mais selon certaines indiscrétions... féminines assez proches, il serait revenu opportunément régler ses comptes.

— Pourquoi ne suis-je pas étonné. Bien entendu, aucune preuve ?

— Aucune. Mais je suis certaine qu'El Loco a été balancé. Heureusement, Gérald est passé au travers des mailles du filet.

Un silence s'installe. Francis laisse passer un peu de temps. Il voit bien que l'ancienne prostituée a du mal à parler de tout cela. Il doit y aller en douceur. Certaines vérités sont difficiles à admettre, surtout quand vous essayez de les enfouir au plus profond de vous-même depuis tant d'années. Seulement, on ne résiste jamais bien longtemps à ce genre de tourment permanent. Ça vous use, ça vous épuise, ça vous rend amer. Ça peut même vous conduire au suicide. Mais pas Mitsy. Elle a une telle force de caractère qu'il la voit mal en arriver à cette extrémité.

Il l'observe attentivement et il la devine soulagée. De se livrer lui est grandement bénéfique, d'autant plus qu'elle le fait facilement devant un « étranger », signe évident qu'elle allait vraiment craquer d'ici peu avec toutes les conséquences désastreuses, si ce n'est irrémédiables, qui allaient en découler.

Elle est visiblement au bout du rouleau et probablement prête à se raccrocher à la moindre bouée.

Se savoir coincée par Krammer et, en même temps, retrouver son unique amour, ça commençait vraiment à faire trop à gérer au quotidien pour elle.

— Que pouvez-vous me dire sur Lippert ?
— À quel sujet ?
— La drogue. Il y touchait toujours ?

LIPPERT AVAIT-IL REPLONGÉ ? ...

Elle secoue négativement la tête alors que ses yeux se mettent curieusement à briller.

— Non ! Il en était sorti de toute cette merde. Si, au début, elle lui avait permis de vivre comme un nabab, il s'était finalement rendu compte que sa vie était plus belle avant qu'il n'y touche vraiment. Elle est devenue un véritable enfer dès ce moment, mais il ne le réalisait pas encore. Quand on baigne dans l'opulence, que vous menez une vie de prince, entouré et adulé par les plus belles filles du monde, habillé par les plus grands couturiers, roulant dans les plus belles voitures de luxe qui soient, mangeant dans les plus grands restaurants, et que tout vous réussit, pourquoi se poser des questions ? Pourquoi prêter attention à cette petite voix interne qui vous alerte en permanence ? Non, on se croit toujours le plus fort, mais ce n'est qu'une illusion. Comme pour moi, cette plongée dans la mort lente n'a été qu'une succession de dérapages, d'écarts dramatiques, d'erreurs terribles et de mauvais choix. Plonger le nez dans l'héroïne ou la cocaïne n'a pas été une bonne décision. Cette saloperie nous a abîmé la santé, mais nous a finalement ouvert les yeux sur ce monde abject, pourri jusqu'à la moelle et totalement régi par les apparences. C'est un monde pire que le virtuel. Tout y est faux mais savamment masqué. L'argent facile et le pouvoir ont ce don effrayant de cacher toutes les turpitudes, d'effacer toutes les questions gênantes, de rendre tous les maux supportables. Alors, non, monsieur Magenta, Gérald n'a jamais replongé dans le trafic de drogue. Même après ses années de prison, il a tenu bon. Les rencontres dans les geôles françaises sont plus souvent nocives, pour ne pas dire nuisibles, tant il est vrai que très souvent elles se finissent très mal. Gérald, lui, a tenu bon. Il s'en est sorti.

— Il avait pourtant un appartement dans un coin peuplé de plein de petits dealers. Ça donne à réfléchir, non ?

— Oui. Je lui avais dit que c'était une erreur, mais Gérald n'a rien voulu savoir. Il disait que, justement, ça lui permettait de cacher sa véritable activité.

— Les armes, bien sûr.

— Oui. Et puis il savait que son habitation serait protégée en permanence par les petits caïds du quartier qu'il s'était donné pour mission de sortir de la dope.

— Louable intention.

— Une grosse bêtise selon moi. Vous les avez vus, tous ces petits trous du cul ? Rien à en tirer ! Ils dégueulent sur tout et tout le monde. Ils sont fichus. Je n'aimais pas aller le voir chez lui. Je n'y suis allée qu'une seule fois, et encore je m'étais complétement grimée. Krammer a des yeux et des oreilles de partout, il aurait vite été au courant de notre liaison, et ça, il n'en était absolument pas question.

Francis se tapote le bout des doigts, cherchant comment continuer.

— Deux ou trois heures avant de se faire assassiner, Lippert a dîné avec deux anciens truands à « *L'Auberge du Roc* ». L'un d'eux s'appelle Torello.

— Je le connais. Gérald me l'a présentc à l'époquc où il dealait. Un chimiste hors-pair que tous les gros trafiquants s'arrachaient. Il n'y en avait pas deux sur la place pour couper la cocaïne comme lui. Mais je ne l'ai jamais aimé, ce « *Jo la Seringue* », c'est un vicieux, un tordu. Lui et son ombre, Cermak, fricotaient avec El Loco, le patron du Tout-Paris.

— Savez-vous pourquoi votre ami les a revus ? Ils préparaient quelque chose ensemble ?

Josiane Lemberton secoue fermement la tête.

— Même si Gérald me faisait totalement confiance, il gardait une grande part de mystère. Il cultivait même cette facette de sa personnalité.

— En effet, c'est ce qui ressort de notre enquête.

— Ce que je sais, c'est que lui et ces deux-là étaient assez proches. On les disait même très amis. Quant au but de cette réunion, je ne pourrai pas vous en dire plus. Par contre, pour ce qui est de « remettre le couvert » avec ses deux anciens amis de l'époque, sur ce point, je peux vous répondre avec certitude : Gérald n'envisageait rien de tel. Tout ce qu'il m'a dit avant de partir à son dernier rendez-vous, c'est qu'il avait hâte de revoir de vieux amis. Il était content, radieux même. On aurait dit un petit garçon heureux d'aller en cour de récréation.

— Ce qui confirmerait la thèse de l'amitié, mais c'est quand même…

Mitsy s'est interrompue. Ses yeux se sont brouillés.

Francis est surpris. Il lui laisse cependant quelques secondes de répit pour se reprendre.

— Vous voulez dire que ces trois hommes n'allaient se revoir que pour évoquer le bon vieux temps ! Vous plaisantez !

— Pas du tout. Dealer un jour, dealer toujours, n'est-ce pas ? Les clichés ont la vie dure. Eh bien, non. Gérald avait vraiment raccroché. Ce n'était qu'une retrouvaille entre anciens. Eux aussi ont le droit de se revoir pour fêter leur camaraderie, non ?

Francis ne répond pas.

Pourquoi pas, au fond ? À leur âge, c'est très plausible.

Seulement, pourquoi ici, dans le Jura ?

Francis est mal à l'aise. Il sent qu'il y a derrière cette petite réunion, une autre dimension. Une petite voix intérieure lui susurre qu'il y a peut-être anguille sous roche.

— Tout ce que je peux vous dire, c'est que, juste en partant, il m'a dit qu'il devait demander quelque chose de précis à Cermak.

Sa petite voix aurait-elle raison, finalement ?

— Quelle chose ? Vous le savez ?

— Non. Mais ça avait l'air important pour lui.

Francis fait la moue.

— En rapport avec les activités actuelles du Hongrois ?

— Je n'en sais pas plus, désolée. En tout cas, comme je vous l'ai dit, ça n'avait strictement aucun rapport avec la drogue. C'était du passé, tout ça. C'était fini ! Bien fini !

L'enquêteur réfléchit quelques minutes. Que pouvait bien vouloir demander Lippert à l'ancien truand ? Quelle peut être la nature de ce « quelque chose » ?

Cermak travaille maintenant dans la fausse monnaie et l'expertise d'objets d'art et les diamants. Doit-il orienter ses recherches sur ces deux activités ?

— Dommage. Enfin, si quelque chose vous revenait...

— Oui, bien sûr, je connais la musique.

Francis sourit et prend une profonde inspiration avant de reprendre.

— Et sur le trafic d'armes ? Que pouvez-vous me dire ?

— Gérald a toujours aimé les armes et, entre deux trafics, il a préféré choisir celui qui pue le moins.

LA SECONDE VIE DE GÉRALD LIPPERT ! ...

— C'est aussi un trafic de mort.

— Bien sûr, mais nettement plus... « propre » et, surtout, largement approuvé et même commandité par les gouvernements de nombreux pays.

Francis hoche la tête pensivement. Ce genre de discours, il l'a déjà entendu lors de l'affaire sur les malversations et les trafics aussi douteux que pourris auxquels se livraient avec une délectation évidente les membres de la Haute Loge ([133]).

— En plus, Gérald ne risquait pas grand-chose. En admettant qu'un flic réussisse à le coller en prison. Je dis bien « en admettant », à un moment donné, un type va venir pour dire au bon flic que quelqu'un veut le voir. Dans un bureau ou plutôt un couloir, il y aura l'un de ses supérieurs hiérarchiques. Il commencera par le complimenter pour le magnifique travail qu'il a accompli. Il lui dira que le monde est plus sûr grâce à lui, qu'il va obtenir une citation, une promotion, sur quoi il lui donnera l'ordre de le libérer. Le policier va protester, peut-être même menacer de démissionner... Et pour rien. Gérald sera relâché pour les raisons mêmes qui font penser au policier qu'il devrait être condamné. Je continue ?

— Pas la peine, je sais déjà tout cela. Lippert était comme une... « collaboration divine » de tous les États les plus exportateurs et consommateurs d'armes,

---

[133] Voir « *La loge des corrupteurs* ».

qui sont aussi les plus inhumains, les plus corrompus, les plus violents et les plus dictatoriaux sur cette terre.

— Certains de ces pays sont les ennemis de vos amis, et comme il se trouve que le plus grand marchand d'armes sur cette planète, c'est le Président des États-Unis qui vend plus de matériel en une journée que n'importe quel autre pays en un an, il pourrait être embarrassant que l'on retrouve ses empreintes sur la gâchette. L'occupant de la Maison-Blanche, comme tous les autres Présidents de cette fichue planète, a donc besoin de free-lance comme Gérald pour approvisionner ses amis dans le besoin et, malheureusement, si, à vos yeux, vous estimez que Gérald était le mal, sachez alors que c'était un mal nécessaire. D'ailleurs, il est amusant de constater que les plus gros vendeurs d'armes au monde siègent, tous, aux Nations-Unies ([134]). Cocasse, non ?

Francis hoche la tête, ne trouvant rien à redire à ce raisonnement d'une implacable et froide logique. Il admet que Mitsy a du caractère et qu'elle connaît bien les choses.

— Voyez-vous, avec le temps et le recul on se fait une idée très juste du bon fonctionnement de notre monde pourri. Alors, si Gérald avait choisi cette voie, je ne peux en aucun cas l'en blâmer.

— Je ne vous contredirai pas sur ce point.

— Je comprends que, pour vous, Gérald était l'incarnation du mal, qu'il représentait tout ce que vous haïssez, qu'il était responsable de l'effondrement des valeurs humaines en général, et de l'ordre du monde en particulier. Qu'il était le père du génocide terrestre. Croyez-moi, monsieur Magenta, en cas de problème, je peux vous assurer que Gérald n'aurait jamais été traduit en justice. On pouvait l'arrêter, mais on ne peut pas stopper le cours des choses. Jamais ! Seulement, si cela peut vous rassurer, sachez qu'il avait pris la décision de tout laisser tomber après cette vente de VAB et de frégates d'occasion. L'opération a été plus que juteuse pour lui. Il en avait assez.

[134] Authentique.

Francis ouvre des yeux d'étonnement.

— Il voulait vraiment raccrocher. Il avait assez d'argent pour que nous puissions nous retirer ensemble.

— Vous aviez décidé de quitter votre mari ?

— Il a beaucoup insisté. Au début, j'étais très réticence, je ne me sentais pas le droit de faire un coup pareil à un homme qui m'a donné tout ce qu'il avait sans rien me demander en échange.

— Il ignore votre passé ?

— Oui. Oh, bien sûr, Roger n'est pas né non plus de la dernière pluie. Il se doute bien que je ne suis pas une oie blanche, mais il m'a acceptée comme j'étais sans poser de question.

Francis tique. Tout cela risque de mal tourner et très rapidement. Mieux vaut anticiper les réactions.

— Je n'ai pas de conseil à vous donner, mais dans l'état actuel des choses, ouvrez-vous à lui, dites-lui la vérité. Il va certainement accuser le coup, mais c'est quelqu'un d'intelligent, il saura faire abstraction de votre passé. Il vous aime sincèrement je pense, et vous, vous pourrez enfin vous mettre à vivre vraiment. Vous serez soulagée d'un poids qui, si vous ne le faites pas maintenant, deviendra chaque jour qui passe de plus en plus insoutenable. On ne peut leurrer les autres très longtemps et soi-même encore moins de temps.

— Vous avez probablement raison, mais le courage me manque pour le moment. Je ne pouvais pas faire ça à Roger. Puis, petit à petit, même en ayant beau m'interdire, me raisonner, j'ai fini par me ranger aux vues de Gérald. Il me rendait ma fierté, ma vie. Il était temps que nous vivions vraiment notre amour. Il était plus que temps de réaliser nos rêves.

— Le destin en a décidé autrement.

— Pour mon malheur, oui. Vous voyez quand je vous disais que nous n'avions fait que nous croiser... Gérald est mort, assassiné. Le goût des larmes et différent quand elles sont vraies, vous savez ?

— Qui ?

— Krammer. Qui voulez-vous que ce soit ? Encore et toujours lui. Il aura vraiment passé sa vie à nous mettre, sans le savoir, des bâtons dans les roues, celui-là. Il aura été notre fossoyeur.

— Pouvez-vous m'en apporter les preuves ?

— Non. Et pour éviter de suivre le même chemin, dès que j'ai appris la mort de Gérald, j'ai immédiatement détruit mon portable. Trop dangereux.

— Sage décision. N'importe qui aurait pu vous borner. Pour en revenir à Krammer, quel aurait été son mobile ?

— Le jeu, sûrement. Gérald était un joueur mais modéré. Il savait garder la tête froide, même s'il jouait gros parfois. Il venait très souvent à « *L'Arcobaleno* ». Il y restait des heures entières à jouer. Il venait surtout pour essayer de me voir, uniquement pour me voir, même si nous ne nous parlions presque jamais par mesure de sécurité, il lui suffisait de me voir quelques secondes pour être heureux. Vous voyez, quel homme simple et tendre c'était, Gérald ?

LE CHANTAGE ET LA « *DIVINE* » ! ...

Francis observe longuement l'ancienne prostituée et il se surprend à l'admirer. Elle a vécu un enfer permanent à tous les niveaux. Un impitoyable cauchemar qui en aurait terrassé plus d'un en moins de temps qu'il n'en faut pour le dire. Et au moment où elle pensait pouvoir éventuellement refaire sa vie avec Lippert, voilà que celui qui la tenait entre ses mains, celui qui pouvait, d'un simple claquement de doigt, la réduire au silence venait d'assassiner le seul homme à qui elle tenait réellement.

La vie ne lui aura vraiment rien épargné.

Francis se demande comment elle peut encore se lever tous les matins et affronter son quotidien sans craquer totalement.

Son dilemme est véritablement insoluble, elle est coincée de tous les côtés.

— Que voulez-vous que je fasse ? demande-t-elle soudain, rendant la décision de Francis encore plus facile.

Il avait peur de la brusquer, mais il s'est trompé sur son compte. Il la sent prête à tout faire sauter, à tout déballer, et qu'importe pour le reste.

Un sabordage en règle ?

Qu'a-t-elle, maintenant, à attendre de la vie ?

— Krammer se sert de vous pour falsifier ses comptes, n'est-ce pas ?

— Oui. Je n'ai pas le choix. Soit j'accepte, soit il déballe tout mon passé sur la place publique. Vous imaginez le scandale ? Ce n'est pas tellement pour moi, je m'en fiche, maintenant, mais c'est surtout pour Roger. Il ne le supporterait pas.

— Mes hommes et moi n'allons pas vous laisser tomber. Croyez-moi. Puisque vous semblez savoir pas mal de choses sur le fonctionnement du complexe, peut-être êtes-vous en mesure de me renseigner sur cette fameuse « *Divine* » ?

— En effet. Krammer a passé des années à la mettre au point avec l'aide d'un vieux Chinois. Ça date du temps où il vivait en Asie du Sud-Est. Je ne vous étonnerai pas en vous disant qu'il garde jalousement le secret de sa fabrication.

— En effet.

— Cette nouvelle dope est révolutionnaire. Avec quelques grammes, vous pouvez la démultiplier au centuple à condition d'avoir le bon matériel. La cerise sur le gâteau est triple : elle ne coûte presque rien à produire. Votre mise de fonds est donc remboursée au-delà de toutes vos espérances extrêmement rapidement. Vous n'avez plus à vous soucier de faire venir votre came du fin fond des vallées d'Afghanistan avec tous les risques inhérents à ce genre de trafic, et elle est terriblement addictive. Une fois les cellules-souches livrées au laboratoire, il n'y a plus de limite à sa production. Vous gagnez sur tous les tableaux.

— Effrayant !

— Mais ô combien rentable.

— Ça donne la chair de poule.

— Sauf que ce n'est plus que de la merde. Ce n'est qu'un agglomérat de substances chimiques. Il n'y a presque plus aucun ingrédient naturel dedans. Une vraie bombe à retardement pour notre jeunesse. Un génocide paradisiaque. Quand je vous disais que c'était pire que le virtuel. L'extase est garantie, mais les effets secondaires sont terriblement dévastateurs. Mortels, même ! Mais de ça, Krammer s'en contrefout. Il ne voit que le pognon.

— C'est donc ça la « *Divine* » ! Je comprends qu'il tienne à en rester le maître absolu. Le savoir c'est le début de la puissance. Une fois que sa dope aura inondé le pays, il pourra faire tout ce qu'il veut sans que personne ne puisse plus rien contre lui.

— Exact.

— Et comment savez-vous ? ...

— Krammer est un malin. Il m'a fait faire des modélisations et des projections chiffrées assez pointues. C'est aussi un petit peu mon travail...

— Et en vous mouillant toujours plus, en vous rendant complice, il s'assure en même temps de votre silence. C'est démoniaque.

— Si vous saviez toutes les saloperies qu'il m'a obligée à faire...

— Je ne l'imagine que trop bien, malheureusement.

— Il ne m'a pas touchée une seule fois, il estimait que j'étais trop... vieille pour qu'il daigne encore s'intéresser à moi, et il prenait un malin plaisir à me le faire ressentir à chaque fois que l'on se rencontrait pour le boulot. Une petite pique ici, une allusion aussi grossière ou ordurière que mal placée là. Etc.

— Pourriture jusqu'au bout.

— En effet. Il a toujours adoré broyer les gens qu'il faisait travailler selon ses envies. Que pouvais-je faire d'autre ?

— Rien, bien entendu. Il vous tenait totalement en son pouvoir.

— Oui, et Dieu m'est témoin qu'il est illimité. Son arrogance permanente montre qu'il sait qu'on ne peut rien contre lui. Ça le fait jouir, ce salaud. Il n'a ni conscience ni respect de lui-même et des autres.

— Tout a une fin, rassurez-vous.

— Je l'espère sincèrement. Quand Lippert est revenu, j'ai repris espoir, malheureusement pour très vite redescendre en enfer. Alors, maintenant qu'il est mort, je n'ai plus rien à perdre. S'il faut le faire tomber, je le ferai sans aucune hésitation, même au risque de sombrer avec lui. Au fond, c'est peut-être ça, le but ultime de ma vie ?

Le ton d'une froideur intense fait presque frissonner Francis. La tendance suicidaire qu'il croyait impossible se trouve pourtant confirmée. Il la comprend. Que reste-t-il à cette pauvre femme ?

Il se doit cependant de tout faire pour la maintenir en vie.

Mais avant tout, place aux priorités.

— Vous devez continuer à vous battre. Je sais, c'est de plus en plus dur pour vous, mais c'est la seule chance qui vous reste pour éviter de sombrer définitivement. Courage ! ... Vous n'êtes plus toute seule, maintenant. D'après mon adjoint, Krammer était fou furieux l'autre soir. Savez-vous pourquoi ?

— Oooh que oui. Ses cellules-souches ont disparu. Le passeur ne s'est jamais présenté. Alors autant vous dire qu'ils sont sur les dents là-bas dedans. C'est le branle-bas de combat général.

— Ce passeur, ce ne serait pas un certain Kellam Stalmaster ?

— Bravo ! Vous en savez plus que je ne le supposais. Oui, ce pilote d'Air France nous approvisionne régulièrement.

— Qui était son contact, ici ? Pas Krammer en personne, quand même !

— Bien sûr que non. Cette pourriture tient bien trop à garder les mains propres. Il fait faire son sale boulot par ses hommes. En l'occurrence, un certain Serge Sempère. Un voyou de la pire espèce. Il tient un magasin de sport le jour et se transforme en proxénète et dealer la nuit.

— Charmant garçon.

— C'est le « monsieur approvisionnement » de Krammer. Il a une confiance absolue en lui. C'est d'ailleurs la seule personne, et encore. Sempère coordonne tous ses envois de came depuis l'Asie du Sud-Est depuis plus de six ans. Par air, par terre et par mer. Krammer donne les ordres, Sempère les exécute.

— Toute la came arrive donc maintenant par avion. Vous savez comment ça se déroule ?

— Oui. Quand Stalmaster reçoit la « commande », il rencontre un vieux Chinois...

— Celui qui a aidé Krammer à créer le « *Divine* » ?

— Lui-même. Il lui remet alors un paquet.

— Quel genre de paquet ?

— Tout ce qu'il y a de plus banal. En fonction de la quantité demandée, ça peut aller de la boîte de cigares à un carton ou une caisse de un mètre sur un mètre. Stalmaster s'occupe de tout l'acheminement jusqu'en France. Là, il remet la livraison à Sempère qui la porte aussitôt à Krammer. C'est imparable.

— Depuis combien de temps ça dure ce manège par les airs ?

— De façon régulière depuis six à sept mois.

— Six à sept mois, répète Francis en se frottant le menton.

— Dernièrement, Stalmaster a reçu l'ordre de transférer les cellules-souches de Hong Kong jusqu'à notre laboratoire...

— Qui est planqué dans le complexe. Un bâtiment technique, non ?

— Encore bravo ! Des gars sont en train de terminer les travaux pour l'extension inévitable que cet afflux de travail impose. Ce n'est plus qu'une simple question de jours. Sept à dix, tout au plus.

— Je vois. Il va falloir presser le mouvement avant qu'il soit en mesure d'inonder le marché.

— À condition qu'il récupère ses cellules-souches... et ça, ça m'a l'air mal parti.

— Vous avez une idée ? Le pilote aurait choisi de « s'émanciper de son mentor » ?

— Pas impossible du tout. Tout ce que je sais, c'est que Stalmaster est bien parti de Hong Kong, mais qu'il n'est jamais arrivé ici, à Bletterans. Depuis le 15 mai, il n'a plus donné aucun signe de vie... Mais tout est possible.

— Vous savez dans quoi voyageait la « *Divine* » ?

— Ah, ça non. À part Sempère, Krammer n'a absolument confiance en personne d'autre que lui-même. On ne peut l'en blâmer.

— En effet. Pour en revenir à Stalmaster, aurait-il pu être kidnappé en cours de route par une bande rivale ?

— Non, impossible. Serge a tout vérifié. Cette possibilité a été totalement abandonnée. Il penche plutôt sur, comme vous dites monsieur Magenta, une... « Émancipation précoce ». Sempère est totalement paumé. Krammer lui a même posé un ultimatum.

— Je vois. La confiance règne.

— Autant vous dire que le Serge, il se remue le cul comme jamais. Il tient à sa peau. Il est comme tout le monde, il n'en a qu'une.

Francis sourit en coin.

— Je vais voir ce que je trouve de mon côté. Une telle « disparition » est plus qu'étrange. Ça cache sûrement une entourloupe.

— C'est ce que je pense aussi. Il y a trop de fric à la clé. On ne peut pas résister longtemps à une telle tentation. À mon sens, le Stalmaster n'a pas pu faire le coup tout seul. Il doit certainement travailler pour d'autres trafiquants. Cette « *Divine* » est une poudre miraculeuse. Qui la détient est le roi.

— C'est ce que je pense aussi. Quelqu'un a dû le payer très cher pour qu'il vole les cellules-souches, mais une fois le boulot effectué, son mystérieux commanditaire a sûrement dû oublier de le payer.

— Oui, ou il l'a payé en plomb, ce qui est le plus probable. Ça m'étonnerait que vous le retrouviez jamais.

— Option très logique que je vais tenter de prouver. Une dernière question.

— Je vous écoute.

— S'il récupère ses cellules, comment Krammer pense-t-il effectuer l'approvisionnement de ses clients ?

— Outre les habituels petits réseaux de quartier, comme la Marjorie, tout va être fait par le biais de sa compagnie de taxis. Indétectable. En ce moment même, Krammer est en train de faire la tournée des chefs de gang de toutes les autres régions de France pour coordonner approvisionnements et distribution. Le chiffre d'affaire est colossal, pharaonique.

Francis approuve de la tête. Il reconnaît à contrecœur que Krammer a parfaitement bien monté son coup.

Chapeau bas !

NOUVEAUX INDICES À CHARGE ! …

Dimanche 23 juin,
3ème jour du compte à rebours,
01 h 26

Le silence fait soudainement mal aux oreilles. Seul, le battement parfaitement régulier de l'horloge, rythme le temps qui s'écoule avec une gravité inconnue jusqu'à présent.

Brusquement, Mitsy se lève.

— Vous boirez bien quelque chose, non ?

Francis sourit en la suivant du regard.

— Ce n'est pas de refus.

En même temps, queue battante, le chien sort de sa cachette et vient doucement rôder autour d'eux.

Il va directement voir Francis qui le caresse machinalement. Mitsy sourit en le regardant faire.

— Tattoo vous a accepté tout de suite. Elle sent immédiatement quand quelqu'un est… bon.

— Vous allez me faire rougir. À mon bureau de Genève, j'ai Zoupette, une chatte recueillie, et Finette, une… chèvre.

— Une chèvre !

— Eh oui, le cœur en forme de madeleine de Stan, mon adjoint que vous avez vu hier matin, n'a pas pu résister devant cet animal voué à un mort certaine si nous n'avions rien fait.

— Je vois. Bravo !

— Ce n'est pas la joie tous les jours, mais que voulez-vous, on ne se refait pas.

— Non. On ne se refait pas, répète-t-elle gravement en apportant deux verres bien remplis.

Elle en pose un devant Francis et s'assoit.

— Faire tomber Krammer ne sera pas une mince affaire. Il ne se laissera jamais abattre sans se défendre. Et il ne connaît que la violence et la brutalité. Il y a eu assez de morts dans cette histoire, il faut que cela cesse.

Joignant le geste à la parole, elle lui tend une clé USB.

— Qu'est-ce que c'est ?

— Dans notre monde, si on veut tenir sur la durée, il est nécessaire de toujours se garder quelques portes de sorties.

— Je comprends. Quelques dossiers compromettants, je suppose ?

— Exactement. Je ne suis pas aussi idiote que j'en ai l'air. Krammer se croit tout puissant, mais il a oublié que je sais compter et même très bien. Donc...

— J'ai sur cette clé tout ce dont j'ai besoin pour faire tomber Krammer pour fraude.

— Pas que. Je vous ai listé tous les noms, les prénoms, les adresses, les téléphones des hommes de main de Krammer. Du dernier gardien de dépôt jusqu'aux chefs de quartier, les revendeurs, les distributeurs, les rabatteurs. Les codes de banque, les numéros de compte. Tout, vous avez absolument tout sur cette clé.

Devant l'étonnement grandissant de l'enquêteur, Mitsy sourit et poursuit.

— Gérald m'a toujours dit de me méfier de tout le monde. Pour ça, il m'a appris à lire à l'envers.

— À l'envers !

— Krammer se croit invulnérable. Il a, malheureusement pour lui, un peu trop tendance à laisser traîner ses papiers sur son bureau. Comme j'étais très souvent assise en face de lui, il me suffisait de lire à l'envers et de mémoriser. C'est tout aussi simple.

Francis approuve en hochant plusieurs fois la tête.

— Vous risquez gros, vous savez. Très gros.

— Que m'importe, maintenant. Mais rassurez-vous, j'ai depuis longtemps pris mes dispositions. Je connais bien Krammer et je sais qu'il ne me laissera jamais tranquille. Pire, il me fera immédiatement exécuter à la seconde où je ne lui serais plus d'aucune utilité. J'ai de l'argent de côté, je vais disparaître quelque temps et je reviendrai quand les eaux se seront calmées.

— Et Roger ?

— Il s'en remettra et, qui sait, peut-être que je le retrouverai ?

— Vous risquez très gros, je le répète. Laissez-nous vous protéger.

— Non, c'est gentil, mais je préfère courir ma chance, seule. Je me suis toujours débrouillée sans personne, je ne vais pas changer maintenant.

Admiratif, Francis reconnaît qu'elle a du cran. Sacrée bonne femme ! Elle a de la ressource et fait face contre vents et marées, quoi qu'il arrive. Une battante ! Ça l'ennuierait qu'il lui arrive quelque chose.

— Finalement, il se pourrait que nous possédions plus d'atouts que nous ne le pensions, laisse-t-il tomber en faisant sauter la clé dans sa main.

— Faites-en bon usage.

— Soyez-en certaine. Vous savez que vous allez probablement devoir rendre des comptes à la justice ?

— Oui, ce détail ne m'a pas échappé.

— Je vous soutiendrai à fond. Vous pouvez compter sur moi.

— C'est gentil. J'apprécie. Ça me touche vraiment beaucoup. Mais je dois accepter mon sort, c'est la loi. Il est grand temps que toute cette merde sorte enfin et que la page de ce si long cauchemar se tourne. Il est grand temps que je réalise mon rêve. Vous savez, dans la clé, vous trouverez également la liste de tous les sales trucs que Krammer m'a obligé à faire ou à participer.

— Comme la disparition de Charles Letestud ?

Josiane sourit en coin.

— Je me demandais quand vous alliez m'en parler.

LA DISPARITION DU MAGICIEN ! ...

01 h 58

Josiane Lemberton marque une pause. Elle rassemble ses souvenirs en finissant de boire lentement son verre.

Elle s'éclaircit enfin la voix

— Ça s'est passé le 11 juin, vers les 3 heures du matin. J'étais encore au bureau à terminer des bilans comptables, quand Kevin m'a appelée en catastrophe.

— Que s'est-il passé ?

— Krammer et ses gorilles sont allés rendre une petite visite de... courtoisie, à Letestud.

— À quel sujet ?

— Je ne sais pas. Tout ce que je peux vous dire, c'est qu'il y avait du tirage entre eux à propos d'objets ou de documents. Je ne saurais vous dire avec exactitude.

— Des dettes de jeu ?

— Qui sait ? Letestud jouait gros à « *L'Arcobaleno* », et perdait gros. Alors, oui, pourquoi pas ? Bref, Letestud n'aurait pas honoré son engagement et...

— Krammer serait venu pour lui rappeler les usages.

— Exactement. Sauf que ça a mal tourné. Le magicien a tenté de s'enfuir, mais le gros Marco l'a immobilisé avec son Taser. Ce que Krammer ne savait pas, c'est que Letestud était malade du cœur. Il n'a pas résisté à la décharge électrique et il a rendu l'âme presque au même moment.

— Je comprends mieux certaines choses maintenant, ajoute-t-il en repensant au bout de tissu retrouvé sur la grille.

— Krammer a fait disparaitre le corps et pour éviter les questions, il m'a obligée à maquiller grossièrement Marco pour qu'il prenne sa place dans l'avion à destination du Canada. Il fallait absolument donner le change. Kevin faisait disparaître la Ferrari et Luc effaçait toute trace de leur passage dans la maison de Letestud. Le tour était joué.

— Je vois. Vous savez où est son corps ?

— Non. Aucune idée, tout ce que je sais c'est qu'il est sûrement six pieds sous terre, quelque part au beau milieu du complexe, puisque c'est là que je les ai tous retrouvés.

— Dans la dernière tranche de travaux ?

Josiane hausse les épaules.

— Peut-être. Krammer a ouvert un Center Parc.il y a quelques semaines. Il y a encore des travaux d'aménagement autour des trente et quelques bungalows. Aucun n'a encore été loué. À la réflexion, pourquoi pas ? C'est une zone très boisée, éloignée de tout. Tout ce qu'il y a de plus tranquille. C'est fort possible qu'il ait profité d'un trou encore mal rebouché pour l'enterrer dedans. Après, qui ira chercher là ?

— En effet.

Quelques minutes passent. Machinalement, Francis caresse le chien tout en réfléchissant. Il consulte sa montre et estime avoir bien trop abusé du temps de Mitsy.

Il se lève.

— Je vais vous laisser. Avec ce que vous m'avez donné, j'ai largement de quoi faire tomber toute cette organisation mafieuse. Je n'ai pas de conseil à vous donner, Josiane, mais si vous voulez courir votre chance, c'est maintenant ou jamais. J'ai bien peur que la réaction de Krammer ne soit aussi immédiate que particulièrement violente.

Mitsy se lève également et sourit.

— Je sais ce que j'ai à faire. Tout est prêt. Je règle deux ou trois petites choses et je disparais. Ah, voici mon téléphone privé... très privé. Vous pourrez m'y joindre à n'importe quel moment. Pour vous, ma porte est toujours ouverte.

Elle raccompagne Francis. Sur le pas de la porte, ils s'arrêtent. Il lui serre chaleureusement les mains et, soudain, elle s'accroche à son cou et l'embrasse fougueusement.

— Excusez-moi. Je ne voulais pas vous embarrasser. Voyez-vous, il y a tellement longtemps que personne ne s'est soucié de ce qui pouvait bien m'arriver... alors ce que vous faites pour moi, ça me touche beaucoup.

Francis ne sait quoi répondre. Il se contente de sourire largement.

— Vous m'avez redonné l'envie de me battre, vous savez. Je fréquente tous ces hommes depuis tellement d'années que je ne les ai jamais crus quand ils me parlaient. Mais vous, par contre, et malgré moi, il a suffi que vous me parliez quelques petites heures pour que je vous croie.

Surpris, Francis est mal à l'aise. Il ne peut que lui sourire en se faisant l'effet d'un sombre imbécile.

— Faites attention à vous. Vous n'aurez pas de deuxième chance, s'entend-il lui dire.

LES CENDRES CIRCULAIRES ! …

Jura, Commenailles,
maison de Francis,
dimanche 23 juin,
3ème jour du compte à rebours,
07 h 31

Francis est brutalement réveillé alors qu'il ne s'est endormi seulement que depuis quelques instants. Quelqu'un tambourine comme un malade sur sa porte d'entrée.

Il se propulse hors de son lit.

— Putain, mais que se passe-t-il encore ?

À peine réveillé, il se dirige droit vers la lourde porte en bois. On cogne toujours dessus avec une énergie sans fin qu'il a peur qu'elle ne se fracasse au sol.

Il ouvre.

— C'est la merde ! entend-t-il soudain.

— Que se passe-t-il ?

Stan entre. Il est agité comme s'il avait vu le diable en personne.

— Faut que tu viennes, vite !

— Mais où ?

— Mitsy !

— Eh bien, quoi, Mitsy ?

— Son mari vient de la retrouver, morte, en rentrant du boulot, là, y a à peine quarante minutes.

— Quoi !

— Les képis sont déjà sur place.

Moins de sept minutes plus tard, Francis et Stan font irruption dans la maison.

D'un peu partout, des gendarmes sillonnent la petite propriété.

Le Capitaine Lebreton voit arriver l'enquêteur sans surprise.

— Je m'attendais à vous voir.

— Que s'est-il passé ?

— Le mari est rentré de sa nuit de boulot et il a trouvé sa femme morte. Ce n'est pas beau à voir. Elle a été... travaillée, et avec minutie. Un pro. Quelqu'un a certainement voulu la faire parler. Il est même allé jusqu'à lui couper la phalange de l'auriculaire droit. Un dingue ! La pauvre femme a succombé. Le cœur a lâché. Heureusement, quelque part, sinon, il est certain que ce malade aurait continué jusqu'à obtenir ce qu'il cherchait.

Francis est anéanti. Il s'en veut terriblement de ne pas avoir insisté pour assurer sa protection. Il imagine le calvaire de cette pauvre Mitsy. Elle a été torturée ! Il pense immédiatement à la clé qu'elle lui a laissée.

Jamais il n'aurait imaginé que Krammer réagisse avec autant de rapidité.

La maison devait être sous surveillance, il n'y a pas d'autre explication.

— Je peux ?

— Allez-y, je sais que vous travaillez sur la même affaire que moi. Faites seulement attention à ne pas gêner le travail de mes gars.

Sans écouter plus longtemps, Francis se rue à l'intérieur.

C'est un va-et-vient ininterrompu de techniciens en blouses blanches.

Francis s'immobilise net en bloquant Stan.

Il ne peut s'empêcher de fixer le corps sans vie de cette pauvre Mitsy.

La colère monte en lui, une colère froide, puissante, presque incontrôlable qu'il n'aurait jamais cru ressentir une seule fois dans sa vie.

— Ça va ? demande timidement Stan qui comprend l'émoi de son ami.

Il est tellement palpable qu'il en prend peur.

— Oh, ça roule ?

— Oui... oui, ça va.

Lebreton s'approche.

— Le légiste situe la mort aux environs de 2 heures 30, 2 heures 45. Il ne peut pas être plus précis pour le moment. J'ai lancé l'habituelle enquête de voisinage et un appel à témoins, on ne néglige rien... Excusez-moi.

Le gendarme s'éloigne.

Francis ne répond pas. Il a du mal à réaliser que Mitsy a été assassinée moins d'une heure après sa visite. Il regarde longuement le corps allongé près de la cheminée. Le visage martyrisé de la sexagénaire est déformé par la souffrance. Il imagine la terrible douleur que son tortionnaire s'est probablement amusé à lui infliger.

Une bouffée de haine monte en lui, le surprenant par sa violence soudaine.

— Stan !

— Ici !

— Tu n'as vraiment rien repéré autour de la maison ?

— Non. Que dalle. Je suis resté dehors tout le temps que tu étais avec elle, et je n'ai strictement rien vu de suspect. Tu peux me faire confiance.

Francis hoche mécaniquement la tête tout en déambulant dans le salon qu'il a quitté il y a à peine quelques heures. Il n'arrive pas encore à réaliser.

— Pauvre fille ! laisse-t-il tomber.

— Ouais, c'est pas de bol.

— D'autant plus que le salopard qui lui a fait endurer un tel supplice l'a fait pour des prunes. Mitsy ne savait pas où était planquée la « *Divine* »...

— Pour autant que c'est ce qu'il cherchait.

— Que pouvait-il bien chercher d'autre que cette saloperie de came ?

— Ouais, c'est vrai.

— Elle n'a pas pu réaliser son rêve, mais au moins son cauchemar a pris fin. Elle n'aura vraiment pas eu de chance. La vie, c'est vraiment de la merde !

Il prend une profonde inspiration en s'efforçant de se concentrer pour retrouver ses automatismes professionnels. S'il y quelque chose à ne pas louper, c'est maintenant.

Francis déambule dans la grande pièce. Il scrute chaque coin, chaque recoin, à l'affût du moindre élément qui lui permettra de remonter jusqu'à l'assassin.

Il s'immobilise près de la fenêtre. Stan, derrière, attend ses décisions. Francis se retourne. Ses yeux ont changé. Stan s'en inquiète.

— Oooh, ça va ?

— Stan ! Pour une fois dans ma vie, je ne vais pas faire ce qui est légal, mais ce qui est juste.

Stan sourit lentement d'une oreille à l'autre.

— Tu connais toutes les règles, c'est logique, tu les as apprises à l'école de police et je sais que tu t'es toujours soucié de les respecter. Alors, pourquoi, maintenant ? ...

— À cause de Mitsy. Le salopard qui a fait ça a commis une grave erreur.

— Laquelle ?

— Il a fait de moi un enragé !

— Ooooh putain ! C'que j'aime quand tu causes comme ça, toi ! Alors, on va leur péter la gueule ?

— Pas si vite !

— Ben quoi ? On sait qui c'est, non ? Alors qu'est-ce que tu attends ?

— Tu vas d'abord me rapatrier d'urgence Fanny et Hervé. On aura besoin de leurs calibres. On va éradiquer toute cette merde, d'accord, mais je ne veux pas flinguer tous azimuts. On ne peut pas s'en prendre à des civils innocents.

— Ce ne sont pas des civils bienveillants !

Francis se redresse légèrement, étonné par le changement de voix de Stan qui fanfaronne en jouant les gros durs.

— Pourquoi parles-tu avec cette grosse voix grave ?

— Je fais Stallone dans Rambo 1 « *First Blood* ». Quand il parle à la radio avec le Colonel Trautmann. Il lui dit : « *On ne peut pas te laisser t'en prendre à des civils bienveillants !* », et lui répond...

— Ça va ! Stan ! Nom de Dieu, mais quand finiras-tu de prendre toujours tout à la rigolade ? Je...

Francis s'interrompt brusquement. Il vient de voir quelque chose qui l'intrigue beaucoup.

— Capitaine !

— Oui. Un problème ?

— Non. Juste une question.

— Allez-y.

— Rien n'a été bougé dans la pièce ? Absolument rien ?

— Absolument rien, Magenta. Bien sûr. C'est la procédure. Pourquoi cette question ?

Francis secoue la tête.

— Comme ça, pour savoir.

Lebreton le dévisage avant d'être appelé par un de ses hommes.

Stan s'approche de Francis, toujours immobile. Son visage est grave, fermé. Beaucoup trop pour que Stan ne s'en émeuve pas.

— Oooh, frère, que se passe-t-il ? Tu en tires une gueule !

— Regarde la table de la salle à manger. Tu ne remarques rien de bizarre ?

Stan observe longuement la pièce et le meuble en bois.

— Ben, non.

— Il y a six chaises en bois massif. Il n'y en a qu'une qui n'est pas à sa place.

— Ah ouais. Juste. Celle du bout est décalée.

— Exact. Décalée comme si quelqu'un s'était assis de façon à regarder vers la cheminée... vers Mitsy !

— Où veux-tu en venir ?

Francis ne répond pas et s'approche vivement de la table.

— Qu'est-ce que tu fais ?

— Regarde ce qu'il y a sur la table, juste au niveau de la chaise.

Stan se baisse légèrement en plissant les yeux.

— Putain ! Des cendres !

— Oui. Et elles sont circulaires. Exactement comme celles que j'ai vues chez notre trafiquant d'armes à la Marjorie.

— Mais alors...

— Oui. Ça veut dire que l'assassin de Mitsy et l'homme qui a cambriolé l'appartement de Lippert sont une seule et même personne.

MAIS ALORS, ÇA CHANGE TOUT ! ...

Complexe de « *L'Arcobaleno* »,
08 h 01

— Alors ! Qu'est-ce que c'est que ce bordel ? Je m'absente seulement quelques heures et vous n'êtes pas foutus de faire tourner la baraque correctement ? Bande de nuls !

— Franz, calme-toi, ce n'est pas de gaité de cœur qu'on t'a demandé de reve...

— Tu m'emmerdes, Kevin. J'espère seulement pour toi que c'est important. Tu as retrouvé le collier avec ma dope ?

— Non ! C'est Mitsy.

— Oui, et alors ?

— Elle a été retrouvée morte ce matin par son mari.

— Ouais ! Je sais ! Et alors ?

Kevin reste immobile, figé par la surprise.

— Comment ça ? Comment es-tu déjà au courant ? Ça vient à peine de se passer !

— Mais qu'est-ce que tu crois, sombre connard ? Parce que je ne suis pas sur place, je suis aveugle et sourd ? J'ai des yeux et des oreilles partout. Mitsy est morte ? Parfait ! Ça nous évite d'avoir à la buter plus tard.

— Mais ça risque d'attirer les képis par ici ?

— Qu'est-ce que tu en sais ?

— Rien.

— Alors, tu la fermes quand tu n'as rien à dire. Par contre si ça ne te plaît pas, tu sais où es la porte.

Le truand accuse le coup. Il se fait violence pour ne pas répliquer, mais c'est le patron et il en a peur. Il le sait capable de tout, même et surtout du pire.

Krammer balance son blouson de toile beige sur le canapé à la droite de son grand bureau laqué blanc et se recoiffe tranquillement.

Il semble se calmer.

— Bon ! Alors ?

Kevin hésite puis s'approche, l'air gêné.

— C'est Luc. Il surveillait la baraque depuis quelques minutes quand il a vu le Roger rentrer du boulot. À peine dedans qu'il le voit ressortir comme un fou. Les flics sont arrivés juste après. C'est là qu'il a compris que Mitsy était morte, assassinée.

Krammer s'est assis. Tout en écoutant distraitement le rapport de son lieutenant, il lisse doucement son bureau avec une satisfaction évidente.

— Bon. Quoi d'autre ?

— Comment ça « quoi d'autre » ? Putain, Franz, tu ne peux pas laisser passer ça !

Krammer fait une sale grimace tout en calmant son acolyte à grand renfort de gestes.

— Je vais te dire un truc, j'en ai assez t'entendre ta voix. Tu me soules !

— Mais ça va compliquer nos affaires ! Les keufs vont venir fourrer leur nez ici, et puis il y a ce Magenta...

— Ça suffit ! Que de jérémiades. Kevin, si tu en as assez de ton job, je peux t'en trouver un autre comme, par exemple, allez cartographier les fonds du Doubs. Ça te dirait ?

Le truand encaisse sans broncher.

Krammer finit par sourire.

— Bien ! Voilà qui est mieux. Combien de fois t'ai-je dis d'avoir une attitude constructive ? Alors, cesse de me gonfler avec tes lamentations, OK ?

Ne voyant pas venir de réponse, Krammer se lève brusquement et, menaçant, vient se planter devant Kevin.

— OK ? ... Ou je te remplace de façon définitive.

— Franz, c'est moi, Kevin. Tu es fou ! Je...

Krammer entre dans une colère froide. Il attrape violemment son lieutenant par le col.

— Ce que je ne tolère pas, c'est qu'on me traite de fou ! Compris ?

Le truand acquiesce de la tête.

Krammer sourit et lui tapote gentiment la joue.

— Brave petit ! Tu vois, tu as encore beaucoup à apprendre. L'émotivité t'empêche de raisonner calmement. Mitsy est un faux problème. Il faut avoir une vue globale des choses. Et c'est là que se fait la différence entre les hommes et les petits garçons... tu comprends ?

— Je ne suis pas un gamin !

— Sur ce coup-là, si. Tu me déçois, Kevin, tu me déçois beaucoup.

— On va faire comment sans elle ? Elle tenait tous les comptes et...

— Me crois-tu aussi naïf ?

— Non, ce n'est pas ce que je voulais dire, je ...

— Alors ne dis rien, cesse de penser, et laisse-moi diriger l'organisation comme je l'entends.

Krammer tapote de nouveau la joue de son lieutenant mais de façon plus ferme. Kevin grimace.

Krammer, à son aise, se met à déambuler sans but précis, touchant un objet ici, en déplaçant un autre plus loin.

— Pour la « *Divine* », tu en es où ? questionne-t-il rudement en retournant s'assoir. Ça, c'est la question essentielle à avoir à l'esprit en permanence. Le collier ? La hache ?

— On cherche.

— Ce n'est pas suffisant. Je...

— Magenta a vu Mitsy.

Krammer marque une imperceptible pause avant de se retourner lentement.

Il sourit curieusement.

Il n'est pas étonné et Kevin se sent presque défaillir. Il pensait pourtant bien le surprendre.

— Je sais !

PRISE DE CONTACT ! ...

Complexe de « *L'Arcobaleno* »
lundi 24 juin,
4ème jour du compte à rebours,
09 h 29

Francis conduit sèchement. Une petite visite chez Krammer s'impose. Il a hâte d'en savoir plus sur ce bonhomme qui semble régner en maître absolu sur la région, au mépris de toutes les lois. Situation plus que dangereuse, car elle peut faire des émules.

Il est encore très affecté par la mort de Mitsy. Il s'en veut de ne pas avoir insisté pour lui fournir la protection à laquelle elle avait droit. Il se sent même responsable de sa mort.

Si, immédiatement, selon toute logique, il a désigné Krammer comme le seul et unique assassin, la découverte des cendres circulaires lui a fait envisager une autre hypothèse. Mais, pour l'heure, il n'a strictement aucune preuve pour l'étayer.

La veille, entouré de ses équipes qu'il avait rameutées séance tenante, avec l'aide de Stan, il avait tenu à leur faire part de ses conclusions quant à l'origine des fameuses cendres.

Sur son ordre, Stan avait discrètement fait plusieurs photos d'elles.

Après une étude attentive et minutieuse, sa conclusion se résumait en quatre points. Un : l'assassin de Mitsy et le cambrioleur de Lippert étaient une seule et même personne. Deux : la position des cendres découvertes sur le coin des deux tables de salle à manger, celle de Lippert et celle de la pauvre Mitsy, était identique. Trois : la position de la chaise décalée de la table était, elle aussi, identique, et quatre : le champ de vision depuis la chaise était rigoureusement le même. Chez Lippert, le coffre ouvert. Chez Mitsy, la cheminée au pied de laquelle elle avait été retrouvée assassinée.

À la question de savoir comment les cendres pouvaient, à chaque fois, se retrouver sous forme concentrique, c'est Stan qui, finalement, trouva la bonne explication.

Sur les lieux du crime, mu par on ne sait quelle intuition, Stan avait demandé une cigarette à un gendarme. Celui-ci, étonné, lui en avait donné une bien volontiers.

Radieux comme un gosse préparant une bonne blague, sous le regard inquiet de Francis, il s'était assis près des cendres et, avec mille précautions, avait positionné la cigarette verticalement au milieu du cercle.

Elle s'emboîtait parfaitement dedans.

Bingo !

Cela voulait dire que l'assassin était assis en train de contempler ses « œuvres » tout en fumant pour s'aider à réfléchir. On avait donc affaire à un homme très méticuleux, sans aucun scrupule, prêt à tout mais, surtout, affligé d'une manie très singulière. Pour réfléchir, il avait besoin de fumer et de poser sa cigarette d'une façon bien particulière. C'est-à-dire verticalement. Ainsi posée, la cigarette se consumait et les cendres tombaient inévitablement tout autour d'elle, créant ainsi ce cercle.

Il fallait donc orienter les recherches vers un homme au sang-froid assez remarquable, adepte de la torture, et fumeur occasionnel. Renseignement pris, ce genre d'attitude n'est pas le trait dominant des fumeurs invétérés. Celui qui agit de cette façon ne le fait que dans un seul et unique but d'apaisement. C'est devenu presque obsessionnel. Il en a besoin pour se calmer, se concentrer, réfléchir, faire le point. Chez Lippert, il devait probablement se demander où était passé ce qu'il pensait trouver dans le coffre-fort. Chez Mitsy, même en l'ayant torturée, elle n'avait pas craqué et était morte sans révéler ce que son assassin voulait savoir. Que ce soit chez le trafiquant ou chez sa maîtresse secrète, le tueur devait chercher exactement la même chose.

Mais quelle pouvait être sa nature ?

Un point était cependant acquis, cette « chose » ne devait pas être très grande, puisque l'assassin s'attendait à la trouver dans le coffre.

Alors, qu'est-ce que cela pouvait-il bien être ?

Un document ?

Un objet ?

Un plan ?

La « *Divine* » ?

Francis arrive enfin en vue du complexe. Comme d'habitude, le parking est pratiquement plein. Il trouve assez rapidement une place au milieu d'une cohue impressionnante. Il est pressé de voir ce Krammer en personne. Plus vite il pourra le cerner, plus vite il pourra deviner s'il est l'assassin ou non. Et pour ça, il a décidé de l'attaquer de front pour le faire réagir. Poussé à bout, il commettra irrémédiablement une erreur. Faute de preuves suffisantes, pour le moment, le truand est son favori, mais il ne tient pas à se cantonner uniquement à lui, bien au contraire, car il devine que cette histoire lui réserve encore pas mal de surprises.

Aussi, un plan fut vite élaboré.

— Mais comment vas-tu t'y prendre ? avait demandé Stan, inquiet.

— Il faut brusquer les choses. Je vais lui rentrer dedans. Direct ! Je vais tout lui sortir pour voir ce qu'il a dans le ventre. L'obliger à riposter, à se découvrir.

Vivement, il entre et se dirige droit vers le gigantesque bar pris d'assaut par une marée de vacanciers bruyants. Une poupée Barbie, souriant aussi bêtement qu'en permanence, vient tout de suite prendre sa commande.

Il en profite pour demander à voir en urgence le dénommé Krammer.

En moins d'une minute, sa bière bien fraîche est posée devant lui.

Au moins le service est optimum. Un bon point.

Il en est à sa deuxième gorgée quand un jeune type vient se planter à sa droite.

Francis coule un rapide coup d'œil et découvre un vigile baraqué comme un frigo industriel. Le genre de type totalement dépourvu d'humour.

— Monsieur Krammer vous fait dire qu'il ne peut pas vous recevoir. Faut que vous quittiez l'établissement.

Francis ne réagit pas. Il sirote sa bière.

— Oooh, vous m'avez compris ? Faut pas rester là.

Ne voyant aucune réaction, le vigile s'approche pour forcer le consommateur indélicat à partir quand, soudain, vif comme l'éclair, Francis se redresse tout en glissant son pied sous la jambe du molosse qui part en arrière, fauché net.

Francis le regarde s'affaler au sol, sourit en regardant l'œil de la caméra qui suit la scène au-dessus du bar, et boit une gorgée de sa bière tandis que les vacanciers s'égaillent de partout, curieusement intéressés par tout autre chose.

Fou furieux, le vigile se relève et fonce droit sur le privé en armant son poing.

Au dernier moment, Francis recule en se baissant. Le poing du vigile part dans le vide, mais celui du privé touche sa cible violemment en plein dans le ventre.

Souffle coupé, grimaçant de douleur, le molosse se plie en deux. Francis lui assène une manchette sur le cou.

Sonné, le vigile s'affale lourdement au sol pour ne plus bouger.

Aussitôt, trois types surgissent.

L'un d'eux, tout sourire, s'approche de Francis qui a tranquillement repris sa bière.

— Ça va, monsieur Magenta ?

Francis reconnaît tout de suite moule-burnes.

— Ça allait avant de vous voir.

— Seriez-vous en train de vous plaindre ?

— Je vois que vous comprenez vite.

Sur un signe bref et sec de Kevin, les deux autres types ramassent leur petit camarade de jeu et disparaissent très vite.

— Vous excuserez cette façon quelque peu... « rustique » de vous recevoir, mais vous savez ce que c'est. De nos jours, trouver du bon personnel est devenu un véritable défi de tous les instants.

— À qui le dites-vous.

— Vous avez demandé à voir monsieur Krammer, c'est ça ?

— C'est bien ça.

— Suivez-moi, je pense qu'il a bien quelques minutes à vous accorder. Il est très pris en ce moment.

— Je n'en doute pas une seconde.

Francis finit sa bière et va pour payer quand...

— Laissez, c'est pour la maison.

Quelques minutes plus tard, non sans avoir enregistré chaque détail de la disposition des parties privées et, surtout, où se situe le PC sécurité, comme ça, au cas où il soit obligé d'y pénétrer... Francis est introduit dans le vaste bureau qui domine le complexe.

L'immense baie vitrée est vraiment très impressionnante. La luminosité est exceptionnelle.

Francis s'approche et s'immobilise. Moule-burnes reste en retrait.

Face au privé, Krammer est avachi dans son fauteuil de ministre. Mains croisées sur le ventre, pieds sur son bureau laqué blanc, goguenard, il sourit en coin, amusé.

Francis repère tout de suite le gros cendrier plein à ras bord. Krammer serait-il le mystérieux fumeur qui se trouvait chez Letestud ? Si oui, il serait le dernier à l'avoir vu vivant. D'ici à ce qu'il ait à voir avec sa disparition, il n'y a qu'un pas que l'enquêteur franchit allégrement, car l'hypothèse le séduit beaucoup. Quant à la fouille en règle, certainement le fait de moule-burnes et compagnie.

Par association d'idées, il l'imagine aussi très bien en train de fracturer le coffre-fort de Lippert. Ce dernier jouait chez lui, on peut dès lors penser qu'ayant quelques dettes impayées, Krammer n'étant pas un type patient, il ait décidé d'aller se servir lui-même. Oui, ça tient la route, mais alors quid de sa première intuition ?

Francis repousse à plus tard les réponses. Il n'a encore pas assez d'éléments.

— Bonjour, monsieur magenta, Je suis Franz Krammer. Asseyez-vous, ou allongez-vous, la moquette ne m'a coûté que dix mille euros.

Le ton est donné.

Francis ne répond pas et s'avance doucement.

— Vous êtes bien installé.

— Je n'ai pas à me plaindre. Excusez mon vigile, il est charmant, mais il a un peu trop tendance à se prendre pour ce qu'il n'est pas encore.

— Le petit personnel.

— Hélas, oui... Alors, comme ça, vous voulez me voir ? Eh bien, vous me voyez. Que voulez-vous ? Faites vite, je suis un homme d'affaires et mon temps est précieux.

— Vous êtes un vaurien en joli costume et je pense plutôt que votre temps est compté.

Krammer ricane tout en calmant d'un geste désinvolte moule-burnes qui voit déjà rouge.

— Vous êtes offensant. Pour une fois je veux bien n'avoir rien entendu. Mais je ne cherche pas la bagarre, moi. Je disais encore hier à mon adjoint qu'il fallait avoir une attitude constructive dans la vie, et en toute circonstance. Je constate que ce n'est pas votre cas. C'est dommage, je vous pensais moins stupide, moins... comment dirais-je ?... Moins bourrin, oui, c'est ça. Vous êtes loin de chez vous, monsieur Magenta. Vous n'êtes pas sans savoir que nous vivons une époque troublée et incertaine. La France n'est pas la Suisse. Ici, une attitude aussi agressive pourrait en irriter certains, et vous savez bien qu'il est impossible de contrôler tous les petits voyous.

— C'est une menace ?

— Non ! Non ! Non ! Loin de moi cette idée. Je voulais seulement m'assurer que vous compreniez bien ce qu'il risque de se passer si, d'aventure, quelqu'un a pour idée, mauvaise, cela va sans dire, de fourrer son nez dans les affaires des autres.

Francis sourit. L'arrogance du truand montre à quel point il se sent fort. Il se sait intouchable. On va droit dans le vif du sujet. Parfait, ça fera gagner du temps.

— Vous êtes direct.

— Je vous l'ai dit, mon temps est précieux. Alors, que voulez-vous ?

— Gérald Lippert. Quels étaient vos rapports avec lui ?

Krammer fait mine de réfléchir avant de sourire en coin.

— Une question. À quel titre enquêtez-vous ?

— À la demande d'un juge. Ne perdez pas votre temps, je suis parfaitement couvert.

Le truand sourit encore.

— Je demandais cela pour la forme. Je m'en doute bien. Lippert, vous dites ? Ce nom devrait me dire quelque chose ?

— Oui. Il fréquentait vos salles de jeux.

— Humm… si je ne m'abuse, c'est un vieux monsieur, non ?

— Exact. À ce que je sais, il est venu souvent chez vous.

— Il y a beaucoup de monde qui vient ici, je ne peux malheureusement pas les connaître tous.

— Lui si. Il jouait gros… au Poker.

— Ah, je vois où vous voulez en venir. Lippert… Lippert… Un vieux monsieur… Oui, maintenant que vous me le dites, oui, en effet. Il venait souvent, c'est exact.

— Avait-il des dettes ?

— Il est fort possible que ce monsieur ait eu quelques ardoises chez nous, il faudra que je vérifie mes livres. Kevin !

— Patron ?

— Vous vous en occuperez au plus vite et vous communiquerez les renseignements à monsieur. Mais soyez sûr qu'ici tout se règle avec courtoisie et à l'amiable. Il est vrai que l'on joue, mais ça ne va pas chercher bien loin.

— Je n'en doute pas une seconde. Quoi qu'il soit étrange de constater que ce Lippert est mort assassiné. Aurait-il oublié de s'acquitter de sa dette ?

— Il est mort ! Comme c'est triste. Il avait de la famille ? Kevin !

— Patron ?

— Faites-moi penser à envoyer des fleurs.

— OK !

— Et d'abord, qu'est-ce qui vous fait dire qu'il a été assassiné ?

— Ce sont les conclusions de l'enquête de gendarmerie.

— Ah, je vois. Et donc, parce que j'ai un passé disons… contestable, vous vous imaginez tout de suite que j'en suis le responsable. Pourquoi chercher ailleurs ce que l'on a sous la main, n'est-ce pas ? Vous êtes pathétique, monsieur Magenta. Pourquoi ne pas m'accuser également de tous les accidents qui ont lieu dans la région, tant que vous y êtes ? C'est tellement simple et plus pratique.

— Ne me tentez pas.

Francis a fermement appuyé sa remarque. Il veut pousser le truand à la faute.

Et ça semble marcher, car le visage de Krammer se ferme soudainement. Il n'a plus envie de s'amuser.

— Vous osez me soupçonner de l'avoir éliminé, moi ? Vous n'avez peur de rien, vous. Sachez qu'ici tout est régulier, tout est parfaitement en règle. Vous pouvez vérifier. Si j'ai fait des erreurs dans ma jeunesse, j'ai depuis payé ma dette à la société. Maintenant, je suis un honnête homme d'affaires, et si je me suis installé ici, c'est justement pour éviter de croiser des types dans votre genre qui sont incapables d'accepter qu'un truand puisse reprendre une vie normale. Quant à la mort malheureuse de cet homme, tant que vous ne m'apporterez pas une preuve que j'y suis pour quelque chose, je vous prierai de ne plus m'importuner. Je suis un respectable homme d'affaires.

Les deux hommes s'affrontent durement.

Soudain, Krammer se décontracte et sourit de suffisance en s'adossant confortablement dans son fauteuil.

Il croise à nouveau ses mains sur son ventre en remettant ses pieds sur le bureau.

Il alterne le chaud et le froid avec maestria.

— Ce sera tout, monsieur Magenta ?

Francis constate que ce sera plus difficile de le faire craquer que prévu.

Qu'à cela ne tienne, il avait envisagé cette possibilité.

La réponse est laconique.

— Non !

TENTATIVE DE DÉSTABILISATION ! ...

— Letestud. Charles Letestud.

Krammer sourit très largement.

— Notre magicien ! Une icône, ici. Qui ne le connaît pas ?

— Il a disparu.

— Il est au Canada, vous êtes mal renseigné.

— D'après sa sœur, il n'y est jamais allé. Il ne serait même jamais parti de Bletterans.

— Et alors ? S'il a décidé de changer son emploi du temps au dernier moment, qu'y puis-je ? Vous êtes quand même marrant, vous ! Vous êtes encore en train de me reprocher les pires choses au monde, ça devient aussi insultant que lassant et obsessionnel, monsieur Magenta. Faut vous soigner ! ... Et d'abord pourquoi croyez-vous que j'aurais, éventuellement, quelque chose à voir avec lui ?

— Parce que vous le connaissiez.

— Vous parlez de lui au passé, c'est désobligeant, vous savez, surtout pour lui. Avez-vous la moindre preuve de ce que vous avancez ?

— Pas encore.

Krammer éclate de rire.

— Pas encore ! C'est tout ce que vous êtes capable de dire ? Letestud bouge énormément, il est réclamé de partout dans la région, c'est la rançon de la gloire. Quand vous êtes un « bon » comme lui, tout le monde vous veut. Alors je ne serais pas étonné de le savoir à Dijon ou à Mâcon alors que tout le monde, ou presque, le croit ailleurs. C'est une façon pour lui d'échapper à ses fans. Il a quand même droit à un peu d'intimité, non ? Il a une vie privée, comme tout le monde. Ça se respecte.

— Sa fiancée la partage, elle, et elle est très inquiète. Elle aussi ne s'explique pas son silence soudain.

— Encore une fois, qu'y puis-je ?

Le truand s'interrompt avant de sourire à nouveau.

— De vous à moi, monsieur Magenta, Letestud a une réputation de cavaleur, alors je ne serais pas étonné que... vous voyez ce que je veux dire ? Carine est une jalouse née. Qui vous dit qu'elle ne cherche pas à vous induire en erreur en vous faisant croire qu'il a disparu ? Peut-être est-il tout simplement en train de copuler comme un forcené dans un coin pour amoureux, non ?

— Je ne pense pas, non.

Krammer hausse les épaules.

— Libre à vous de ne pas y croire. Savez-vous que notre magicien fait partie de la jet-set locale. Il se trouve qu'elle aime s'encanailler chez moi. Ce n'est quand même pas de ma faute, si tous ces gens raffolent de venir dans mon établissement qui, je vous le rappelle en passant, est fait justement pour ça. Elle a pour habitude de lever la jambe sans trop se faire prier, alors... Il donne des galas, privés ou publics, partout, et avec un succès qui ne se dément jamais... Bien sûr que je le connais. Il s'est produit plusieurs fois ici. La salle était comble.

— Sa fiancée m'a confirmé qu'il jouait. Qu'il jouait gros et qu'il perdait.

Attristé, Krammer évacue la remarque d'un revers de la main.

— Ah, cette chère Carine. Elle ne peut pas s'en empêcher. C'est plus fort qu'elle. Oui, Letestud jouait dans mon casino. Il a perdu quelques fois, mais il s'est toujours refait. Carine n'a aucun sang-froid, elle panique pour très peu. Ne prenez pas pour argent comptant tout ce qu'elle vous raconte, ça vous évitera, à l'avenir, de passer pour plus ridicule que vous ne l'êtes en ce moment.

— Sa disparition ne vous inquiète donc pas plus que ça ?

Krammer marque une pause, feignant l'exaspération.

— D'abord, il n'a pas disparu. Ensuite nous n'étions pas assez intimes pour que je fasse partie du cercle privé. Vous me donnez trop d'importance, monsieur Magenta. Avez-vous encore des questions stupides à me poser ?

ESTOCADE FINALE ? ...

— Qui était Mitsy pour vous ? Madame Claudine Revallier... Ou plutôt... Josiane Lemberton ?

Krammer ne cille même pas.

Il a un culot monstre ou il en sait beaucoup plus qu'il ne le pense ? En tout cas, sa non réaction prouverait son implication dans son meurtre. C'est lui qui a le plus à perdre.

— Vous insistez toujours aussi lourdement, vous, ou vous avez vraiment décidé de me faire perdre mon temps ?

— Plus vite vous répondrez, plus vite je partirai !

— Ma comptable. Sa mort est une très grosse perte pour tout le monde... Au fait, Kevin, tu n'oublieras pas de faire porter des fleurs au mari. Beaucoup de fleurs.

— Votre sollicitude est touchante.

— N'est-ce pas.

— On dirait qu'on meurt beaucoup autour de vous en ce moment, non ?

Krammer ouvre largement ses bras.

— Que voulez-vous, c'est le cycle immuable de la vie.

— Seriez-vous pour quelque chose dans son accélération ?

— Décidément, vous y tenez, vous. C'est une idée fixe. Et d'abord pourquoi me parlez-vous d'elle ?

— Parce que Lippert et elle étaient amants. Alors de là à imaginer... je me pose des questions, c'est bien légitime.

Le coup semble porter. Krammer se fige et reste mutique un court instant.

— Et alors, vous vous imaginez que... laissez-moi rire, monsieur Magenta. Ce n'est pas parce que je l'ai culbutée une paire de fois dans le temps que je suis jaloux. J'ai passé l'âge et puis elle n'était plus de la première jeunesse. Je suis comme vous, j'aime la chair fraîche.

Il consulte sa montre. Un signe de nervosité que Francis prend comme une avancée significative.

Krammer va-t-il s'énerver pour de bon ?

— Monsieur Magenta, après quoi courez-vous donc ? OK, j'admets volontiers avoir des méthodes parfois... dissuasives, mais j'y suis obligé. Je dirige un complexe où quelque fois des gens disons... peu recommandables viennent pour essayer de flanquer la pagaille. J'agis en chef d'entreprise responsable. Il faut bien que je protège mes intérêts ainsi que la sécurité de mes clients.

— Bien sûr.

— Mais de là à commettre ... il faudrait vraiment que l'on m'ait fait beaucoup de torts. Il fut un temps, oui... mais cela est du passé, maintenant.

— En êtes-vous bien certain ?

Krammer ricane.

— Vous tenez vraiment à me faire passer pour ce que je ne suis plus. OK, j'avoue. Ici, avec moi, c'est beaucoup plus simple... dans tous les domaines, mais en respectant la loi.

— Ah je suis content pour vous, j'avais des doutes.

L'avertissement est cependant très clair. Francis n'a pas intérêt à faire une seule erreur. L'autre ne le loupera pas, mais au moins il a un début de réponse.

Francis se rapproche et pose ses mains bien à plat sur le grand bureau. Il estime venu le temps de donner l'estocade.

— Mitsy couvrait toutes vos saloperies.

— Vous m'en direz tant !

— J'ai, en ma possession, des documents qui pourraient vous envoyer à l'ombre pour très longtemps.

Krammer ne bronche pas. Il est très fort ou très sûr de lui.

— Vous bluffez.

— En êtes-vous si certain ?

— Vous employez un conditionnel, c'est donc que vous avez que dalle et que vous y allez au culot. Mais pour qui me prenez-vous ? Pour un débutant ?

— Mitsy était peut-être plus maligne que vous ne le pensiez.

— Encore un conditionnel. Vous me fatiguez, Magenta.

— Vous vous croyez invulnérable, bien planqué derrière vos protections.

Krammer éclate de rire.

— Mais quelles protections ? Dans quel monde vivez-vous ?

— Capone ([135]) avait à peine vingt ans qu'il contrôlait déjà la moitié de Chicago grâce à elles. Mais il n'aurait même pas voulu de vous pour faire ses courses.

---

[135] Alphonse Capone dit « Al Capone » est né à Brooklyn (New York) le 17 janvier 1899. D'origine italienne et parrain de l'*Outfit* de Chicago de 1925 à 1931, c'est un des plus célèbres gangsters américains du 20ème siècle. Surnommé « *Scarface* » (Balafré), il fait fortune dans le trafic d'alcool de contrebande durant la prohibition dans les années 1920. Al Capone contribue fortement à l'émergence du système de mafia, usant de la corruption des policiers, de la justice, des figures politiques, ainsi que des menaces physiques pour éviter les témoins à charge, et n'hésitant pas à avoir recours à l'assassinat. Ses activités criminelles sont prises pour cible par le gouvernement fédéral après le « massacre de la Saint-Valentin », une tuerie visant ses principaux rivaux de Chicago. Ses affaires sont malmenées par l'intervention des Incorruptibles, groupe de policiers sous la direction de l'agent du Trésor Eliot Ness. Ayant toutefois échappé à un procès jusqu'alors, grâce à la mainmise de son organisation sur les forces de l'ordre, il est enfin arrêté grâce à l'enquête de Ness. Il est condamné pour fraude fiscale le 24 octobre

Le truand redouble de rires.

— Mais où vous croyez-vous ? Capone, c'est de l'histoire ancienne. On est au vingt-et-unième siècle. Il faut vous réveiller, monsieur Magenta. Cessez de vivre dans le passé.

— Le passé permet de comprendre notre présent pour nous aider à nous construire un avenir meilleur. Il faut en tirer les leçons et, apparemment, vous ne le faites pas. Vos protections ne vous sauveront pas devant les faits et, surtout, les preuves, comme la « *Divine* ». Celles que j'apporterais aux autorités.

Krammer tique. L'argument a porté. Francis sait qu'il a touché juste.

— De quelle protection parlez-vous ? La police ? Elle est prête à vous jeter en prison sur un simple signe de ma part. Je travaille avec des gens très, très haut placés et même avec des gens qui ont leurs entrées, particulières, au gouvernement et qui m'aideront, j'en suis certain. Alors, ne me parlez pas de protection que vous ne pouvez même pas imaginer.

Excédé, le truand se lève et plante un regard meurtrier sur le privé avant, d'un coup, de se calmer en souriant curieusement.

— Kevin, raccompagne monsieur Magenta. Il doit partir. Allez, prenez vos affaires et fichez le camp pendant qu'il en est encore temps.

1931 à 17 années de prison dont 11 ans fermes, et se retrouve à Alcatraz. Il est mort à Miami Beach (Floride) le 25 janvier 1947.

L'APPÂT EST LANCÉ ! ...

Une fois parti, Francis s'assure de ne pas être suivi et s'arrête sur le bas-côté. Vivement, il saisit sa radio de bord.

— Stan ?

— *Ouais, c'est moi.*

— Le poisson est ferré. Je pense l'avoir suffisamment secoué. Il va nécessairement commettre une faute. À toi d'ouvrir l'œil, et le bon.

— *Compte sur moi.*

— Ne rate rien. Je veux tout savoir sur ce qui se passe dans le complexe. Surveille tout particulièrement les allées et venues de Krammer. Enregistre bien tout aussi. Ses conversations vont certainement être très instructives.

— *Tu es sûr qu'il ne t'a pas vu poser le micro ?*

— Sûr et certain. Quand je me suis penché sur son bureau, j'ai pu le glisser juste dessous. Il était si tendu qu'il n'a rien vu.

— *Si tu le dis.*

Au complexe

— Alors, qu'en penses-tu ?

Kevin se retourne. Il est inquiet.

— Ce mec est dangereux et...

Il s'interrompt en voyant Krammer se lever et contourner son bureau sur la pointe des pieds.

Tout en s'avançant, il lui fait signe de continuer à parler.

Surpris, Kevin s'exécute et débite des banalités tout en observant le manège de son patron.

Celui-ci se penche doucement sous son bureau puis se redresse en faisant signe à son lieutenant de le rejoindre en silence.

D'un geste, il lui montre le minuscule micro aimanté placé juste au-dessous.

Krammer sourit en se redressant.

— Notre Magenta est un homme dangereux, c'est sûr, mais nous n'avons strictement rien à craindre, nous sommes aussi innocents que l'enfant qui vient de naître. Il fait fausse route sur toute la ligne.

En même temps, il se dirige vers la porte et entraîne Kevin avec lui.

— Bien, allons faire un tour. Rester enfermé dans un bureau une journée pareille serait un pêché.

Sur le parking

— Marchons.

— Comment avez-vous décou...

— Ce n'est pas à un vieux singe qu'on apprend à faire des grimaces.

— Je vais enlever cette saloperie et...

— Tu ne vas surtout rien faire du tout. Laisse ce micro où il est. Nous allons nous en servir pour refiler des informations bidon à ce privé de mes deux. Mais à qui croit-il avoir affaire, ce nain ?

— Il est dangereux !

— Moi aussi !

— Mais il est au courant pour Mitsy et la « *Divine* ».

— Peut-être... ou peut-être pas. Et vois-tu, mon avis, c'est qu'il est au courant de que dalle. Il nous le fait au bluff.

— Mais il a parlé de Lippert, de Letestud, de Mitsy, de documents, de la dope...

— Et alors ? C'est un privé, c'est son boulot de remuer la merde. Lippert ? Toi comme moi savons qu'il avait un passé plutôt lourd, normal que Magenta soit après lui. Il avait sûrement quelque connerie à son actif. Letestud ? Ne m'as-tu pas dit que sa conne de sœur l'avait chargé de le retrouver ? Mitsy ? Une suite de déductions logiques d'autant plus qu'elle fricotait avec Lippert, ce que j'ignorais. Des documents ? Un hameçon sensé histoire de voir ma réaction. La « *Divine* » ? Tout le monde en parle à voix basse, alors il n'y a pas de quoi se prendre le chou.

— Comment ça ?

— C'est une tactique connue et vieille comme le monde que de foncer droit devant. Il nous attaque de front pour nous obliger à réagir. Ça veut dire qu'il ne sait rien et qu'il va à la pêche aux informations. La preuve, ce micro. Du bluff, je te dis. Du bluff !

— N'empêche qu'il était chez la Mitsy l'autre nuit. Faut le descendre.

Furieux d'un coup, Krammer attrape violemment son lieutenant par le col.

— Sombre connard ! Tu n'as pas deux sous de jugeote. C'est justement ce que Magenta attend de notre part. Nous pousser à la faute, voilà sa stratégie. Quant à sa visite chez Josiane, elle n'a pas dû être très instructive. De toute façon, Mitsy en savait bien trop peu pour pouvoir nous causer des ennuis. Me crois-tu suffisamment idiot pour lui avoir laissé la moindre chance de nous doubler ? Allons, tu me connais mieux que ça quand même.

— Elle gérait tous les comptes.

— Et alors ? Quand bien même certaines de nos transactions étaient rendues publiques, que se passerait-il ? Rien, comme d'habitude. Nous avons assez de protections pour nous éviter un ennuyeux procès. Nos dévoués amis ont bien trop à perdre, ils se feront une joie d'étouffer ça. Au prix ou je les paye.

Kevin fixe la pointe de ses chaussures. Il réfléchit.

— Alors, on fait quoi ?

— Toi, tu restes ici, tu continues à endormir ce flic de merde. Et, surtout, pas de vagues ! Ce qui m'ennuie, c'est la relation de Lippert avec Mitsy. Je voudrais bien savoir ce que Magenta sait exactement à ce propos. Tu vois, on ne se renseigne jamais assez sur les gens. Lippert nous avait bien caché ça. On m'avait dit qu'il était secret, jamais je n'aurais cru qu'il le soit à ce point. Mitsy non plus d'ailleurs.

Préoccupé, Krammer se perd dans ses pensées.

— Bon, on arrête tout, alors ?

— Non ! On ne change strictement rien à notre programme. On continue ! On ne va pas abandonner si près du but.

— Mais Magenta est...

— On va juste prendre quelques précautions supplémentaires, c'est tout ! Ce n'est pas ce branleur à la petite semaine qui va faire foirer un plan que j'ai mis des années à mettre au point. Tu ne changes rien. Bourre-lui le mou, c'est tout !

— Et vous ? Qu'est-ce que vous allez faire ?

— Je repars. Je dois terminer mes visites en région. Je reviens d'ici quelques jours. Tu me mets la pression maximale sur Serge... quitte à le secouer un peu, et pas dans le sens du poil. Tu ne lui *demandes* pas, tu lui *dis* que je veux ma « *Divine* » ! Je veux ma hache ! C'est pigé ?... Et retrouve-moi ce putain de collier !

— Oui. Je vais faire le nécessaire.

IL Y A VRAIMENT QUELQUE CHOSE QUI NE VA PAS, MAIS QUOI ? ...

Jura, Lons-le-Saunier,
12 Rue du 44ème R.I.,
immeuble « *L'Argentelle* »,
agence de « *Mondial Protection* »,
mardi 25 juin,
5ème jour du compte à rebours,
09 h 49

— Qu'est-ce que tu lis ?

— Le rapport des gars de Paris.

— Alors ? Intéressant ?

— Désespérant, tu veux dire. Nos deux anciens truands ne font absolument rien du tout. Ils semblent regarder passer le temps.

— Et les enquêtes que tu avais demandées sur les objets d'art de Lippert, un résultat ?

— Mitigé. La plupart sont d'origine, mais un certain nombre ne sont que de très habiles copies. Ça concerne surtout ses bijoux.

— Et alors ? Ça te pose un problème ?

Francis secoue la tête en faisant une moue dubitative.

— Je n'en sais rien encore. Je manque d'éléments pour trancher définitivement. Pourquoi Lippert a-t-il fait des copies de certains de ses bijoux ?

— Truander l'assurance, non ?

— Ils ont vérifié de ce côté et ils n'ont rien trouvé allant dans ce sens.

— Bon, ben, tu verras bien plus tard.

— Peut-être.

Pensif, Francis améliore sa position tandis que Stan s'intéresse furieusement au contenu de la corbeille.

— T'as pas remarqué un truc ? demande-t-il soudain.

— Quoi donc ? grommèle Francis dérangé dans sa lecture.

— Ben, on a plus d'une quinzaine de terrines et y en a que deux qui sont au sanglier.

Stupéfait, Francis relève la tête et fusille du regard son adjoint.

— Nom de Dieu, Stan ! Nous sommes au bureau, ici ! On y est pour, en principe, travailler. Est-ce que cette notion te parle ? Le travail ?

— Ben, ouais. Pas la peine de hurler comme ça, suis pas aveugle.

Désespéré, Francis renonce.

— Les autres sont prêts ? Ça va être l'heure.

— Ouais, ils attendent ton feu vert.

— Alors, fais entrer.

Quelques minutes plus tard, confortablement installés dans le bureau, les privés font le point sur l'enquête.

— Bon. Alors, qu'avons-nous sur Maldonado, le régisseur ?

— Absolument rien. Ce type est tout ce qu'il y a de plus clean. On fait fausse route en continuant sur lui, explique Mathieu.

— OK. On laisse tomber. Du côté des vigiles du musée Letestud, ça donne quoi ?

— Là aussi, que dalle. Tous les agents sont au-dessus de tous soupçons. Leurs casiers sont blancs comme neige.

— Tu as pu vérifier cette histoire de collier ?

— Oui, répond Basile. Carine Montellieux a dit la vérité. J'ai pu visionner les bandes d'enregistrement. On voit très clairement Letestud demander l'autorisation au PC sécurité de prendre le collier. Un des vigiles ouvre le présentoir. Il prend « *Le Sourire du Monde* », le donne à Letestud qui le met au cou de Carine. La nana semble même s'évanouir de bonheur. Quelques secondes plus tard, il le rend au vigile qui le remet à sa place.

— Pas d'entourloupe ?

— Pas d'entourloupe.

— Bon. Quoi d'autre ? Stan, du nouveau sur le complexe ?

— Que dalle. On a beau se relayer depuis hier à la table d'écoute, il ne se passe strictement rien du tout. Par contre, faudrait avertir Krammer que sa femme de ménage se fait sauter la nuit en travers de son bureau par un des vigiles. Pas sérieux, ça. Et en plus on n'a que le son et pas l'image. C'est con.

— On s'en fout. Il faut savoir être patient. Tu as quelque chose sur ce Serge Sempère ?

— Ouais. C'est un taré. Un violent. Un sadique. Il est né à Louhans. Il a cinquante-sept ans, dont vingt-trois passés au placard. N'a rien connu d'autre que la délinquance. Il travaille les gens, et ses gagneuses en particulier, au vitriol. Un vrai dingue ! Krammer et lui se sont connus en taule. Forcément, à la longue, d'être les uns sur les autres, ça crée des liens. Sa devise, c'est : ce qui est à toi est négociable, ce qui est à moi est à moi.

En même temps, Stan fait circuler une photo du truand.

— Dis donc, c'est le cliché qui déconne ou ce mec est blanc à faire peur ?

— Non, non ! C'est bien sa couleur naturelle. Forcément, avec vingt-trois ans à l'ombre, manque singulièrement de vitamines, le mec.

— On va aller lui rendre une petite visite. Si quelqu'un sait où se trouve la « *Divine* », c'est forcément lui.

— Tu penses qu'il essayerait de doubler Krammer ?

— C'est très possible. Il peut très bien s'être mis d'accord avec le pilote pour engourdir la came et se mettre à leur compte ensuite.

— Ou revendre le tout à des concurrents.

— Également. Dans les deux cas, ils gagnent le jackpot.

— À condition d'échapper à Krammer, et ça, c'est pas gagné, précise Stan.

— Tu as son adresse ?

— Ouais. Il crèche dans une maison isolée à Chaumergy. Un truc de famille. Il y sera ce soir. C'est le seul moment où on pourra le voir.

— Quelle heure d'après tes infos ?

— On sera peinards vers les 22 heures 30.

— OK. Alors nous irons tous les deux, et armés.

— OK.

— Le reste du temps, il fait quoi ?

— Il est à son magasin de sport, et bien accompagné.

— Combien de gorilles ?

— Quatre.

Francis fait la moue.

— Un précautionneux.

— On a déjà essayé de le buter à plusieurs reprises, il y a quelques années. Depuis, il ne sort jamais sans ses nounous, mais depuis qu'il bosse pour Krammer, ses... « ennemis », d'autres souteneurs en général, lui foutent une paix royale.

— Krammer est vraiment devenu un intouchable, conclut Francis. Ça va être difficile de le faire tomber. Il faut le pousser à la faute... Bon, du côté de Lippert, Mitsy, Letestud, avez-vous trouvé des liens particuliers entre eux, autres que ceux que nous connaissons ?

Personne ne répond.

— Ouais, on n'a que dalle, quoi ! dit Francis, déçu.

— Exact. Le seul point qui les relie tous, c'est le complexe de « *L'Arcobaleno* ». Sinon, que dalle...

Francis tapote nerveusement sur son bureau. Quelque chose cloche depuis le début de cette affaire, mais il n'arrive pas à savoir quoi. Qu'ils soient tous reliés par le complexe est une chose, mais qui et pourquoi a-t-on assassiné Lippert ? Pourquoi Letestud a-t-il disparu ? Qui en retire un avantage ?

Personne... pour le moment.

Le dénominateur commun semble être, bien entendu, Krammer et son complexe, mais alors quel est l'intérêt du truand de faire disparaître ces gens ? À part Mitsy, a priori, il n'a strictement rien à gagner à voir les autres morts !

Où est la faille ?

Où est le lien ?

Y aurait-il un autre « joueur » dans la partie ?

ENCORE DES CENDRES ! ...

Jura, Chaumergy,
Impasse de l'Étang,
domicile de Serge Sempère,
mardi 25 juin,
22 h 29

Francis se gare à plus de cinquante mètres de la maison. Il ne veut pas faire de bruit pour mieux surprendre le truand.

Il se doute bien que sa venue ne va pas être appréciée à sa juste valeur. Il vérifie son arme. Stan en fait autant.

On ne sait jamais, surtout avec un type comme ce Sempère.

Vivement, les deux hommes s'approchent de l'entrée. La maison est située pile en face de l'étang des Grébes, à la limite du Jura et de la Saône-et-Loire. Elle est illuminée et de la musique douce s'en échappe.

Les privés savent que l'homme est en galante compagnie. Sa régulière, paraît-il, et même sa meilleure gagneuse.

Arrivé sur le pas de la porte, Francis s'immobilise net et lève le bras.

À l'interrogation muette de Stan, il lui montre la porte.

Elle n'est pas fermée.

Mauvais signe.

Redoublant de prudence, ils s'avancent sur la pointe des pieds et se plaquent conte la paroi extérieure en vieilles pierres.

Lentement, Francis avance sa tête pour jeter un œil à l'intérieur.

À part la lumière en plein et la musique à fond, ou presque, il ne décèle rien de suspect.

Il pousse la porte du pied et entre en braquant son arme en avant.

Il balaie l'air devant lui puis, soudain, s'immobilise. Sur sa droite, juste à côté d'une commode, git un corps à moitié nu.

Il reconnaît immédiatement Sempère.

Il porte une robe de chambre grande ouverte. Ses bras sont en croix. Il a un genou éclaté et une balle entre les deux yeux. L'œil exercé du privé note tout de suite qu'il a également les deux phalanges de la main droite sectionnées net.

On l'a torturé.

Francis s'avance. Stan suit derrière en surveillant la gauche de la pièce.

Sur un petit sifflement, Francis se retourne. Stan lui montre un second corps allongé sur le pas de la porte donnant sur la chambre. La femme est nue, une balle entre les deux yeux.

Francis se retourne, arrête la musique et se laisse choir sur une chaise, l'air mauvais.

— On arrive toujours trop tard, nous, c'est chiant, laisse tomber Stan qui ne s'assoit pas.

— On n'arrive pas trop tard, quelqu'un nous précède. C'est différent.

— Ouais, en tout cas, le résultat est le même. Mitsy, puis Sempère. Merde, mais qui c'est ce tueur ? Et comment fait-il pour arriver toujours avant nous ?

— C'est justement ce à quoi je pense.

Francis se redresse et s'approche du truand. Il l'observe attentivement.

À voir son visage déformé par la douleur, il imagine très bien la souffrance qu'il a dû endurer. Même un truand comme lui ne méritait pas d'être torturé ainsi. Le type qui lui a sectionné les phalanges est un professionnel. Maintenant, reste à savoir s'il l'a achevé après avoir entendu ce qu'il voulait entendre, ou parce qu'il hurlait trop fort de douleur ?

Le privé va vers la jeune femme.

La pauvre fille ne devait pas avoir plus de vingt ans. Dommage collatéral, se dit-il. Elle s'est trouvée au mauvais moment au mauvais endroit.

Francis déambule dans la pièce, cherchant à comprendre ce qui s'est passé.

— Le tueur a dû sonner à la porte. Sempère a enfilé sa robe de chambre et est venu ouvrir pour envoyer promener le gêneur. Seulement, celui-ci l'a menacé de son arme. Il l'a obligé à reculer. Lui a logé une bastos dans le genou pour l'immobiliser. Surprise par les cris de son mac, la pute s'est pointée pour voir ce qui se passait. Le tueur ne lui a laissé aucune chance. À peine est-elle apparue sur le pas de la porte qu'il lui a logé une balle entre les deux yeux. Stan, On a affaire à un pressionnel au sang-froid remarquable. Il a de la suite dans les idées et ne s'arrêtera que quand il aura obtenu ce qu'il cherche.

— C'est pour ça qu'il a torturé le Serge ?

— Pourquoi torture-t-on quelqu'un ? En général c'est pour lui faire avouer quelque chose.

— Mais quoi ? Où se trouve la « *Divine* » ?

— Selon toute vraisemblance, oui.

— Alors, c'est Krammer.

— Non. Il n'avait aucun intérêt à le buter. Serge mort, comment Krammer va faire, maintenant, pour retrouver ses cellules-souches ?

— En tout cas, c'est quelqu'un qui devait se douter que Sempère jouait double-jeu.

— Possible. À moins que...

— À moins que ?

— Ça pourrait être un coup du pilote.

— Comment ça ?

— Stalmaster a fait le job pour Sempère, mais celui-ci n'a pas voulu le payer.

— Il serait venu se venger ? Ouais, possible...

— Mais faux !

— Pourquoi ?

— Parce qu'il n'aurait eu aucun intérêt à le torturer. Il se serait contenté de le flinguer, et c'est tout. Il n'aurait même pas touché à la fille ou aurait attendu qu'elle se tire. Non, il y a autre chose et...

Francis s'immobilise. Il vient de repérer quelque chose sur le coin de la table de salle à manger.

— Nom de Dieu ! s'exclame-t-il.

— Quoi encore ?

— Stan ! Regarde, là ! Il y a encore ces putains de cendres circulaires. C'est encore le même type !

— Quoi ! Tu es sûr ?

— Absolument ! Il y en a nettement moins, mais les traces sont bien visibles. C'est lui ! C'est le même type, il n'y a aucun doute.

— Le cambrioleur, l'assassin de Mitsy et le tortionnaire de Sempère, serait une seule et même personne ?

— Oui. C'est certain, maintenant. Et ce qu'il cherche, c'est la « *Divine* ». Et rien d'autre.

— Mais qui c'est, ce mec, bon sang ?

PANIQUE GÉNÉRALE ...

Saône-et-Loire, Mouthier-en-Bresse,
4 Rue des Vizerons,
quartier « *Dissey* »,
domicile de Chantal Letestud,
mercredi 26 juin,
6ème jour du compte à rebours,
01 h 06

— Tu es malade d'appeler à cette heure-ci ? Si Denis se réveillait ?

— *Ne me prends pas pour un con, Chantal. Ton mec est parti pour trois jours à une foire de machines agricoles.*

— Bon. OK. Qu'est-ce que tu veux ?

— *Faut qu'on se tire, et tout de suite.*

— Mais pourquoi ? Tout marche bien, jusqu'à présent.

— *Justement, non. Serge vient d'être retrouvé mort, assassiné.*

— Serge ! Mais comment...

— *J'en sais que dalle, tabarnak ([136]). Tout ce dont je suis sûr, c'est qu'il faut filer.*

— Dis-moi un peu, tu ne l'aurais quand même pas...

---

[136] Juron canadien très utilisé.

— *Arrête tes conneries. Je suis peut-être un voleur, mais pas un tueur. On avait décidé de faire cinquante/cinquante. Et même s'il allait me truander un peu, je m'en fous. On aura toujours assez de fric pour se la couler douce tous les deux jusqu'à la fin de nos jours.*

— Kellam, que se...

— *Il se passe qu'un mec est en train de refroidir tous ceux qui trempent dans le commerce de la « Divine », et moi, je suis maintenant en première ligne. Ça devient beaucoup trop dangereux. Faut savoir plier l'échine quand on se rend compte qu'on n'est pas de taille, et c'est notre cas. Alors on récupère ce que tu sais et on se casse au plus vite. J'ai de la famille au Canada, on y sera tranquille, mais c'est maintenant. Tu vas chercher le paquet tout à l'heure et on se barre.*

— Impossible ! Je dois passer la journée avec mon amie, Renée-Charlotte. C'est pour les gosses de la commune, c'est prévu de très longue date et...

— *On s'en contrefout, Chantal. Y a urgence, là !*

— Non ! Si je n'y vais pas, ils vont se poser des questions, et comme tu viens de le dire, ce n'est pas le moment. J'irai le chercher après-demain.

— *Bon, OK, mais pas de connerie, hein ? Fais gaffe !*

— T'inquiète. Je vais chercher le paquet jeudi après-midi, après 16 heures. Viens à la maison pour 17 heures. On filera juste après.

Sur la route de Lons-le-Saunier,
02 h 02

Stan conduit nerveusement pendant que Francis essaie d'y voir clair dans cette histoire.

— Tu y piges quelque chose ?

— Je commence un peu, oui. Ce dont je suis sûr, c'est que nous avons affaire au même tueur. Le cambrioleur, le tueur de Mitsy et de ce Serge est la même personne Ce que je ne m'explique pas encore vraiment, même si je crois avoir une petite idée, c'est comment il sait tout avant nous.

— Il nous espionne.

— Oui, ça, c'est certain. Et... je crois savoir comment.

— Oooh ! Comment ?

— Si je me souviens bien, nous étions dans la même pièce quand nous avons parlé de Mitsy et de Sempère, non ?

— Ben, heu... ouais. On était dans ton bureau.

— Et il y a quoi dans mon bureau ?

— Comment ça, « y a quoi » ?

— Réfléchis, tête de bois dur.

— La corbeille de bouffe !

— Exactement.

— Mais elle nous a été donnée par...

— John Mac Cabe, en personne.

— Ce serait donc lui qui...

— Ça m'en a tout l'air, oui. On rentre, et au trot, je veux vérifier certaines choses. Tout de suite !

Complexe de « *L'Arcobaleno* »,
03 h 17

— C'est comme ça qu'on bosse, bande de crevards ?

L'irruption de Krammer dans le PC de surveillance fait l'effet d'une bombe.

Réveillés en sursaut, les quelques vigiles endormis se précipitent sur leurs consoles, houspillés par un patron hors de lui qui distribue les baffes en rafale.

Kevin surgit à cet instant. Krammer l'attrape durement par le cou.

— Alors, je m'absente quelques heures et j'apprends que Serge s'est fait refroidir ? Dis-moi, sombre connard, t'aurais pas eu un peu la main lourde ? Quand je te dis de lui mettre la pression, ça ne veut pas dire le tuer ! Comment je vais récupérer ma hache, moi, maintenant ?

Krammer relâche sèchement son gorille qui valdingue au sol.

— J'y suis pour rien, patron, se défend moule-burnes en se redressant.

— Tu as intérêt à être plus convaincant que ça, abruti.

— C'est vrai que je lui ai bien ordonné de vous ramener la « *Divine* ». Il a bien compris le message, mais quand je l'ai quitté, il était en vie. Amoché, mais en vie. Je vous le jure.

— Ne jure pas, abruti !

— Mais comment avez-vous appris qu'il était mort ? Je viens seulement de l'apprendre, moi.

— Je ne vais pas encore t'expliquer comment je fonctionne. J'en ai marre de perdre mon temps avec des couilles-molles dans ton genre. Je veux de l'efficacité !

— Mais alors qui a bien pu...

— Dans l'immédiat, je ne vois qu'une seule personne pour avoir commis une connerie pareille.

— Qui ?

— Magenta ! Il sait que sans ma « *Divine* », je suis coincé. Il m'attaque sur mon point faible.

— Mais comment aurait-il su pour Serge ? C'est impossible !

— C'est un fouille-merde, ne l'oublie pas. Et puis on s'en fout. L'heure n'est plus aux questions, mais à l'action. J'ai probablement sous-estimé ce type. On va corriger le tir.

— Vous voulez que je le descende ?

— Mais non, sombre connard ! Si on ne peut pas faire autrement, on l'achètera comme les autres, c'est tout.

— Alors, qu'est-ce qu'on fait pour le moment ?

— Tu me rameutes tous les hommes disponibles. Vous me remuez ce pays de merde de fond en comble ! Je veux ma « *Divine* ». Quelqu'un doit avoir cette putain de hache. Mis à part Magenta, ça ne peut être qu'un concurrent... et on les connaît, alors à toi de jouer.

— Je rappelle tous les gars ?

— Qu'est-ce que je viens de dire ? Tu es sourd ou quoi ?

— C'est rapport à la surveillance de la Chantal, je...

— J'ai dit « tout le monde ». On s'occupera du cas de cette conne plus tard. La priorité des priorités, c'est ma « *Divine* ». Exécution !

— Et Magenta ?

— Magenta, Magenta... mais merde, c'est quoi ? Juste un simple flic privé ! Un mec comme un autre. On attend pour voir. Tu m'as bien dit qu'il était incorruptible ? Alors, si c'est vrai, il n'a aucun intérêt à me voler la came. Qu'en ferait-il ? Je ne l'imagine pas en dealer. Non ! On attend le résultat de tes recherches. On avisera ensuite, et s'il faut l'arroser, on l'arrosera. C'est un type lambda qui a sûrement son prix. C'est tout... Alors, qu'est-ce que tu attends ? Reste pas planté là, comme un con ! Bouge ton cul, abruti !

— C'est comme si c'était fait, je...

— Je ne veux pas de « comme si... ». Je veux des résultats, et si ton job est trop compliqué, je procéderai à des remplacements. Dehors !

Jura, Lons-le-Saunier,
12 Rue du 44ème R.I.,
immeuble « *L'Argentelle* »,
agence de « *Mondial Protection* »,
04 h 14

— Elle est superbe cette corbeille. Et je ne parle pas de ces si délicieuses terrines, bien sûr.

Stan et Francis ont fouillé de fond en comble la corbeille, mais n'ont rien trouvé de suspect. Pas de micros, rien.

Les deux hommes s'octroient quelques instants de repos. La nuit a été courte et passablement mouvementée.

Alors que Stan sombre dans un profond sommeil réparateur, Francis, trop fébrile, s'efforce de rassembler les pièces de cet infernal puzzle. S'il en comprend les grandes lignes, un point cependant le gêne considérablement. Si les assassinats de Mitsy et de ce Sempère ont une explication logique et ont été très vraisemblablement commis par le même homme, ça l'est nettement moins en ce qui concerne Lippert. Si le cambrioleur est le même homme, que cherchait-il dans le coffre du trafiquant d'armes ? Mitsy a été très clair sur ce point : Gérald Lippert ne touchait plus à la drogue.

Il y a là quelque chose qui gêne beaucoup Francis. Seulement, il n'arrive pas à deviner quoi, et il a beau chercher, il ne trouve aucune explication valable.

Quant à l'identité du tueur, tout semble indiquer que c'est l'agent de la DEA.

Francis se redresse et saisit son téléphone. Il veut en avoir le cœur net et se dit que c'est par là qu'il aurait dû commencer.

Il appelle son chef d'agence aux États-Unis, Abe Miller. Lui saura très bien lui en apprendre davantage sur l'agent des narcotiques. En tout cas, beaucoup plus que le rapport du Commandant du SSERPI.

Francis enrage de ne pas y avoir pensé plus tôt. Cela aurait été beaucoup plus simple et, surtout, nettement plus précis.

Quant à être espionné, il réalise que seul un mouchard placé dans son bureau a pu permettre à Mac Cabe, pour autant que ce soit bien lui, d'être au courant, en temps réel, des avancées de son enquête. La suite coulait de source : il suffisait à l'Américain d'aller plus vite. En faisant « travailler » Francis pour lui, Mac Cabe se donnait le beau rôle. Il n'avait plus qu'à exploiter les pistes découvertes par « *Mondial Protection* ». L'objectif de Mac Cabe ? Mettre la main sur la « *Divine* », bien entendu, mais il reste à savoir s'il la veut pour l'éradiquer ou pour s'enrichir ? Si on se base sur sa façon d'opérer avec Francis, ce serait plutôt la seconde solution qui serait la bonne.

Reste toutefois un point d'interrogation en suspens. Que cherchait-t-il dans le coffre de Lippert puisque ce dernier, maintenant, est totalement étranger à tout trafic de drogue ?

07 h 58

La sonnerie du téléphone finit par réveiller Francis. Il sursaute d'un coup en réalisant qu'il s'est assoupi sur son bureau. Un rapide coup d'œil lui permet de constater que Stan dort comme un bienheureux.

Vivement, il décroche en se demandant qui peut bien l'appeler de si bonne heure sur son portable ?

— Magenta, j'écoute.

— *Monsieur Magenta, Francis Magenta ?*

— Lui-même. À qui ai-je l'honneur ?

— *Cermak ! Antoine Cermak à l'appareil.*

Francis tombe littéralement des nues.

— *Désolé de vous déranger si tôt, mais je crois qu'il faut que nous nous parlions. Il est 8 heures. Je vous offre le café au « Jura » dans trente minutes. Je vous attends !*

Encore sous le coup de la surprise, Francis regarde bêtement son téléphone. Son correspondant a raccroché.

Il se demande s'il a rêvé ou non.

Il se secoue, vérifie sa montre et s'éjecte de son fauteuil. Il regarde Stan, indécis, puis file en courant.

Tant pis pour lui, il le préviendra depuis la brasserie.

UN DÉBUT D'EXPLICATION ! ...

Jura, Bletterans,
Brasserie « *Le Jura* »,
08 h 31

— Vous êtes en retard.

— Juste d'une minute.

— Parfois ça suffit pour faire la différence entre la vie et la mort. Ce n'est quand même pas à vous que je vais apprendre cela, j'en serais navré.

Francis sourit en se faisant l'effet d'un sombre imbécile. Il a en face de lui un expert.

Sonia arrive au même moment et dépose les deux cafés tout en souriant amicalement au privé.

— Vous êtes connu, ici, remarque le vieux truand.

— J'ai mes petites entrées.

— Je sais. Bon, si je vous ai demandé de venir, ce n'est pas pour parler de vos connaissances, mais de ce que vous êtes en train de fabriquer. Torello et moi apprécions moyennement d'être fliqués. On a bien observé le manège de vos gugusses, vous savez, alors ne soyez pas trop dur avec eux. Ils ne sont pas mauvais. Ils seraient même bons, s'ils ne manquaient pas d'un peu d'expérience.

— Je sais. Ils ne vous ont même pas vu vous éclipser de Paris.

Cermak sourit largement.

— Ce n'est pas à un vieux singe qu'on apprend à faire des grimaces. Tout le monde doit faire ses classes.

Francis encaisse sans broncher.

— On a toujours à apprendre de ses adversaires, surtout quand ils sont de grande classe.

Cermak apprécie le compliment.

— Torello et moi sommes retirés du circuit. Oooh, bien sûr, nous avons bien encore deux ou trois petites affaires que nous faisons tourner, comme ça, gentiment. Il faut bien vivre. Mais rien de comparable avec ce que nous faisions dans le temps. C'est fini cette époque. Il faut savoir se retirer quand il en est encore temps. Beaucoup oublient cet adage et se croient invincibles.

— Comme Krammer.

Cermak hoche la tête.

— Les fortes gueules ne font jamais un homme fort.

Cermak tapote sa tasse, cherchant comment continuer.

— Au début, nous nous sommes demandé ce que vous nous vouliez, puis on a compris que votre cible prioritaire c'était ce pauvre Gérald.

— En effet. Justement, à ce propos, je...

— Jamais nous n'aurions imaginé qu'il puisse se faire assassiner le soir même où nous nous sommes retrouvés.

— Pour évoquer le bon vieux temps ?

— Entre autre. Ça vous épate, n'est-ce pas, mais c'est ainsi. Même les truands comme nous peuvent avoir des moments de nostalgie. La puissance, le pouvoir, les femmes, les belles fringues, les bagnoles, l'argent, la vie facile...

— Les flingages, les nuits au placard, les avocats, les audiences, les tribunaux, les parloirs...

— Ça fait partie du métier. Pour en revenir à Gérald, outre le plaisir que nous avions de nous revoir, il venait aussi pour me demander conseil.

— Conseil ! À vous ?

— Eh oui. Il avait décidé de raccrocher définitivement. Son affaire de vente d'armes devait être la dernière. Il projetait de réaliser tout ce qu'il possédait pour se retirer dans une maison aux Bahamas avec...

— Josiane Lemberton.

— Exact. Ces deux-là avaient donné plus qu'à leur tour. Ils méritaient un repos bien mérité et, surtout, qu'on leur foute enfin la paix.

— Le destin en a décidé autrement.

— Malheureusement, oui... et c'est aussi ça qui a motivé ma venue ici... pour leur rendre justice.

— Je vous écoute.

Cermak boit à petites gorgées.

— Gérald voulait me voir pour que je le conseille sur le trafic d'objets d'art. Il n'y connaissait rien du tout. En réalité, il avait maille à partir avec Krammer qui le faisait...

— Chanter ?

— On peut dire ça comme ça. En fait, Gérald avait perdu au poker, et en guise de remboursement, Krammer exigeait de lui les originaux de certaines de ses œuvres d'art.

— Que Krammer remplaçait par des copies. C'est ça ?

— Exact.

— Mais vous, je ne vois pas où vous intervenez ?

— J'y arrive. Krammer se chargeait de faire exécuter des copies parfaites par un vieux Chinois de...

— Hong Kong.

— Toujours exact. Il le tient par les couilles. Le vieux ne peut que lui obéir, et outre être un excellentissime chimiste, c'est aussi un génie de la contrefaçon. Gérald avait besoin de moi pour pouvoir remonter toute la filière afin de la livrer aux autorités parce que les prétentions de Krammer devenaient toujours plus lourdes.

— Un puits sans fond.

— Oui. À chaque fois que le dernier remboursement était payé, il inventait une nouvelle dette en arguant du fait qu'il avait des frais, que le cours du Yuan avait augmenté, que son faussaire devenait de plus en plus cher, etc. Bref ! Il en voulait toujours plus. Il fallait que cela cesse, mais Gérald ne voulait pas en revenir à des méthodes... d'une autre époque. Le risque était beaucoup trop élevé pour lui. N'oubliez pas qu'il avait en ligne de mire de refaire sa vie avec Mitsy. Donc, rien ne devait empêcher cette reconversion. Ils n'auraient jamais eu d'autre chance, alors il devait tout faire pour éviter de faire parler de lui. Tout ! Absolument tout, vous comprenez ?

Francis hoche la tête.

— Mieux vaut faire l'amour que la guerre, les blessures sont toujours moins graves, n'est-ce pas ?

— Oui. Il avait fini par comprendre ça au bout de tant d'années de vie facile et, surtout, superficielle. S'il avait des regrets ? En pagaille. Des remords ? À ne plus pouvoir les compter. Des désillusions ? Que ça. Vous savez, Gérald y avait mis le temps, mais il avait enfin compris en retrouvant Josiane qu'il devait s'effacer pour tenter d'exister ailleurs.

— Je commence à comprendre. Je suppose qu'au nouveau « dernier » paiement, il s'est rebellé et a refusé de casquer.

— Tout net. Gérald lui a carrément balancé sa copie à la gueule. Il était hors de question qu'il laisse son patrimoine partir en sucette de cette façon, d'autant plus qu'il avait les moyens de s'acquitter de sa dette. À plusieurs reprises, il a tenté de rembourser Krammer mais cette ordure ne voulait pas en entendre parler. Ce qu'il voulait, c'était mettre la main sur les collections de Gérald.

— La réaction de Krammer ne s'est donc pas fait attendre.

— En effet. Mais jamais nous n'aurions imaginé qu'il le fasse aussi rapidement.

— C'est donc bien Krammer qui a assassiné Lippert.

— Je vous le confirme.

— Vous en avez les preuves ?

— Hélas, non. Krammer est un malin. Nous étions tout prêts à aider notre pauvre ami, mais maintenant...

— Que vous êtes en première ligne si vous vous en chargez vous-même...

— Vous comprenez vite. J'ai plaisir à constater que ce que l'on m'a dit de vous est parfaitement exact. Face à une immonde saloperie comme Krammer, la justice ne peut rien, mais il y a d'autres solutions...

Cermak s'interrompt en regardant le privé d'un air entendu.

— Qu'essayez-vous de me dire ?

— Vous comprenez très bien ce que je vous dis... En souvenir de Mitsy. Je crois savoir que sa mort vous a profondément secoué, non ?

Francis ricane en faisant tourner sa cuillère dans sa tasse.

— Vous en savez des choses.

— J'ai très tôt compris que le savoir était le début de la puissance, surtout dans ma partie. Jamais je ne serais arrivé où j'en suis aujourd'hui si je n'avais pas strictement observé cette règle intangible.

Francis approuve de la tête. Cermak est très loin d'être un imbécile.

Le vieux truand n'a pas le don de double-vue, mais un parfait réseau de renseignements. Il sait, sûrement par expérience, ce qu'il a en tête depuis la mort tragique de Mitsy.

Il n'a pas tort, quelque part, se dit-il.

Cermak et son acolyte sont bien trop vieux pour se risquer à sortir une nouvelle fois les armes. Ils en ont trop bavé pour mettre en péril leur douillette retraite. La justice ne fera rien tant elle est corrompue. Par contre, Francis, lui, a les mains libres pour faire ce qui est juste et non pas ce qui est légal. Son statut d'enquêteur privé lui permet tout, ou presque.

Cermak enfonce néanmoins le clou.

— Et puis vous êtes toujours couvert par le Commissaire Rudel, le grand patron de la police, non ?

— Et vous, qu'y gagnez-vous ?

— Nous ! Rien. Rien d'autre que la satisfaction de savoir Gérald et Mitsy vengés. Croyez-moi, cela nous suffira amplement. Nous avons encore un sens de l'honneur, même chez les truands. Krammer, lui, ne respecte rien ni personne.

— J'ai pu m'en rendre compte.

Le Hongrois sourit avant de poursuivre.

— Je vois que nous nous comprenons. Cependant...

— Cependant ?

— Un dernier point. Je suis sûr que vous le ferez d'instinct, mais... comme ça, juste pour être certain...

C'est au tour de Francis de ricaner.

— Que s'il y a enquête, et il y en aura une, soyez-en persuadé, vos deux noms n'apparaîtront jamais dans la procédure ?

— C'est un peu ça. À nos âges, nous tenons plus que tout à notre... tranquillité. Nous avons réalisé à quel point c'était le bien le plus précieux.

— L'une des grandes qualités d'un flic, même et surtout quand il est, comme moi, un privé, c'est que nous avons beaucoup de mémoire.

Cermak fronce les sourcils.

— Comment ça ?

— Il nous en faut beaucoup, justement, pour savoir ce qu'on doit oublier.

QUAND ON CHERCHE VRAIMENT BIEN, ON FINIT TOUJOURS PAR BIEN TROUVER ! ...

Jura, Lons-le-Saunier,
12 Rue du 44ème R.I.,
immeuble « *L'Argentelle* »,
agence de « *Mondial Protection* »,
mercredi 26 juin,
6ème jour du compte à rebours,
09 h 56

— C'est à cette heure-ci que tu te pointes ! Putain ! J'ai juste eu droit à ton message laconique et...

— Du nouveau ? demande Francis en pénétrant dans ses bureaux.

— Un peu mon n'veu. J'en ai en pagaille. J'ai du bon et du... « bof ».

— Alors, commence par le « bof ».

Stan bloque net son ami au moment où il pousse la porte de son bureau.

— Pas par là. J'ai trouvé ce putain de micro.

Francis écarquille les yeux.

— OK ! D'abord le « bof ».

L'air gêné, Stan cherche comment annoncer la mauvaise nouvelle.

— C'est les gars de Paris. Ils ont perdu Cermak mais...

— Je sais. Je viens de prendre le café avec lui.

— Quoi ! Tu plaisantes, là ?

— Pas le moins du monde. Une conversation très instructive du reste... et c'est lui qui a payé. Krammer a trouvé le moyen de truquer ses salles de jeux pour faire perdre un maximum à ses clients. Et si j'en crois ce que Cermak m'a dit, il se fait payer en bijoux ou objets d'art.

— Quoi ! Mais c'est... tu es sûr ?

— Un peu mon n'veu ! J'aurais même dû percuter plus tôt. Lippert jouait, Letestud jouait. Tous les deux possédaient des objets d'art ou des bijoux de grande qualité. L'un est mort, l'autre a disparu. Ça ne te suffit pas ? En conséquence, je veux que, tout de suite, tu me fasses une recherche sur tous les accidents de la route sur les... six ou sept derniers mois.

— Pourquoi six ou sept ?

Francis sourit en coin. Stan l'observe.

— Ooooh toi ! Quand tes yeux pétillent de cette manière, c'est que tu as une idée derrière la tête. Le genre d'idée à se faire plomber le cul à coup d'AK-47 !

— Ce n'est pas impossible.

— L'idée ?

— Et la kalachnikov.

— Comme d'habitude, quoi ! On va encore se marrer.

— Oui. En attendant de rigoler, concentre-toi uniquement sur les victimes qui fréquentaient le club. Cherche à savoir qui elles voyaient. Si elles jouaient, et si oui, avec qui. En particulier si elles ont côtoyé Lippert et/ou Letestud. Vérifie si elles perdaient gros. Ah, assure-toi aussi si elles possédaient des biens de valeur : diamants, colliers, objets d'art, etc. Si oui, essaie de savoir si elles n'auraient pas fait dernièrement des modifications. Je ne sais pas moi, comme des copies, des aménagements soudains, des déplacements de présentoirs, des ventes surprises, etc.

Devant l'immobilité de Stan, Francis reprend.

— Et au trot ! C'est prioritaire... mais que cela ne t'empêche pas de me dire le reste, ce qui est moins « bof ». D'abord, ce micro. Tu l'as trouvé où ?

Comme revenant d'un long rêve, Stan se secoue.

— Heu... oui. Donc... oui, ce satané micro était planqué sous ton bureau. Je me suis tout à coup souvenu que quand j'ai renversé la corbeille, Mac Cabe et toi vous vous êtes précipités pour m'aider à ramasser...

— Toi, tu n'as rien fait, je corrige.

— Ouais, bon. À un moment donné tu as posé des terrines sur le bureau. Lui aussi. J'ai donc eu l'idée de regarder dessous et bingo ! Il y était.

— Donc, c'est au moment de poser les terrines sur mon bureau qu'il a placé le micro. Malin ! Très malin, même. Comme ça, il savait en temps réel ce que j'allais faire.

— Il te laissait faire son sale boulot.

— Ouais. On s'est bien fait avoir. Reste à savoir, maintenant, s'il veut la « *Divine* » pour lui ou pour son enquête ?

— Comment le savoir ?

— En retournant le piège. Tu connais l'histoire de l'arroseur arrosé ?

— Bien sûr.

— Alors c'est ce que nous allons faire. Mais d'abord, quelles sont les autres bonnes nouvelles ?

— La table d'écoute de Genève a porté ses fruits. Les copains ont surpris une conversation, cette nuit, à 1 heure 06, entre Chantal Letestud et... je te le donne en mille...

— Kellam Stalmaster.

— Yes, mec ! Encore une fois tu avais vu juste. Ces deux-là sont toujours ensemble et d'après ce qu'ils se racontaient, la « *Divine* » semble bien être en leur possession.

— Ça ne m'étonne pas. Le pilote a sans doute voulu améliorer sa vie quotidienne en faisant le grand saut. Le coup d'une vie.

— Ouais, c'est ça. Il pensait refaire sa vie avec Chantal. Seulement, maintenant, il a les foies. Il veut récupérer la came et se barrer au plus vite. Il a peur de se faire descendre.

— Ça, il a tout à fait raison. Il n'a pas les épaules assez larges pour endosser l'uniforme du parfait dealer.

Il va se faire bouffer tout cru par Krammer ou quelqu'un d'autre.

— Comme Mac Cabe.

— Exact. Il faut qu'on intervienne avant que tout cela ne vire au règlement de compte général... ça me donne une idée.

— Laquelle ?

— On va peut-être pouvoir boucler cette affaire plus vite que prévu. On va piéger Mac Cabe et tout ce beau monde chez Chantal.

— Comment tu vas faire ?

— Laisse-moi y réfléchir quelques minutes. Mais d'abord, je veux écouter la conversation entre le pilote et Chantal. Autre chose ?

— Ah oui ! Fanny et Hervé viennent de rentrer de Rome.

— Parfait. On va avoir besoin d'eux. Allez, viens, on se colle sur l'enregistrement.

PRÉPARATIFS !...

11 h 37

— Bon, alors, t'en penses quoi ? demande Stan en se resservant un café.

Francis s'étire et passe ses bras derrière sa nuque.

Confortablement installés dans le laboratoire, les deux hommes ont décortiqué dans le détail l'instructive conversation entre le pilote d'Air France et sa maîtresse, Chantal Letestud.

— Je retiens trois points intéressants. Un : Chantal et son pilote sont toujours ensemble. Deux : Stalmaster a bien détourné la came à son seul profit. Trois : Chantal va aller la chercher demain...

— Et quatre, la « *Divine* » est sûrement dans ce paquet dont parle le Canadien.

Francis réfléchit quelques minutes.

— Bon, voilà ce que nous allons faire : dès cet après-midi, on va coller Hervé et Fanny aux basques de Chantal. Elles ne les a jamais vus, donc elle ne risque pas de se douter qu'ils sont là pour la suivre. Demain, ils ne devront absolument pas la perdre de vue une seule seconde. Pendant que Chantal ira chercher la came, nous, nous nous déploierons autour de la ferme de Denis. On attendra tranquillement qu'elle revienne et nous intervenons quand Mac Cabe et Stalmaster seront prêts à en venir aux mains. Avec l'effet de surprise, ça devrait aller comme sur des roulettes. Faudra néanmoins se gaffer de l'Américain. C'est un professionnel et il n'est pas manchot, il l'a prouvé. En tout cas, ça risque d'être intéressant.

— Génial ! Comme ça, on cueille tout le monde en même temps.

— Exactement. Après, on appellera le Capitaine Lebreton pour qu'il vienne ramasser ces trois lascars.

— Dommage ! Il manque le plus gros poisson dans cette nasse : Krammer.

— Il ne perd rien pour attendre, rassure-toi... J'ai bien repensé à nos différentes conversations dans mon bureau. À aucun moment, je n'ai mentionné le nom de Kellam Stalmaster. Quand on a parlé de lui, c'était soit en voiture, soit ici, dans le labo. Donc, Mac Cabe ne le connaît pas.

Francis s'interrompt et consulte sa montre.

— En fin d'après-midi, nous retournerons dans mon bureau pour activer notre piège. Nous allons dire à Mac Cabe que la « *Divine* » sera chez Chantal le lendemain soir et que celui qui l'a volé, Stalmaster, y sera également. Je préciserai que nous ne nous y rendrons que le surlendemain. Comme ça, Mac Cabe ira directement chez Chantal, convaincu qu'il sera tranquille pour opérer.

— Tu n'as pas peur qu'il intervienne dès qu'il aura intercepté notre conversation ? C'est un rapide, le mec.

— Il y a un risque, en effet, c'est pour ça que j'ai décidé que Fanny et Hervé vont suivre Chantal tout de suite. En cas de pépins, ils pourront intervenir.

— Malin.

— En tout ça, il nous aura bien baladé. Et pourtant, j'avais vérifié qu'il était bien reparti. Comme quoi, on ne se méfie jamais assez. Je...

La sonnerie du portable de Francis l'interrompt.

Il décroche vivement en reconnaissant le numéro d'Abe.

— Je t'écoute, mon ami... Ouais... Tu en es sûr ? ... Ah, quand même... Oui... Oui... D'accord. Donc il nous a bien roulés dans la farine... Un maître en la matière, tu m'étonnes... Ah, ça, c'est plus qu'intéressant... OK ! Super boulot, Abe. Je te tiens au courant. Bon courage pour la suite.

Visiblement très satisfait, Francis coupe son portable et le repose lentement sur le plan de travail.

— Alors ?

— Alors, Mac Cabe nous a bien baisés, et dans les grandes largeurs. Grâce à ses réseaux, il a fait croire à tout le monde qu'il avait été rappelé aux States. On l'a signalé à Anchorage, en Alaska où, en effet, il doit y remplir une mission.

— Qu'il a chargé de faire faire par un de ses copains.

— Tout juste. En réalité, il est discrètement revenu ici. La suite tu la connais.

— Pourtant, ton premier rapport indique qu'il ne fume pas !

— Abe a vérifié. Des sources de premières mains. En fait, Mac Cabe *ne fumait pas*, avant que sa femme ne soit victime d'un dealer libéré sur parole. Un dealer bossant pour un cartel de... Hong Kong. Depuis, il en a fait une affaire personnelle.

— Il va faire place nette, et pas dans le détail.

— Exactement. Et comme il semble avoir la gâchette facile, il va vraiment falloir faire gaffe. Il ne va sûrement pas se laisser interpeller sans opposer de résistance.

— Mais comment un type comme lui a-t-il pu se transformer en vengeur ?

— Sa femme était tout pour lui. Il a pété un câble et sa descente aux enfers a commencé à ce moment-là. Il a déjà été rappelé à l'ordre à plusieurs reprises par sa hiérarchie pour comportement... inapproprié. C'est alors qu'il a commencé à fumer. En réalité, lors de grands moments de tension, il s'est aperçu qu'il avait besoin d'une cigarette pour se sentir mieux.

— Et pour les cendres concentriques ?

— Abe m'a expliqué que Mac Cabe a pris l'habitude de poser sa cigarette verticalement. Tu avais trouvé, mon ami. Voilà comment ces fichues cendres se retrouvaient en cercle.

— C'est quand même dément. Comment un flic chevronné comme lui ne s'est pas douté que ce genre de détail, qui peut être assimilé à une sorte de signature, n'a pas pensé que ça le ferait immanquablement, à terme, repérer ? C'est un vrai boulevard.

Francis hausse les épaules.

— Peut-être s'en fiche-t-il ? Quand un homme n'a plus d'idéal, plus de but dans sa vie, comme lui, pourquoi penserait-il à s'en sortir ? Crois-moi, ça doit être le cadet de ses soucis.

— Il s'en battrait les couilles, alors ?

— Il n'a plus de raison de se raccrocher à la vie. Dès lors, tout ce qui peut lui arriver n'est désormais que secondaire.

— Mince alors. Pourtant, à le voir, il ne nous a jamais donné l'impression de...

— C'est un professionnel, ne l'oublie pas. Tout ce qui le tient en vie, c'est sa volonté de détruire les filières de la drogue, quelles qu'elles soient. Fumer le décontracte, lui permet de réfléchir. C'est devenu un réflexe. Il a tellement la haine qu'il a pris l'habitude de faire parler les loubards qu'il coince...

— En leur coupant les phalanges une à une, j'imagine.

— Tu imagines bien. Avant, il bossait sur ordre, maintenant, il est en roue libre. Il est devenu totalement incontrôlable et très dangereux. Il ne s'arrêtera plus !

Stan se redresse et sourit largement.

— Ça te fait tant rire que ça ?

— Oh non ! C'est simplement que, comme toujours, on va encore se faire faire nos mises en pli au 9 mm. Ça devient lassant.

— Tu ne changeras jamais, toi. Allez, mauvaise troupe, rejoignons les autres. On a encore du boulot sur la planche. Faut encore préparer notre opération. S'agit pas de la louper.

LE PIÈGE VA SE REFERMER ! …

Jura, Bletterans,
Rue Louis le Grand,
jeudi 27 juin,
7ème jour du compte à rebours,
16 h 02

Planquée à l'angle des bureaux de la Communauté de Communes, juste sur la place de la Mairie, Fanny surveille toute la Rue Louis le Grand en enfilade. Faisant mine de lire son journal, elle a les yeux braqués sur l'entrée de l'agence du Crédit Agricole dans laquelle Chantal Letestud vient juste d'entrer.

— Francis de Fanny.

— *Je t'écoute.*

— La cible vient d'entrer au Crédit Agricole.

— *Parfait. Surveille quand elle en ressort et ne la perds pas d'une semelle à ce moment-là.*

— OK !

Francis reste songeur.

— À quoi tu penses ? demande Stan assis à côté de lui.

Francis tapote sur le volant de sa Vanquish.

— Qu'est-ce qu'elle peut bien aller faire à la banque ?

— Retirer des ronds, non ? Comme elle s'apprête à se barrer avec son mec, elle va avoir besoin de pognon. Logique.

Francis sourit.

— Ben quoi ? J'ai pas juste ?

— Pas tout à fait faux. Seulement, je commence à avoir une petite idée du type de chose qu'elle va retirer.

— Oooh ! C'est pas du fric ?

— À mon avis, pas que. Tout va dépendre du temps qu'elle va y passer.

— Pige pas.

— Sois patient.

18 minutes plus tard

— Francis de Fanny.

— *Oui.*

— Chantal vient de sortir de la banque. Elle tient un petit paquet. Elle se dirige à pas pressés vers la Rue Jules Milloux. Elle retourne à sa voiture.

— *Ne la lâche pas.*

— Non, je suis juste derrière. Elle n'a pas l'air tranquille. À voir comment elle tient le paquet serré contre elle, elle a une trouille du diable.

— *Tu m'étonnes. Avec ce qu'il y a dans le paquet.*

— Elle vient de prendre à droite, sur la Rue du Marché.

— *Tu as raison. Elle va sûrement reprendre sa voiture.*

— Oui. C'est ça. Pas de souci. Hervé est garé deux bagnoles plus loin. On ne la lâche pas.

— *OK ! Parfait ! Elle va probablement revenir à la maison. Nous allons nous mettre en position et on va l'attendre. Quand vous arriverez, planquez-vous de façon à ce que personne ne puisse sortir de la ferme en voiture. Bloquez la route si besoin est.*

— Entendu. On te bipe quand on arrive.

Francis coupe la transmission. Par signe, il indique à ses agents de s'éparpiller dans la ferme selon le plan préétabli la veille.

— Toi, tu restes avec moi.

— Comme d'hab.

En courant, armes à la main, les privés s'égaillent dans les bâtiments de la ferme de façon à pouvoir bloquer toutes les issues.

— Un demi-hectare de bâtiments à surveiller, va pas falloir qu'il soit trop exigeant, le ricain, se plaint Stan.

— La ferme !

Francis et Stan se jettent au sol, derrière une grande remorque qui sert à transporter des bottes de paille.

Ils ont une vue directe et imprenable sur l'entrée de l'habitation. À vingt-cinq mètres, tout au plus.

— Là ! On sera aux premières loges, dit Francis en vérifiant son arme.

— Y a quoi dans ce putain de paquet ? La « *Divine* » ?

— Bien sûr. Astucieux, non ? Qui pourrait imaginer que la came est planquée dans un coffre de banque ? Mais je crois que nous ne sommes pas au bout de nos surprises.

— Qu'est-ce que tu mijotes, encore ?

— Rien. Je pense, c'est tout.

3 minutes plus tard

— Tiens ! Regarde-moi qui est en train de venir.

Stan relève le nez et, sans surprise, voit John Mac Cabe s'approcher à pas de loup de la maison. Arrivé à hauteur d'un puits, il s'assure que rien ne cloche et après une rapide vérification, il contourne l'angle de la maison et s'introduit à l'intérieur sans se douter que les deux privés suivent le moindre de ses gestes.

16 heures 49

Chantal Letestud tourne à gauche et vient se garer devant un des bâtiments de la ferme.

Vivement, elle en sort et se précipite vers l'habitation tout en serrant le paquet contre sa poitrine.

— Va pas être un poil surprise, la copine, murmure Stan. Qu'est-ce qu'on fait ? On la laisse se faire massacrer ou on y va ?

Francis secoue la tête.

— Non. On attend. Mac Cabe veut aussi Stalmaster. Il fera place nette après. Ce sera le moment le plus dangereux, car il va falloir leur tomber dessus à l'instant ou l'Américain va vouloir les exécuter.

— Tu joues avec le feu, Francis.

— Je sais. Maintenant, la ferme. Notre Franco-Canadien ne devrait plus tarder.

17 heures

Pile à l'heure, Kellam Stalmaster, arme à la main, arrive sur la petite esplanade. Il sourit en voyant la voiture de Chantal. Il marque une pause en vérifiant autour de lui si tout est calme, puis se rue sur l'entrée en appelant sa maîtresse.

C'est en ouvrant la double-porte vitrée qu'il comprend qu'il est tombé dans un piège. Mac Cabe le tient en joue et lui fait sèchement signe d'entrer avec son arme.

Derrière la remorque

— Allons-y ! L'autre va flinguer tout ce qui bouge, maintenant.

— OK ! Il est temps de…

Dans la maison

Un retentissant bruit de verre empêche Francis de terminer sa phrase.

Stupéfaits, les deux privés se demandent ce qui se passe dans la demeure.

Stalmaster vient de s'en échapper en sautant à travers la porte vitrée.

Mac Cabe se rue à sa poursuite.

LES MASQUES TOMBENT ! ...

Tout s'emballe alors, Stalmaster, vif comme l'éclair, détale à toutes jambes vers les bâtiments derrière la ferme. Mac Cabe, qui ne s'attendait sûrement pas à une réaction aussi rapide, lui court après en tirant mais sans le toucher, pourtant le Franco-Canadien s'est engagé dans un étroit passage guère plus large d'une quinzaine de mètres.

De l'autre côté du bâtiment, Francis et Stan se ruent vers la maison. Il franchit rapidement un grillage alors que Stan passe par un portillon laissé ouvert.

— Vais pas me faire chier à sauter les haies, moi, bougonne-t-il.

— La ferme !

Ils déboulent à l'intérieur de la maison, la boule au ventre.

Ils craignent de trouver Chantal sans vie. Mais quand ils font irruption dans la pièce principale, ils la découvrent inanimée au sol.

Pendant que Stan surveille l'extérieur depuis la porte pulvérisée, Francis s'assure que l'hôtesse de l'air n'a rien.

— Elle est vivante. Tant mieux.

En se redressant, il découvre le fameux paquet et s'empresse de le prendre. Au moins la « *Divine* » est enfin récupérée.

— Je l'ai ! clame-t-il en le faisant voir à son adjoint.

— Allons donner un coup de...

Une fusillade nourrie éclate. Elle vient de l'autre partie de la ferme.

— Allons-y ! ordonne Francis en glissant le précieux paquet dans son blouson.

Une fois dehors, l'enquêteur avise Fanny et Hervé positionnés dans le fossé juste en face de la maison.

En quelques gestes, il commande à l'un d'entre eux d'entrer pour s'assurer que Chantal n'en profite pas pour se tirer.

Tandis que Fanny court pour exécuter l'ordre de son patron, les deux privés, armes au poing, rejoints par Hervé, contournent le bâtiment à toutes jambes et se précipitent vers l'endroit d'où provient la fusillade qui n'a pas cessé.

— Mac Cabe ne doit pas avoir beaucoup de munitions, il ne pensait pas tomber dans notre piège. Il va vite se rendre.

— Et s'il veut pas ?

— Alors, tant pis pour lui.

Arrivés à l'extrémité de la ferme, face aux champs, à environ soixante-quinze mètres de la route, ils découvrent un corps allongé au sol devant un bâtiment. L'homme ne bouge plus. Les deux privés s'agenouillent derrière une moissonneuse et aperçoivent Basile et Mathieu.

Un geste pour se signaler et la fusillade reprend de plus belle.

— La viande, au sol, c'est Stalmaster, dit Stan.

— Oui. Je crois qu'il ne pilotera plus jamais d'avion.

— Quand on joue au con, on gagne toujours.

— Mac Cabe a dû l'avoir.

— Faut pas prendre de risque avec un taré pareil. Y a qu'à attendre qu'il n'ait plus de munitions, et on le cueillera en douceur.

— Tu crois ça, toi ? Ce mec est dingue, il fera tout sauter plutôt que de se rendre. Faut le neutraliser avant qu'il ne fiche le feu aux bâtiments. Fais le tour et essaie d'attirer son attention pendant qu'on entre par l'autre côté.

Stan semble affligé.

— Putain ! C'est toujours sur moi que ça retombe, ce genre de corvée. Suis vraiment pas aidé !

Tout à coup, un puissant bruit de machine retentit. Les privés se figent en se dévisageant.

Que se passe-t-il ?

— Mais qu'est-ce qu'il nous fait, l'autre ?

— J'en sais rien, Stan. Mac Cabe a sûrement dû mettre en marche une machine quelconque. Il va foncer droit devant lui. Faut l'arrêter avant qu'il ne...

Trop tard !

Défonçant la porte métallique du hangar, un énorme tracteur tente de forcer le passage en fonçant droit devant lui.

Les privés se sont regroupés et courent autour de l'engin.

— Il pense aller jusqu'où avec ce tank lunaire ? Dépasse pas le dix à l'heure, ce con !

— Mac Cabe ! hurle Francis en courant. Arrêtez-vous ! Ça ne sert plus à rien, maintenant.

Francis se redresse et s'aperçoit alors que la cabine est vide.

— On est en train de se faire baiser !

Il s'arrête net et regarde tout autour de lui. Soudain, il voit Mac Cabe se faufiler par l'autre extrémité du hangar.

— Le salopard ! Demi-tour ! Tous par ici, vite !

Alors que Mathieu réussit à grimper dans le tracteur pour l'arrêter avant qu'il ne cause de graves dégâts, Francis entraîne ses hommes à la poursuite de l'agent américain qui tente de leur échapper.

À ras du hangar, celui-ci saute sans hésitation quatre-vingt centimètres plus bas, dans le terrain jouxtant le bâtiment

Mac Cabe se retourne pour évaluer la distance qui le sépare encore des privés et se rue dans le champ de maïs en direction d'un Massey-Fergusson 6280 de cent vingt chevaux.

L'agriculteur au volant est loin de se douter de ce qui va lui arriver.

Vivement, Mac Cabe grimpe jusqu'à la cabine, l'ouvre et attrape rudement le conducteur qu'il extirpe et balance dehors pour prendre sa place.

Mauvais calcul !

La vitesse maximale de ce puissant engin de près de six tonnes ne dépasse pas les quarante kilomètres heure.

Le temps que l'agent de la DEA s'installe et comprenne comment ça marche, les privés sont déjà sur lui et encerclent le tracteur.

Ils tirent plusieurs coups de semonce, mais l'Américain semble comme perdu dans un autre monde.

Francis s'approche et lui commande en hurlant de s'arrêter.

— Laissez tomber Mac Cabe ! C'est fini ! Vous ne pouvez plus vous enfuir. C'est terminé !

— Rien n'est jamais terminé !

— Ça suffit ! Arrêtez immédiatement cet engin ou nous ouvrons le feu !

— Vous ne pouvez pas comprendre.

— Je peux tout comprendre, mais pas pour autant accepter certains actes. Mitsy était innocente, elle ne méritait pas de mourir ainsi. Elle avait le droit de vivre.

— Vous mentez !

— Sempère non plus ne devait pas mourir comme ça. Aussi méprisable soit-il, il avait lui aussi droit à un procès. Il devait rendre compte de ses actes devant la justice.

— Vous ne savez parler que des droits. Que faites-vous des devoirs ?

Quelque coups de feu tirés d'en haut de l'engin obligent les privés à s'égailler dans tous les sens.

Mac Cabe en profite pour descendre et, tout en tirant pour protéger sa retraite, il détale vers l'arrière du tracteur qui continue à avancer à environ six ou sept kilomètres heure.

Les privés réagissent aussitôt et ouvre le feu sur le fuyard.

Instinctivement, Mac Cabe se courbe mais le terrain n'est pas pratique et il s'affale lourdement au sol au moment où la herse rotative Kuhne de trois mètres de large tirée par le tracteur arrive sur lui.

Tout sc passe alors à une vitesse incroyable.

Mac Cabe disparaît sous la herse. À cinq cents tours minute, les lames d'environ vingt-cinq centimètres des douze rotors broient impitoyablement l'homme ([137]).

Horrifiés, les privés se sont arrêtés. Francis court vers le tracteur pour le stopper, mais c'est trop tard.

Derrière, le champ de maïs se recouvre d'une drôle de couleur alors que des lambeaux de chair giclent de tous les côtés.

Littéralement haché, hurlant comme un damné, les privés ne peuvent qu'assister, impuissants, à l'agonie de Mac Cabe.

Quand le Capitaine Lebreton et sa brigade arrivent sur les lieux, c'est pour constater l'atroce mort de l'Américain ainsi que celle de l'ancien pilote de ligne d'Air France. Quant à Chantal, littéralement effondrée à l'annonce de la mort de son amant, c'est sans aucune résistance qu'elle se laisse examiner par les infirmiers venus avec les forces de l'ordre. Désormais, plus rien ne semble pouvoir la toucher.

Alors que les gendarmes établissent un périmètre de sécurité et recueillent les premiers indices, Lebreton et Francis discutent à l'intérieur de la maison.

— Et voici votre cauchemar, Capitaine, cette fameuse « *Divine* », annonce fièrement Francis en sortant le paquet de son blouson.

Il le dépose sur la table de la cuisine. Tout le monde regarde l'innocent et anodin paquet qui a fait courir tant de monde, puis Lebreton le prend et l'ouvre.

— Je crois que vous allez être surpris par ce qu'il y a dedans, ajoute l'enquêteur avec une lueur d'amusement dans les yeux.

---

[137] Ce genre d'accident arrive malheureusement bien trop souvent.

Avec des gestes rapides, le gendarme défait le paquet. L'étonnement grandissant qu'il affiche est à la hauteur de la surprise quand il en sort…

— Voici « *Le Sourire du Monde* » ! claironne Francis.

Il est le seul à ne pas être surpris.

LES AVEUX DE CHANTAL ! ...

Saône-et-Loire, Mouthier-en-Bresse,
4 Rue des Vizerons,
quartier « *Dissey* »,
domicile de Chantal Letestud,
mercredi 27 juin,
7ème jour du compte à rebours,
18 h 46

Alors que dehors des techniciens tentent difficilement de rassembler ce qui reste du corps du malheureux agent de la DEA, dans la maison, c'est la consternation générale. Le visage de Lebreton va de Francis au collier. Il ne comprend pas.

— Vous voulez dire que...

— Oui, la « *Divine* » est cachée dans le collier. Libre à vous de fouiller le carton, mais c'est du temps perdu.

— Mais comment... enfin, c'est...

— Par déduction, tout simplement. Il y a peu j'ai appris de source sûre qu'il y avait dans la région un trafic de copies d'objets d'art, de bijoux, etc. Le faussaire est basé à Hong Kong. J'ai fait le rapprochement quand ma collaboratrice m'a signalé que Chantal Letestud rentrait dans la banque. Quand elle en est ressortie presque vingt minutes plus tard avec un petit paquet sous le bras, j'ai tout de suite compris.

Le Capitaine de gendarmerie examine attentivement le collier avec quand même une moue de scepticisme évident.

— Et la came serait où, d'après vous ?

— Regardez bien le bandeau de cuir. Son épaisseur peut très bien permettre de cacher plusieurs sachets de came. Ils ne sont pas très épais, finalement.

Devant la perplexité du militaire, Francis ajoute :

— Mais si vous voulez en savoir plus, il n'y a qu'à demander à l'intéressée elle-même. Dans l'état où elle se trouve, je ne pense pas qu'elle vous fasse beaucoup de difficultés.

Lebreton dévisage l'enquêteur, pesant le pour et le contre puis, d'un coup, se tourne vers l'hôtesse de l'air toujours assisse dans le salon sous bonne protection.

Il se dirige vers elle.

Du regard, il demande à l'infirmier si elle est en état de répondre à un interrogatoire.

L'homme lui répond en secouant la main. C'est mitigé. Lebreton réfléchit quelques secondes, puis décide quand même de tenter le coup.

Une fois devant elle, il plie les genoux et commence à l'interroger doucement pour ne pas la heurter. Il voit bien qu'elle est dans un état presque végétatif. Elle est dans un autre monde.

— Madame Letestud, que pouvez-vous me dire concernant votre collier ? Comment votre bijou de famille a-t-il pu se retrouver au beau milieu d'un trafic de drogue ?

Chantal semble ne pas comprendre. Lentement, elle relève la tête et dévisage le militaire d'un air terne et absent, comme s'il n'était pas là.

Ne voyant aucune réaction, Lebreton va pour se redresser quand une petite voix fatiguée, presque inaudible, lui répond.

— Depuis huit mois, Charles et moi voulions vérifier l'impact et l'intérêt que des populations d'Asie pouvaient avoir vis-à-vis de collections de bijoux de facture typiquement occidentale. Grâce à mes connaissances à Hong Kong, une exposition a pu être organisée. Elle a eu lieu du 15 au 30 avril. Le succès a été assez décevant. Kellam, mon ami pilote, trempait dans le trafic. Il a tout de suite compris tout le parti qu'il pourrait tirer des bijoux. Il a imaginé cacher les sachets dans le bandeau de cuir du collier.

— Suprême astuce...

— Oui, c'était l'un des très, très rares objets copiés sur lequel il pouvait opérer en ouvrant le ruban de cuir. Il faisait le passeur pour un certain Serge Sempère. Seulement, il savait qu'il n'avait aucun espoir s'il persistait à le servir. Tôt ou tard, il se serait fait pincer. À force de voir passer tout ce fric sous leurs yeux, Kellam et Sempère se sont associés.

— Pour piquer la « *Divine* » ?

— Oui. Ainsi, le 3 mai Kellam arrivait à Bletterans avec un premier chargement qu'il a remis à Sempère, qui l'a ensuite donné à Krammer. Seulement, décidé à rompre avec son passé, Kellam n'a pas apporté la dernière livraison. Quand il est revenu de Hong Kong, la semaine suivante, Sempère ne l'a pas vu.

— La fameuse « *Divine* ».

— Oui, mais seulement le deuxième envoi.

— Comment ça ? Il y en avait plusieurs ?

— Deux !

— Alors si celui que j'ai en main, c'est le premier, dans quoi se trouve la deuxième partie de l'envoi ?

— Dans une hache.

— Où est-elle ?

— Ça, je n'en sais rien. Kellam ne me l'a pas dit. Par sécurité.

— Et Sempère n'a pas réagi ?

— Il ne savait pas exactement comment avaient été transportés les premiers sachets. Kellam avait bien pris soin de ne pas le lui dire, sinon...

— Sinon, l'autre se serait dépêché de le supprimer. Oui, en effet. Sage précaution.

— D'autant plus qu'il y avait du tirage entre eux. Kellam avait compris que Sempère allait, de toute façon, le doubler, et donc l'éliminer.

— Comment votre amant comptait s'y prendre pour écouler toute la came ? La « *Divine* » est brute. Il faut encore la transformer.

— Kellam pensait que tant que la première partie de l'envoi, le collier donc, serait dans le musée, puis à la banque, rien ne pourrait lui arriver. Il voulait attendre que les eaux se calment pour sortir toute la drogue, collier et hache, pour la revendre, même à perte.

— À qui pensait-il la proposer ?

— À Krammer lui-même. Au fond, elle était à lui. C'était son idée de bourrer de came toutes les copies qui, techniquement, pouvaient l'être.

Lebreton hoche la tête alors que Francis sourit largement.

— Vous êtes sûre que cette dope a bien été achetée par Krammer ?

— Oui.

— Vous seriez prête à le répéter devant un tribunal ? Les jurés pourraient alléger votre peine, vous savez ?

La jeune femme regarde fixement le gendarme.

— Oui. Je témoignerai.

Lebreton sourit à son tour.

— Parfait. Vous savez, il ne manquait pas d'air votre amant.

— Kellam avait pris une garantie en or. Il avait prévu le coup. Il avait une botte secrète.

— Laquelle ?

— Il ne me l'a pas dit, là aussi, par sécurité.

À cette nouvelle, Francis, qui écoute avec beaucoup d'intérêt, fronce soudain les sourcils. Quelque chose ne colle pas et, soudain, une idée lui traverse l'esprit. Il sourit largement, appréciant l'idée de génie du pilote… si elle était vérifiée.

— Et il a bien fait, poursuit le gendarme. Vous vous rendez compte du jeu terriblement dangereux auquel vous jouiez ?

— Je m'en rends compte seulement maintenant, mais c'est trop tard, n'est-ce pas ?

— En effet. Vous pensiez sincèrement que Krammer allait racheter sa propre marchandise, comme ça, sans réagir ?

— C'était un risque à courir. Même à perte, il y en avait bien assez pour repartir à zéro dans n'importe quel coin du monde. Avec sa licence de pilote, Kcllam aurait trouvé du boulot très facilement dans les îles.

Lebreton acquiesce longuement. L'infirmier lui fait comprendre qu'il vaut mieux en rester là pour l'instant.

Il hoche la tête en signe d'accord et se redresse pour faire face à Francis.

— Grâce à vous, cette affaire a été rondement menée.

— Quelque chose me dit que vous m'avez bien laissé me débrouiller.

Lebreton sourit en coin.

— Disons que vous avez une certaine souplesse d'action que je n'ai malheureusement pas. Vous m'en voulez ?

— Non. Tant que c'est pour la justice. Reste cependant un gros poisson. *Le* gros poisson.

— Krammer.

— Krammer, oui.

— Il est évident que Sempère travaillait pour lui. La « *Divine* » était pour Krammer, c'est une certitude, mais comment vraiment le prouver ? Tous ceux qui auraient éventuellement pu témoigner contre lui sont morts. Sempère, Mitsy, le pilote. J'ai bien peur que ce ne soit qu'une mission impossible, même avec le témoignage de cette pauvre Chantal. Ce n'est pas suffisant, c'est un témoignage indirect.

Francis se frotte le menton en réfléchissant au problème.

— Je n'ai rien pour le coincer, reprend Lebreton. Et avec ses appuis, si on veut le faire tomber, il va falloir trouver de très solides preuves. Des preuves indiscutables. En béton.

Francis enveloppe le militaire par le bras et l'entraîne au dehors.

— Allons-y point par point. Il va bien finir par commettre une erreur, et alors nous serons là pour le coincer. Déjà, il ne peut plus compter sur une partie de sa « *Divine* », elle est, théoriquement, entre vos mains.

— Pourquoi dites-vous cela ?

— Dépêchez-vous de faire examiner le ruban du collier. Je serais curieux de connaître le résultat de votre expertise.

— Pourquoi ?

— Une idée, comme ça.

— D'accord. Je vous le communique dès connaissance.

— Je vous en remercie. Quant à Krammer, s'il doit faire une connerie, c'est maintenant. Gardez espoir, Capitaine, quelque chose me dit que ça ne va plus tarder, maintenant. Quant à Chantal, qu'en pensez-vous ?

Lebreton se retourne pour regarder la jeune femme dévastée.

— Oooh, finalement, ce n'est qu'une pauvre fille. Une victime. Son amour immodéré pour ce Franco-Canadien l'a sûrement empêchée de voir la triste réalité qui se cachait derrière ce visage angélique. Elle aura du mal à se reconstruire, je le crains.

— C'est certain. En attendant, mettez-la à l'isolement et sous surveillance permanente. J'ai peur que Krammer ne s'en prenne à elle.

— C'est bien ce que j'avais l'intention de faire.

— Ensuite, mettez le black-out total sur ce qui vient de se passer ici. Je ne tiens pas à ce que notre « gros poisson » soit au courant.

— Entendu. En tout cas, je donnerais cher pour savoir où Stalmaster a planqué cette fichue hache... On se tient au courant.

— Avec plaisir.

COUP DE THÉÂTRE ! ...

Jura, Lons-le-Saunier,
12 Rue du 44ème R.I.,
immeuble « *L'Argentelle* »,
agence de « *Mondial Protection* »,
vendredi 29 juin,
9ème jour du compte à rebours,
10 h 06

Francis est en train d'étudier un rapport avec attention quand Stan, fidèle à son habitude, entre en coup de vent dans le bureau.

Il sursaute.

— J'ai du nouveau ! claironne le fanfaron en se laissant tomber dans le fauteuil, face à l'enquêteur encore sous le coup de la surprise.

— Nom de Dieu, Stan ! Combien de fois t'ai-je dit de frapper avant d'entrer dans un bureau ? Tu ne penses pas que la personne qui est à l'intérieur puisse être occupée à quelque chose d'important et qu'elle ne souhaite pas être dérangée ?

Stan fait l'étonné et tourne la tête de tous les côtés.

— Ben, t'es seul ! Y a pas de nanas, là !

— Mais il n'y a pas que les femmes, andouille ! s'énerve Francis en se redressant vivement.

Il s'interrompt en voyant le visage hilare de Stan.

Francis se laisse lourdement retomber dans son fauteuil.

— Bon ! Alors, tu as quoi ?

— J'ai bossé comme un Dieu...

— Oui, ça, laisse-moi en décider, hein ?

— Pour les accidents de la route, t'avais raison. Sur les sept derniers mois, j'en ai trouvé cinq qui correspondent à tes critères. Et que du beau monde : notaires, avocats, industriels, médecins, pharmaciens...

— Trafiquant d'armes, comme Lippert.

— Ouais. J'ai même trouvé un archéologue.

— Non !

— Ben, si ! Un type assez gratiné, d'ailleurs. Il te plairait même. Il passe son temps à dénicher des vieilles reliques. Sa dernière en date est une... hache Viking. Une hache, ça ne te rappelle rien ?

— Accouche.

— C'est un truc en acier carbone, forgé à la main et de très haute qualité. On l'appelle « *Skeggôx* », en Norvégien. C'est un type particulier de hache utilisée par les Vikings depuis l'âge du fer dit, Germanique. Comparée à la hachette de guerre normale, celle-là a une lame avec un bord supérieur presque droit et un bord inférieur allongé, presque parallèle au manche en palissandre et se terminant par un redoutable crochet. Longueur : quatre-vingt centimètres pour vingt-et-un de large. Poids : deux kilos cent, environ.

— Pourquoi tout ce déballage ?

— Parce que le manche, s'il est bien travaillé, peut contenir pas mal de sachets. Voilà ce que contient le second envoi. Pas étonnant que Stalmaster l'ait volé.

Francis réfléchit.

— Il avait les crocs, notre pilote. D'abord le collier, puis la hache. On voit bien qu'il ne connaissait pas Krammer. Il jouait sa peau.

— Il en est mort quand même.

— Oui. Quel gâchis.

— Tous ont fréquenté « *L'Arcobaleno* », tous ont joué gros, et tous...

— Ont perdu de fortes sommes.

— Ben ouais.

— Et tous possédaient des œuvres d'arts, des bijoux ou des peintures.

— Encore exact. Ton hypothèse était la bonne. Krammer les faisait perdre pour pouvoir se faire rembourser en exigeant leurs objets d'art qu'il...

— Qu'il remplaçait par des copies faites à Hong Kong. Tu as vérifié les concordances de temps, comme je te l'ai demandé en repartant de chez Chantal ?

— Oui. Encore une fois, tu as vu juste. Des envois d'objets d'art au départ de Hong Kong ont eu lieu, à chaque fois, quelques jours avant les accidents.

— Ce qui veut dire que Krammer remet les copies à leurs propriétaires qu'il vient de spolier et que, pour ne pas courir le risque d'être dénoncé, il les élimine en camouflant ses meurtres en accident de la route.

— Ce type est une abjecte ordure.

— Pas seulement, Stan, pas seulement. C'est bien pire. À chaque envoi de copie, quand c'est techniquement possible, Krammer ramenait de la drogue cachée dans les copies. Avant de les remettre aux malheureux propriétaires, il récupérait la came. Il gagne sur tous les tableaux. Il va falloir être drôlement costaud pour le faire tomber. Ça ne va pas être de la tarte.

— Tant mieux ! J'adore les tartes, ironise Stan.

— Ce n'est pas un jeu, Stan. Tu as autre chose ?

— Non... Ah si ! J'ai les résultats des examens que tu as demandés concernant ton bout de tissu trouvé chez le magicien, et...

— Ce n'est pas trop tôt. Donne ! Je veux vérifier quelque...

La sonnerie de son portable l'interrompt.

Francis grogne et l'active vivement.

— Oui !

— *Capitaine Lebreton à l'appareil.*

— Que me vaut l'honneur ?

— *Le collier.*

— Oui ! Et bien quoi, le collier ? Vous avez le résultat de l'examen ?

— *Oui. On l'a examiné sous toutes ses coutures...*

— Et alors ?

— *Alors, rien ! Que dalle ! La « Divine » n'est pas cachée à l'intérieur. Et croyez-moi, on l'a drôlement disséqué, votre ruban de cuir. On a perdu notre temps ! Cette saloperie de drogue se balade encore dans la nature. À moins que Krammer n'ait réussi à la récupérer entre temps. Dans ce cas-là, je n'aime mieux pas imaginer quelle merde va déferler sur la jeunesse d'ici quelque temps.*

— Tiens donc !

— *Ça n'a l'air de vous émouvoir plus que ça, on dirait ! Vous vous y attendiez ?*

— Pas vraiment. Disons que je suis toujours ma petite idée.

— *Laquelle ?*

— Je dois encore vérifier deux ou trois choses et...

Le gendarme a raccroché sèchement.

Francis comprend le désarroi du militaire et lui-même se sent mal, comme floué. Il imagine la tête de Krammer en train de se moquer de lui.

Où diable s'est-il trompé ?

La « *Divine* » ne serait pas venue en Europe cachée dans le collier ? Pourtant, s'il faut en croire Chantal, elle devait y être. Elle était formelle. Alors ? Aurait-elle eu encore le courage de les berner, ou Kellam aurait-il été plus malin que tout le monde, comme l'a laissé penser sa maîtresse ? Si oui, il a emporté son secret dans la tombe.

Et pourtant, ça ne colle pas. S'il avait eu en main les sachets, il aurait mis les bouts sans même attendre deux minutes, avec ou sans Chantal.

Non, l'explication est ailleurs, mais où ?

Lentement, Francis se met à sourire tout en jouant distraitement avec son crayon à papier.

Ce qu'il soupçonne serait peut-être vrai, finalement !

Incroyable, mais vrai !

— Bon ! À voir ta gueule, pas besoin de sortir de l'ENA pour comprendre que la dope n'était pas cachée dans le collier. Va falloir tout recommencer à zéro, c'est malin !

— Non ! C'est compréhensible.

— Comment ça ? Et pourtant, cette merde doit bien être quelque part.

— C'est là tout le problème.

Un silence s'installe.

— Bon, ben, tu veux connaître la suite ou pas ?

— Quoi ?

— Le rapport sur le tissu, tu veux le connaître ou non ?

Comme subitement rappelé à la réalité, Francis rectifie sa position et fait oui de la tête.

Stan préfère lui glisser le rapport que de lui en faire un résumé succinct.

Francis prend le document et le lit attentivement. Au bout de plusieurs minutes, après avoir relevé la tête à de nombreuses reprises en réfléchissant, il s'anime plus que de coutume, faisant craindre le pire à Stan...

Soudain !

— J'avais raison !

Stan voit avec inquiétude un sourire des plus bizarres s'afficher sur les lèvres de son patron.

— Ooooh putain ! Toi, tu viens encore de comprendre un truc de dingue ! Ça promet encore du sport !

Sans répondre, faisant même sursauter Stan par sa rapidité de réaction, Francis sort son portable et appelle Lebreton.

— Capitaine ?

— *Oui, monsieur Magenta. Que se passe-t-il encore ?*

— Je vous envoie mon adjoint. Il sera d'ici trente minutes chez vous. Si vous pouviez lui remettre la copie du collier, comme neuve, je vous en serais très reconnaissant.

Quand Francis raccroche, Stan n'a toujours rien compris.

— Tu veux que j'aille ! …

— Oui, et magne-toi le popotin. Tu n'as plus beaucoup de temps. Ensuite, reviens ici au trot, on aura encore du boulot. Avant de partir, convoque-moi le chauffeur de taxi agressé dont tu me parlais le jour où tu portais ton infâme tee-shirt de Rambo. Lebreton veut des témoignages, on va lui en donner.

— Le mec a retiré sa plainte, je te rappelle.

— La situation est maintenant très différente.

— Ah bon ?

— Ensuite, donne-moi le plan du complexe de « *L'Arcobaleno* », surtout l'endroit où se situe le local technique que tu as repéré.

— Pourquoi faire ?

— Je t'expliquerai tout à ton retour. Bouge ta viande !

— Rambo ! Infâme inculte ! T'y connais que dalle !

— Disparais !

LE MARCHÉ DE DUPE ! …

Jura, Montmorot,
Restaurant « *Au Clos Fleuri* »,
43 Rue Aristide Briand,
samedi 30 juin,
10ème et dernier jour du compte à rebours,
21 h 02

Franz Krammer n'a pas été étonné quand il a reçu l'appel téléphonique de Francis. En réalité, il s'y attendait un peu. Par élimination, il ne restait que cette seule explication. Que l'enquêteur veuille lui parler, seul à seul, sur un terrain neutre, ne l'a pas non plus surpris. Cette invitation était la preuve qu'il n'y avait plus rien dans ce pays gouverné par des gens qui n'avaient plus aucune autorité sur personne, que tout partait bien en sucette. Si même les privés, comme Magenta, se mettaient à voler les truands, les vrais, les purs et durs, comme lui, mais où allait-on terminer ?

Pleinement satisfait, Krammer se sentit même conforté dans son rôle de truand. Une telle déliquescence des mœurs et des coutumes lui permettait d'envisager l'avenir avec une tranquillité quasi absolue. Une sérénité rare. Avant d'être le Maître du monde, il sera le Roi de France.

Magenta avait enfin compris qu'il ne pouvait pas lutter à armes égales avec lui. Le privé allait lui remettre le collier avec sa précieuse cargaison.

Enfin !

Mais Krammer pense qu'il ne faut surtout pas trop humilier Magenta. Tout au plus se contentera-t-il de bien lui faire comprendre que c'est lui le patron. Pour le reste, avoir un type comme ce privé dans son carnet d'adresses ne peut être qu'un plus important. Il va quand même le payer, façon de s'assurer de son silence et, qui sait, lui rappeler à son bon souvenir à l'occasion. Ça peut toujours servir.

Il a carrément retenu tout le restaurant, preuve qu'il tient vraiment à arrondir les angles.

Mieux vaut ménager le privé, on ne sait jamais,

Sur le parking, dans une voiture banalisée de « *Mondial Protection* ».

— Ça va commencer, murmure Stan en réglant le son de son oreillette.

À ses côtés, Fanny surveille les alentours. Elle a logé la voiture de moule-burnes et observe les moindres mouvements des trois occupants.

— Tiens, tu savais que Guillaume Tell avait une fille ?

— Non, fait Fanny sans se retourner.

— Elle s'appelait Taglia.

— Taglia ! Quel drôle de prénom. Pourquoi ?

— Parce que… Taglia Tell ! … Tagliatelle, quoi !

— Connard ! Ah, c'est malin !

Dans le restaurant

Tout d'abord, Krammer, plus mielleux que jamais, se perd dans une longue énumération de ses faits d'armes, probablement pour impressionner Francis.

Peine perdue. Immobile, Francis attend patiemment que son interlocuteur entre dans le vif du sujet.

— Tout gamin, j'ai commencé à trimer comme jamais un môme n'a eu à le faire. J'ai remué des tonnes de merde, des centaines de tonnes de terre. J'ai arraché à cette putain de planète tout ce qu'elle avait dans le ventre avec mes propres doigts.

Krammer s'emballe tant il revit ces moments douloureux pour tout gamin qui aurait eu à travailler dans une mine. Il secoue rageusement ses mains devant un Francis impassible.

— J'ai depuis fait mon chemin, monsieur Magenta. J'ai nettoyé ces mains des centaines de fois, des milliers de fois. J'ai frotté, frotté, raclé, savonné, mais même encore aujourd'hui j'ai toujours incrustée en elles cette boue et cette pourriture quotidienne. Alors si je vous apparais comme un être abject, ce que je peux comprendre puisque que vous n'avez jamais connu ce que j'ai vécu, je n'accepterai cependant jamais que quelqu'un se mette en travers de mon chemin. Jamais !

— C'est de moi que vous parlez ?

— Pas en particulier. C'est juste pour que vous compreniez bien que si j'ai bossé comme un dingue jusqu'ici pour me faire une place au soleil, ce n'est pas pour la voir démolie maintenant. Je sais bien qu'il y a de la concurrence, mais elle peut très bien s'éliminer... et en douceur, surtout.

Un silence s'installe. Si Krammer pensait amadouer Francis, c'est raté. Il reste de marbre, attendant tranquillement que le temps passe.

Krammer semble s'en irriter. Il reprend en se montrant insistant.

— Écoutez, monsieur Magenta, je ne vous parle pas des casseurs à la petite semaine, de ces black blocks de merde payés par certains partis politiques, ni d'exhortions de fonds, ou encore de ces mauvais garçons afin de les faire rentrer dans le droit chemin avec l'idée qu'ils deviendront ensuite de bons et honnêtes travailleurs. C'est irrécupérable tout ça. C'est de la merde ! C'est types-là, il faut les mettre à l'ombre, les éliminer, les éradiquer. Ce sont des monstres et vous faites un sacré bon boulot dans ce domaine, si, si, si. Je le vois tous les jours dans le journal. Mais pour ce que je fais, j'ai ma devise, il faut que tout le monde vive. À qui fais-je du tort ? Je vends un produit accessible...

— La « *Divine* » ?

— Oui. Ma « *Divine* ». Elle est à moi. Tout le monde peut en avoir pour une somme dérisoire. Il rêve, s'échappe, s'évade de cet univers pourri.

— À condition d'avoir les cellules-souches.

Krammer ricane.

— C'est bien pour cela que vous êtes venu, non ? Je vous admire, monsieur Magenta, vous savez reconnaître quand vous vous êtes trompé. J'apprécie cela. Vous m'excuserez de me montrer pressant, cher ami, mais le temps est compté et j'ai plus que besoin de ma « *Divine* ». Si vous vouliez bien me la remettre ? Je précise, bien entendu, que ce service ne restera pas gratuit. J'ai pensé que...

— Combien ?

— Vous êtes direct.

— N'êtes-vous pas pressé ?

— Si.

— Eh bien, il se trouve que je le suis plus que vous, c'est tout.

Krammer, plus suffisant que jamais, se met à sourire longuement, très longuement. La répartie du privé le laisse songeur. Que lui prépare-t-il ?

— J'ai pensé que soixante millions d'euros, pour commencer, serait une bonne option. Je sais ce que vous gagnez, il vous faudrait cinquante ans pour gagner une telle somme.

Ajoutant le geste à la parole, sûr de son fait, le truand pousse lentement un carnet bancaire devant Francis.

— En signe de ma reconnaissance.

Calmement, feignant d'être intéressé, Francis s'est approché lentement. Il prend le document, le soupèse et l'ouvre avec une lenteur infinie. Il y découvre, non sans une certaine surprise, son micro.

— Je vous le rends. Vous devez en avoir besoin. Je ne vous en veux pas, c'était de bonne guerre.

Sur le parking,
dans la voiture banalisée

— La vache, il y va fort le Krammer ! s'étonne Stan en ajustant son oreillette.

— Qu'est-ce qui se passe ? demande Fanny.

— Ça discute gros pognon, et il nous refile notre micro. Le Francis va nous le pousser à bout, ça va faire des étincelles.

Dans le restaurant

Impassible, le privé prend le carnet et l'ouvre en grand. Un compte bancaire sur l'UBS de Genève est ouvert à son nom.

— Vous voyez, je sais être très généreux envers les gens en qui je suis redevable.

Francis soupire longuement en souriant.

— J'ai déjà un compte en Suisse. Je n'en ai pas besoin de deux. J'ajouterai que je ne suis pas un simple serviteur.

En même temps, Francis se lève et balance le carnet au visage de Krammer qui ne s'attendait pas à une telle réaction.

En même temps, il lui lance le paquet dans les bras.

— Et voilà, votre dope.

Ulcéré, Krammer se propulse sur les pieds et attrape le privé par le col.

Tremblant de rage, il le fixe d'un regard brûlant de haine, mais c'est Francis, affichant un calme insolent, qui parle le premier.

— À force de vous vautrer dans la boue, vous en avez jusqu'au menton, Krammer.

— La boue et les ordures, ça me connaît, surtout quand j'en vois une en face de moi.

— Comment avez-vous pu imaginer une seule seconde que je marcherai dans votre combine à ce prix-là ? Prenez votre saleté et barrez-vous avant que je ne change d'avis.

Krammer se calme et sourit.

— Je vous ai mal jugé, Magenta. En fait, ce que vous aimez, c'est régenter les gens, les prendre au collet pour les faire obéir à vos sacrées lois ridicules. Vous n'êtes qu'un minable qui passe son temps à emmerder les gens qui travaillent honnêtement. Un sombre crétin qui n'a pas assez de jugeote pour prendre soixante millions d'euros quand ils passent à sa portée. Faites attention à partir de maintenant, car chaque homme devrait profiter de son autorité avant de mourir.

— Vous allez me faire peur. Mais avant toute chose, sachez que j'ai de grands projets pour vous.

— Lesquels ?

— Terminer entre quatre planches de bois ou quatre murs de béton. Dans les deux cas, ce sera la réclusion à perpétuité.

Contrairement à ce qu'attendait Francis, le truand ne réagit pas. Il se contente de fixer curieusement le privé avant d'éclater de rire.

— Vous êtes impayable, monsieur Magenta. Une dernière question.

— Oui.

— Où l'avez-vous trouvé, ce putain de collier ? Mes hommes ont fouillé toute la baraque de Letestud.

— Mal, la preuve. Vous êtes mal secondé, Krammer, faites attention !

— Mes hommes sont loyaux.

— Ça ne signifie pas pour autant compétents. Je viens de vous le prouver.

— Vous ne m'avez pas répondu.

— Je l'ai trouvé sous une latte de parquet.

Le truand approuve de la tête.

— Sauriez-vous, par hasard, où se trouve ma hache ?

— Aucune idée.

À MALIN, MALIN ET DEMI ! ...

Complexe de « *L'Arcobaleno* »,
fin du compte à rebours,
23 h 57

Dans son bureau, Krammer, souriant comme jamais, s'amuse à faire sauter le paquet dans ses mains. Il savoure le moment présent, et l'énorme bruit de fond de la musique poussée à fond dans la discothèque ne le dérange même pas.

Mieux, elle semble lui procurer un plaisir intense de puissance infinie.

Il se retourne et pointe un index accusateur sur Kevin, moins enthousiaste.

— Tu vois, grâce à ce qu'il y a là-dedans, je vais devenir le Roi de la dope en France. Après, je deviendrai le Maître du monde. De partout, on viendra quémander, m'implorer un peu de mon mélange paradisiaque.

— Même sans la seconde partie ?

— On s'en passera. On va déjà s'arranger avec ce premier envoi, pour la suite, on avisera. Ça va seulement nous retarder de quelques mois, mais j'ai besoin de fric pour refaire de nouvelles cellules-souches, tout de suite. Alors si je veux tenir mes engagements vis-à-vis de mes associés, il faut s'y mettre immédiatement.

— Il fallait le descendre.

Le sourire disparaît d'un coup.

— Et pourquoi faire ?

— Ce Magenta va nous créer des ennuis. Ce type est maladivement attaché à la justice, il ne nous laissera jamais en paix. Faut le descendre.

— Ça suffit ! Mon petit Kevin, que veux-tu qu'il fasse ? J'ai tous les atouts en main. Je lui ai balancé sa merde de micro au visage, juste pour qu'il comprenne bien qui est le patron, ici, dans la région. J'ai même ses empreintes sur le carnet bancaire. C'est moi qui pourrais lui en créer, des ennuis, et autrement plus compliqués que ceux qu'il pourrait, éventuellement, penser à me faire. Je suis le plus fort, je ne risque strictement rien du tout. J'ajouterai aussi qu'un homme comme lui peut m'être très utile, ne serait-ce, par exemple, que pour retrouver cette putain de hache. Il suffit de bien le cerner.

— Il a refusé l'argent.

— Fausse sortie, Kevin. C'est du théâtre. Je suis sûr qu'il va revenir à la charge. Il me l'a d'ailleurs fait comprendre à demi-mots.

— Pour faire monter les prix ?

— Exact. Il a tout à y gagner, mais moi je lui ferai comprendre qu'il y a des limites à ne pas dépasser, surtout avec moi.

Il s'interrompt et consulte sa montre.

— Il est grand temps de porter les cellules-souches au labo. Tout est prêt là-bas ?

— Oui. On a pu terminer les travaux juste à temps.

— Les ouvriers ?

— Ils ont été… payés.

Krammer ricane, immédiatement imité par moule-burnes.

Il s'assoit lourdement, encore secoué par des quintes de rire. Il prend son coupe-papier et défait le paquet pour en sortir avec ravissement le collier des Letestud.

— Enfin ! Je touche au but. Voici mes cellules-souches !

En plissant les yeux, il sort son petit canif et gratte un endroit très particulier du bijou avant de se redresser en fronçant les sourcils.

Quelque chose semble le gêner.

Sans attendre, il lacère avec mille précautions le ruban de cuir, mais plus il l'ouvre, plus son sourire disparaît en réalisant que sa « *Divine* » n'y est pas.

Deux cents mètres plus loin,
dans les bois proches du complexe

Francis abaisse ses jumelles à vision nocturne.

— Moi, je ne comprends pas pourquoi tu lui rends le collier, ça me dépasse.

— Lui va comprendre, crois-moi, et très vite. Je... Ça y est ! Connard premier vient de se rendre compte que je l'ai bien baisé.

— Il va être fou furieux, mais je pige toujours pas pourquoi.

— C'est bien là-dessus que je compte et, comme c'est loin d'être un con, il va vite trouver l'explication.

— Et alors, là, on le coince en flagrant délit. ?

— Oui. Mais, ça c'est la théorie, reste à savoir s'il va vraiment tomber dans mon piège.

— Y a pas de raison, même si je pige que dalle.

Francis se tourne vers Stan et lui dit sur un ton plein d'ironie.

— Et ça se prend pour Rambo ! Pauvre gars, s'il savait !

— Oh, ça va ! N'empêche que...

— N'empêche que dalle. Ce n'est pas le moment de se déconcentrer. Surveillons ce qui se passe. Il faut que le piège fonctionne. Tout le monde est en place ?

— Ouais. On a bossé sur le plan du complexe et tout le monde a maintenant mémorisé l'emplacement du local technique qui cache sûrement ce fameux laboratoire. On pourrait y aller les yeux fermés.

— Parfait. Avec nos lunettes à vision nocturne, dès que Krammer et ses trois gorilles font mouvement, on les suit de manière à converger sur eux jusqu'à ce qu'ils ne puissent plus sortir de la nasse. Si je ne me trompe pas, il va nous mener tout droit vers le vrai collier. Lebreton est là ?

— Oui. Avec toute sa brigade, il bloque tous les accès sur un rayon de huit cents mètres derrière nous. Personne ne pourra sortir du complexe sans montrer patte blanche. Dès que tu donneras le signal, j'ai aussi une quinzaine de gros bras prêts à déclencher une bagarre dans la discothèque. Ça occupera les vigiles un petit moment. Durant la confusion, quatre gars vont s'introduire dans le PC sécurité afin de neutraliser les opérateurs, et s'emparer des commandes. Ils pourront nous suivre grâce aux caméras de surveillance et intervenir si besoin est. En attendant, on pourra se promener dans le complexe peinards, tranquilles. Une escouade de gendarmes arrivera presque tout de suite pour bloquer tout le monde, sous prétexte de contrôler les identités Ils feront durer le plaisir, ça nous couvre.

— Parfait ! La caméra est prête ?

— Oui. C'est Fanny qui va opérer. Hervé la couvre.

— Bon, il n'y a plus qu'à attendre. Fais passer la consigne : que tout le monde se tienne prêt. Silence absolu !

— OK !

Dans le bureau de Krammer

La colère est à la hauteur du bonhomme.

Respirant avec difficultés, soufflant comme une forge en fusion, le truand envoie balader tout ce qu'il trouve à portée de main.

La casse est démentielle.

Le bruit des bibelots qui se fracassent au sol est impressionnant. Kevin reste tétanisé sur pied et amorce un léger repli.

On ne sait jamais.

Finalement, Krammer se calme en se laissant tomber dans son fauteuil directorial.

Il se passe lentement la main sur son front dégoulinant de sueur. Il cherche à comprendre.

Moule-burnes pense que c'est le bon moment pour suggérer quelque chose.

— Magenta vous a bien cocufié. Faut pas laisser passer ça, il y va de notre crédibilité. Je vous l'avais dit qu'il fallait le descendre et...

— Et quoi, sombre connard ? Qu'est-ce que tu feras une fois que ce con sur pattes sera mort ? Tu crois que c'est comme ça que je vais retrouver ma came ? Pauvre débile profond !

— Alors, on fait quoi ?

— Laisse-moi réfléchir. Si Magenta m'a refilé le collier sans la dope, ça veut dire qu'il a ma came et qu'il veut faire monter les enchères...

— C'est ce que vous aviez prévu, donc faut...

— À moins que...

— Faut le dézinguer et...

— Ta gueule, abruti !

Krammer se propulse hors de son fauteuil. Il se rue sur un petit meuble et en sort tout un outillage de précision avant de retourner s'assoir précipitamment.

— Qu'est-ce que vous faites ?

Krammer ne répond pas, il chausse des lunettes grossissantes et examine soigneusement le collier sous toutes les coutures.

Quelques longues minutes passent avant qu'il ne se redresse, les yeux dans le vide.

— Pourriture de merde ! Je me suis fait refiler la copie du « *Sourire du Monde* ». Ma propre copie ! Celle que j'ai fait faire tout exprès pour que Letestud puisse effectuer la substitution.

— La copie ! Mais je ne comprends pas ! C'est bien dans celle-ci que se trouvaient les sachets ? Alors, comment n'y sont-ils pas dedans ?

— Si j'ai la copie en main, ça veut dire que...

— Ça veut dire quoi ?

— Ta gueule ! Laisse-moi réfléchir, connard !

Prudent, Kevin recule de quelques pas.

— Si j'ai la copie sans la « *Divine* », ça signifie que... Kevin !

— Oui ?

— La nuit où nous sommes allés attendre Letestud chez lui, il venait bien de donner un spectacle pour les mômes ?

— Oui.

— Et quand il est entré dans son salon, il portait bien encore sa redingote ?

— Oui, mais où…

— Ta gueule !

Quelques secondes passent. Kevin n'en mène pas large pendant que Krammer rassemble ses souvenirs.

— Et le lendemain, ou le surlendemain, la Chantal allait à la banque pour mettre au coffre toute la collection de bijoux, y compris « *Le Sourire du Monde* ».

— Oui, et alors ?

— Et alors, pauvre taré ! Explique-moi comment notre magicien aurait-il pu faire l'échange, puisque il était mort la nuit précédente, et sous nos yeux ?

Kevin essaie de faire fonctionner ses neurones. Soudain, son visage s'illumine.

— Vous voulez dire que…

— Oui ! Cette ordure a subtilisé le vrai bijou le soir même de notre visite. Avant de rentrer chez lui, il a sûrement fait visiter son musée à sa fiancée. Il a dû insister pour lui passer le collier, le vrai, celui qui était sur le présentoir, autour de son cou, et quand les vigiles ont refermé le présentoir, c'était la copie qu'ils venaient de replacer.

— Mais comment ? C'est blindé de caméras et de vigiles, ils auraient dû s'apercevoir de la substitution ?

— Letestud est un magicien hors pair, il nous le prouve une nouvelle fois. Il a baisé tout le monde, même sa sœur. Quand Chantal est allée à la banque, le lendemain, c'est, sans le savoir, la copie qu'elle a fourré au coffre. Voilà comment Magenta se l'est procurée, et voilà comment elle a atterri entre mes mains… C'est complètement dingue ! J'ai donné une copie vide à Letestud, alors que je la croyais bourrée de ma came. C'est démentiel ! Stalmaster a sorti mes sachets de la copie pour les planquer dans l'original. Il fallait y penser ! Ce Stalmaster est une crevure sans nom.

— Mais alors, la Chantal... elle serait aussi dans le coup avec son pilote ? Elle va tout déballer aux flics !

— Sûrement ! Mais elle ne perd rien pour attendre. Le collier ne vaut même pas un pet de nonne, et il est vide.

De rage, le truand balance le bijou au sol.

— Vous en êtes certain ?

— Et comment ! D'habitude, je fais toujours remplir mes copies de came, tu le sais. Vu l'enjeu, cette fois, j'ai exigé que Stalmaster place mes sachets avec beaucoup plus de précautions.

— Mais alors...

— Et oui, sombre têtard. Ça veut dire que le vrai collier, l'original, est celui qui est bourré avec ma « *Divine* ». Ce sale traître de pilote mijotait son coup depuis longtemps. Il n'a pas exécuté mes ordres.

— Il voulait vous doubler !

— Oui, et sûrement avec la complicité de Serge. Va falloir lui mettre la main dessus, à ce pilote de merde. Il est habitué aux hautes altitudes, on va voir s'il tiendra aussi bien le coup aux grandes profondeurs.

— Mais comment peut-il s'y être pris ?

— Fais fonctionner tes neurones, attardé mental ! Letestud exposait sa collection de bijoux au même moment que le Chinois me fabriquait la copie du « *Sourire du Monde* ». Après l'avoir récupérée, rien de plus simple alors, pour Stalmaster, que de prendre discrètement l'original avec l'aide de Chantal. Elle seule pouvait y avoir accès durant l'exposition sans avoir à montrer tout un tas d'autorisations de merde. Ensuite, il ne lui restait plus qu'à faire le transvasement des sachets de la copie dans l'original, et le tour était joué. Il pensait sûrement me baiser en me revendant ma propre came.

— C'est dément !

— C'est génial, oui.

— Mais comment allons-nous récupérer la...

— Ma « *Divine* » se trouve encore dans la redingote de Letestud. Nom de Dieu ! Suis-moi ! Je veux en avoir le cœur net.

— Et Magenta ? On le flingue ou pas ?

Krammer s'immobilise devant Kevin et l'attrape par le col.

— Pauvre con ! Mais comment ai-je pu te bombarder garde du corps ? Tu réfléchis quelques fois ? Ça t'arrive ? C'est exactement ce qu'il ne faut pas faire ! Ce pourri de flic n'attend que ça pour me coincer, surtout si la Chantal a ouvert sa grande gueule. Je ne vais pas lui donner ce plaisir. On va vérifier quelque chose et après on avisera. Rameute Marco et Luc. Prenez des lampes, des pelles et des pioches, et suivez-moi.

« *LE SOURIRE DU MONDE* » ! …

Complexe « *L'Arcobaleno* »,
quartier du Center Parc,
local technique,
dimanche 1er juillet,
le compte à rebours est terminé,
01 h 29

— Les voilà !

Stan indique du bras Krammer et ses trois gardes du corps.

— Y m'ont l'air bien pressés, mes cocos.

— Tu m'étonnes.

Francis ajuste ses jumelles et suit le quatuor. En tête, Krammer marche vite. Il est visiblement très pressé de vérifier son hypothèse.

— OK ! dit tout à coup Francis. Feu vert pour la castagne !

— OK. Et si l'un des vigiles a quand même le temps d'alerter Krammer ?

— Il enverra l'un de ses trois gorilles, c'est tout. Lui ne va certainement pas revenir en arrière, il a beaucoup plus important à faire.

Vivement, Stan donne l'ordre aux malabars disséminés dans la discothèque de déclencher la diversion.

Bien vite, les privés s'avancent en cercle autour du quatuor, insouciant du danger qui va bientôt s'abattre sur lui.

Six minutes plus tard, au beau milieu de la zone pavillonnaire totalement silencieuse, Krammer et ses hommes arrivent près du local technique niché en plein milieu des bungalows.

Le truand s'immobilise devant une aire de rangement de vélos.

— Luc ! Le tractopelle. Explose-moi cette dalle de béton. Heureusement, elle n'est pas très profonde.

— Ça va faire du bruit.

— On s'en fout, et puis la zone est déserte et on est très loin de la discothèque. Vas-y tranquille !

Luc démarre le tractopelle et s'avance lentement vers la dalle.

— Vous autres, éclairez-le ! Qu'il puisse y voir quelque chose.

Dans un bruit d'enfer, il commence à la démolir, entouré de Krammer et des deux autres qui le regardent faire.

Juste derrière eux, Francis et ses agents se sont positionnés à quelques mètres. Bien à l'abri, Fanny a enclenché sa caméra.

Sept minutes plus tard, Krammer stoppe sèchement son garde du corps.

— Ça doit suffire ! Finissez d'élargir le trou avec les pelles ! Dépêchez-vous !

Aussitôt, les trois voyous commencent à dégager le trou fait par Luc. Très vite, un amoncellement de gravats s'accumule le long du mur du local technique.

— Ça y est, patron. On est arrivé à la terre, dit Marco, en sueur.

Il se passe vivement la main sur le visage pour chasser la transpiration qui dégouline de partout.

— Donne-moi cette torche !

Fébrile, impatient, Krammer saute dans le trou et déblaie quelques morceaux de terre avant de se jeter à genoux. Il se met à gratter avec ses mains comme un forcené.

Soudain !

— Je l'ai ! s'écrie-t-il en hissant hors du trou une espèce de vieille bâche.

— Aidez-moi, bande de cons ! ordonne-t-il. Il pèse des tonnes. Éclairez-moi !

Aussitôt, Kevin et Luc se précipitent.

— Quand je pense que j'ai retourné toute la région cul par-dessus tête pour mettre la main sur ma came, et qu'elle était à peine à trois mètres de mon laboratoire. Quelle ironie !

Une fois déposé sur le reste de la dalle, ils se reculent et laissent leur patron déchirer la bâche.

Très vite, le cadavre en décomposition de Charles Letestud apparaît. Avec le jeu des lumières tremblantes, il est encore plus hideux.

Une grimace de dégout s'affiche sur les visages, sauf sur celui de Krammer qui, comme dans un autre monde, s'est mis à ricaner en déchirant les restes de la bâche pour pouvoir mieux en extraire le cadavre.

Encore une minute et le magicien dans sa redingote noire apparaît. À genoux, il promène sa torche sur le cadavre.

Brusquement, Krammer se jette sur lui et le palpe de bas en haut avant de s'interrompre subitement.

Un large sourire s'affiche sur son visage.

— Je l'ai !

Vivement, il fouille le cadavre et en sort le collier qu'il brandit bien haut.

— Voilà « *Le Sourire du Monde* » ! Enfin, il est à moi ! Le seul, le vrai, l'unique !

Sans attendre, il sort son couteau de sa poche et entreprend de défaire le ruban de cuir.

Instinctivement, les trois voyous se sont rapprochés et éclairent en même temps la scène d'une lueur particulièrement crue.

Krammer se démène comme un diable.

Puis, soudain.

— La voilà !

Les lumières s'approchent encore et les truands voient enfin les sachets de « *Divine* » d'une blancheur immaculée comme ils n'en ont encore jamais vue.

Krammer entaille un des sachets, plonge son doigt dedans et le porte à sa bouche.

— C'est bien elle ! J'ai gagné !

— Non ! dit durement une voix dans le noir.

Stupéfaits, le quatuor s'immobilise net, cherchant des yeux l'homme qui vient de parler.

Au même moment, plusieurs lumières aveuglent les truands.

Krammer ne bouge pas, tellement il est surpris. Tous regardent autour d'eux et voient, soudain, avec stupeur, des types armés surgir de partout.

— Magenta ! J'aurais dû m'en douter ! aboie Krammer, toujours à genoux.

— Je vous avais prévenu : quatre planches ou quatre murs. À vous de choisir. Et vous voyez, ce soir, je me sens particulièrement en vaine. Alors, donnez-moi une occasion, une seule, juste une seule et...

Marco dégaine à ce moment-là, mais Francis, vif comme l'éclair, l'abat aussitôt.

Le gros Marco s'effondre au sol dans un bruit sourd.

— D'autres amateurs ? Je sens que c'est mon jour de chance. Alors ? Personne ne tente le coup ?

— On peut encore s'entendre, Magenta. Cette came vaut des millions et des millions et...

— Je doute fort que les juges, les jurés et les avocats soient du même avis que vous à votre procès.

— Mon procès ! Vous rigolez, Magenta, J'ai des appuis...

— Oui, je le sais bien. Mais cette fois-ci, ils auront beaucoup de mal à vous tirer de ce guêpier après avoir vu ce joli film.

— Quel film ?

Fanny s'avance alors en montrant ostensiblement sa caméra.

— J'ai tout là-dedans, dit-elle avec un plaisir évident.

— Vos appuis ne vous serviront plus à rien. Sur ce film, on vous voit déterrer le cadavre de Charles Letestud. On vous voit arracher de sa redingote son collier de famille et, pour couronner le tout, on vous voit sortir du « *Sourire du Monde* » de la came que vous goûtez. Vous aurez beaucoup de mal à expliquer tout cela et, croyez-moi, vos appuis auront déjà bien trop à faire à se dédouaner eux-mêmes pour prendre le temps et, surtout, le risque de vous aider. Les rats quitteront le navire. C'est fini, Krammer ! Alors, en avant pour les quatre murs de béton... Une dernière chose : en d'autres circonstances, je ne vous aurais même pas laissé le choix ! En mémoire de Mitsy. Mais en y repensant, afin de la respecter au mieux, un retentissant procès sera largement suffisant.

Une heure plus tard

— Alors, on ne s'en est pas trop mal sortis, non ? dit Francis, soulagé quand même que tout se soit déroulé sans le moindre accroc.

À ses côtés, le Capitaine Lebreton ne cache pas son plaisir.

— Nous avons saisi pas mal de documents dans les bureaux du complexe. Avec ceux que vous a donnés cette Mitsy, je ne vois pas comment Krammer échappera, cette fois-ci, à la perpétuité.

— C'est fini pour lui. Comme sa putain de came. La « *Divine* » restera à l'état de rêve, et c'est tant mieux.

Au bout de quelques pas, le gendarme s'arrête et dévisage l'enquêteur.

— Au fait, comment avez-vous compris que le collier que nous avait remis Chantal était une copie ?

— Je n'en étais pas très sûr au début puis, constatant que Stalmaster était un sacré roublard quand sa maîtresse nous a avoué qu'il avait une botte secrète, j'ai commencé à me poser des questions sur sa véracité, d'autant plus que l'on m'avait affirmé que Krammer cachait toujours sa came dans ses copies.

— Je comprends mieux votre désinvolture quand je vous ai téléphoné le résultat de son examen

— En effet. C'est à ce moment que j'ai vraiment été sûr que le pilote avait procédé à une inversion des sachets. Il se ménageait une porte de sortie. Malin, le bougre !

— Et comment avez-vous eu l'idée de...

— L'examen du bout de tissu que j'avais retrouvé sur la grille, dans la propriété du magicien, m'a appris qu'il provenait d'une redingote noire, spécialement fabriquée pour un prestidigitateur.

— Letestud.

— Exact. Mitsy m'ayant confirmé sa mort la nuit même, et Carine, sa fiancée, m'ayant appris qu'ils avaient visité le musée le même soir, et qu'à cette occasion Charles lui avait passé le collier au cou, dès lors, l'explication ne pouvait que me sauter aux yeux. J'ai immédiatement compris ce qu'il s'était passé : Letestud a subtilisé les colliers à ce moment-là au nez et à la barbe des vigiles. Probablement pensait-il échapper au chantage qu'exerçait sur lui Krammer en fuyant. Une fois au Canada, il aurait revendu son collier pour disparaître définitivement, et vivre à l'aise au soleil.

— Quel gâchis. Ce Krammer aura vraiment été le fléau de tous ces pauvres gens.

— Oui.

— Au fait, et pour cette fameuse hache ? Celle qui contient la seconde partie de « *Divine* » ?

— Aaah, ça, j'ai bien peur que ce ne soit qu'une énigme irrésolue à jamais. Stalmaster a prouvé savoir parfaitement rouler dans la farine son entourage, je suis certain que personne ne la retrouvera jamais. J'imagine la tête d'un archéologue qui, dans cent ou deux cents ans, va la retrouver. Il va s'en poser des questions, le pauvre !

Les deux hommes sourient largement.

— Et pour « *L'Arcobaleno* », que va-t-il se passer, maintenant ?

Lebreton soupire longuement.

— Une fermeture administrative, je pense, le temps que les comptes soient épluchés. Ensuite le complexe sera sûrement mis en vente. Pourquoi ?

— Rien. Comme ça, répond Francis qui a visiblement une petite idée en tête.

— Oh, les mecs !

Francis relève la tête et voit venir vers lui un Stan fanfaronnant comme jamais, tout en tirant sur les pans de son habit.

— Que se passe-t-il ? demande Francis avec appréhension.

— Comment qu'tu le trouves, mon nouveau tee-shirt ? C'est Roger Moore dans le rôle de James Bond ! Super classe, non ?

FIN

ANNEXE

LISTE DES QUARTIERS SENSIBLES DE France
(*Pour connaître les noms des villes et des quartiers concernés : sig.ville.gouv.fr*)

DÉPARTEMENTS	**VILLES CONCERNÉES**	**TOTAL QUARTIERS**
01 AIN	2	4
02 AISNE	3	13
03 L'ALLIER	6	15
04 ALPES DE HAUTE-PROVENCE	1	2
06 ALPES MARITIMES	3	9
07 ARDÉCHE	2	2
08 ARDENNES	6	7
10 AUBE	7	14
11 AUDE	2	5
12 AVEYRON	1	1
13 BOUCHES-DU-RHÔNE	20	55
14 CALVADOS	2	7
16 CHARENTE	3	7
17 CHARENTE-MARITIME	4	8
18 CHER	2	8
2A CORSE DU SUD	1	5
2B HAUTE-CORSE	1	1
21 CÔTE D'OR	5	5
22 CÔTE D'ARMOR	1	8
24 DORDOGNE	1	1
25 DOUBS	8	16
26 DRÔME	5	13

27 EURE	3	7
28 EURE-ET-LOIRE	7	23
29 FINISTÈRE	2	4
30 GARD	6	13
31 HAUTE GARONNE	2	9
33 GIRONDE	9	30
34 HÉRAULT	6	24
35 ÎLE ET VILAINE	3	8
36 INDRE	1	3
37 INDRE-ET-LOIRE	5	5
38 ISÈRE	9	24
39 JURA	3	5
40 LES LANDES	2	2
41 LOIRE ET CHER	3	5
42 LOIRE	5	13
43 HAUTE-LOIRE	1	1
44 LOIRE-ATLANTIQUE	5	17
45 LOIRET	3	7
47 LOT-ET-GARONNE	1	5
49 MAINE-ET-LOIRE	4	13
50 MANCHE	3	5
51 LA MARNE	4	20
52 HAUTE MARNE	1	2
53 MAYENNE	1	3
54 MEURTHE-ET-MOSELLE	11	17
55 MEUSE	1	2
56 MORBIHAN	3	8
57 MOSELLE	18	33
58 NIÈVRE	2	4

59 NORD	42	110
60 OISE	7	12
61 ORNE	3	6
62 PAS-DE-CALAIS	23	47
63 PUY-DE-DÔME	5	16
64 PYRÉNÉES-ATLANTIQUES	4	8
65 HAUTES-PYRÉNÉES	1	3
66 PYRÉNÉES-ORIENTALES	1	4
67 BAS-RHIN	5	17
68 HAUT-RHIN	5	13
69 RHÔNE	22	35
70 HAUTE-SAÔNE	4	4
71 SAÔNE-ET-LOIRE	4	9
72 SARTHE	3	8
73 SAVOIE	1	6
74 HAUTE-SAVOIE	2	2
75 PARIS	6	11
76 SEINE MARITIME	10	32
77 SEINE-ET-MARNE	9	11
78 YVELINES	14	27
79 DEUX SÈVRES	1	3
80 SOMME	2	6
81 TARN	4	12
83 VAR	3	11
84 VAUCLUSE	3	15
85 VENDÉE	1	2
86 VIENNE	2	6
87 HAUTE-	1	3

VIENNE		
88 VOSGES	2	7
89 YONNE	4	12
90 TERRITOIRE DES BELFORT	2	3
91 ESSONE	20	32
92 HAUTS-DE-SEINE	13	26
93 SEINE-ST-DENIS	21	61
94 VAL-DE-MARNE	13	37
95 VAL D'OISE	15	30
971 GUADELOUPE	4	14
972 MARTINIQUE	2	9
973 GUYANE	3	8
974 LA RÉUNION	10	25
976 MAYOTTE	1	2

MON ÉDITION – Nîmes – Tél. : 04 66 67 34 65
Imprimé et façonné en France mars 2021
Dépôt légal : mars 2021